Kellers Hitparade

Der renommierte Bestsellerautor und Meister des modernen Spannungs-
romans ist mit einem packenden neuen Roman über seinen coolen Auftragskiller Keller zurück.

John Keller ist Everybody's Lieblingskiller: ein neuer Typus Held für neue,
unsichere Zeiten: nicht aus der Ruhe zu bringen, kompetent, durch und
durch Profi. Ob es nun eine lästige Ehefrau, ein alternder Baseballprofi, ein
Geschäftspartner, ein Rentner mit üppigem Erbe ist - wie immer nimmt
Keller sich ihrer mit diskreter Effizienz an.

Keller hat einen Ehrenkodex, den er selbst allerdings nie als solchen bezeichnen würde. Und er geht unter rein geschäftlichen Gesichtspunkten an
seine Aufträge heran. »Irgendwann betrachtet man die Zielpersonen nicht
mehr als Menschen, sondern als Probleme, die es zu lösen gilt. Es gibt aber
auch Kollegen, die es zu was Persönlichem machen. Sie suchen sich einen
Grund, den Kerl, den sie umbringen sollen, zu hassen. Ich weiß nicht, was
eine Sünde ist und was nicht und ob jemand verdient weiterzuleben oder
nicht. Manchmal denke ich über solche Fragen nach, aber wenn ich in meinem Kopf eine Antwort auf sie zu finden versuche, kommt nie etwas dabei
heraus.«

Mag Keller auch ein durch und durch pragmatischer und kompetenter Killer sein, ist er wie jeder andere auch anfällig für Zweifel und Einsamkeit.
Einmal hatte er einen Therapeuten. Ein andermal einen Hund. Sogar eine
Frau. Und obwohl er Dot, seine witzige Agentin und Bedarfsvertraute, und
neuerdings auch seine Briefmarkensammlung hat, scheint ihm das nicht zu
genügen.

Keller ist schon einige Zeit in diesem Geschäft. Vielleicht wird es langsam
Zeit, den Job an den Nagel zu hängen und sich in ein nettes Häuschen in
der Wüste zurückzuziehen. Das einzige Problem dabei ist: Wenn man sich
zur Ruhe setzen will, braucht man Geld. Und um an Geld zu kommen,
muss man arbeiten ...

Hitparade, der dritte Roman mit dem außergewöhnlichen Killer Keller, weist alle Zutaten auf, die für Lawrence Blocks preisgekrönte Bücher typisch sind: Originalität, Spannung, Humor, überraschende Wendungen, Düsterkeit, emotionale Vielschichtigkeit – und nicht zuletzt Menschlichkeit.

»Blocks Auftragskiller Keller befördert in diesen geschickt konstruierten, lose verknüpften Vignetten wieder einmal eine bunte Auswahl von Opfern ins Jenseits: einen Profibaseballer, der hinter jedem Rock her ist, einen Jockey in einem manipulierten Pferderennen, zwei Frauen, die ihn engagieren, um den Hund einer Nachbarin zu töten, einen Exilkubaner und noch einige mehr. Der in Manhattan wohnende Keller arbeitet eng mit seiner Agentin Dot zusammen, die in ihrem Haus in White Plains im Norden New Yorks Mordaufträge vermittelt. Von Natur aus und berufsbedingt ein Einzelgänger, pflegt Keller ein kameradschaftlich entspanntes Verhältnis mit ihr. Auch wenn die beiden Hauptprotagonisten in ihren Gesprächen einen recht lockeren Ton anschlagen, haben diese meistens, und nicht selten in grausigen Details, den Tod von Menschen zum Gegenstand. Mit trockenem Witz verfolgt Block die Unternehmungen des moralisch ambivalenten Keller, dessen Privatleben vor allem von der Jagd nach seltenen und teuren Briefmarken für seine Sammlung bestimmt wird. Dem erzählerischen Gespür des viermaligen Shamus- und Edgar-Preisträgers Block ist es zu verdanken, dass sich der Leser, wenn auch mit einem etwas mulmigen Gefühl, mindestens ebenso sehr mit dem Killer wie mit seinen Opfern identifiziert und dabei erleben muss, wie seine bisherigen Vorstellungen von Gut und Böse von Grund auf erschüttert werden.«

Publishers Weekly

»Keller ist ein Auftragskiller. Wie jeder andere Beruf ist auch dieser mit besonderen Herausforderungen verbunden, die teils den Umständen, teils seinen eigenen Skrupeln geschuldet sind. So nimmt Keller zum Beispiel einen Auftrag zur Beseitigung eines alternden Baseballstars an, der an sich problemlos auszuführen wäre, wenn Keller sich das Leben mit baseballbedingten Überlegungen nicht selbst schwermachen würde. Ein andermal soll er einen Jockey eliminieren, allerdings nur, wenn dieser ein manipuliertes Rennen gewinnt. Da es Keller in erster Linie ums Geld geht, lässt er sich eine Möglichkeit einfallen, daraus eine Win-Win-Situation für sich zu machen. Unter anderem spielt er auch mit dem Gedanken, sich zur Ruhe zu setzen und sich aus Manhattan in einen Wohnwagen in der Wüste Arizonas zurückzuziehen. Block, der bekannte Schöpfer von Figuren wie Matt Scudder und Bernie Rhodenbarr, hat sichtlich Spaß an seinem neuen Helden Keller. Der Humor ist noch trockener als sonst, und die einzelnen Episoden (Keller verteilt nach den Anschlägen von 9/11 Essen an die Rettungskräfte) werfen schräge Schlaglichter auf das Geschehen. Seltsamerweise ist der Killer Keller jedoch auch nicht davor gefeit, sich mit so allgemeingültigen Fragen herumzuschlagen wie: Lässt sich dieser Auftrag mit meinen Moralvorstellungen vereinbaren? Werde ich einen neuen Beruf finden? Mit seinem feinen Humor, seinem unübertroffenen Erzählstil und seiner unnachahmlichen Art, das Leben der arbeitenden Bevölkerung Amerikas zu würdigen, wird Block seine große Fangemeinde auch hier wieder zu begeistern wissen. «

Wes Lukowsky, Booklist

A LAWRENCE BLOCK PRODUCTION

Kellers Hitparade

LAWRENCE BLOCK

Aus dem Amerikanischen übersetzt von Sepp Leeb

Originaltitel: *Hit Parade*

Kellers Designated Hitter

In einer Hand ein Bier, in der anderen einen Hotdog, stieg Keller die Betonstufen zu seinem Platz hinauf. In der Reihe vor ihm diskutierten zwei Männer über die Folgen eines Trades der Tarpons – sie hatten vor Kurzem im Austausch gegen einen linkshändigen Reliever und einen Spieler, dessen Name erst später bekanntgegeben werden sollte, zwei Minor-League-Talente an die Florida Marlins abgegeben. Keller vermutete, dass er nichts versäumt hatte, da sie schon über dasselbe Thema gesprochen hatten, als er seinen Platz verlassen hatte. Wahrscheinlich würde der Name des Spielers schon lange, bevor die beiden ihre Spekulationen über ihn beendeten, bekanntgegeben.

Keller nahm einen Bissen von seinem Hotdog und trank einen Schluck Bier, als der Mann links neben ihm sagte: »Haben Sie mir denn nichts mitgenommen?«

Wie bitte? Er hatte dem Mann nur gesagt, dass er gleich wieder zurück wäre. Vielleicht hatte er auch erwähnt, dass er sich was zu essen holen wollte, aber hatte er etwa nicht mitbekommen, was der Mann darauf erwidert hatte?

»Was hätte ich Ihnen denn mitnehmen sollen? Einen Hotdog oder ein Bier?«

»Beides«, sagte der Mann und fügte sofort hinzu: »Nein, nein, ich wollte Sie nur ein bisschen auf den Arm nehmen. Nur ein kleiner Scherz.«

»Ach so«, sagte Keller.

Der Mann wollte noch etwas sagen, verstummte aber nach ein oder zwei Worten, weil er wie jeder andere im Stadion seine Aufmerksamkeit auf die Home Plate richtete, wo sich der Hitter der Tarpons gerade auf den Boden geworfen hatte, um nicht von einem Fastball getroffen zu werden. Den Pitcher der Yankees, einen stämmigen Japaner, der sich mit abgehackten Armbewegungen auf den Wurf vorbereitet hatte, schienen die Buhs kalt zu lassen, und Keller fragte sich, ob er überhaupt merkte, dass sie ihm galten. Er fing den vom Catcher zurückgeworfenen Ball auf, brachte sich in Position und nahm seine Wurfhaltung ein.

»Taguchi wirft gern nah am Mann«, sagte Kellers Nachbar, »und Vollmer macht sich auf der Plate gern breit. Deshalb muss Vollmer manchmal zu Boden gehen oder einen Punkt herschenken.«

Keller nahm wieder einen Bissen von seinem Hotdog und überlegte, ob er seinem neuen Freund auch einen anbieten sollte. Allein die Tatsache, dass er das nur in Erwägung zog, schien ihm ein Zeichen dafür, dass es dem Mann tatsächlich gelungen war, ihn auf den Arm zu nehmen. Er war froh, dass er den Hotdog nicht teilen musste, weil er ihn ganz für sich allein haben wollte. Und als er ihn aufgegessen hatte, hatte er das Gefühl, noch einen vertragen zu können.

Das war eigenartig, weil er sonst nie Hotdogs aß. Vor einigen Jahren hatte er in einem Nachrichtenmagazin einen Kommentar gelesen, der Gesetze mit Wurst verglich. Man war besser dran, wenn man nicht wusste, wie sie gemacht wurden, hatte der Kolumnist geschrieben, und Keller, dem bis dahin gleichgültig gewesen war, wie Gesetze verabschiedet oder Würste hergestellt wurden, wurde von da an sensibler für das Thema. Was die Gesetzgebung anging, hatte das keine Auswirkungen auf sein Leben, aber er stellte fest, dass ihm, ohne dass er diesbezüglich eine bewusste Entscheidung getroffen hatte, der Appetit auf Wurst vergangen war.

Aber in einem Baseballstadion sah die Sache anders aus. Er hatte den Verdacht, dass die Hotdogs, die sie im Tarpons-Stadion verkauften, hinsichtlich ihrer Zusammensetzung höchstwahrscheinlich noch dubioser waren als die üblichen Supermarktwiener, aber das spielte keine Rolle. Ein Stadion-Hotdog gehörte genauso zum Baseballerlebnis, wie einem Klugscheißer im Publikum zuzuhören, der einem Hunderte von Metern entfernten Spieler Anweisungen zuschrie, die dieser garantiert nicht hören konnte, oder einen Pitcher ausbuhte, dem das völlig am Arsch vorbeiging, oder sich von seinem Sitznachbarn auf den Arm nehmen zu lassen. Alles Teil der wunderbaren amerikanischen Freizeitgestaltung.

Er biss von seinem Hotdog ab, kaute, nahm einen Schluck Bier. Taguchi kam auf drei-zu-zwei gegen Vollmer, der vier Bälle ins Foul schlug, bevor er einen bekam, der ihm gefiel. Er schmetterte ihn zur 396-Foot-Marke im linken Center Field, wo ihn sich Bernie Williams schnappte. An der ersten und zweiten Base waren Runner postiert gewesen, die jedoch wieder auf ihre Bases zurücktrabten, als der Ball gefangen wurde.

»Einer out«, sagte Kellers neuer Freund.

Keller aß seinen Hotdog, trank sein Bier.

Als nächster war der dritte Baseman der Tarpons dran, und das Stadion buhte lautstark, als ihn die Yankees auf Base schickten. »Das tun sie immer«, sagte Keller.

»Ja, immer«, sagte der Mann neben ihm. »Dabei ist es nur Taktik, und niemand kümmert sich darum, wenn es das eigene Team macht. Aber wenn der eigene Mann an der Reihe ist und der Gegner nicht pitchen will, rechnet man es ihnen als Zeichen von Feigheit an.«

»Dabei ist es ein geschickter Schachzug.«

»Außer Turnbull zeigt es ihnen mit einem Grand Slam, und von denen hat er, weiß Gott, schon einige geschlagen.«

»Ich habe mal einen gesehen«, sagte Keller. »Im Wrigley Fields, bevor sie Flutlicht bekommen haben. Damals war er bei den Cubs. Gegen wen sie gespielt haben, weiß ich allerdings nicht mehr.«

»Wenn er bei den Cubs war, muss es in der Zeit gewesen sein, bevor sie Flutlicht bekommen haben. Er ist ganz schön rumgekommen, nicht? Aber in letzter Zeit hat er etwas nachgelassen, und da muss man sich einfach an die Statistiken halten.«

»Das ganze Spiel dreht sich nur um Statistik«, sagte Keller.

»Um Statistik, um Zentimeter, um Hätte-könnte-sollte«, sagte der Mann und Keller war plötzlich überaus dankbar, Amerikaner zu sein. Er war nie bei einem Fußballspiel gewesen, aber er konnte sich nicht vorstellen, dass dort Gespräche wie dieses geführt wurden.

»Und jetzt der Designated Hitter der Tarpons«, verkündete der Stadionsprecher. »Nummer siebzehn, Floyd Turnbull.«

3

»Er ist also ein Designated Hitter«, sagte Dot auf der Veranda des großen Hauses am Taunton Place. »Was auch immer das heißt.«

»Es heißt, dass er nur für Offensivaufgaben eingesetzt wird«, erklärte ihr Keller. »Er schlägt für den Pitcher.«

»Warum schlägt der Pitcher nicht selbst? Ist das so eine Gewerkschaftsverordnung?«

»So was Ähnliches«, sagte Keller, aber weiter wollte er sich darüber nicht auslassen. Er hatte einmal versucht, einer Stewardess die Infield-Fly-Regel zu erklären, und war seitdem fest entschlossen, einen solchen Fehler nie mehr zu machen. In diesem Punkt war er keineswegs sexistisch, er kannte jede Menge Frauen, die etwas von Baseball verstanden, aber diejenigen, auf die das nicht zutraf, sollten es sich von jemand anderem beibringen lassen.

»Ich habe ihn ein paarmal spielen sehen«, fuhr er deshalb fort und rührte seinen Eistee um. »Floyd Turnbull.«

»Im Fernsehen?«

»Da habe ich ihn Dutzende Male gesehen. Nein, ich meine im Stadion. Einmal im Wrigley Fields, als er für die Cubs gespielt hat und ich zufällig in Chicago war.«

»Du warst rein zufällig dort?«

»Na ja«, sagte Keller. »Zufällig bin ich eigentlich nie irgendwo. Es war wegen was Geschäftlichem. Jedenfalls hatte ich einen Nachmittag frei und habe mir das Spiel angesehen.«

»Neuerdings würdest du in ein Briefmarkengeschäft gehen.«

»Baseballspiele finden inzwischen meistens abends statt«, sagte er. »Trotzdem gehe ich hin und wieder ins Stadion. In New York habe ich Turnbull auch ein paarmal gesehen. Im Shea draußen, als er bei den Cubs war und sie für eine Serie gegen die Mets in New York waren. Vielleicht war er aber auch schon bei den Astros, als ich ihn gesehen habe. Das kann ich nicht mehr mit Sicherheit sagen.«

»Mal ganz abgesehen davon, dass es auch nicht so wahnsinnig wichtig ist.«

»Ich glaube, im Yankee Stadium habe ich ihn auch mal gesehen. Aber du hast natürlich recht, das ist nicht so wichtig.«

»Ich hätte auch keine Probleme damit«, sagte Dot, »wenn du ihn nie gesehen hättest, ob nun im Stadion oder im Fernsehen. Erschwert es das für dich, Keller? Sonst kann ich diesen Typen nämlich jederzeit noch mal anrufen und ihm sagen, wir treten von dem Auftrag zurück.«

»Nein, nicht nötig.«

»Ehrlich gestanden, täte ich das auch äußerst ungern. Er hat bereits die Hälfte angezahlt. Ich kann Aufträge ablehnen, wie es mir passt, und an Sonntagen erst recht, aber wenn ich Geld zurückgeben muss, das ich schon in der Hand habe, tut mir das in der Seele weh. Woran könnte das wohl liegen?«

»Na ja, der Spatz in der Hand ...«

»Wenn ich einen Spatz schon mal in der Hand habe«, sagte Dot, »lasse ich ihn nur äußerst ungern wieder los. Aber du hast diesen Typen spielen sehen. Fällt es dir deswegen nicht schwerer, ihn zu eliminieren?«

Nach kurzem Nachdenken schüttelte Keller den Kopf. »Warum? Das ist nun mal, was ich tue.«

»Genau«, sagte Dot. »Wenn man es sich genauer überlegt, ist es das Gleiche wie bei Turnbull. Du bist doch auch so eine Art Designated Hitter, Keller, oder etwa nicht?«

»Designated Hitter«, sagte Keller, als Floyd Turnbull einen zweiten Strike kassierte. »Wer denkt sich so was aus?«

»Irgendein Marketinggenie«, sagte sein neuer Freund. »Irgendein Klugscheißer, der aufgrund irgendwelcher Meinungsumfragen behauptet, dass die Fans mehr Hits und Home Runs sehen wollen. Deshalb haben sie den Mound niedriger gemacht und den Schiedsrichtern gesagt, keine High Strikes mehr zu beanstanden, und dann haben sie den Baseball aufgepimpt und in den neuen Stadien Zäune aufgestellt, und die Spieler haben angefangen, Hanteln zu stemmen und leichtere Schläger zu verwenden, und jetzt hast du im Baseball plötzlich Ergebnisse wie beim Football. Erst letzte Woche haben die Tigers die A's vierzehn zu dreizehn geschlagen. Da war mein erster Gedanke, wer hat denn da den Extrapunkt nicht gemacht?«

»Wenigstens lassen sie in der National League noch die Pitcher schlagen.«

»Und bei den Profis verwendet keiner diese Alu-Schläger. Wenn sie auf ESPN College-Baseball bringen, kann ich mir das nicht ansehen. Ich finde das Geräusch des Balls, wenn er getroffen wird, einfach schrecklich. Ganz zu schweigen davon, dass er viel zu weit fliegt.«

Der nächste Pitch landete im Sand. Posada konnte ihn nicht finden, aber der Third-Base-Coach roch den Braten und hielt den Runner zurück. Die Fans buhten, aber es ließ sich schwer sagen, wen sie ausbuhten oder warum. Die zwei Typen vor Keller fielen in das Gebuhe ein, und Keller und sein Nachbar tauschten wissende Blicke.

»Fans«, sagte der Mann und verdrehte die Augen.

Der nächste Pitch kam hüfthoch, und Turnbull erwischte ihn voll. Das Stadion hielt kollektiv den Atem an und der Ball segelte in Richtung Left-Field-Ecke und landete im letzten Moment im Foul. Die Zuschauer ließen den Atem entweichen, und die Runner trabten zu ihren Bases zurück. Turnbull, der gar keinen glücklichen Eindruck machte, stellte sich wieder auf der Plate bereit.

Er holte nach dem nächsten Pitch aus, der für Keller wie Ball vier aussah, und schlug ihn nach rechts. O'Neill fing ihn, und das Inning war aus.

»Jetzt sind die Yanks dran«, sagte Kellers Freund. »Wurde auch langsam Zeit, dass sie das Ding über die Runden bringen, finden Sie nicht auch?«

Bei zwei Mann out in der Tarpons-Hälfte des achten Innings und einem Fünf-Runs-Vorsprung der Yankees erwischte Turnbull einen Fastball von Mike Stanton voll und drosch ihn auf die Tribüne. Keller sah zu, wie er um die Bases trabte und ordentlich Applaus von den Zuschauern bekam, die noch geblieben waren.

»Home Run Nummer 393 für das alte Schlachtross«, sagte der Mann zu Kellers Linken. »Und wie viele Leute haben ihn verpasst, weil sie dem Stau zuvorkommen wollten?«

»Der Dreihundertdreiundneunzigste?«

»Ja. Damit fehlen ihm noch sieben auf vierhundert. Und was die Hits angeht, haben Sie gerade Nummer 2988 gesehen.«

»Und das haben Sie alles im Kopf?«

»So groß ist mein Kopf auch wieder nicht«, sagte der Mann und deutete auf die Anzeigetafel, auf der angegeben war, was er gerade gesagt hatte. »Nur noch zwölf Hits, bevor er in den 3000-Hits-Club aufgenommen wird. Das ist das Einzige, was sich für die DH-Regel sagen lässt. Ihretwegen kann ein Typ wie Floyd Turnbull noch ein paar Jährchen zusätzlich dranhängen und so die Zahlen erzielen, die einen nach Cooperstown in die Hall of Fame bringen. Und er kann ein Team immer noch verstärken. Er rennt vielleicht nicht mehr zu den Bases und erwischt keine Fly Balls mehr, aber wie man einen Baseball trifft, hat der Dreckskerl nicht verlernt.«

Als das Spiel zu Ende war, gingen die zwei Männer mehrere Treppen hinunter und aus dem Stadion. »Ich würde es Floyd gönnen, wenn er auf die Zahlen kommt, die er braucht«, sagte Kellers Nachbar, »aber es wäre mir lieber, wenn er sie in einem anderen Team erzielen würde. Was die Yanks im Moment bräuchten, ist ein vernünftiger linkshändiger Starter und ein bisschen Unterstützung in der Bullpen und keinen alten Mann mit kaputten Knien, der den Ball aus dem Stadion drischt, wenn es kein Mensch braucht.«

»Finden Sie, sie sollten ihn abgeben?«

»Würden sie liebend gern, aber niemand will ihn. Er kann einem Team durchaus helfen, aber nicht genug, um solche Kosten zu rechtfertigen. Sein Vertrag läuft noch drei Jahre, und das bei einem Gehalt von sechseinhalb Millionen pro Jahr. Es fehlt nicht an Teams, die ihn brauchen könnten, aber nicht für sechseinhalb Millionen. Und die Tarps werden ihn nicht los und können nicht die Pitcher kaufen, die sie dringend bräuchten, solange sie Turnbull sein Gehalt zahlen müssen.«

»Ganz schön schwieriges Geschäft«, sagte Keller.

»Und genau das ist es auch, ein Geschäft. So, mein Wagen steht drüben in der Pentland Avenue, deshalb muss ich mich hier verabschieden. War schön, mit Ihnen zu reden.«

Damit wandte sich der Mann von Keller ab, der in die entgegengesetzte Richtung weiterging. Er wusste nicht, wie der Mann hieß, mit dem er sich unterhalten hatte, und würde ihn wahrscheinlich nie wieder sehen, aber das war vollkommen okay. Im Gegenteil, es war sogar eins der wirklich schönen Dinge daran, ins Stadion zu gehen: die anregenden Gespräche, die man mit Fremden führte, die man anschließend weiter als Fremde betrachten konnte.

7

Der Mann war eine angenehme Gesellschaft gewesen, und zum Schluss hatte er sogar noch ein paar nützliche Informationen von ihm bekommen.

Denn inzwischen begann Keller zu dämmern, warum er engagiert worden war.

»Die Tarpons kriegen Turnbull nicht mehr los«, erklärte er Dot. »Und sie müssen ihm ein enorm hohes Gehalt zahlen, ob er nun aufgestellt wird oder nicht. Das ist wahrscheinlich der Grund, warum hier meine Dienste gefragt sind.«

»Also, ich weiß nicht. Bist du da wirklich sicher, Keller? Sind das nicht etwas arg drastische Personalabbaumaßnahmen? Und alles nur, um einem einzigen Mann kein Gehalt mehr zahlen zu müssen? Auf wie viel kann sich das schon belaufen?«

Keller sagte es ihr.

»So viel?« Sie war beeindruckt. »Das ist nicht gerade wenig, wenn man bedenkt, dass der gute Mann nur mit seinem Prügel einen Ball treffen muss und dafür nicht einmal stundenlang in der Sonne rumstehen muss. Er sitzt nur auf der Bank, bis er mit Schlagen dran ist, oder?«

»Ja.«

»Vielleicht liegst du tatsächlich richtig«, fuhr sie fort. »Ich habe keine Ahnung, wer uns angeheuert hat und warum, aber deine Erklärung hört sich deutlich einleuchtender an als alles andere, was mir spontan dazu einfällt. Jedenfalls ist mir plötzlich nicht mehr ganz wohl bei der Sache, Keller.«

»Wieso?«

»Weil das genau die Sorte Job ist, die deine Milch sauer werden lassen könnte.«

»Welche Milch? Was redest du da eigentlich?«

»Ich kenne dich jetzt schon ziemlich lange, Keller. Und ich kann richtig sehen, was dir dabei durch den Kopf geht und dass du immer mehr zu der Überzeugung gelangst, dass das keine Art ist, mit einem Angestellten nach langen Jahren treuer Dienste umzuspringen, und dass du bei so etwas nicht mitspielen willst. Habe ich mich verständlich genug ausgedrückt?«

»Du hörst mal wieder nur die Flöhe husten, Dot«, sagte Keller. »Was die Frage angeht, wer uns angeheuert hat und warum, bin ich einfach nur neugierig. Und Neugier ist noch weit entfernt von moralischer Entrüstung.«

»Der Katze ist sie meines Wissens jedenfalls nicht gut bekommen.«

»*So* neugierig bin ich nun auch wieder nicht.«

»Dann muss ich mir also keine Sorgen machen?«

»Absolut nicht. Der Mann ist schon so gut wie tot.«

Am nächsten Nachmittag beendeten die Tarpons die Serie gegen die Yankees und gewannen sie 3:1, ohne dass ihr Designated Hitter einen maßgeblichen Beitrag dazu geleistet hatte.

Keller sah sich das Match von einem guten Platz auf der Third-Base-Seite an. Anschließend checkte er in seinem Hotel aus und fuhr zum Flughafen. Er gab seinen Mietwagen zurück und flog nach Milwaukee, wo die Tarps für drei Spiele bei den Brewers zu Gast waren. Er nahm sich einen neuen Mietwagen und checkte in einem Motel ein, das eine halbe Meile von dem Marriott entfernt war, in dem die Tarpons immer abstiegen.

Das erste Spiel gewannen die Brewers 5:2. Floyd Turnbull lieferte eine anständige Leistung ab, die allerdings keine Auswirkung auf das Endergebnis hatte.

Am nächsten Abend gingen die Tarps schon im ersten Inning deutlich in Führung und gewannen am Ende 13:4. Turnbull schaffte im überragenden ersten Inning einen Home Run, vermasselte aber im siebten eine Riesenchance.

»Warum macht er so was?«, fragte der glatzköpfige Kerl neben Keller. »Kann mit zwei Outs den Sack zumachen und versucht dann noch ein drittes. Was hat er sich dabei gedacht?«

»Wenn du neun Runs vorne liegst«, sagte Keller, »spielt das, glaube ich, keine große Rolle mehr.«

»Trotzdem«, sagte sein Nachbar. »Das ist grundsätzlich das Problem mit diesem Typen. Er denkt nur an sich. Er wollte einfach einen weiteren Dreier in seiner Statistik, mehr nicht. Das Team ist dem total egal.«

Nach dem Spiel ging Keller in ein deutsches Restaurant, das im Süden der Stadt am See lag. Der Laden strotzte vor Atmosphäre: von den Deckenbalken hängende Bierkrüge, eine Blaskapelle in Lederhosen und fünfzehn verschiedene Biersorten vom Fass. Keller konnte die Bedienungen nicht auseinanderhalten, weil alle wie erwachsen gewordene Heidis aussahen, und das gleiche Problem hatte anscheinend auch Floyd Turnbull, der sie alle

Gretchen nannte und ihnen unter den Rock fasste, wenn sie in Reichweite kamen.

Keller war nur hier, weil er erfahren hatte, dass die Tarpons gern hierherkamen, aber allein der Sauerbraten war die lange Anfahrt locker wert. Er ließ sich Zeit mit seinem Bier, und als er fertiggegessen hatte und die Bedienung ihn fragte, ob er noch eines wollte, lehnte er dankend ab und bat um einen Kaffee. Bis sie ihn brachte, waren einige Fans durch das Lokal gewandert, um die Tarpons um Autogramme zu bitten.

»Sie wollen alle ihre Speisekarten unterschrieben bekommen«, verriet Keller der Bedienung. »Sicher gehen sie Ihnen bald aus.«

»Das ist immer so«, sagte sie. »Nicht, dass uns die Speisekarten ausgehen, das passiert uns nie, aber dass die Spieler hier essen und die anderen Gäste sie um Autogramme bitten. Die Tarpons kommen jedenfalls gern her.«

»Das Essen ist ja auch super«, sagte Keller.

»Und es ist kostenlos. Nur für die Spieler natürlich. Sie ziehen viele Gäste, und das ist es dem Besitzer wert, und er findet es grundsätzlich klasse, viele Sportler im Restaurant zu haben. Dass sie fürs Essen nichts zahlen müssen, dürfte ich Ihnen eigentlich gar nicht sagen.«

»Es wird unser kleines Geheimnis bleiben.«

»Meinetwegen können Sie es auch in alle Welt hinausposaunen. Das ist heute mein letzter Abend. Solche Wichser wie Floyd Turnbull können mir echt gestohlen bleiben. Wenn ich mir den Unterleib untersuchen lassen will, gehe ich lieber gleich zum Frauenarzt.«

»Ich habe schon gemerkt, dass er seine Pfoten nicht unter Kontrolle hat.«

»Aber sonst ein richtiger Knauser. Die Spieler essen und trinken hier zwar kostenlos, aber die meisten geben wenigstens Trinkgeld. Keine großzügigen Trinkgelder, Baseballspieler haben den Geldbeutel nicht sehr locker sitzen, aber ein bisschen was geben sie zumindest. Turnbull gibt immer genau zwanzig Prozent.«

»Zwanzig Prozent sind doch nicht so schlecht.«

»Aber wenn es zwanzig Prozent von nichts sind, schon.«

»Ach so.«

»Er hat gesagt, dass er heute einen Home Run geschlagen hat.«

»Den Dreihundertvierundneunzigsten seiner Karriere«, sagte Keller.

»Bei mir kommt er trotzdem nicht weit, dieses Arschloch«, sagte sie.

DREI

»Vorgestern Abend«, sagte Keller, »war ich in einem deutschen Lokal in Milwaukee.«

»In Milwaukee?«

»Na ja, nicht ganz in Milwaukee. Ein paar Meilen weiter südlich am Lake Michigan.«

»Da fehlt zumindest nicht viel«, sagte Dot. »Aber von Memphis ist es trotzdem ein ordentliches Stück entfernt. Obwohl, wenn es im Süden von Milwaukee war, ist es wahrscheinlich weniger weit von Memphis entfernt, als wenn es tatsächlich in Milwaukee wäre.«

»Dot ...«

»Bevor wir uns zu ausführlich mit den geographischen Gegebenheiten befassen«, sagte sie, »solltest du nicht in Memphis sein? Und einen Auftrag erledigen?«

»Eigentlich ...«

»Erzähl mir jetzt bloß nicht, die Sache wäre schon erledigt, weil ich das nämlich mitbekommen hätte. CNN hätte es bestimmt gebracht, und sie hätten mich nicht mal bis zu den Sportmeldungen zwanzig Minuten nach der vollen Stunde warten lassen. Ist dir eigentlich schon mal aufgefallen, dass sie nie sagen, zu welcher vollen Stunde?«

»Das ist wegen der unterschiedlichen Zeitzonen.«

»Ach ja, die Zeitzonen. Und in welcher Zeitzone bist du gerade, Keller? Oder weißt du das nicht?«

»Ich bin in Seattle«, sagte er.

»Dort haben sie Pacific Time, oder? Drei Stunden hinter New York.«

»Richtig.«

»Aber in Sachen Kaffee sind sie uns Lichtjahre voraus. Ich bin allerdings sicher, dass du mir auch das erklären kannst.«

»Sie sind ständig unterwegs«, sagte er. »Die Hälfte ihrer Spiele tragen sie zu Hause in Memphis aus und die andere Hälfte auswärts in anderen Städten.«

»Und du reist ihnen hinterher.«

»Genau. Ich lasse mir lieber Zeit, um eine gute Gelegenheit abzupassen. Die Flugtickets gehen zwar ziemlich ins Geld, aber das ist meine Sache. Es hat nämlich niemand gesagt, dass es eilig ist.«

»Nein«, gab sie zu. »Wenn die Zeit eine Rolle spielen sollte, hat es mir zumindest niemand gesagt. Ich dachte nur, du würdest dir einen schönen Lenz machen und die ganzen Briefmarkengeschäfte abklappern. Sozusagen den Ball aus den Augen verlieren.«

»Sozusagen«, sagte Keller.

»Aber können sie in Seattle überhaupt Baseball spielen, Keller? Regnet es da nicht die ganze Zeit? Oder haben sie dort eins dieser Stadien mit einem Deckel drauf?«

»Mit einer Kuppel«, sagte er.

»Ach so. Da hätte ich übrigens gleich noch eine Frage. Was hat Memphis mit Fischen zu tun?«

»Häh?«

»Wegen der Tarpons«, sagte Dot. »Tarpune sind doch Fische. Und Memphis liegt meines Wissens mitten in der Wüste.«

»Was heißt hier mitten in der Wüste. Es liegt am Mississippi.«

»Hast du etwa im Mississippi schon mal einen Tarpun gesehen, Keller?«

»Nein.«

»Und du wirst dort auch keinen sehen – außer du entsorgst Turnbull im Mississippi, wenn du deinen Auftrag endlich erledigt hast. Tarpune sind Tiefseefische. Wie kommen sie also in Memphis auf die Idee, ihr Baseballteam nach ihnen zu benennen? Warum nicht die Gracelanders?«

»Weil sie umgezogen sind«, erklärte er ihr.

»Nach Milwaukee«, sagte sie, »und dann nach Seattle und weiß Gott, wo sie sonst noch hinziehen werden.«

»Nein«, sagte Keller. »Das Franchise ist umgezogen. Sie haben als Expansion Team angefangen, als Sarasota Tarpons, aber weil sie nicht genügend Tickets verkauft haben, ist der neue Besitzer nach Memphis umgezogen. Nimm doch nur die Basketballteams, Utah Jazz oder L.A. Lakers. Was hat Salt Lake City mit Jazz zu tun, und seit wann ist Südkalifornien das Land der tausend Seen?«

»Der Grund, warum ich mich nicht für Sport interessiere«, sagte Dot, »ist, dass alles so unlogisch ist. Gibt es nicht ein Team, das Miami Heat heißt? Da kann man doch nur hoffen, dass sie bleiben, wo sie sind. Stell dir mal vor, sie ziehen nach Buffalo um.«

Warum hatte er eigentlich überhaupt angerufen? Ach so. »Dot«, sagte er, »ich war heute im Hotel der Tarpons und habe jemand gesehen.«

»Aha?«

»Einen kleinen Kerl mit einer Riesennase und so einem schmalen Kopf, als ob sie ihn mal in einen Schraubstock eingespannt hätten.«

»Ich habe mal von jemand gehört, der das tatsächlich mit ein paar Leuten gemacht hat.«

»Also, ich glaube nicht, dass das auch bei diesem Typen so war. Trotzdem, so ein Gesicht hatte er. Er hat im Foyer rumgesessen und Zeitung gelesen.«

»Wenn sich jemand so auffällig verhält, ist es kein Wunder, dass du auf ihn aufmerksam geworden bist.«

»Nein, genau das ist es doch«, sagte Keller. »Er sieht irgendwie auffällig aus und hat fehl am Platz gewirkt. Und ich habe ihn nur wenige Tage zuvor in diesem deutschen Lokal in Milwaukee gesehen.«

»Diesem berühmten deutschen Lokal.«

»Kann schon sein, dass es ziemlich berühmt ist, aber darum geht es nicht. Er war an beiden Orten, und er war beide Male allein. In Milwaukee ist er mir aufgefallen, weil ich allein gegessen habe und mir deswegen etwas verdächtig vorgekommen bin, aber dann habe ich gesehen, dass ich nicht der Einzige war, der allein gegessen hat, weil er auch da war.«

»Du hättest ihn fragen können, ob er dir Gesellschaft leisten will.«

»Er hat auch dort fehl am Platz gewirkt und irgendwie zwielichtig. Mit seinem Fedora-Hut hat er ausgesehen wie so ein Broadway-Stenz aus einem alten Film, direkt aus *Guys and Dolls* entsprungen.«

»Ich glaube, langsam merke ich, wohin das führt.«

»Jedenfalls habe ich mich gefragt«, fuhr Keller fort, »ob ich vielleicht nicht der einzige DH in dieser Geschichte bin? Hallo? Bist du noch dran, Dot?«

»Ja, bin ich«, sagte sie. »Musste nur erst mal alles verarbeiten. Ich weiß nicht, wer der Kunde ist, der Auftrag ist über einen Mittelsmann reingekommen, aber was ich weiß, ist, dass niemand hektisch zu werden scheint. Warum sollten sie also noch jemand anheuern? Bist du sicher, dieser Typ macht dasselbe wie du? Vielleicht ist er ein großer Tarpons-Fan, der sich kein Spiel entgehen lässt und ihnen überallhin nachreist.«

»So sieht er aber nicht aus, Dot.«

»Könnte er Privatdetektiv sein? Baseballspieler betrügen doch auch ihre Frauen.«

»Das tut jeder, Dot.«

»Dann hat ihn wahrscheinlich eine Ehefrau angeheuert, damit er Belastungsmaterial für die Scheidung sammelt.«

»Für einen Privatdetektiv sieht er zu halbseiden aus.«

»Ich wusste gar nicht, dass das geht.«

»Er hat nicht diese Korrupter-Cop-Ausstrahlung, wie sie Privatdetektive haben. Eher sieht er wie jemand aus, der von den Cops verhaftet wird und sie dann schmiert, dass sie ihn wieder laufen lassen. Wenn du mich fragst, ist er ein Auftragskiller, aber kein besonders guter.«

»Sonst sähe er anders aus.«

»Eine Grundvoraussetzung für diesen Job ist«, sagte Keller, »dass man nicht aus der Menge heraussticht. Und dieser Typ ist so was von auffällig.«

»Vielleicht gibt es mehr als eine Person, die diesen Baseballspieler aus dem Weg geräumt haben will.«

»Der Gedanke ist mir auch schon gekommen.«

»Könnte durchaus sein, dass ein zweiter Kunde einen zweiten Auftragskiller angeheuert hat. Deshalb ist es vielleicht gar keine so schlechte Idee, dir ein bisschen Zeit zu lassen.«

»Das habe ich mir auch schon gedacht.«

»Wenn du nämlich jetzt aktiv wirst, könntest du unter Umständen Ärger bekommen, bloß weil dieser Schmalspurgangster irgendwo Mist gebaut hat. Und wenn er tatsächlich einen Auftrag ausführen soll und du einfach abwartest und ihn die Drecksarbeit machen lässt, kann dir das nur recht sein. Wir kriegen unser Geld, ob du nun abdrückst oder nicht.«

»Also werde ich mir Zeit lassen.«

»Unbedingt. Am besten, du probierst einfach mal diesen berühmten Kaffee und lässt dich von diesem berühmten Regen nass machen. Gibt es in Seattle Briefmarkenhändler, Keller?«

»Bestimmt. Dass es in Tacoma einen gibt, weiß ich.«

»Dann schau mal bei ihm vorbei«, sagte sie. »Kauf dir ein paar Briefmarken. Lass es dir gutgehen.«

Ich sammle die ganze Welt, von 1840 bis 1949, und British Commwealth bis 1952.«

»Die Klassiker also«, sagte der Briefmarkenhändler, ein vierschrötiger Mann, der zu seinem karierten Hemd eine Krawatte trug. »Was Solides.«

»Inzwischen bin ich allerdings am Überlegen, ob ich nicht auch ein Motiv sammeln soll. Baseball.«

»Eine kluge Wahl«, sagte der Mann. »Bei den meisten anderen Sportmotiven wird man nur mit diesen unsäglichen Olympia-Ausgaben bombardiert, die diese kleinen briefmarkenverrückten Länder bloß herausbringen, um sie an Sammler zu verhökern. Am schlimmsten ist Fußball, wegen der Weltmeisterschaft und allem. Bei Baseball hält es sich viel mehr in Grenzen, weil es keine olympische Sportart ist. Ich meine, was wissen sie in Guinea-Bissau schon über Baseball?«

»Ich war gestern Abend bei einem Spiel im Stadion«, sagte Keller.

»Haben die Mariners zur Abwechslung mal gewonnen?«

»Ja, gegen die Tarpons.«

»Wurde auch langsam Zeit.«

»Turnbull hat vier Punkte gemacht.«

»Turnbull? Spielt der jetzt für die Mariners?«

»Nein, er ist der DH der Tarpons.«

»Als sie den DH eingeführt haben«, sagte der Mann, »habe ich das Interesse verloren. Und er hat vier Punkte gemacht? Alles schön und gut, aber was soll daran Besonderes sein?«

»Ob es was Besonderes ist, kann ich nicht sagen. Jedenfalls fehlen ihm damit nur noch fünf Hits, um die Dreitausend zu schaffen, und Home Runs braucht er noch drei, um die 400er-Marke zu knacken.«

»Man kann nie wissen«, sagte der Briefmarkenhändler. »Eines Tages bringen die St. Vincent-Grenadines eine Marke mit seinem Bild raus. Aber egal, soll ich ihnen ein paar Baseballmarken zeigen?«

Keller schüttelte den Kopf. »Das muss ich mir erst noch überlegen, bevor ich eine neue Sammlung anlege. Aber wie sieht's mit der Türkei aus? In meinem Album sind jede Menge Seiten mit frühen Ausgaben, von denen mir nur gähnende Leere entgegenstarrt.«

»Dann nehmen Sie schon mal Platz«, sagte der Händler. »Vielleicht kann ich Ihnen ja helfen, ein paar davon zu füllen.«

Von Seattle flogen die Tarpons zu drei Spielen im Jacobs Field nach Cleveland und dann zu vier Spielen in drei Tagen zu den Orioles, dem aktuellen Tabellenführer, nach Baltimore runter. Das letzte Spiel gegen die Mariners schwänzte Keller und flog schon vor ihnen nach Cleveland, wo er sich ein Motel suchte und für alle Spiele Karten kaufte. Jacobs Field war eins von den neuen Stadien, auf das die heimischen Fans sehr stolz waren, sodass im vergangen en Jahr die meisten Spiele ausverkauft gewesen waren. Dieses Jahr lief es für die Indians allerdings nicht so gut, und Keller hatte keine Mühe, gute Plätze zu bekommen.

Floyd Turnbull schaffte nur einen Hit gegen die Indians und saß im dritten Spiel, das die Tarpons als einziges gewannen, ganz auf der Bank. Sein Ersatz, ein mageres Jüngelchen, das gerade aus der Minor League gekommen war, schaffte zwei Hits und drei Runs.

»Dieser junge Neue hat es uns gezeigt«, sagte Kellers Nachbar beim dritten Spiel. Er war Cleveland-Fan und dachte, Keller wäre auch einer. Keller, der sich für die drei Spiele eine Indians-Kappe gekauft hatte, hatte ihn in diesem Glauben gelassen. »Besser, sie hätten den alten Turnbull gebracht«, fügte der Mann hinzu.

»Ihm fehlen nur noch ein paar Hits auf die dreitausend«, sagte Keller.

»Jede Menge Hits und Home Runs, aber richtigen Schaden wie dieser Junge eben hat er eigentlich nie angerichtet. Spielt nur für die Statistik, nicht fürs Team, der gute Mann.«

»Entschuldigung«, sagte Keller. »Ich habe gerade jemanden gesehen, dem ich gern hallo sagen würde.«

Es war der Broadway-Stenz, der diesmal einen Panama mit einem knallroten Hutband trug, mit dem er sofort aus der Menge herausstach, obwohl er auch ohne es schwer zu übersehen gewesen wäre. Keller hatte ihn schon im dritten Inning entdeckt und sich immer wieder vergewissert, dass er noch auf seinem Platz saß. Im Moment steckte der Kerl gerade mit einer Frau, die im Stadion irgendwie fehl am Platz wirkte, die Köpfe zusammen.

Ungeachtet der spontanen Kameraderie eines Stadionbesuchs sah sie nicht wie eine Frau aus, die mit einem Kerl wie dem Stenz über die Feinheiten eines Double Steal sprach.

Sie war groß und schlank und hielt sich sehr gerade. Sie trug ein Kostüm und sah auf den ersten Blick aus, als käme sie gerade aus dem Büro, während man auf den zweiten eher anzunehmen geneigt war, dass ihr die Firma gehörte. Und wenn sie überhaupt etwas in einem Stadion verloren hatte, dann in der VIP-Lounge und nicht auf einem stinknormalen Sitzplatz.

Worüber unterhielten sich die beiden so angeregt? Worüber sie auch sprachen, hatten sie die Sache geklärt, bis Keller nahe genug an sie herankam, um mitzuhören. Sie trennten sich und gingen in verschiedene Richtungen davon. Keller warf in Gedanken eine Münze und folgte der Frau. Wo der Mann abgestiegen war und welchen Namen er verwendete, wusste er bereits.

Er folgte der Frau zum Ritz-Carlton, was irgendwie ins Bild passte. Auch wenn er unterwegs seine Indians-Kappe losgeworden war, war er nicht für das Foyer eines 5-Sterne-Hotels angezogen, nicht in der Khakihose und dem Polohemd, das für das Jacobs Field völlig in Ordnung war.

Aber daran ließ sich nichts ändern. Er betrat das Hotel trotzdem und hoffte, sie im Foyer zu entdecken, aber sie war nicht da. Er konnte ja erst mal an der Bar was trinken. Wenn sie dort keinen Dresscode hatten, konnte er dort über einem Bier sitzen und das Foyer im Auge behalten, ohne groß aufzufallen. Wenn sie schon schlafen gegangen war, hatte er Pech gehabt, aber vielleicht war sie auch nur auf ihr Zimmer gegangen, um sich umzuziehen. Vielleicht hatte sie ja noch nicht zu Abend gegessen.

Aber weit gefehlt, wie sich herausstellte. Er betrat die Bar, und da saß sie, ganz allein an einem Ecktisch. Sie rauchte eine Zigarette – mit Spitze, was man nicht mehr allzu oft sah – und hatte ein Stielglas mit einem rostfarbenen Cocktail vor sich stehen. Ein Manhattan oder ein Rob Roy, nahm er an. Jedenfalls etwas in der Art. Stilvoll, wie die ganze Frau, und ein bisschen altmodisch.

Keller holte sich an der Bar eine Flasche Tuborg und ging damit an den Tisch der Frau. Sie machte kurz große Augen, als sie ihn bemerkte, zeigte aber sonst keine Regung. Keller zog sich einen Stuhl heran und setzte sich, als verstünde sich von selbst, dass er willkommen war.

»Ich gehöre zu diesem Typen«, sagte er.

»Ich weiß nicht, wovon Sie reden.«

»Keine Namen, ja? Strohhut mit rotem Band. Sie haben vor etwa zwanzig Minuten mit ihm geredet. Wenn Sie weiter so tun wollen, als würde ich Griechisch sprechen, bitte, gern. Andernfalls würde ich Ihnen empfehlen, mit mir zu kommen.«

»Wohin?«

»Er muss Sie sprechen.«

»Warum? Wir haben doch gerade miteinander gesprochen!«

»Das entzieht sich leider meiner Kenntnis«, sagte Keller, durchaus wahrheitsgemäß. »Ich bin nur ein Laufbursche. Er könnte natürlich selbst kommen, aber möchten Sie das? In Ihrem Hotel in aller Öffentlichkeit mit Slansky gesehen werden?«

»Slansky?«

»Mein Fehler«, sagte Keller, »dass ich diesen Namen fallen lasse, unter dem Sie ihn gar nicht kennen. Vergessen Sie also, dass ich das gesagt habe, ja?«

»Aber ...«

»Übrigens sollten auch *wir* nicht allzu lange zusammen gesehen werden. Deshalb gehe ich jetzt nach draußen, und Sie trinken Ihren Drink aus und unterschreiben die Rechnung, und dann folgen Sie mir. Ich warte vor dem Eingang in einem blauen Honda Accord.«

»Aber ...«

»In fünf Minuten«, sagte er und ging.

VIER

Sie brauchte mehr als fünf, aber weniger als zehn Minuten, und sie stieg ohne Zögern in den Honda. Er fuhr vom Parkplatz des Hotels und verriegelte ihre Tür.

Während sie, vermeintlich auf dem Weg zu einem Treffen mit dem Mann mit dem Panamahut (der nicht Slansky hieß, aber wen interessierte das schon?), durch die Gegend fuhren, erfuhr Keller, dass seine Beifahrerin eine Affäre mit Floyd Turnbull gehabt hatte und von diesem dazu überredet worden war, in ein Immobilienprojekt von ihm zu investieren. Das Ganze war vertraglich so geregelt, dass sie ihr Geld nur über ein langwieriges und kostspieliges Zivilverfahren zurückfordern konnte – außer Turnbull starb, in welchem Fall die Partnerschaft automatisch aufgelöst würde. Was die rechtlichen Belange anging, versuchte Keller erst gar nicht, ihren Ausführungen zu folgen. Aber das Wesentliche verstand er, und das genügte. Die Art, wie sie über Turnbull sprach, ließ für Keller keinen Zweifel, dass sie sich seinen Tod einiges kosten lassen würde, selbst wenn für sie nichts dabei heraussprang.

Schon erstaunlich, dass niemand den Kerl zu mögen schien.

Und jetzt hatte Slansky das ganze Geld im Voraus erhalten, und als Gegenleistung dafür hatte er ihr Stein und Bein geschworen, dass Turnbull die Rückkehr der Tarpons nach Memphis nicht mehr erleben würde. Sie hatte ihm Druck gemacht, es in Cleveland hinter sich zu bringen, aber er hatte sich so lange gesperrt, bis sie ihm sein ganzes Honorar im Voraus bezahlt hatte, und jetzt sah es so aus, als würde er es erst tun, wenn sie in Baltimore waren, aber dort sollte es dann auch wirklich passieren, weil das die letzte Station der Tarpons vor ihrer Rückkehr nach Memphis war, wo sie dann eine lange Serie von Heimspielen hatten und ...

Und wenn sich dieser Typ jetzt den Flug nach Baltimore zu sparen versuchte?

»Da wären wir«, sagte Keller und bog in ein Einkaufszentrum. Die Geschäfte hatten alle geschlossen, und auf dem Parkplatz standen nur noch ein Lieferwagen und ein Chevy, der nicht mehr weit käme, bevor nicht jemand seinen rechten Hinterreifen wechselte. Keller parkte neben dem Chevy und stellte den Motor ab.

»Gleich da hinten.« Keller machte ihr die Tür auf und half ihr beim Aussteigen. Er führte sie so an dem Chevy vorbei, dass sie von der Straße nicht zu sehen waren. »Jetzt wird es ein bisschen verzwickt«, sagte er und nahm sie am Arm.

Der Mann, den er Slansky genannt hatte, wohnte in einem preisgünstigen Motel an einer Ausfahrt des I-71, wo er als John Carpenter eingecheckt hatte. Keller klopfte an seine Zimmertür, aber niemand öffnete. Wäre ja auch zu einfach gewesen.

Egal.

Wenn die Tarpons nicht schon auf dem Weg nach Baltimore waren, waren sie bestimmt wieder im Marriott abgestiegen. Aber da sie gerade ein Abendspiel gehabt hatten und am nächsten Tag wieder eines haben würden, blieben sie vielleicht in Cleveland und flogen erst am nächsten Morgen hin. Keller fuhr zum Marriott. Als er dort durchs Foyer in die Bar ging, sah er bereits den Shortstop und einen Middle Reliever. Demnach blieben sie über Nacht, außer die Vereinsleitung hatte die beiden fristlos entlassen, was jedoch unwahrscheinlich war, weil sie keinen niedergeschlagenen Eindruck machten.

Zwei weitere Tarpons entdeckte er in der Bar, wo er sich ein Bier genehmigte. Einer der beiden Spieler in der Bar, der Second-string Catcher, nickte Keller zu. Das ließ Keller stutzen. Hatte er sich so lange in ihrem Umfeld aufgehalten, dass sie ihn schon vom Sehen kannten?

Er trank sein Bier aus und ging. Auf dem Weg durchs Foyer kam ihm Floyd Turnbull entgegen. Er machte keinen sehr glücklichen Eindruck. Aber worüber hätte er auch glücklich sein sollen? Er hatte an diesem Abend seinen Stammplatz an einen Grünschnabel namens Anliot verloren, der zu allem Überfluss auch noch das Spiel für die Tarpons gewonnen hatte. Kein Wunder, dass Turnbull den Eindruck machte, als wollte er jemanden verprügeln, am besten Anliot. Außerdem sah es so aus, als wollte er auf sein Zimmer gehen, und Keller vermutete, dass der Mann bettreif war.

Keller fuhr in das billige Motel zurück. Als auch diesmal auf sein Klopfen hin niemand an die Tür kam, machte er sich auf die Suche nach einem Münzfernsprecher und rief an der Rezeption an. Eine Frau teilte ihm mit, dass Mr. Carpenter ausgecheckt hatte.

Und jetzt wo war? Einen Flug nach Baltimore konnte er um diese Uhrzeit nicht genommen haben. Vielleicht fuhr er mit dem Auto hin. Keller hatte seinen Wagen gesehen. Für einen Leihwagen sah er zu alt und klapprig aus. Vielleicht gehörte ihm die Karre, und er fuhr damit die Nacht durch von Cleveland nach Baltimore.

Keller flog nach Baltimore und saß pünktlich zum ersten Pitch auf seinem Platz im Camden Yards. Floyd Turnbull saß auf der Bank, und als DH war Graham Anliot aufgestellt. Anliot schaffte zwei Singles und einen Walk bei seinen ersten drei Ausflügen zur Plate, und Keller blieb nicht, um zu sehen, wie der Abend endete. Er ging, als die Tarpons im siebten Inning mit vier Runs in Führung lagen und zum Werfen drankamen.

Bevor Keller in sein Motel fuhr, kaufte er in einem Ace Hardware eine Rolle Draht, eine Packung Augenschrauben und eine Packung Bilderhaken. Auf seinem Zimmer fiel ihm ein, dass er auch noch einen Kabelschneider hätte kaufen sollen. In Ermangelung eines solchen maß er einen Meter von dem Draht ab und knickte ihn an dieser Stelle mehrmals ab, bis er ausfranste und sich brechen ließ. Nachdem er an jedem Ende eine Schlaufe gemacht hatte, packte er den unbenutzten Rest der Rolle wieder in ihre Schachtel, um sie bei der nächsten Gelegenheit in einem Gully zu entsorgen. Die Augenschrauben und die Bilderhaken hatte er bereits verschwinden lassen.

Er hatte Slansky bei dem Spiel am Vorabend nicht gesehen und wusste nicht, wo er sich aufhielt. Aber er wusste inzwischen, in welcher Sorte Motel der Mann bevorzugt abstieg, und glaubte, davon ausgehen zu können, dass er sich eines in der Nähe des Stadions nehmen würde. Würde er unter demselben Namen einchecken? Keller fiel kein Grund ein, warum er das nicht tun sollte, und wahrscheinlich sah das auch Slansky so. Als er daraufhin im Sweet Dreams Motel im Key Highway anrief, versicherte ihm eine nette junge Frau mit einem Gujarati-Akzent, ja, ein Mr. John Carpenter sei bei ihnen zu Gast und ob sie ihn in sein Zimmer durchstellen solle?

»Nein danke, nicht nötig«, sagte Keller. »Ich möchte ihn überraschen.«

Und das tat er auch. Als Slansky – Keller konnte einfach nicht anders, als ihn Slansky zu nennen, obwohl er sich den Namen selbst ausgedacht hatte – als Slansky also in sein Auto stieg, saß Keller auf dem Rücksitz.

Der Mann erstarrte gerade lange genug, um Keller zu verraten, dass er sich seiner Anwesenheit bewusst war. Dann steckte Slansky mit einer geschmeidigen Bewegung den Zündschlüssel ins Schloss. Sollte er ihn losfahren lassen? Nein. Keller hatte sein Auto ebenfalls auf dem Parkplatz des Sweet Dreams stehen und hätte dann den ganzen Weg zu Fuß zurückgehen müssen.

Und je länger Slansky am Leben blieb, desto mehr Gelegenheiten hatte er, nach seiner Pistole zu greifen oder einen Unfall zu bauen.

»Schön stillhalten, Slansky«, sagte Keller.

»Sie verwechseln mich mit jemand«, sagte der Mann mit einer Mischung aus Erleichterung und Verzweiflung. »Wer auch immer Slansky ist, ich bin es nicht.«

»Für lange Erklärungen ist jetzt keine Zeit«, sagte Keller, denn es war auch keine und wozu auch? Da war es doch wesentlich einfacher, den Bilderdraht, wie er das schon so oft getan hatte, zum Einsatz zu bringen. Einfacher und leichter. Und wenn Slansky in dem Glauben starb, aus Versehen umgebracht zu werden, was soll's, vielleicht war es sogar ein gewisser Trost für ihn.

Vielleicht aber auch nicht. Keller, der die Hände durch die Schlaufen an den Enden des Drahts gesteckt hatte und mit aller Kraft daran riss, wusste nicht, wo da der Unterschied sein sollte.

FÜNF

»Au Scheiße«, stöhnte der Dicke eine Reihe hinter Keller, als der Centerfielder der Orioles nach seinem Sprung mit nichts in seinem Handschuh landete als seiner eigenen Hand. Auf dem Mound schüttelte der Baltimore-Pitcher den Kopf, wie das Pitcher in so einem Moment tun, und Floyd Turnbull erreichte die First Base und fiel in seinem Homerun-Trab.

»Und ich dachte schon, als sich dieses Nachwuchstalent verletzt hat, dass es jetzt leichter würde für uns«, fuhr der Dicke fort. »Der Kerl war nämlich richtig gut drauf, und die Pitcher der anderen Teams hätten sich bestimmt noch eine Weile die Zähne an ihm ausgebissen, bis sie eine Möglichkeit gefunden hätten, ihm beizukommen. Wie lang fällt er denn aus, ein paar Wochen?«

»Habe ich zumindest gehört«, sagte Keller. »Er hat sich eine Zehe gebrochen.«

»Ist ihm jemand auf den Fuß gestiegen? War das, wie er sich die Verletzung zugezogen hat?«

»Heißt es jedenfalls«, sagte Keller. »Es war in einem voll besetzten Lift, und niemand weiß, wie es genau passiert ist, ob ihm jemand auf den Fuß getreten hat oder ob er sich schon vorher verletzt hat und es erst gemerkt hat, als er falsch aufgetreten ist. Aber sie glauben, dass er spätestens in einem Monat wieder voll einsatzfähig ist.«

»Uns kann er jedenfalls im Moment nicht wehtun«, sagte der Mann,

»aber Turnbull wird sich diese Gelegenheit nicht nehmen lassen. Den hat er eben voll erwischt.«

»Nummer 398«, sagte Keller.

»Im Ernst? Ihm fehlen nur noch zwei auf die Vierhundert? Und bei den Base Hits ist er doch auch nah dran.«

»Noch vier und er hat dreitausend.«

»Ich halte ihm jedenfalls die Daumen«, sagte der Mann. »Aber muss er sie unbedingt hier erzielen?«

»Ich schätze, er knackt die Marke zu Hause in Memphis.«

»Kann er gern. Welche? Hits? Oder Home Runs?«

»Vielleicht beide«, sagte Keller.

»Sie haben mir ja schon wieder nichts mitgebracht«, sagte der Mann.

Es war derselbe Kerl, der neben ihm gesessen hatte, als er die Tarpons zum ersten Mal hatte spielen sehen, und irgendwie bestärkte das Keller in der Annahme, dass er gleich einen historischen Moment erleben würde. Floyd Turnbull hatte im zweiten Inning einen Grounder geschlagen, der Augen gehabt haben musste, so wie er sich seinen Weg zwischen erstem und zweitem Baseman hindurch gesucht hatte. Die Tarpons absolvierten gerade ihr viertes Heimspiel in Serie, das erste von drei gegen die Yankees, und Turnbull, der gegen Tampa Bay auf ganzer Linie enttäuscht hatte, arbeitete sich trotzdem an die schwer erreichbaren Zahlen heran. Er hatte inzwischen 399 Home Runs, und der Hit im zweiten Inning war Nummer 2999.

»Ich habe gerade noch den letzten Hotdog ergattert«, sagte Keller, »und würde Ihnen gern eine Hälfte anbieten, aber ich teile nie.«

»Kann ich Ihnen nicht verdenken«, sagte sein Nebenmann. »Ist eine egoistische Welt, in der wir leben.«

Turnbull hatte im vierten Inning einen Walk und zwei Innings später drei Strikeouts, aber das war Keller egal. Es war ein perfekter Abend, um sich ein Spiel anzusehen, und er hatte an dem Wortgeplänkel mit seinem Nachbarn ebenso viel Spaß wie an dem spannenden Match. Es ging ständig hin und her, und die Tarpons lagen zwei Runs zurück, als Turnbull im neunten Inning wieder an die Reihe kam.

»Scheiße«, sagte Kellers Freund, als ihn die Yankees mit einem Walk aus dem Spiel nahmen. »Eigentlich hatte ich gehofft, wir bekämen was

Besonders zu sehen. Aber anscheinend müssen wir darauf noch ein, zwei Tage warten ... Aber wer weiß? Jetzt lässt Torre Rivera gegen ihn werfen.«

Aber der Closer der Yankees musste nur einen Ball werfen. Schon in dem Moment, in dem Turnbull ausholte, war klar, dass der Ball weg war. So sah es auch Bernie Williams, der sich bloß umdrehte und zuschaute, wie der Ball über ihn hinweg in die oberen Ränge flog, und Turnbull, der es aus der Batter's Box beobachtete, machte einen Luftsprung und pumpte triumphierend mit den Fäusten, bevor er zu seiner Runde um die Bases aufbrach. Das ganze Stadion wusste Bescheid und brach in stürmischen Applaus aus.

Vierhundert Home Runs, dreitausend Hits – und das Spiel war aus, und die Tarps hatten gewonnen.

»Ein Ende wie im Bilderbuch«, sagte Kellers Freund, und Keller hätte es nicht besser ausdrücken können.

»Probier mal den Tee«, sagte Dot. »Ist er okay so?«

Keller nahm einen Schluck Eistee und ließ sich in den Schaukelstuhl zurücksinken. »Wunderbar.«

»Ich habe mich schon gefragt«, sagte sie, »ob ich dich jemals wiedersehe. Als ich das letzte Mal von dir gehört habe, war ein anderer Hitter auf die Sache angesetzt, oder zumindest dachtest du das. Ich habe mir schon Gedanken gemacht, ob vielleicht du derjenige bist, auf den er es abgesehen hat, und er dich vielleicht ausgeschaltet hat.«

»Es war genau anders rum«, sagte Keller.

»Ach?«

»Ich wollte nicht, dass er mir in die Quere kommt«, erklärte er, »und die Frau, die ihn angeheuert hat, war unberechenbar. Deshalb ist sie auf dem Parkplatz eines Einkaufszentrums in Cleveland ausgerutscht und hat sich das Genick gebrochen. Und der Typ, den sie angeheuert hat ...«

»Hat den Kopf in einen Schraubstock eingespannt bekommen?«

»Das war schon, bevor ich ihn kennengelernt habe. Er hat sich in Baltimore in einem Stück Bilderdraht verheddert.«

»Und Floyd Turnbull ist eines natürlichen Todes gestorben«, sagte Dot. »Hatte den größten Abend seines Lebens, der, wie sich herausgestellt hat, sein letzter werden sollte.«

»Schon komisch«, sagte Keller.

»Genauso hat es auch Peter Jennings ausgedrückt. Hat beim Feiern zu viel getrunken, hat sich schlafen gelegt und ist an seiner eigenen Kotze erstickt. Sie haben einen Gutachter hinzugezogen, der erklärt hat, dass so was öfter passiert, als man denkt. Man wird bewusstlos, und dann wird einem schlecht, und man übergibt sich, ohne das Bewusstsein wiederzuerlangen, und wenn man auf dem Rücken schläft, atmet man seine Kotze ein und erstickt daran.«

»Und bekommt nicht mehr mit, wie einem geschieht.«

»Wie auch?«, sagte Dot. »Sonst unternähme man ja was dagegen. Bloß glaube ich nicht an natürliche Todesursachen, Keller, wenn du beteiligt bist. Außer man ist bereit, dich als natürliche Todesursache zu bezeichnen.«

»Tja.«

»Wie hast du es gemacht?«

»Ich habe der Natur nur ein bisschen nachgeholfen«, sagte er. »Betrunken musste ich ihn nicht machen, das hat er allein geschafft. Ich bin ihm nach Hause gefolgt, und ich kann dir sagen, er ist Schlangenlinien gefahren. Ich hatte schon Angst, er baut einen Unfall.«

»Und?«

»Na ja, angenommen, er trägt dabei ein paar Verletzungen davon? Und landet im Krankenhaus? Aber zum Glück hat er es heil nach Hause geschafft. Ich habe ihm genügend Zeit gelassen, um sich schlafen zu legen, aber er hat es gar nicht bis ins Bett geschafft, sondern ist auf der Couch eingepennt.« Keller zuckte mit den Achseln. »Ich habe ihm einen Lappen auf den Mund gedrückt und ihn zum Erbrechen gebracht und ...«

»Wie? Hast du ihm warme Seifenlauge eingeflößt?«

»Nein, nur das Knie in den Bauch gedrückt. Da hat vollauf genügt, und wegen des Lappens auf seinem Mund konnte die Kotze nirgendwo hin. Willst du das eigentlich wirklich so genau wissen?«

»Vielleicht nicht mehr so genau wie noch vor einer Minute, aber nur zu, mach dir meinetwegen keine Sorgen. Er hat den ganzen Schmodder eingeatmet und ist daran erstickt, finito la musica. Und dann?«

»Dann habe ich mich aus dem Staub gemacht. Oder was meinst du sonst mit ›und dann‹?«

»Das war vor ein paar Tagen.«

»Ach so«, sagte er. »Also, ich war bei ein paar Briefmarkenhändlern. Memphis ist übrigens eine gute Stadt für Briefmarken. Und dann wollte ich mir noch den Rest der Serie gegen die Yankees ansehen. Die Tarpons trugen wegen Turnbull alle schwarze Armbinden, aber es hat ihnen nichts genutzt. Die letzten beiden Spiele haben die Yankees gewonnen.«

»Was für unser Team natürlich sehr erfreulich ist«, sagte Dot. »Aber willst du es mir nicht erzählen?«

»Was soll ich dir erzählen? Habe ich doch gerade.«

»Du warst über einen Monat weg, um etwas zu tun, was du in zwei Tagen hättest erledigen können, und deshalb dachte ich, dass du mir das vielleicht erklären würdest.«

»Der andere Hitter«, begann er, aber sie schüttelte sofort den Kopf.

»Komm mir nicht mit dem ›anderen Hitter‹. Du hättest den Auftrag längst erledigt haben können, bevor der andere Hitter überhaupt aufgetaucht ist.«

»Schon richtig«, gab er zu. »Es ging mir nur um die Zahlen.«

»Um die Zahlen?«

»Vierhundert Home Runs«, sagte er. »Dreitausend Hits. Ich wollte, dass er das schafft.«

»Wegen Cooperstown«, sagte sie.

»Ich weiß nicht mal, ob er mit diesen Werten überhaupt in die Hall of Fame aufgenommen wird«, sagte Keller, »wobei mir das auch völlig egal ist. Ich wollte nur, dass er die Rekorde schafft, vierhundert Home Runs und dreitausend Hits, und ich wollte sagen können, dass ich dabei war, als er es geschafft hat.«

»Und ihn dann aus dem Verkehr ziehen.«

»Deswegen«, sagte er, »habe ich mir nie groß Gedanken gemacht.«

Darauf sagte sie eine Weile nichts, bis sie ihn schließlich fragte, ob er noch einen Eistee wollte. Er sagte, nein danke, und sie fragte ihn, ob er sich ein paar schöne Briefmarken für seine Sammlung gekauft hätte.

»Ja, einige aus der Türkei«, sagte er. »Das war eine Schwachstelle in meiner Sammlung, aber jetzt bin ich da wesentlich besser aufgestellt.«

»Das ist wahrscheinlich wichtig.«

»Keine Ahnung«, sagte er. »Es fällt mir immer schwerer zu sagen, was wichtig ist und was nicht. Dot, ich habe einen ganzen Monat lang Baseball geschaut. Es gibt schlechtere Möglichkeiten, die Zeit rumzubringen.«

»Da würde ich dir durchaus recht geben, Keller«, sagte sie. »Und früher oder später wirst du auch bestimmt rausfinden, welche das sind.«

Um eine Nasenlänge

SECHS

»Und wer gefällt Ihnen im dritten?«

Keller musste die Frage ein zweites Mal hören, bevor er merkte, dass sie an ihn gerichtet war. Als er sich umdrehte, stand ein Typ in einer Mets-Aufwärmjacke und mit einem missmutigen Ausdruck in seinem knubbeligen Gesicht da.

Wer ihm im dritten gefiel? Er hatte nicht darauf geachtet und war um eine Antwort verlegen. Das schien den Kerl nicht zu stören, und er beantwortete sich seine Frage selbst.

»Pferd Nummer zwei ist der klare Favorit. Mit ihm können Sie kein Geld verdienen. Und Nummer fünf hat zwar den Hauch einer Chance, hat es aber bei einem Rennen noch nie wirklich gebracht. Nummer drei kann sich auf fünf Furlongs sehen lassen, aber auf diese Distanz? Deshalb muss ich sagen, dass ich Ihnen recht gebe.«

Keller hatte noch kein Wort gesagt. Wie konnte er ihm da recht geben?

»Sie sind wie ich«, fuhr der Mann fort. »Keiner von diesen Losern, die auf jedes Rennen setzen müssen und es keine fünf Minuten aushalten, ohne ihre Geld rauszuhauen. Ich, ich komme manchmal her und bleibe den ganzen Tag, ohne auch nur zwei Dollar zu setzen. Mir genügt es vollauf, die frische Luft zu atmen und den Gäulen beim Laufen zuzusehen.«

Keller hatte nicht die Absicht gehabt, irgendetwas zu sagen, aber jetzt konnte er doch nicht anders. »Frische Luft?«

»Seit es einen abgetrennten Bereich für die Raucher gibt«, sagte der kleine Mann, »ist es hier durchaus auszuhalten ... oh, Entschuldigung, ich habe gerade jemand gesehen, dem ich hallo sagen sollte.«

Damit entfernte er sich, und als ihn Keller das nächste Mal sah, stand er an einem Schalterfenster und setzte auf ein Pferd. Frische Luft, dachte Keller. Den Gäulen beim Laufen zusehen. Hörte sich eigentlich durchaus verlockend an, solange man sich nicht vor Augen führte, dass zwar die Gäule im Freien um die Rennbahn galoppierten, aber Keller und der Pimpf neben ihm mit sechzig oder achtzig anderen Leuten in ein Ladengeschäft in Midtown gepfercht waren und das Ganze im Fernsehen verfolgten.

Keller, der eine *Racing Form* in der Hand hatte, blickte sich misstrauisch in dem Wettbüro um. Es befand sich in der Lexington, Ecke Forty-fifth Street, nicht weit von der Grand Central Station und zu Fuß gute fünf Minuten von seiner Wohnung in der First Avenue entfernt. Trotzdem war er zum ersten Mal hier. Wenn er sich nicht täuschte, war es sogar das erste Mal, dass er es überhaupt registriert hatte. Er musste im Lauf der Jahre hunderte, wenn nicht tausende Male daran vorbeigegangen sein, ohne es bemerkt zu haben, was nur zeigte, wie weit es mit seinem Interesse an Sportwetten her war.

Oder an Wetten oder Glücksspiel überhaupt. Er war in seinem ganzen Leben dreimal auf der Rennbahn gewesen. Das erste Mal hatte er ein paar kleine Wetten platziert – zwei Dollar hier, fünf Dollar da. Seine Pferde hatten ihm aber nichts eingebracht, und er war sich ein bisschen blöd vorgekommen. Die anderen Male hatte er erst gar keine Anstalten unternommen, auf ein Pferd zu setzen.

Er war hin und wieder, meistens berufsbedingt, in Spielcasinos gewesen, hatte sich dort aber nie wohlgefühlt. Auch wenn viele Leute die Atmosphäre dort prickelnd fanden, empfand Keller sie eher als Reizüberflutung. Der Lärm, die hektisch blinkenden Lichter, die dem schnellen Geld hinterherjagenden Menschen. Keller, der höchstens mal einen Spielautomaten mit ein paar Münzen gefüttert oder eine Partie Blackjack gespielt hatte, um nicht ganz aus der Rolle zu fallen, hatte sich nur auf sein Zimmer zurückziehen und schlafen legen wollen.

Die Leute waren eben nicht alle gleich, dachte er. Vielen verschaffte es einen Kick zu spielen. Was sie sich damit auf jeden Fall einhandelten, war die Aufmerksamkeit von Keller oder jemandem wie ihm. Sie verloren Geld, das sie gar nicht besaßen, oder stahlen welches, um damit zu spielen, oder schafften es sonst irgendwie, dass jemand richtig sauer auf sie wurde. Und schon kam Keller ins Spiel, was wiederum zur Folge hatte, dass der Spieler früher oder später endgültig aus dem Spiel genommen wurde.

Für die meisten Spieler war es jedoch ein Hobby, ein harmloser Zeitvertreib. Und bloß weil Keller sich nicht vorstellen konnte, was daran so toll sein sollte, hieß das nicht, dass nichts daran war. Als Keller jetzt in dem Wettbüro diese ganzen Würde-könnte-sollte-Gesichter um ihn herum studierte, war ihm klar, dass ihre Faszination nicht vorgetäuscht war. Sie waren wirklich voll bei der Sache – egal, was es war.

Und wer war er schon, dachte er, sich über ihre Begeisterung lustigzumachen? Die Geschmäcker waren nun mal verschieden. Diese Männer, die dieses *Racing Form*-Geschwafel so faszinierte, hätten mit seinem Briefmarkenkatalog sicher nichts anfangen können. Hätten sie Keller gesehen, wie er mit einer Lupe in der einen und einer Pinzette in der anderen Hand über eins seiner Briefmarkenalben gebeugt saß, hätten sie ihn wahrscheinlich für nicht ganz dicht gehalten. Warum mit kleinen Stücken perforiertem Papier spielen, wenn man sein Geld auf Pferde setzen konnte?

»Auf die Plätze – fertig – los!«

Und da gingen sie auch schon ab. Keller schaute auf den an der Wand befestigten Bildschirm und sah den Gäulen beim Laufen zu.

Angefangen hatte es mit Briefmarken.

Er sammelte die ganze Welt, angefangen bei den ersten Briefmarken, der One Penny Black und der Two Pence Blue von 1840, bis kurz nach dem Ende des 2. Weltkriegs. (Wann genau er den Schlussstrich zog, hing vom jeweiligen Land ab. Die meisten Länder sammelte er bis 1949, nur das British Empire bis zum Tod von George VI. im Jahr 1952. Die jüngste Marke in seiner Sammlung war über fünfzig Jahre alt.)

Wenn man die ganze Welt sammelte, hatte man in seinen Alben Platz für mehr Marken, als man je würde erwerben können. Keller wusste, dass er keines seiner Alben jemals voll bekommen würde, aber das fand er keineswegs frustrierend, sondern tröstlich. Egal, wie lang er lebte oder wie viel Geld er hatte, würde es immer Briefmarken geben, die in seiner Sammlung fehlten. Man versuchte natürlich, die leeren Stellen zu füllen – darum ging es schließlich –, aber es war das ständige Streben, das einem Befriedigung verschaffte, nicht das Erreichen des Ziels.

Deshalb hatte er nie das Gefühl, eine Marke unbedingt haben zu müssen. Er kaufte immer mit Bedacht ein, erwarb nur Marken, die ihm gefielen, und gab nie mehr Geld für sie aus, als er sich leisten konnte. Er hatte im Lauf der Jahre einiges auf die hohe Kante gelegt und war sogar einmal an den Punkt gekommen, an dem er mit dem Gedanken gespielt hatte, seinen Job an den Nagel zu hängen. Als er dann jedoch wieder mit dem Briefmarkensammeln begann, fraß sein Hobby seine ganzen Rentenrücklagen auf – was ihn, alles in allem betrachtet, in keiner Weise störte. Warum sollte er sich zur Ruhe setzen? Dann müsste er nur aufhören, Briefmarken zu kaufen.

Im Grund genommen war seine Ausgangssituation optimal. Er brauchte nie dringend Geld, fand aber immer eine Möglichkeit, es auszugeben. Wenn Dot reichlich Aufträge für ihn an Land zog, legte er einen beträchtlichen Teil seiner Einkünfte in seiner Briefmarkensammlung an. War die Auftragslage rückläufig, war das kein Problem. Dann hielt er sich eben zurück, wenn ihm Händler ihre monatlichen Angebotslisten oder Marken zur Ansicht zuschickten, und schlug erst wieder ordentlich zu, wenn die Geschäfte besser gingen.

Insofern lief also alles bestens – bis der Auktionskatalog von Bulger & Calthorpe eintraf und alles durcheinander brachte.

Bulger & Calthorpe waren Briefmarkenauktionatoren aus Omaha. Sie annoncierten regelmäßig in *Linn's Stamp News* und anderen einschlägigen Zeitschriften und waren im ganzen Land unterwegs, um sich Sammlungen anzusehen. Drei-, viermal im Jahr mieteten sie in der Innenstadt von Omaha eine Hotelsuite und hielten dort eine Auktion ab, und seit ein paar Jahren bekam Keller ihre gut illustrierten Kataloge zugeschickt. Der aktuelle enthielt viel Frankreich und französische Kolonien, und auf die geringe Chance hin, dass er zum Zeitpunkt der Auktion in Omaha zu tun hätte, blätterte er darin. Er war jedenfalls nicht wirklich bei der Sache und dachte an etwas anderes, als er die erste Seite mit Farbfotos aufschlug, aber was ihm in diesem Moment auch durch den Kopf gegangen sein mochte, er vergaß es für immer.

Martinique Nr. 2. Und gleich daneben, Martinique Nr. 17.

Auf dem Bildschirm lief Pferd Nummer zwei einen Start-Ziel-Sieg ein und gewann mit viereinhalb Längen Vorsprung.

»Jetzt sehen Sie sich das mal an«, sagte der Pimpf neben Keller. »Hab ich's Ihnen nicht gesagt? Zahlt dreihundertvierzig für zwei Dollar. Soll da noch einer schlau draus werden!«

»Haben Sie auf den Gaul gesetzt?«

»Ich habe nicht auf ihn gesetzt«, sagte der Mann, »und auch nicht gegen ihn. Was ich habe, ich habe Nummer acht auf Platz gesetzt, was nichts als reiner Schwachsinn war, denn schauen Sie, was er gemacht hat? Er ist auf Platz drei gelandet, knapp hinter Nummer fünf. Wenn ich ihn also nur unter die ersten Drei gesetzt oder eine Dreierwette auf Zwo-Fünf-Acht und eine auf Zwo-Acht-Fünf ...«

Hätte-hätte-Fahrradkette, dachte Keller.

SIEBEN

Er studierte jetzt schon eine halbe Stunde lang den Bulger&Calthorpe-Katalog. Er las die Beschreibungen der zwei Martinique-Lose, schaute, was sonst noch angeboten wurde, und blätterte mehr als einmal zu Martinique Nr. 2 und Nr. 17 zurück. Zwischendurch prüfte er seinen Kontostand, runzelte die Stirn, nahm das Album, das Leeward Islands bis Niederlande enthielt, aus dem Regal, schlug es auf Martinique auf und sah zuerst auf die paar hundert Marken, die er hatte, und dann auf die zwei leeren Stellen, die für – wen wohl? – Martinique Nr. 2 und Martinique Nr. 17 gedacht waren.

Er klappte das Album zu, stellte es aber noch nicht ins Regal zurück und griff nach dem Telefon, um Dot anzurufen.

»Nur so eine Frage«, sagte er. »Ist was reingekommen?«

»Wie was zum Beispiel?«

»Ein Auftrag zum Beispiel.«

»Hast du den Hörer nicht richtig aufgelegt?«

»Nein, wieso? Hast du mich anzurufen versucht?«

»Wenn ja«, sagte sie, »hätte ich dich erreicht, weil dein Hörer auf der Gabel war. Und wenn ein Auftrag reingekommen wäre, hätte ich dich angerufen, wie wir das bisher immer gehandhabt haben. Aber auf einmal rufst du an.«

»Na ja ....«

»Weshalb ich mich natürlich frage, warum.«

»Ich könnte einen Auftrag gebrauchen, deshalb.«

»Wann hattest du den letzten? Vor einem Monat?«

»Eher vor zwei.«

»Du bist ein paar Tage verreist, und alles lief wie am Schnürchen. Der Kunde hat mich bezahlt, und ich habe dich bezahlt, und wenn es daran was zu beanstanden geben sollte, wüsste ich nicht, was. Gibt es da etwa eine neue Frau, Keller? Gibst du wieder mal größere Beträge für Ohrringe aus?«

»Nein, nichts in der Art.«

»Warum willst du dann … ist es etwa wegen irgendwelcher Briefmarken, Keller?«

»Ich könnte ein bisschen Geld brauchen, mehr nicht.«

»Deshalb hast du beschlossen, proaktiv zu werden und mich anzurufen. Also, ich würde auch gern proaktiv, aber wen soll ich anrufen? Um Aufträge, wie wir sie erledigen, kann man sich nicht bemühen. Sie müssen einem angeboten werden.«

»Schon klar.«

»Einmal haben wir eine Anzeige geschaltet, weißt du noch? Und weißt du auch noch, was dabei herausgekommen ist?« Das wusste er und schnitt ein Gesicht. »Deshalb warten wir«, fuhr Dot fort, »bis was reinkommt. Und falls du dabei auf einer metaphysischen Ebene nachhelfen willst, versuch's doch einfach mit proaktiven Gedanken.«

Im vierten Rennen gab es ein Pferd, das Going Postal hieß. Das hatte nichts mit Briefmarken zu tun, wusste Keller, sondern war ein Hinweis auf die Tendenz verärgerter Postangestellter, ihre im Second Amendment verbrieften Rechte in Anspruch zu nehmen und, oft mit drastischen Folgen, mit einer Schusswaffe an ihrem Arbeitsplatz zu erscheinen. Dessen ungeachtet war der Name auch dazu angetan, einem Philatelisten ins Auge zu stechen.

»Wie sieht es mit Nummer sechs aus?«, fragte Keller den kleinen Mann, worauf dieser die *Racing Form* und den Totalisator auf dem Bildschirm zu Rate zog.

»Hat bei seinen letzten fünf Starts dreimal Geld eingelaufen«, vermeldete der Pimpf. »Aber er ist mehr und mehr im Kommen. Rollt das Feld gern von hinten auf, und in diesem Rennen wird bestimmt früh Tempo gemacht, weil Nummer zwei und fünf mit Vorliebe vornweg laufen.« Es folgte noch mehr, aus dem Keller nicht schlau wurde, und dann sagte der Kleine: »Am Morgen war seine Quote noch zwölf zu eins, aber inzwischen ist sie bei achtzehn zu eins. Die gute Nachricht ist also, dass er ordentlich Gewinn abwirft, die schlechte, dass ihm niemand viel zutraut.«

Keller stellte sich am Schalter an. Als er an die Reihe kam, setzte er zwei Dollar auf Going Postal auf Platz eins.

Außer dass Martinique eine französische Besitzung war und die Ausgabe von Sondermarken schon vor einiger Zeit eingestellt hatte, wusste Keller nicht viel über die kleine Insel in der Karibik. Inzwischen war Martinique offiziell ein Überseedépartement und verwendete französische Marken. Das machten die Franzosen, um nicht als Kolonialisten bezeichnet zu werden. Indem sie Martinique zu einem Teil Frankreichs wie etwa die Normandie oder die Provence erklärten, verschleierten sie, dass die Insel von schwarzen Menschen bewohnt wurde, die auf den Feldern arbeiteten, die weißen Menschen gehörten, die in Paris lebten.

Keller war nie in Martinique – oder auch in Frankreich – gewesen und interessierte sich auch nicht besonders für die kleine Insel. Das war das Komische an Briefmarken; man musste sich nicht für ein Land interessieren, um sich für seine Briefmarken zu interessieren. Und er hätte nicht sagen können, was an den Marken von Martinique so Besonderes war, außer dass er im Lauf der Zeit relativ viele erworben hatte, was dazu geführt hatte, dass er das Land immer weiter sammelte und inzwischen erstaunlicherweise bis auf zwei Marken alle besaß.

Die zwei fehlenden Stücke gehörten zu den ersten Ausgaben der ehemaligen Kolonie, die durch einen Aufschlag auf Marken entstanden, die ursprünglich für die Verwendung in sämtlichen französischen Überseekolonien gedruckt worden waren. Die erste, die Nummer 2 im Scott-Katalog, war eine 20-Centime-Marke mit dem schwarzen Aufdruck »MARTINIQUE« und »5c«. Die zweite, Nummer 17, war eine 4-Centime-Marke mit dem Aufdruck »MARTINIQUE/15c«.

Laut Katalog war Nummer 17 postfrisch 7500 Dollar wert, gestempelt 7000. Der Wert von Nummer 2 wurde, postfrisch und gestempelt, mit 11.000 Dollar beziffert. Die Beträge waren kursiv angegeben, womit die

Herausgeber des Katalogs darauf hinwiesen, dass der exakte Wert schwer zu bestimmen war.

Die meisten Marken kaufte Keller für die Hälfte des im Scott angegebenen Preises. Marken mit Mängeln waren wesentlich billiger, und besonders gut erhaltene und zentrierte Marken konnten mehr kosten. Bei einer echten Rarität auf einer stark beworbenen Auktion ließ sich jedoch schwer vorhersagen, welcher Preis für eine Marke erzielt würde. Bulger&Calthorpe beschrieben Nummer 2 – sie war Los Nr. 2144 in ihrem Verkaufskatalog – als »postfrisch mit teilweisem OG, F-VF, das schönste Exemplar, das uns von dieser echten Rarität bisher unter die Augen gekommen ist«. Die Beschreibung von Nummer 17 – Los Nr. 2153 – war ähnlich euphorisch. Beiden Marken waren Zertifikate der Philatelic Foundation beigefügt, die ihnen bescheinigten, dass sie tatsächlich waren, was sie zu sein vorgaben. Die Auktionatoren schätzten, dass Nummer 2 etwa 15.000 Dollar bringen würde, bei Nummer 17 rechneten sie mit 10.000.

Aber das waren nur Schätzungen. Sie konnten für deutlich weniger den Besitzer wechseln, aber auch für einiges mehr.

Keller wollte sie haben.

Going Postal kam nicht gut vom Start los, aber das war zu erwarten gewesen. Das Pferd rollte das Feld mit Vorliebe von hinten auf. Und tatsächlich holte es gewaltig auf und lag eine Weile an dritter Stelle. Aber dann fiel es auf der Geraden zurück und kam als siebtes von neun Pferden ins Ziel. Wie der Kleine vorhergesagt hatte, waren Nummer 2 und 5 zunächst in Führung gegangen, dann aber beide überholt werden, allerdings nicht von Going Postal. Der Sieger, ein Schecke namens Doggen Katz, zahlte 19,20 Dollar.

»Scheiße aber auch«, sagte der kleine Mann. »Fast hätte ich ihn gehabt. Das Einzige, was ich falsch gemacht habe, war, auf ein anderes Pferd zu setzen.«

Was er brauchte, fand Keller, waren fünfzigtausend Dollar. Dann konnte er bei Nummer 2 auf fünfundzwanzig gehen und bei Nummer 17 auf fünfzehn, sodass ihm nach Abzug der Provision immer noch ein paar Dollar für Spesen und weitere Marken blieben.

War er vollkommen von Sinnen? Wie sollte ein vielleicht mal fünf

Quadratzentimeter großes Stück perforiertes Papier 25.000 Dollar wert sein? Wie konnten zwei davon das Leben eines Menschen wert sein?

Bei genauerem Überlegen gelangte er schließlich zu der Ansicht, dass alles nur eine Frage der Perspektive war. Wenn man eine Briefmarke nicht dafür verwendete, einen Brief zu verschicken, war jede Ausgabe dafür erst einmal unsinnig. Warum an einem Kamel ersticken, wenn man eine Mücke schlucken konnte? Ein Hobby, vermutete er, war per definitionem nicht unter rationalen Gesichtspunkten zu betrachten. Solange sich die Sache in Grenzen hielt, war daran nichts auszusetzen.

Und das bekam er hin. Wenn er wollte, konnte er seine Wohnung verpfänden. Die Bänker würden sich darum reißen, ihm fünfzigtausend Dollar zu leihen, weil die Wohnung mindestens das Zehnfache wert war. Sie würden auch nicht von ihm wissen wollen, was er mit dem Geld vorhatte, und es stünde ihm frei, es bis auf den letzten Cent für die zwei Martinique-Marken auszugeben.

Das hatte er nicht vor, keine Angst. Es wäre völlig verrückt. Was er allerdings im Fall eines unverhofften Geldregens täte, war eine andere Sache, wobei das allerdings keine Rolle spielte, weil es zu keinem unverhofften Geldregen kommen würde. Man brauchte keinen Wetterbericht, um zu merken, dass es nicht regnete. Es würde keinen Geldregen geben, und jemand anders würde die Martiniques Nummer 2 und 17 in sein Album einordnen. Das war schade, aber ...

Das Telefon klingelte.

Dot sagte: »Keller, ich habe gerade einen Krug Eistee gemacht. Komm doch raus und hilf mir, ihn zu trinken.«

Im fünften Rennen gab es ein Pferd, das Happy Trigger hieß, und ein anderes mit dem sinnigen Namen Hit The Boss. Wenn Going Postal Anklänge an sein Hobby weckte, schienen diese beiden auf seinen Beruf anzuspielen. Er sprach den Kleinen auf sie an. »Irgendwie gefallen mir diese beiden«, sagte er, »aber ich weiß nicht, welches mir besser gefällt.«

»Schließen Sie doch einfach zwei Zweierwetten ab«, riet ihm der Mann. »Vier-sieben und Sieben-vier.« So würde Keller nur etwas gewinnen, wenn die zwei Pferde als Erster und Zweiter ins Ziel kamen. Da jedoch der Totalisator für beide hohe Quoten anzeigte, war mit einem ordentlichen Gewinn zu rechnen.

»Wie viel müsste ich denn setzen?«, fragte Keller den Pimpf. »Vier Dollar? Bisher habe ich nämlich immer nur zwei Dollar pro Rennen gesetzt.«

»Wenn Sie es bei zwei Dollar belassen wollen«, sagte sein Freund, »setzen Sie eben nur auf einen Einlauf. Bloß, wie werden Sie sich fühlen, wenn Sie auf Vier-sieben setzen und der Einlauf ist Sieben-vier?«

»Genau deine Kragenweite«, sagte Dot. »Kommt von einem anderen Mittelsmann. Zwischen uns und dem Kunden ist also eine hohe Mauer. Außerdem ist der Mittelsmann solide, und wäre der Kunde eine Unternehmensanleihe, würde er AAA bewertet.«

»Und was ist der Haken an der Sache?«

»Wie kommst du darauf, die Sache könnte einen Haken haben, Keller?«

»Keine Ahnung. Normalerweise gibt es doch immer einen, oder etwa nicht?«

Dot runzelte die Stirn. »Der einzige Haken, wenn du ihn einen solchen nennen willst, ist, dass es vielleicht gar keinen Auftrag gibt.«

»Das würde ich auf jeden Fall einen Haken nennen.«

»Wahrscheinlich.«

»Warum hat er den Mittelsmann eingeschaltet, wenn es keinen Auftrag gibt«, fragte Keller. »Und warum hat der Mittelsmann dich angerufen und wieso bin ich extra hier rausgefahren?«

Dot spitzte die Lippen und seufzte. »Da ist dieses Pferd.«

ACHT

Das fünfte Rennen war relativ spannend. Bunk Bed Betty, ein großes braunes Pferd mit einer schwarzen Mähne, führte die ganze Zeit, um dann allerdings auf der Zielgeraden von einem 30-zu-eins-Pferd namens Hypertension attackiert und überholt zu werden.

Hit The Boss wurde Letzter, was ihn zum einzigen Pferd machte, das von Happy Trigger geschlagen wurde.

Gegen Ende des Rennens wurde Kellers neuer Freund richtig aufgeregt und zeigte ihm einen Wettschein mit einer 10-Dollar-Siegwette auf Hypertension. »Nicht schlecht«, sagte er, als sie die Gewinnquote anzeigten. »Damit habe ich heute, gestern und vorgestern wieder drinnen. Das war übrigens Alvie Jurado auf Hypertension. Ein super Rennen, was er da geritten hat.«

»Ja, richtig spannend«, musste Keller zugeben.

»Und erst recht, wenn man zehn Dollar auf den Sieger gesetzt hat. Tut mir leid, wegen Ihrer Zweierwette. Hat sie wohl vier Dollar gekostet.«

Keller zuckte auf eine, wie er hoffte, mehrdeutige Art mit den Achseln. Ihm war nicht wohl dabei gewesen, vier Dollar zu wetten, und da er sich nicht hatte entscheiden können, auf wen er seine üblichen zwei Dollar setzen sollte, hatte er gar nicht gewettet. Daran war nicht das Geringste auszusetzen, im Gegenteil, er hatte zwei oder vielleicht sogar vier Dollar gespart, aber er wäre sich wie ein Feigling vorgekommen, wenn er das gegenüber einem Mann zugegeben hätte, der gerade über dreihundert Dollar gewonnen hatte.

»Das Pferd heißt Kissimmee Dudley«, sagte Dot, »und läuft am Samstag in Belmont im siebten Rennen. Es ist das Hauptrennen, und angeblich hat Dudley nicht den Hauch einer Chance.«

»Ich kenne mich mit Pferden nicht groß aus.«

»Sie haben vier Beine«, sagte Dot, »und wenn das Pferd, auf das du gesetzt hast, vor den anderen ins Ziel kommt, gewinnst du Geld. Das ist so ziemlich alles, was ich über die Viecher weiß. Aber über Kissimmee Dudley weiß ich noch was. Unser Kunde glaubt, dass er gewinnt.«

»Hast du nicht gerade gesagt, er hat keine Chance.«

»Heißt es. Aber unser Kunde sieht das anders.«

»Aha.«

»Anscheinend ist Dudley ein wesentlich besseres Rennpferd, als alle denken«, fuhr Dot fort. »Sein Besitzer hat ihn nämlich bisher zurückgehalten und das richtige Rennen abgewartet. Inzwischen ist seine Quote sehr hoch, und er kann ordentlich absahnen. Und zur Sicherheit hat er die anderen Jockeys geschmiert, damit sie nicht vor Dudley einlaufen.«

»Das Rennen ist manipuliert.«

»So könnte man es auch nennen.«

»Aber?«

»Aber bekanntlich läuft nicht immer alles nach Plan, Keller, und wahrscheinlich ist das auch gar nicht so schlecht, weil mein Telefon sonst nie läuten würde. Noch ein bisschen Eistee?«

»Nein danke.«

»Das Rennen ist am Samstag, und Dudley wird an den Start gehen. Und wenn er gewinnt, bekommst du zweitausend Dollar.«

»Wofür?«

»Für deine Anwesenheit. Dass du zur Verfügung stehst.«

»Langsam verstehe ich, glaube ich, worauf das hinausläuft«, sagte Keller. »Und falls Kissimmee Dudley nicht gewinnen sollte ... wie sind sie eigentlich auf diesen Namen gekommen, weißt du das zufällig?«

»Frag mich was Leichteres.«

»Jedenfalls, wenn er verliert«, sagte Keller, »gibt es Arbeit für mich.«

Dot nickte.

»Der Jockey, der vor ihm einläuft?«

»Ist Hackfleisch«, sagte sie. »Und du bist der Fleischwolf.«

Keins der Pferde im sechsten Rennen hatte einen Namen, der Keller etwas sagte. Andererseits hatte es ihm bisher nie etwas genutzt, sie nach dem Namen auszusuchen. Dieses Mal sah er sich die Quoten an. Ein Außenseiter würde nicht gewinnen, glaubte er, und ein Favorit zahlte nicht genug, um den Aufwand zu rechtfertigen. Deshalb war die Lösung vielleicht, ein Pferd aus dem mittleren Bereich auszusuchen. Die Quote von Pferd Nummer fünf, Mogadishy, war mit sechs zu eins angegeben.

Aber egal, auf welches Pferd er setzte, machte ihn der Gewinn auf seinen 2-Dollar-Einsatz nicht fett, auch wenn es zur Abwechslung mal schön wäre, auf den Gewinner gesetzt zu haben.

»Sir?«

Er blätterte seine zwei Dollar hin und setzte sie auf den Favoriten.

Dot wohnte in White Plains in einem großen alten viktorianischen Haus am Taunton Place. Sie fuhr ihn zum Bahnhof, und etwas mehr als eine

Stunde später war er in seiner Wohnung zurück und studierte wieder den Bulger&Calthorpe-Katalog.

Wenn Kissimmee Dudley startete und verlor, hatte er einen Auftrag zu erledigen. Und sein Honorar würde gerade ausreichen, um die zwei leeren Stellen in seinem Album zu füllen. Und da das Pferd in Belmont lief, konnte er davon ausgehen, dass die Jockeys in Pendlerdistanz zur der Rennbahn auf Long Island wohnten. Keller müsste keinen Flieger nehmen, um seinen Mann zu finden.

Wenn Kissimmee Dudley gewann, konnte Keller die zweitausend Dollar Anwesenheitshonorar behalten. Das war nicht schlecht dafür, nichts tun zu müssen, und er hätte schon einige Male nichts dagegen gehabt, wenn es so gekommen wäre.

Aber diesmal nicht. Er wollte diese Marken unbedingt. Wenn Dudley nicht gewann, würde er losziehen und sie sich verdienen. Aber wenn der blöde Gaul gewann?

Das sechste Rennen gewann Pass The Gas mit sechs Längen Vorsprung vor dem restlichen Feld. Keller löste seinen Wettschein ein und lief seinem Freund über den Weg, der sich gerade mit einem Mann unterhalten hatte, der eine gewisse Ähnlichkeit mit Jerry Orbach hatte.

»Ich habe Sie in der Schlange für die Auszahlungen gesehen«, sagte der Kleine. »Was hatten Sie, Zweierwette oder Dreier?«

»Von diesen komplizierten Wetten verstehe ich, ehrlich gesagt, zu wenig«, gestand ihm Keller. »Ich habe einfach auf Pass The Gas gesetzt.«

»Hat sogar was ausgezahlt, oder? Ist doch nicht schlecht.«

»Ich habe ihn auf Sieg gesetzt.«

»Wenn Sie genügend hoch auf ihn gesetzt hätten ...«

»Nur zwei Dollar.«

»Dann haben Sie zwei Dollar zwanzig zurückbekommen.«

»Ich wollte einfach nur gewinnen«, sagte Keller.

»Haben Sie ja auch«, sagte der Mann.

Er legte den Katalog beiseite und griff nach dem Telefon. Als Dot dranging, sagte er: »Nur so ein Gedanke. Wenn dieser Dudley-Gaul gewinnt, gewinnt der Kunde seine Wette, und ich muss nichts tun.«

»Richtig.«

»Aber wenn ihn einer der Jockeys bescheißt …«

»Wird er es kein zweites Mal tun.«

»Aber warum sollte er es überhaupt tun?«, fragte Keller. »Der Jockey, meine ich. Was hätte er davon?«

»Spielt das denn eine Rolle?«

»Ich versuche nur, das Ganze zu verstehen«, sagte Keller. »Beim Boxen wäre der Fall klar. Es wäre wie im Kino. Sie wollen, dass ein Typ den Kampf verliert. Aber er bringt es einfach nicht über sich, allein der Gedanke widerstrebt ihm zutiefst. Er kann einfach nicht über seinen Schatten springen und gewinnt den Kampf, auch wenn sie ihm deswegen die Beine brechen werden.«

»Und Klavier wird er auch nicht mehr spielen können«, sagte Dot. »Ich glaube, diesen Film habe ich gesehen, Keller.«

»So ist es in allen Boxerfilmen. Außer in denen mit Sylvester Stallone, in denen er endlos Treppen raufrennt. Aber wie lässt sich das auf Pferde übertragen?«

»Keine Ahnung«, sagte sie. »Es ist Jahre her, dass ich *Kleines Mädchen, großes Herz* gesehen habe.«

»Wenn du ein Jockey wärst und sie dir Geld dafür geben würden, dass du ein Rennen verlierst, und wenn du dich dann nicht daran hältst … ich meine, was springt dabei für dich heraus?«

»Du könntest auf dich selbst setzen.«

»Aber du würdest mehr gewinnen, wenn du auf Kissimmee Dudley setzt. Schließlich ist er das Pferd, das keine Chance hat.«

»Da ist was dran.«

»Und dann sähe sich auch niemand veranlasst, einen Killer auf dich anzusetzen.«

»Auch da ist was dran«, sagte Dot. »Und wenn alle Jockeys so vernünftig sind wie du und ich, Keller, wirst du außer den zwei Riesen keinen Cent sehen. Aber sie sind sehr klein.«

»Wer? Die Jockeys?«

»Mhm. Mickrige, kleine Pimpfe. Allesamt. Wer kann schon sagen, was so jemand im Schild führt?«

*   *   *

Kellers Freund war klein genug, um Jockey zu sein, aber mickrig weiß Gott nicht. Vom Gesicht her sah er ein bisschen wie Jerry Orbach aus. Langsam begann es Keller zu dämmern, dass in dem Wettbüro alle, sogar Schwarze und Asiaten, ein bisschen wie Jerry Orbach aussahen. Anscheinend so eine Art angeborenes Pferdewetteraussehen. Jedenfalls hatten sie es alle.

»Kissimmee Dudley«, sagte Keller. »Wie kommt jemand auf so einen Namen?«

Der Kleine zog seine *Racing Form* zu Rate. »Eltern Florida Cracker und Dud Avocado. Kissimmee ist in Florida, oder?«

»Keine Ahnung.«

»Ich glaube schon.« Der Kleine zuckte mit den Achseln. »Der Name ist das geringste Problem dieses Gauls. Haben Sie sich schon seine Werte angesehen?«

Der Mann ließ ein paar Erklärungen ab, die Keller bei einem Ohr rein und beim anderen wieder raus gingen. Hätte er versucht, ihnen zu folgen, wäre er sich nur wie der letzte Trottel vorgekommen. Und wenn schon. Wie viele von diesen Jerry-Orbach-Klonen wussten schon, wie man mit einem Zähnungsschlüssel umging?

»Sehen Sie sich nur mal die jüngsten Werte an«, fuhr der Pimpf fort. »Oder den Totalisator. Dudleys Quote liegt im Moment bei vierzig zu eins.«

»Heißt das, dass er keine Chance hat?«

»Manchmal läuft natürlich auch so ein Außenseiter einen Sieg ein«, sagte der Mann. »Nehmen sie nur Hypertension. In seinem Fall haben allerdings seine Werte einen gewissen Aufwärtstrend erkennen lassen und dass er eine Chance hatte. Zwar nur eine minimale, aber besser eine minimale als gar keine.«

»Und Kissimmee Dudley? Hat er gar keine Chance?«

»Der hätte auch mit Rückenwind und einer Menge Glück keine Chance.«

Darauf stahl sich Keller davon, und als er vom Wettschalter zurückkam, fragte ihn sein Freund, auf welches Pferd er gesetzt hatte. Keller murmelte seine Antwort so leise, dass der Mann ihn bitten musste, sie zu wiederholen.

»Kissimmee Dudley«, sagte Keller.

»Jetzt im Ernst?«

»Ich weiß, was Sie gesagt haben, und wahrscheinlich haben Sie recht, aber ich hatte einfach so ein Gefühl.«

»Eine Ahnung«, sagte der Mann.

»Gewissermaßen.«

»Und außerdem haben Sie gerade eine Glückssträhne. Oder haben Sie mit Ihrem Favoriten auf Sieg nicht gerade zwanzig Cent gewonnen?«

Das war sarkastisch gemeint, aber dann geschah etwas Komisches. Der Kleine hatte seinen Satz noch nicht zu Ende gesprochen, als sich sein Gesichtsausdruck schlagartig änderte. Keller fragte sich, wie er das auffassen sollte – hatte er ihn etwa gerade beleidigt oder was?

»Der Trick bei der Sache ist«, fuhr der Mann fort, »dass man zum richtigen Zeitpunkt das Falsche tut.« Damit entfernte er sich, und als er zurückkam, sagte er Keller, dass er sich wahrscheinlich auf seinen Geisteszustand untersuchen lassen sollte, aber wer nicht wagt, der nicht gewinnt.

»Kissimmee Dudley.« Er ließ sich jede Silbe auf der Zunge zergehen. »Ich kann selbst kaum glauben, dass ich auf diesen Gaul gesetzt habe. Das siebte Rennen gewinnt der nur, wenn er schon im sechsten gestartet wäre, aber wenn doch, wirft er ordentlich Geld ab. Aber nicht mehr vierzig zu eins. Inzwischen ist die Quote auf dreißig zu eins runter.«

»Schade«, sagte Keller.

»Außer dass es ein gutes Zeichen ist. Denn es bedeutet, dass noch ein paar späte Wetten auf den Gaul eingehen. Wenn ein Pferd kurz vor Schalterschluss von, sagen wir, fünf zu eins auf drei zu eins runtergeht, ist das ein gutes Zeichen.« Er zuckte mit den Achseln. »Aber wenn man bei vierzig zu eins anfängt, braucht man mehr als gute Zeichen. Dann braucht man eine Rakete im Arsch. Entweder das, oder alle anderen Pferde müssen tot umfallen.«

NEUN

Keller wusste nicht, worauf er achten sollte. Er wusste nur, wie man ein Pferd dazu brachte, schneller zu laufen. Man schlug es mit der Peitsche und gab ihm die Sporen.

Aber was machte man, wenn es langsamer laufen sollte? Man konnte sich im Sattel nach hinten lehnen und an den Zügeln reißen, aber wäre das nicht ein wenig auffällig? Konnte man sich mit der Peitsche und den Sporen einfach etwas zurückhalten? Genügte das, um sein Pferd davon abzuhalten, an Kissimmee Dudley vorbeizuziehen?

Die Pferde kamen an den Start, und Keller fand, dass Dudley wie ein Gewinner aussah. Andererseits sahen für Keller alle wie Gewinner aus, kräftige Zuchtpferde, von denen manche widerstandslos ihre Startplätze einnahmen, während andere etwas aufmüpfiger waren und ihren Reitern das Leben schwer machten. Aber früher oder später nahmen alle den Platz ein, an dem sie sein sollten.

Zwei der Jockeys waren Mädchen, stellte Keller fest, darunter auch die Reiterin des zweiten Favoriten. Außer dass man sie natürlich Frauen nennen sollte. Soweit Keller das beurteilen konnte, musste man neuerdings schon aufhören, sie Mädchen zu nennen, wenn sie in den Kindergarten kamen. Trotzdem, wenn sie Jockeykörpermaße hatten, schien es ihm unpassend, sie Frauen zu nennen. War er ein Sexist? Vielleicht, aber vielleicht war er auch nur auf Körpermaße und Körpergröße fixiert. Er war nicht sicher.

»Achtung, fertig, los!«

Und schon kamen sie aus der Startbox geschossen. Keine der beiden weiblichen Jockeys ritt Kissimmee Dudley. Wenn also eine von ihnen gewann, würde sie sich nur kurz über ihren Sieg freuen können. Einige in Kellers Branche eliminierten nur ungern Frauen, während es für andere mit einem besonderen Reiz verbunden zu sein schien. Keller machte da keinen großen Unterschied. Was das Berufliche anging, war er kein Sexist, auch wenn er nicht sicher war, ob ihn das in den Augen der National Organization of Women zu einem Helden machte.

»Jetzt sehen Sie sich das mal an!«

Keller hatte zwar auf den Bildschirm geschaut, aber nicht wirklich registriert, was darauf zu sehen war. Jetzt merkte er, dass Kissimmee Dudley mit deutlichem Vorsprung führte.

Kellers kleiner Freund feuerte das Pferd an. »Zeig's ihnen! Los, lauf! Lauf!«

Wurde eins der anderen Pferde zurückgehalten? Wenn ja, konnte es Keller nicht erkennen. Hätte er es nicht besser gewusst, hätte er geschworen, dass Kissimmee Dudley der Konkurrenz haushoch überlegen war und die anderen Pferde einfach in Grund und Boden rannte.

Aber Augenblick! Dieser Schecke – was bildete sich dieser Drecksgaul eigentlich ein? Warum holte er gegen Dudley auf?

»Nein!«, jaulte der Kleine. »Woher kommt Nummer zwei auf einmal? Es ist dieser Idiot Alvie Jurado. Warum brichst du nicht ein, du verdammter Scheißgaul? Los, zeig's ihm, Dudley!«

Als er ihm auf Hypertension Geld eingeritten hatte, hatte der Pimpf noch nichts gegen Jurado gehabt, aber jetzt ritt er ein Pferd, das sich Steward's Folly nannte, und war plötzlich sein schlimmster Feind. Vielleicht versuchte der Jockey ja nur, nicht den Eindruck entstehen zu lassen, dass das Rennen manipuliert sein könnte, dachte Keller. Vielleicht nahm er kurz vor dem Ziel das Tempo wieder raus und gab sich mit der Platzprämie zufrieden, ohne dass jemand auf die Idee kommen konnte, er hätte absichtlich verloren.

Aber Jurado legte sich gewaltig ins Zeug. Er stand in den Steigbügeln, gab Steward's Folly ordentlich die Peitsche und tat nur zu offensichtlich alles, um vor Kissimmee Dudley über die Ziellinie zu kommen.

»Jetzt heißt es, Kissimmee Dudley oder Steward's Folly«, stieß der Ansager atemlos hervor. »Steward's Folly oder Kissimmee Dudley. Sie sind Hals an Hals, Nase an Nase. Das Rennen ist aus!«

»Ich fasse es nicht!«, stöhnte Kellers Freund.

»Wer hat gewonnen?«

»Keine Ahnung. Ich sag's doch, ein Fotofinish.« Und tatsächlich leuchtete immer wieder das Wort *Zielfoto* auf dem Fernsehschirm auf. »Scheiße aber auch! Wo ist dieser Idiot Jurado plötzlich hergekommen?«

»Er hat in letzter Sekunde noch ordentlich Boden gutgemacht«, sagte Keller.

»Dieser blöde kleine Pisser. Jetzt heißt es, das Zielfoto abwarten. Hoffentlich dauerte es nicht allzu lange. Ich habe nämlich Ihre Ahnung richtig ernst genommen.« Er zeigte ihm einen Wettschein, und Keller beugte sich vor und schaute mit zusammengekniffenen Augen darauf.

»Sie haben hundert Dollar gesetzt?«

»Auf Sieg«, sagte der kleine Mann. »Und dann noch eine Zweierwette für fünf Dollar. Sie hatten eine Ahnung, und ich bin volles Risiko gegangen. Beim Start war die Quote achtundzwanzig zu eins, und wenn es eine Sechs-Zwo-Zweierwette mit ihm und Steward's Folly wird, bin ich ein gemachter Mann, ohne Scheiß. Sie haben ja auch zwei Dollar auf ihn gesetzt.

Dann gewinnen Sie immerhin an die fünfzig, sechzig Dollar. Außer Sie haben ihn nur auf Platz gesetzt, was erklären würde, warum Sie so ruhig geblieben sind. Dann könnte Ihnen nämlich egal sein, ob er Erster oder Zweiter wird. Ist das, was Sie gemacht haben?«

»Nicht ganz«, sagte Keller und fummelte einen Wettschein aus seiner Tasche.

»Hundert Dollar auf Sieg! Mann, wenn Sie mal eine Ahnung haben, stehen Sie wohl richtig dahinter, hm?«

Keller sagte nichts. Er hatte noch neunzehn andere Wettscheine wie diesen einstecken, aber das brauchte sein neuer Freund nicht zu wissen. Wenn das Zielfoto zeigte, dass beim Einlauf Dudley die Nase vorn gehabt hatte, wären seine Wettscheine 58.000 Dollar wert.

Und wenn nicht, tja, Alvie Jurado brächte ihm fast genauso viel ein.

»Eines muss man Ihnen lassen«, sagte der Pimpf. »Für einen so hohen Einsatz bleiben Sie ganz schön cool.«

Zehn Tage später saß Keller an seinem Esstisch. Er hielt eine Briefmarkenpinzette aus Edelstahl in der Hand, die wiederum ein kleines Stück Papier hielt, dessen Wert ...

Wie hoch sein Wert nun wirklich war, ließ sich schwer sagen. Die Briefmarke war die Martinique Nr. 2, und Keller hatte sie für 18.500 Dollar ersteigert. Der Aufrufpreis war 9.000 Dollar gewesen, und ein Bieter in der dritten Reihe war bei 12.000 Dollar ausgestiegen. Aber dann hatte noch jemand übers Telefon mitgeboten und sich partout nicht abschütteln lassen. Als der Auktionator schließlich mit dem Hammer klopfte und sagte: »Verkauft für achtzehn-fünf an JPK«, klopfte Kellers Herz fester als der Hammer.

Es klopfte immer noch wie wild, als acht Lose später die zweite Marke, die Martinique Nr. 17, zum Verkauf angeboten wurde. Im Scott und im Auktionskatalog von Bulger&Calthorpe war ihr Wert niedriger beziffert, als der von Nr. 2, und entsprechend war auch der Aufrufpreis mit 6.000 Dollar niedriger.

Doch erstaunlicherweise stieg der Preis auf 21.250 Dollar, bis Keller endlich gegen einen anderen Telefonbieter den Zuschlag erhielt. (Aber vielleicht war es auch derselbe, der sich nur ärgerte, bei Nr. 2 das Nachsehen gehabt zu haben, und sich deshalb bei Nr. 17 kein zweites Mal geschlagen geben wollte.) Der Preis war viel zu hoch, fast das Dreifache des Scott-Werts, aber er hatte einfach nicht anders gekonnt. Er wollte die Marke unbedingt, er konnte sie sich leisten, und wann bekäme er noch einmal eine solche Gelegenheit?

Einschließlich der Provision hatten ihn die zwei Auktionslose 43.725 Dollar gekostet.

Er bewunderte die Marke durch seine Lupe. Obwohl er nicht sagen konnte, warum, fand er sie schön. Rein optisch unterschied sie sich nämlich nicht von anderen Martiniques mit Aufdruck, die keine 20 Dollar wert waren. Er schnitt eine Klemmtasche zurecht, steckte die Marke hinein und befestigte sie im Album.

Nicht zum ersten Mal musste Keller an den kleinen Mann im Wettbüro denken. Er hatte ihn seit diesem Nachmittag nicht mehr gesehen und glaubte nicht, dass er ihm noch einmal begegnen würde. Er erinnerte sich, wie aufgeregt der Mann gewesen war und wie sehr ihn seine, Kellers, Coolness beeindruckt hatte.

Cool? Natürlich war er cool geblieben. Er hätte in jedem Fall gewonnen. Wenn er nicht die Wettgewinne für Kissimmee Dudleys Sieg eingestrichen hätte, wäre für ihn fast genauso viel herausgesprungen, wenn er Alvie Jurado aus dem Verkehr gezogen hätte. Es war durchaus mit einer gewissen Spannung verbunden gewesen, auf das Zielfoto zu warten, aber nervenzerreißend war sie nicht gerade gewesen.

Jedenfalls nichts im Vergleich mit dem Gefühl, stundenlang im Konferenzsaal eines Hotels in Omaha zu sitzen, bis endlich die Marken, die man haben wollte, zur Versteigerung aufgerufen wurden, und dann beim Bieten immer wieder seinen Bleistift zu heben, ohne zu wissen, wann die Gebote endlich zu steigen aufhörten und ob man dann noch genügend Cash in seinem Geldgürtel haben würde. Wie hoch würde er beim ersten Los gehen? Und hätte er dann noch genug für das zweite? Und was war mit diesem Telefonbieter los? Ließ der Kerl denn gar nicht locker?

Das war Spannung pur, dachte er, als er eine zweite Klemmtasche für die Martinique Nr. 17 zurechtschnitt. Das war eine Erfahrung, bei der man wirklich von nervenzerreißender Spannung sprechen konnte, wie sie diese Jerry-Orbach-Doppelgänger im Wettbüro nie erleben würden.

Sie taten ihm leid.

Was hatte es schon für einen Unterschied gemacht, wie das Fotofinish ausging? Was hatte es ihn groß interessiert, wer das Rennen gewann? Wenn Kissimmee Dudley seinen Vorsprung um eine Nasenlänge ins Ziel rettete, musste er sich den Kopf zerbrechen, wie er seine zwanzig 100-Dollar-Wettscheine steuerfrei einlösen konnte. Wenn Steward's Folly als Erster die Ziellinie überquerte, rückte Alvie Jurado an die erste Stelle seiner To-do-Liste. Egal, welche der beiden Aufgaben es zu erledigen galt, hatte sich Keller beeilen müssen, weil er das Geld in der Hand – oder genauer, in seinem Geldgürtel – hatte haben müssen, als sein Flug nach Omaha ging.

Und jetzt war es vorbei, und er hatte getan, was zu tun gewesen war. Spielte es da eine Rolle, was von beidem er getan hatte?

Nicht die geringste. Er hatte die Briefmarken.

Feinjustiert

Was war bloß los mit der Welt, fragte sich Keller, der darauf wartete, dass die Ampel auf Grün schaltete. Die Ampel war nicht das Problem. Verkehrsampeln gab es schon länger, als er zurückdenken konnte, länger, als er lebte. Fast so lange, wie es Automobile gab, nahm er an, obwohl das Automobil mit Sicherheit zuerst gekommen war und Verkehrsampeln erst nötig gemacht hatte. Zuerst hatten sie ohne Ampeln zurechtkommen müssen, vermutete er, und als dann irgendwann so viele Autos auf den Straßen unterwegs waren, dass es immer mehr Unfälle gab, kam vermutlich irgendwem der Gedanke, dass der Verkehr irgendwie geregelt werden musste, und man ließ sich etwas einfallen, um den in ost-westlicher Richtung verlaufenden Verkehr anzuhalten, damit der Nord-Süd-Verkehr ungehindert weiterfließen konnte, und dann umgekehrt.

Er konnte sich gut vorstellen, wie manche frühe Autofahrer gegen diese neue Regelung gewütet hatten. *Die ganze Welt spielt verrückt. Schritt für Schritt werden wir unserer Rechte beraubt. Ein Licht wird rot, weil ihm eine bescheuerte Zeitschaltung sagt, es soll rot werden, und deswegen soll dann ein Mann aufhören zu tun, was er gerade tut, und auf die Bremse steigen. Ganz egal, ob im Umkreis von fünfzig Meilen ein anderes Fahrzeug unterwegs ist oder nicht, muss er anhalten und wie ein kompletter Vollidiot dastehen, bis die Ampel auf Grün schaltet und ihm erlaubt weiterzufahren. Wer will in so einem Land leben? Wer will Kinder in eine Welt setzen, in der so ein Unsinn als normal gilt?*

Eine Hupe ertönte und beförderte Keller unsanft aus den Anfängen des 20. Jahrhunderts in die des 21. Die Ampel, stellte er fest, war von Rot auf Grün gesprungen, und der Typ in dem SUV hinter ihm fühlte sich bemüßigt, ihn darauf aufmerksam zu machen. Ohne dass Keller in nennenswertem

Umfang gereizt oder gar wütend war, weidete er sich kurz an der Vorstellung, den Gang herauszunehmen, die Handbremse anzuziehen, auszusteigen und auf den SUV zuzugehen, dessen Fahrer bereits bereute, auf die Hupe gedrückt zu haben. Während der Mann (in Kellers Fantasie hatte er ein dickbackiges Schweinegesicht) noch nach dem Knopf zum Verriegeln der Türen tastete, öffnete Keller bereits die Fahrertür, packte den Mann (der inzwischen ins Schwitzen geraten war und wutschnaubend gleichzeitig Drohungen und Entschuldigungen hervorstieß) an seinem Hemd, zerrte ihn aus dem Wagen und schleuderte ihn zu Boden. Und dann, unter den entsetzten Blicken des Kinds des Mannes (nein, lieber seiner Frau, einer triefäugigen, fetten Matrone mit gefärbten Haaren) beugte sich Keller vor und erledigte den SUV-Fahrer mit einer Bewegung, die er von dem burmesischen Meister U Minh U gelernt hatte und bei der die Hände des Angreifers den Gegner kaum zu berühren schienen, auch wenn sie seinen unbeschreiblich schmerzhaften, aber praktisch sofortigen Tod nach sich zogen.

Nachdem er nicht unbeträchtliche Befriedigung aus dieser Fantasie gezogen hatte, fuhr Keller weiter. Der SUV hinter ihm – an seinem Steuer saß eine unbegleitete junge Frau, stellte Keller fest, die ihr Haar mit einem Tuch zusammengebunden hatte und eine Tüte mit Lebensmitteln auf dem Beifahrersitz stehen hatte – folgte ihm etwa einen Kilometer, bevor er rechts abbog, ohne dass sich seine Fahrerin vermutlich bewusst war, wie knapp sie gerade dem Tod entronnen war.

Wozu man sich doch manchmal hinreißen ließ, dachte Keller.

Alles nur wegen dieser blöden Fahrerei. Bevor dieser ganze Wahnsinn passiert war, hatte er nicht mit dem Auto durch das halbe Land fahren müssen. Er hätte sich ein Taxi zum JFK genommen und wäre nach Phoenix geflogen, wo er sich für die paar Tage, die er zur Erledigung seines Auftrags brauchte, einen Wagen gemietet und vor dem Rückflug nach New York wieder zurückgegeben hätte. Fall erledigt, und er hätte sein gewohntes Leben weiterführen können.

Und auch keine Spuren hinterlassen. Aber jetzt musste man einen Ausweis – wenn auch keinen wahnsinnig guten – vorzeigen, um in ein Flugzeug zu kommen, das hatten sie vor ein paar Jahren eingeführt. Jetzt fehlte nur noch, dass sie einem die Fingerabdrücke abnahmen, bevor sie einen an Bord ließen, und das eingecheckte Gepäck durchsuchten und das Handgepäck einer tödlichen Strahlendosis aussetzten. Und Gott stehe jedem bei, der einen Nagelklipser an seinem Schlüsselbund hatte.

Seit Inkrafttreten der neuen Sicherheitsbestimmungen war er überhaupt nicht mehr geflogen, und er wusste nicht, ob er jemals wieder ein Flugzeug betreten würde. Geschäftsreisen per Flugzeug waren drastisch zurückgegangen, hatte er gelesen, und das konnte er gut verstehen. Inzwischen zogen es ein Geschäftsreisender vor, in sein Auto zu steigen und tausend Kilometer zu fahren, als zwei Stunden früher am Flughafen eintreffen und sich den ganzen Sicherheitskontrollen unterziehen zu müssen. War das schon schlimm genug, wenn man sich beruflich mit anderen Geschäftsleuten traf, um sie zu motivieren, kam es in Kellers Branche überhaupt nicht in Frage.

An sich verreiste Keller ausschließlich geschäftlich, nur manchmal flog er zu einer Briefmarkenauktion, oder weil ihn im tiefsten New Yorker Winter plötzlich das Bedürfnis überkam, irgendwo in der Sonne zu liegen. Wahrscheinlich konnte er bei solchen Gelegenheiten weiterhin fliegen, einen gültigen Ausweis vorlegen und sich vor dem Abflug die Nägel schneiden, aber wollte er das? Würde er eine solche Reise immer noch zum Vergnügen machen, wenn er das alles auf sich nehmen musste, um an sein Urlaubsziel zu kommen?

Er kam sich vor wie dieser imaginierte Autofahrer, der sich über rote Ampeln ärgerte. *Wenn die mir so was zumuten, gehe ich lieber zu Fuß. Oder bleibe gleich zu Hause. Dann können sie ja sehen!*

Zu all dem war es natürlich gekommen, als an einem Septembermorgen zwei Passagiermaschinen in die Türme des World Trade Center flogen. Keller, der nicht weit vom UN-Hauptquartier in der First Avenue wohnte, war damals nicht zu Hause gewesen, sondern in Miami, wo er sich schon fast eine Woche lang darauf vorbereitet hatte, einen gewissen Rubén Olivares aus dem Weg zu räumen. Olivares war Kubaner und nahm in der Exilkubanerszene eine wichtige Stellung ein, aber Keller war nicht sicher, ob das der Grund war, weshalb es sich jemand eine hübsche Stange Geld kosten ließ, ihn aus dem Verkehr zu ziehen. Es war natürlich durchaus möglich, dass er ein Dorn im Augen des Castro-Regimes war und jemand zu der Ansicht gelangt war, dass es unbedenklicher und kostengünstiger wäre, das Ganze »outzusourcen«, statt ein paar Agenten aus Havanna herüberzuschicken. Es war auch nicht auszuschließen, dass sich Olivares als kubanischer Spion entpuppt hatte und ein paar Exilkubaner seine Beseitigung in Auftrag gegeben hatten.

Natürlich konnte er auch mit der Frau des falschen Mannes geschlafen oder sich in die Drogengeschäfte der falschen Organisation eingemischt haben. Hätte sich Keller ein wenig umgehört, hätte er vermutlich in Erfahrung bringen können, wer Olivares' Tod wollte und warum, aber er war schon vor Langem zu der Überzeugung gelangt, dass ihn das nichts anging. Was hätte es auch groß an der Sache geändert? Er hatte einen Auftrag zu erledigen und musste nichts anderes tun, als ihn zu erledigen.

Am Montagabend war er Olivares zunächst zu einem Steakhouse in Coral Gables und anschließend zu ein paar Stripclubs in Miami Beach gefolgt, die er mit zwei seiner Tischgenossen abgeklappert hatte. Als Olivares schließlich den letzten Club in Begleitung einer der Stripperinnen verließ, folgte ihm Keller zur Wohnung der Frau und wartete darauf, dass er wieder nach draußen käme. Nach eineinhalb Stunden gelangte er zu der Ansicht, dass Olivares über Nacht bleiben würde. Da Keller beobachtet hatte, wie die Lichter in dem Wohnblock an- und ausgingen, glaubte er ziemlich sicher zu sein, in welchem Apartment die beiden waren. Außerdem konnte er sich nicht vorstellen, dass es besonders schwer wäre, in das Gebäude zu gelangen. Deshalb beschloss er, genau das zu tun und es hinter sich zu bringen. Um noch einen Flug nach New York zu erwischen, war es schon zu spät. Aber er konnte seinen Auftrag ausführen und anschließend in sein Motel fahren, um zu duschen und seine Sachen zu packen und dann zum Flughafen zu fahren und zu versuchen, in der ersten Maschine nach New York einen Platz zu bekommen.

Oder er konnte ausschlafen und erst am frühen Nachmittag nach Hause fliegen. Es gab einige Fluggesellschaften, die von New York nach Florida flogen, und man konnte den ganzen Tag über einen Flug bekommen. Der Miami International war nicht sein Lieblingsflughafen – er war niemands Lieblingsflughafen –, aber das ließ sich umgehen, wenn er seinen Leihwagen in Fort Lauderdale oder West Palm Beach abgab und von dort nach Hause flog.

Optionen ohne Ende, sobald er seinen Auftrag erledigt hatte.

Aber er müsste auch die Frau umbringen, die Stripperin.

Wenn es sich nicht umgehen ließ, würde er das auch tun, aber es widerstrebte ihm, jemanden umzubringen, bloß weil er im Weg war. Mehr Tote bedeuteten mehr Aufmerksamkeit seitens der Polizei und der Medien, aber das war nicht der Grund, auch nicht die Vorstellung, eine unschuldige Person umbringen zu müssen. Woher wusste er außerdem, dass die Frau unschuldig war? Und überhaupt, wer konnte schon sagen, ob Olivares schuldig war oder nicht?

Als er hinterher genauer darüber nachdachte, gewann er den Eindruck, dass der entscheidende Punkt seine körperliche Verfassung war. Er hatte in der Nacht davor schlecht geschlafen, war früh aufgestanden und den ganzen Tag lang durch die Gegend gefahren. Er war müde, und ihm war nicht danach, eine Tür aufzubrechen und eine Treppe hinaufzusteigen, um einen, wenn nicht sogar zwei Menschen zu töten. Und angenommen, sie hatte eine Mitbewohnerin, und angenommen, die Mitbewohnerin hatte einen Freund und ...

Er fuhr in sein Motel, duschte ausgiebig und legte sich schlafen.

Als er aufwachte, machte er nicht den Fernseher an, sondern ging in das Lokal gegenüber, indem er jeden Morgen gefrühstückt hatte. Schon beim Betreten merkte er, dass etwas anders war. Sie hatten hinter der Theke einen Fernseher, auf den alle starrten. Auch er schaute ein paar Minuten darauf, bevor er sich einen Container mit Kaffee kaufte und damit in sein Motelzimmer zurückkehrte. Dort setzte er sich vor seinen eigenen Fernseher und sah sich dieselben Bilder immer und immer wieder an.

Hätte er seinen Auftrag am Abend zuvor erledigt, wurde ihm klar, hätte er vielleicht gerade im Flugzeug gesessen, als es passierte. Vielleicht aber auch nicht, weil er wahrscheinlich beschlossen hätte, lieber ein bisschen zu schlafen, weshalb er genau da gewesen wäre, wo er gerade war, nämlich in seinem Motelzimmer, und im Fernsehen verfolgt hätte, wie das Flugzeug in das Hochhaus flog. Der einzige Unterschied war, dass Rubén Olivares, der aller Wahrscheinlichkeit nach gerade dieselben Bilder schaute, die jeder andere in Amerika schaute (außer dass er sie vielleicht auf einem spanischsprachigen Sender verfolgte), nicht mehr ferngesehen hätte. Und auch nicht im Fernsehen gekommen wäre. Denn an einem Tag wie diesem hätte in Miami ein popliger Durchschnittsmord kein Schwein interessiert, nicht einmal, wenn das Opfer in der kubanischen Exilantenszene einen gewissen Namen hatte, nicht einmal, wenn er in der Wohnung einer Stripperin ermordet worden wäre, die ebenfalls hatte dranglauben müssen. An einem anderen Tag hätte der Vorfall bestimmt einen gewissen Nachrichtenwert gehabt, aber nicht an diesem Tag. An diesem Tag gab es nur eine einzige Nachricht, ein Thema mit endlosen Variationen, und Keller schaute es den ganzen Tag.

Es war schon Mittwoch, als ihm zum ersten Mal auch nur der Gedanke kam, Dot anzurufen, und Donnerstagabend, als er endlich nach White Plains zu ihr durchkam. »Ich habe mir schon Sorgen um dich gemacht, Keller«, sagte sie. »Da sind in Neufundland diese ganzen Flugzeuge auf dem Boden. Sie waren in der Luft, als es passiert ist, und sind dorthin umgeleitet worden, und niemand weiß, wann sie endlich nach Hause können. Ich dachte schon, du sitzt vielleicht dort fest.«

»In Neufundland?«

»Die Einheimischen haben die gestrandeten Passagiere bei sich aufgenommen«, sagte sie. »Versorgen sie mit Rinderbrühe und Straußensandwiches und ...«

»Mit Straußensandwiches?«

»Oder sonst was Essbarem eben. Ich habe mir vorgestellt, wie du dort festsitzt, Keller, und das Beste aus der Situation machst, was du wahrscheinlich auch in Miami machst. Kein Mensch weiß, wann sie dich nach Hause fliegen lassen werden. Hast du ein Auto?«

»Einen Leihwagen.«

»Dann behalte ihn lieber mal«, sagte sie. »Gib ihn auf keinen Fall zurück, denn die Leihautofirmen sind total ausgebucht wegen der vielen Leute, die irgendwo festsitzen und nach Hause zu fahren versuchen. Vielleicht solltest du das auch tun.«

»Habe ich mir auch schon überlegt. Aber ich habe auch an – du weißt schon – gedacht. Den Typen.«

»Ach so, an ihn.«

»Ich will seinen Namen nicht sagen, aber ...«

»Nein, tu das auch nicht.«

»Die Sache ist die, er macht, äh ...«

»Immer noch, was er immer schon gemacht hat.«

»Ja.«

»Statt es wie John Brown zu machen.«

»Häh?«

»Oder John Browns Leiche«, sagte Dot. »Im Grab vor sich hin modern, wenn ich mich recht entsinne.«

»Was immer *modern* heißen soll.«

»Das müssten wir eigentlich rausbekommen, wenn wir uns beide anstrengen. Du fragst dich wahrscheinlich, ob es nach wie vor dabei bleibt, oder?«

»Es erscheint mir absurd, auch nur daran zu denken«, sagte er. »Andererseits ...«

»Andererseits«, sagte sie, »haben sie schon die Hälfte des Gelds geschickt. Wenn es nach mir geht, würde ich es eigentlich lieber behalten.«

»Klar.«

»Und noch besser fände ich es, wenn sie auch noch die andere Hälfte schicken würden. Wenn sie es von sich aus abblasen, behalten wir, was sie geschickt haben. Und wenn sie es weiter durchziehen wollen, ich meine, du bist schließlich schon in Miami, oder? Lass mich mal kurz telefonieren, Keller, ja?«

Wer Olivares beseitigt haben wollte, wollte das ungeachtet der mehreren tausend Menschen, die 1500 Meilen weiter ums Leben gekommen waren, nach wie vor. Und bei genauerer Überlegung sah Keller auch keinen Grund, warum er hinsichtlich Olivares' Beseitigung weniger zuversichtlich sein sollte, als er das am Montagabend gewesen war. In den Fernsehnachrichten wurden Meinungen laut, dass die Tragödie auch positive Seiten haben könnte. Die New Yorker, meinte jemand, würden sich der Bande, die sie als Menschen zusammenschweißten, deutlicher bewusst und deshalb enger zusammenrücken.

Spürte Keller solche Bande mit Rubén Olivares, deren er sich bisher nicht bewusst gewesen war? Nach längerer Überlegung gelangte er zu der Ansicht, dass dem nicht so war. Wenn er etwas spürte, dann höchstens einen gewissen Ärger über den Kerl. Wenn Olivares nicht so viel Zeit beim Abendessen vertrödelt und das Vorspiel im Stripclub rascher hinter sich gebracht hätte, wenn er direkt in die Wohnung der Stripperin abgezogen wäre und sie im Taumel postkoitaler Glückseligkeit wieder verlassen hätte, hätte ihn Keller rechtzeitig erledigen können, um noch den letzten Flug nach New York zu erreichen. Dann wäre er zum Zeitpunkt des Angriffs in seiner eigenen Wohnung gewesen.

Und was hätte das an der Sache geändert? Nichts, musste er zugeben. Er hätte die schrecklichen Vorfälle nicht auf dem Motelfernseher verfolgt, sondern auf seinem eigenen, und er hätte nichts am Ablauf der Ereignisse ändern können, egal, auf welchem Fernseher er sie gesehen hätte.

Olivares mit seinen Steaks und seinen Stripperinnen war ein schwacher Ersatz für die heldenhaften Polizisten und Feuerwehrmänner und die todgeweihten Büroangestellten. Dennoch war er, musste Keller sich eingestehen, ein Angehöriger der menschlichen Rasse. Aber selbst wenn alle Menschen Brüder waren, eine Möglichkeit, die Keller, ein Einzelkind, nicht von vornherein in Abrede stellen wollte, ließ sich nicht leugnen, dass Brüder sich schon wesentlich länger um die Ecke brachten, als Keller seinem Beruf nachging. Wenn also Olivares Abel war, hatte Keller nichts dagegen, Kain zu sein.

Wenn sonst schon nichts, war er froh, etwas zu tun zu haben.

Und Olivares machte ihm die Sache einfach. In ganz Amerika spendeten die Menschen Geld oder rannten den Blutbanken die Türen ein, um etwas für die Opfer in New York zu tun. Polizisten und Feuerwehrleute und normale Bürger zwängten sich in Autos und fuhren nach Norden und Osten, um sich an den Rettungsarbeiten zu beteiligen. Olivares dagegen ging weiter seinem Lotterleben nach, suchte am Morgen ein Büro auf, brach am Nachmittag oder frühen Abend zu einer Runde durch Bars und Restaurants auf und beendete den Tag mit Rum-Cocktails in einem Raum voller blanker Brüste.

Keller beschattete ihn drei Tage lang, und am dritten Abend beschloss er, sich wegen der Stripperin keine Gedanken zu machen. Er hatte sich vor dem Stripclub auf die Lauer gelegt, bis er, dem Ruf der Natur folgend, das Etablissement betrat und an Olivares' Tisch vorbei (an dem dieser gerade von drei silikongepolsterten jungen Schönheiten umgarnt wurde) zur Herrentoilette ging. Als er sich am Urinal erleichterte, überlegte Keller, was er tun sollte, wenn der Kubaner alle drei mit nach Hause nahm.

Er wusch sich die Hände, verließ die Toilette und sah, wie Olivares mehrere Scheine auf den Tisch blätterte. Alle drei Frauen waren noch an seinem Tisch und taten ihm schön. Eine hielt ihn am Arm und drückte sich mit ihren Brüsten dagegen, und auch die beiden anderen ließen ihre Reize spielen. Eine hätte Keller notfalls geopfert, aber drei waren eindeutig zu viele.

Doch halt. Olivares stand auf, und seine Körpersprache signalisierte, dass er kurz wohin musste. Und tatsächlich steuerte er im Wissen um die nachteiligen Auswirkungen einer vollen Blase auf eine gelungene Liebesnacht auf die Toilette zu.

Keller schlüpfte vor ihm hinein und drückte sich in ein leeres Abteil. An einem der Urinale stand ein älterer Herr, der auf Spanisch aufmunternd mit sich selbst – oder vielleicht auch seiner Prostata – sprach. Als Olivares hereinkam, stellte er sich an das Pissbecken daneben und begann sich auf Spanisch mit dem älteren Mann zu unterhalten, der mit schleppenden, bedrückten Sätzen antwortete.

Kurz nach seiner Ankunft in Miami hatte sich Keller eine Schusswaffe besorgt, einen 22er Revolver. Es war eine kleine Waffe mit einem kurzen Lauf, die problemlos in seine Tasche passte. Als er sie jetzt herausnahm, fragte er sich, wie weit das Krachen des Schusses tragen würde.

Wenn der ältere Herr zuerst ging, brauchte Keller den Revolver vielleicht gar nicht. Wenn allerdings Olivares als Erster fertig wurde, konnte ihn Keller nicht gehen lassen und müsste sie beide erledigen. Und das hieß, dass er den Revolver verwenden und mindestens zwei Schüsse abgeben musste. Er beobachtete die beiden Männer über den oberen Rand des Abteils hinweg und hoffte, dass etwas passierte, bevor noch ein betrunkener Voyeur den Drang zu pinkeln verspürte. Dann wurde der alte Mann fertig, zog seinen Reißverschluss hoch und steuerte auf den Ausgang zu.

Und blieb an der Tür stehen, um noch einmal umzudrehen und sich die Hände zu waschen und etwas zu Olivares zu sagen, was dieser mit schallendem Gelächter quittierte. Keller, der seinen Revolver bereits eingesteckt hatte, nahm ihn wieder heraus, um ihn wenige Augenblicke später wieder wegzustecken, als der ältere Herr die Toilette verließ. Olivares wartete, bis die Tür hinter ihm zugegangen war. Dann holte er ein blaues Glasfläschchen und einen winzigen Löffel heraus und zog sich in jedes Nasenloch eine Prise von etwas hoch, das nach Kellers Meinung nur Kokain sein konnte. Dann steckte er Fläschchen und Löffel wieder ein und wandte sich dem Waschbecken zu.

Keller kam aus dem Abteil. Offensichtlich konnte ihn Olivares, der sich die Hände wusch, wegen des laufenden Wassers nicht hören. Jedenfalls zeigte er keine Reaktion, bis Keller ihn erreichte und eine Hand an sein Doppelkinn legte und mit der anderen seinen öligen Haarschopf packte. Keller hatte nie irgendwelche Kampfkunsttechniken gelernt, nicht einmal von einem Burmesen mit einem eigenartigen Namen, aber er machte so etwas schon lange genug, um ein paar Tricks zu beherrschen. Er brach Olivares das Genick und zog ihn über den Boden in das Abteil, aus dem er gerade gekommen war, als, so was Blödes aber auch, die Tür aufflog und ein kleiner Mann in Hemdsärmeln auf ein Urinal zusteuerte, bevor ihm plötzlich klar wurde, was er eben gesehen hatte. Er bekam große Augen, sein Unterkiefer klappte nach unten, und Keller war bei ihm, bevor er einen Laut von sich geben konnte.

Die Blase des Mannes, der eine Entleerung zu Lebzeiten nicht mehr gegönnt gewesen war, bekam zumindest im Tod ihren Willen. Olivares, der in den letzten Momenten seines Lebens zumindest seiner Blase Erleichterung hatte verschaffen können, entleerte seine Gedärme. Die Herrentoilette, ohnehin kein lauschiges Plätzchen, stank zum Himmel. Keller stopfte beide Leichen in ein Abteil und machte sich schleunigst aus dem Staub, bevor noch ein weiterer Blödmann hereinplatzte, um an der Party teilzunehmen.

Eine halbe Stunde später fuhr er auf dem I-95 nach Norden. Irgendwo hinter Stuart tankte er, und als er bei dieser Gelegenheit auf die Toilette ging, die leer und makellos sauber war und nach nichts als Fichtennadelraumduft roch, stützte er sich mit den Händen an den glatten weißen Fliesen ab und übergab sich. Stunden später, auf einer Raststätte hinter der Grenze zu Georgia, tat er das noch einmal.

An den Morden konnte es nicht liegen. Es war allerdings keine gute Idee gewesen, sich in der Herrentoilette auf die Lauer zu legen, wo wegen der vielen Säufer und Kokser ein ständiges Kommen und Gehen herrschte. Von dem Gestank der Toten, die er dort zurückgelassen hatte, und dem generellen Toilettengeruch hätte sich ihm durchaus der Magen umdrehen können, aber höchstens als er noch dort war und nicht hundert Meilen weiter, wo er nur noch in seiner Erinnerung existierte.

Manche seiner Kollegen, wusste er, übergaben sich nach Erledigung eines Auftrags routinemäßig, wie auch manche alte, erfahrene Schauspieler vor einem Auftritt nicht umhin konnten, sich ihres Mageninhalts zu entledigen. Keller hatte einen Mann gekannt, einen stets gutgelaunten, kaltblütigen kleinen Mörder mit zierlichen Kleinmädchenhandgelenken, der die Zigarette beim Rauchen immer mit Daumen und Zeigefinger hielt. Dieser Kerl konnte von seiner Tätigkeit erzählen, sich kurz entschuldigen, still und heimlich in ein Waschbecken kotzen und die Unterhaltung mitten im Satz wieder aufnehmen.

Ein Seelenklempner würde vermutlich anführen, dass der Körper einen Abscheu zum Ausdruck brachte, den der Verstand nicht akzeptieren wollte, was sich für Keller einigermaßen plausibel anhörte. Aber auf ihn traf es nicht zu, weil Kotzen noch nie sein Ding gewesen war. Selbst ganz am Anfang, als er neu in dieser Branche gewesen war und noch nicht gelernt hatte, damit umzugehen, hatte sein Magen nie rebelliert.

Dieser spezielle Vorfall war unangenehm und sogar stressig gewesen, aber er hatte schon Schlimmeres erlebt.

Es gab jedoch eine schlüssigere Erklärung dafür, fand er. Ja, er hatte sich irgendwo hinter Stuart übergeben, und dann noch einmal in Georgia, und wahrscheinlich würde es ihn noch ein paarmal überkommen, bevor er wieder in New York zurück war. Aber es hatte nicht mit den Morden angefangen.

Er musste sich schon alle paar Stunden übergeben, seit er vor dem Fernseher gesessen und die Twin Towers einstürzen gesehen hatte.

ELF

Etwa eine Woche nach seiner Rückkehr war eine Nachricht auf seinem Anrufbeantworter. Dot wollte ihn sprechen. Er schaute auf die Uhr und fand, dass es dafür noch zu früh war. Er machte sich eine Tasse Kaffee, und als er sie ausgetrunken hatte, rief er in White Plains an.

»Keller«, sagte Dot. »Als du nicht zurückgerufen hast, dachte ich, bei dir wäre es gestern spät geworden. Und jetzt bist du früh auf.«

»Tja.«

»Setz dich doch schon mal in den Zug, Keller. Meine müden Augen sehnen sich nach deinem Anblick.«

»Wieso? Was ist mit deinen Augen?«

»Nichts«, sagte sie. »Ich wollte mich nur ein bisschen originell ausdrücken, aber diesen Fehler werde ich so schnell nicht wieder machen. Komm mich einfach besuchen, ja?«

»Jetzt?«

»Klar, warum nicht?«

»Ich bin ziemlich fertig«, sagte er. »Ich war die ganze Nacht auf, ich muss dringend schlafen.«

»Was hast du ... nein, vergiss es, geht mich schließlich nichts an. Deshalb, schlaf erst mal aus, und dann kommst du zum Abendessen vorbei. Ich bestelle uns was vom Chinesen. Keller? Warum sagst du nichts?«

»Ich komme irgendwann am Nachmittag raus.«

Er legte sich schlafen, und am frühen Nachmittag setzte er sich in einen Zug nach White Plains und nahm sich am Bahnhof ein Taxi. Dot saß auf der Veranda des großen, alten Hauses am Taunton Place und hatte einen Krug mit Eistee und zwei Gläser auf dem Metalltisch neben sich stehen. »Schau mal«, sagte sie und deutete auf den Rasen. »Ich könnte schwören, dass dieses Jahr die Bäume das Laub früher abwerfen als sonst. Ist das in New York auch so?«

»Darauf habe ich, ehrlich gesagt, nicht geachtet.«

»Früher ist immer ein Junge vorbeigekommen, um das Laub zusammenzurechen, aber dann ist er, glaube ich, aufs College gegangen. Was passiert, wenn man das Laub nicht zusammenrecht, Keller? Weißt du das zufällig?«

Das wusste er nicht.

»Und wenn ich mich nicht täusche, interessiert es dich auch nicht gerade brennend. Du wirkst irgendwie verändert, Keller, und ich habe das beängstigende Gefühl zu wissen, woran das liegt. Du bist nicht verliebt, oder?«

»Verliebt?«

»Bist du's? Die ganze Nacht unterwegs, und zurück in deiner Wohnung willst du nur noch schlafen. Wer ist die Glückliche, Keller?«

Er schüttelte den Kopf. »Kein Mädchen. Ich war die ganze Nacht arbeiten.«

»Arbeiten? Was soll das heißen? Arbeiten?«

Er ließ es sich aus der Nase ziehen. Ein, zwei Tage nach seiner Rückkehr nach New York hatte er etwas in den Nachrichten gehört und war daraufhin zu den Piers am Hudson River gefahren, wo sie Freiwillige rekrutierten, die

die Rettungskräfte am Ground Zero mit Essen versorgen sollten. Sie fanden sich jeden Abend gegen zehn am Pier ein, um den Fluss hinunterzufahren und dann in ein anderes Schiff umzusteigen, das ganz in der Nähe des World Trade Center vor Anker lag. Spitzenköche bereiteten das Essen zu, und Keller und die anderen Freiwilligen servierten es Männern, die bei der Arbeit inmitten der rauchenden Trümmer einen ordentlichen Appetit entwickelt hatten.

»Ich glaub's nicht, Keller«, sagte Dot. »Ehrlich gestanden, habe ich Mühe, mir das vorzustellen. Du mit einem Schöpflöffel, wie du den Helfern Essen auf ihre Teller schaufelst. Trägst du dabei eine Schürze?«

»Jeder trägt eine Schürze.«

»Steht dir sicher hervorragend. Und nicht, dass du denkst, ich will mich über dich lustig machen, Keller. Was du da machst, ist vorbildlich, und klar, dass du dabei eine Schürze trägst. Du möchtest schließlich keine Tomatensoße auf dein Hemd bekommen. Trotzdem kommt es mir komisch vor.«

»Das ist nun mal, was ich tue«, sagte er.

»Ich finde es bewundernswert.«

Er schüttelte den Kopf. »Was soll daran bewundernswert sein? Es ist auch nicht anders, als in einem Diner zu arbeiten und Essen auf die Teller zu schöpfen. Die Männer, die wir mit Essen versorgen, sie haben lange Schichten, in denen sie körperliche Schwerstarbeit verrichten und den ganzen Rauch einatmen. Das ist bewundernswert, auch wenn ich nicht weiß, ob ihr Einsatz wirklichen einen Sinn hat.«

»Inwiefern?«

»Na ja, sie bezeichnen sich selbst als Rettungskräfte«, sagte Keller. »Bloß retten sie niemand, weil es niemand zu retten gibt. Sie bergen nur Tote.«

Als sie ihm widersprach, ging er nicht darauf ein, sondern sagte nur: »Es ist wie mit den Blutspenden. Am ersten Tag sind alle in die Krankenhäuser geströmt, um für die Verletzten Blut zu spenden. Aber wie sich herausgestellt hat, gab es gar keine Verwundeten. Wenn sie es nach draußen geschafft haben, hat ihnen nichts gefehlt. Und wenn nicht, waren sie tot. Das ganze Blut, das die Leute gespendet haben? Sie haben es weggeschüttet.«

»Was für eine Verschwendung.«

»Es war alles umsonst«, sagte Keller stirnrunzelnd. »Aber egal, das ist, was ich jeden Abend mache. Ich teile Essen aus, und die Helfer versuchen, tote Menschen zu retten. So haben wir alle was zu tun.«

»Je länger ich dich kenne, Keller«, sagte Dot, »desto deutlicher wird mir klar, dass ich dich überhaupt nicht kenne.«

»Wieso?«

»Na ja, du überraschst mich immer wieder von Neuem. Jedenfalls konnte ich mir dich nie als Florence Nightingale vorstellen.«

»Ich pflege keine Verwundeten. Ich teile nur Essen aus.«

»Dann eben Betty Crocker. Trotzdem, ein seltsames Betätigungsfeld für einen Soziopathen.«

»Glaubst du, ich bin ein Soziopath.«

»Ist das denn in deinem Job nicht ein wesentlicher Bestandteil des Anforderungsprofils, Keller? Du bist ein Auftragskiller. Du fährst in eine Stadt und bringst einen wildfremden Menschen um und wirst dafür bezahlt. Wie könntest du das tun, wenn du kein Soziopath wärst?«

Darüber dachte er eine Weile nach.

»Eigentlich wollte ich es gar nicht zur Sprache bringen«, fuhr sie fort. »Es ist nur ein Wort, und wer weiß schon, was es bedeutet? Lass uns lieber über was anderes reden, zum Beispiel, warum ich dich angerufen und herzukommen gebeten habe.«

»Klar.«

»Eigentlich hat es sogar zwei Gründe. Erstens bekommst du noch Geld. Für Miami, erinnerst du dich noch?«

»Ach so, klar.«

Sie reichte ihm einen Umschlag. »Ich dachte, dass du es gern haben würdest, obwohl es dich nicht groß beschäftigt haben kann, weil du nie danach gefragt hast.«

»Ich habe kaum daran gedacht.«

»Warum hättest du auch an Blutgeld denken sollen, während du damit beschäftigt warst, Gutes zu tun? Aber du wirst bestimmt was damit anfangen können.«

»Auf jeden Fall.«

»Du kannst immer Briefmarken damit kaufen. Für deine Sammlung.«

»Klar.«

»Inzwischen kann sich deine Sammlung bestimmt sehen lassen.«

»Es geht so.«

»Würde mich wundern, wenn nicht. Der andere Grund, warum ich angerufen habe, Keller, ist, dass mich jemand angerufen hat.«

»Aha?«

Sie schenkte sich frischen Eistee ein und nahm einen Schluck. »Es gäbe Arbeit – falls du sie haben willst. In Portland, irgend so eine Gewerkschaftsgeschichte.«

»In welchem Portland?«

»Stimmt«, sagte sie. »Ich vergesse immer wieder, dass es auch eins in Maine gibt, und auch dort kommt es bestimmt immer wieder zu arbeitsrechtlichen Differenzen. Aber ich meine Portland in Oregon, oder genauer Beaverton, aber das ist, glaube ich, ein Vorort. Die Vorwahl ist die gleiche wie die von Portland.«

»Genau auf der anderen Seite des Lands«, sagte Keller.

»Mit dem Flugzeug nur ein paar Stunden.«

Sie sahen sich an. »Ich kann mich noch erinnern«, sagte Keller, »wie es war, an den Schalter zu gehen und zu sagen, wo man hin will. Man blätterte ihnen das Geld hin, und sie hatten nicht das Geringste daran auszusetzen, dass man in bar bezahlt hat. Auch einen Namen musste man angeben, aber den konnte man sich aus dem Stegreif ausdenken, und ausweisen musste man sich nur, wenn man mit einem Scheck bezahlen wollte.«

»Die Welt ist nicht mehr, was sie mal war, Keller.«

»Früher hatten sie nicht mal Metalldetektoren oder Scanner«, erinnerte er sich. »Dann ging das mit den Metalldetektoren los, aber die ersten haben nicht bis auf den Boden funktioniert. Ich habe jemand gekannt, der hat sich eine Knarre in die Socke gesteckt und ist damit einfach durch die Kontrolle und ins Flugzeug gegangen. Und wenn er mal erwischt worden sein sollte, habe ich es nicht mitbekommen.«

»Du könntest den Zug nehmen.«

»Oder einen Klipper«, sagte er. »Um Kap Hoorn rum.«

»Was ist mit dem Panamakanal? Haben sie dort auch Metalldetektoren?« Sie trank ihren Eistee aus und seufzte schwer. »Ich glaube, du hast meine Frage bereits beantwortet. Ich werde Portland Bescheid geben, dass wir passen.«

Nach dem Essen fuhr sie ihn zum Bahnhof und leistete ihm, bis der Zug kam, auf dem Bahnsteig Gesellschaft. Nach einer Weile brach er das Schweigen und fragte sie, ob sie ihn wirklich für einen Soziopathen hielt.

»Das war nur so dahingesagt, Keller«, antwortete sie. »Und es sollte nicht wirklich was bedeuten. Außerdem bin ich keine Psychologin. Ich weiß nicht mal, was das Wort wirklich bedeutet.«

»Jemand, dem das Gefühl dafür fehlt, was richtig und was falsch ist«, sagte Keller. »Er versteht zwar den Unterschied, aber es hat keinerlei Auswirkung auf ihn. Es fehlt ihm an Empathie, und er hat keinerlei Mitgefühl mit anderen Menschen.«

Darüber dachte sie eine Weile nach. »Das hört sich aber überhaupt nicht nach dir an«, sagte sie schließlich. »Außer wenn du arbeitest. Gibt es auch so was wie Teilzeit-Soziopathen?«

»Kann ich mir eigentlich nicht vorstellen. Ich habe schon einiges über dieses Thema gelesen. Fallgeschichten und so. Den Soziopathen, die darin geschildert wurden, waren fast ausnahmslos die gleichen drei Dinge in ihrer Kindheit gemeinsam: Feuer legen, Tiere quälen und bettnässen.«

»Das habe ich auch schon mal gehört. In einer Fernsehsendung über FBI-Profiler und Serienmörder. Kannst du dich an deine Kindheit erinnern, Keller?«

»Schon, ja«, sagte er. »Ich kannte mal eine Frau, die behauptet hat, sie könnte sich an ihre Geburt erinnern. So weit reichen meine Erinnerungen nicht zurück, und manche sind bruchstückhaft, aber an sich erinnere ich mich noch recht gut an alles. Jedenfalls habe ich keins dieser drei Dinge getan. Tiere quälen? Ganz im Gegenteil, ich fand Tiere ganz toll. Ich habe dir doch von dem Hund erzählt, den ich hatte.«

»Nelson. Nein, entschuldige, das war der, den du vor ein paar Jahren hattest. Aber den Namen des anderen hast du mir auch gesagt, bloß kann ich mich nicht mehr daran erinnern.«

»Soldier.«

»Ach ja, Soldier, stimmt.«

»Ich habe diesen Hund geliebt«, sagte er. »Und ich hatte auch immer wieder andere Tiere, wie das bei Kindern eben so ist. Goldfische, Schildkröten. Sie sind alle gestorben.«

»Das tun sie doch immer, oder nicht?«

»Wahrscheinlich schon. Ich habe dann immer furchtbar geheult.«

»Als sie gestorben sind.«

»Als ich noch klein war. Als ich größer wurde, habe ich es dann besser verkraftet, aber nahegegangen ist es mir trotzdem. Aber sie quälen?«

»Und hast du mal Feuer gelegt?«

»Als du vorhin das Laub erwähnt hast, und was passiert, wenn man es nicht zusammenrecht, ist mir eingefallen, dass ich als Jugendlicher Laub zusammengerecht habe. Damit habe ich mir ein bisschen Geld verdient.«

»Nach dem Motto: Wie sieht's aus, Junge? Willst du dir mal eben einen Zwanziger verdienen? Da ist ein Rechen in der Garage.«

»Was wir immer gemacht haben«, sagte Keller, »wir haben das ganze Laub am Straßenrand zu einem Haufen zusammengerecht und dann verbrannt. Heute ist das verboten, wegen der Brandschutzbestimmungen und der Luftverschmutzung, aber damals war das allgemein üblich.«

»Ich fand das immer schön, den Geruch von brennendem Laub in der Herbstluft.«

»Und es war auch ein tolles Gefühl«, sagte Keller. »Du hast das ganze Laub zusammengerecht und ein Streichholz draufgeworfen, und hinterher war alles weg. Das sind die einzigen Feuer, an die ich mich erinnern kann.«

»Dann treffen schon mal zwei Punkte nicht auf dich zu. Und wie sieht's mit Bettnässen aus?«

»Soviel ich mich erinnern kann, hatte ich damit nie Probleme.«

»Dann trifft auch der dritte nicht auf dich zu, Keller. Du bist etwa ebenso wenig ein Soziopath wie Albert Schweitzer. Aber wie bist du dann dazu gekommen, trotzdem zu tun, was du tust? Egal, da kommt dein Zug. Dann viel Spaß beim Lasagneausteilen heute Abend. Und dass du mir bloß keine Tiere quälst, hast du gehört?«

ZWÖLF

Zwei Wochen später griff er von sich aus nach dem Telefon und bat sie, Aufträge nicht mehr automatisch abzulehnen. »Das lässt sich hören«, sagte sie. »Bist du gerade zu Hause? Dann bleib erst mal dort. Ich rufe eben mal jemand an und melde mich dann wieder bei dir.« Keller blieb neben dem Telefon sitzen, und als es läutete, nahm er ab. »Ich hatte schon Angst, sie hätten inzwischen jemand anders gefunden«, sagte Dot, »aber wir haben

Glück, wenn du es so nennen willst. Sie schicken uns was per Airborne Express, was sich für mich immer so anhört, als würden sie uns einen Trupp Fallschirmjäger für einen Einsatz schicken. Sie sagen, ich werde es bis spätestens morgen um neun kriegen, aber dann kommst du erst nach Hause, oder? Glaubst du, du kannst den Zug um 14:04 Uhr von der Grand Central nehmen? Ich hole dich am Bahnhof ab.«

»Es geht auch um 10:08 Uhr einer«, sagte er. »Kommt kurz vor elf in White Plains an. Wenn du nicht da bist, gehe ich davon aus, dass du auf die Fallschirmjäger warten musstest, und mir einfach ein Taxi nehmen.«

Es war ein trister, kalter Tag, und es regnete gerade so viel, dass sie die Scheibenwischer einschalten musste, aber nicht so viel, dass sie nicht ständig quietschten. Sie ließ ihn am Küchentisch Platz nehmen, schenkte ihm eine Tasse Kaffee ein und gab ihm die Notizen, die sie sich gemacht hatte, und die Polaroids, die zusammen mit der Anzahlung in einem Airborne-Express-Umschlag gekommen waren. Er hielt eins der Fotos hoch. Darauf war ein Mann in den Siebzigern mit einem runden Gesicht und einem kleinen weißen Schnurrbart zu sehen, der einen Golfschläger hochhielt, als hoffte er, jemand möchte ihn ihm abnehmen.

Als Keller sagte, dass der Mann nicht wie ein Gewerkschaftsboss aussah, schüttelte Dot den Kopf. »Das war Portland«, sagte sie. »Das hier ist Phoenix. Oder genauer, Scottsdale. Dort ist es heute sicher schöner als hier. Auch schöner als in Portland, wo es meines Wissens immer regnet. In Portland, meine ich. In Scottsdale regnet es nie. Was ist eigentlich los mit mir? Ich höre mich an wie der Wetterbericht. Du könntest fliegen. Nicht ganz hin, aber bis Denver zum Beispiel.«

»Mhm.«

Sie tippte mit dem Fingernagel auf das Foto. »Sie sagen, der Mann ahnt nicht das Geringste und hat keinerlei Sicherheitsvorkehrungen getroffen. Andererseits ist sein ganzes Leben eine einzige Sicherheitsvorkehrung. Er wohnt in einer Gated Community.«

»In den Sundowner Estates, steht hier.«

»Es gibt einen 18-Loch-Golfplatz mit lauter Villen drum herum. Und jede hat eine erstklassige Alarmanlage, die aber höchstens mal losgeht, wenn irgendein Trottel seinen Abschlag durch das Panoramafenster im Wohnzimmer drischt. Man muss nämlich am Tor an einem Wachmann vorbei, wenn man auf die Anlage kommen will. Kein Metalldetektor, und deinen Nagelknipser nehmen sie dir auch nicht ab, aber du musst dazugehören, sonst lässt er dich nicht rein.«

»Verlässt denn Mr. Egmont die Anlage manchmal?«

»Er spielt jeden Tag Golf. Außer es regnet. Und dass es das in Phoenix nicht tut, haben wir bereits festgestellt. Zu Mittag isst er meistens im Clubhaus, sie haben ein eigenes Restaurant. Er hat eine Haushälterin, die zweimal die Woche kommt – die Jungs am Wachhäuschen kennen sie vermutlich. Ansonsten ist er allein im Haus. Wahrscheinlich wird er oft zum Abendessen eingeladen. Er ist alleinstehend, und in diesen Bonzen-Wohnanlagen kommen immer sechs Frauen auf einen Mann. Du studierst immer noch sein Foto, und ich glaube, ich weiß, warum. Er kommt dir bekannt vor, oder?«

»Ja, aber ich weiß nicht, woher.«

»Hast du mal Monopoly gespielt?«

»Klar, natürlich. Er sieht aus wie die Zeichnung des Bänkers bei Monopoly.«

»Es ist der Schnurrbart«, sagte Dot, »und das runde Gesicht. Vergiss nicht, über Los zu gehen, Keller. Und zweihundert Dollar zu kassieren.«

Sie fuhr ihn zum Bahnhof zurück, und wegen des Regens warteten sie nicht auf dem Bahnsteig, sondern im Auto. Er sagte, er hätte mehr oder weniger aufgehört, auf dem Essensschiff zu arbeiten. Sie sagte, sie hätte nicht damit gerechnet, dass er das den Rest seines Lebens tun würde.

»Sie haben es jetzt anders organisiert«, sagte er. »Jetzt übernimmt das Rote Kreuz. Sie machen so was ständig, ihre Spezialität ist Katastrophenhilfe, und sie sind Profis. Allerdings ist damit aus einer spontanen New Yorker Hilfsaktion etwas sehr Unpersönliches geworden. Ich meine, als wir angefangen haben, hatten wir Spitzenköche, die sich richtig ins Zeug gelegt haben, um diesen Typen etwas aufzutischen, was ihnen auch schmeckt, und dann übernimmt das Rote Kreuz, und jetzt schaufeln wir denen Macaroni and Cheese oder Chipped-Beef-Sandwiches auf ihre Teller. Wir sind praktisch über Nacht von Haute cuisine auf Kantinenfraß umgestiegen.«

»Und das macht irgendwie keinen Spaß mehr, hm?«

»Wie fändest du es etwa, dich zehn Stunden lang durch Bauschutt zu wühlen und Leichenteile zu bergen, um dir dann was vorsetzen zu lassen, was aus der letzten Gulaschkanone stammen könnte? Irgendwann wurde es so schlimm, dass ich ihnen nicht mehr in die Augen sehen konnte, wenn ich ihnen diesen Scheißfraß auf den Teller gelöffelt habe. Ich habe einen Abend ausgesetzt und hatte deswegen ein schlechtes Gewissen, und als ich am nächsten Abend wieder hingegangen bin, habe ich mich noch mieser gefühlt, und seitdem war ich nicht mehr dort.«

»Wahrscheinlich hast du den kritischen Punkt überschritten.«

»So würde ich das nicht sagen. Ich hatte eigentlich bis zum Schluss ein gutes Gefühl dabei – bis das Rote Kreuz eingestiegen ist.«

»Aber deswegen hast du doch mitgemacht«, sagte Dot. »Um dich gut zu fühlen.«

»Um zu helfen.«

Sie schüttelte den Kopf. »Du hast dich gut gefühlt, weil du geholfen hast«, sagte sie. »Aber du bist immer wieder hingegangen und hast mitgemacht, weil du dich dabei gut gefühlt hast.«

»Klar, wahrscheinlich schon.«

»Damit will ich deine Motive keineswegs in Frage stellen, Keller. Ich finde nach wie vor bewundernswert, was du getan hast. Was ich damit sagen will, ist nur, dass ehrenamtliche Hilfe ihre Grenzen hat. Wenn man kein gutes Gefühl mehr dabei hat, ist schnell die Luft raus. Das ist der Punkt, an dem die Profis gefragt sind. Sie machen ihren Job, weil das ihr Job ist, und bei ihnen spielt es keine Rolle, ob sie sich dabei gut fühlen. Sie spucken in die Hände und packen es an. Sie teilen vielleicht Macaroni and Cheese aus, und der Käse ist möglicherweise Velveta, aber wenigstens muss niemand vor einem leeren Teller sitzen. Weißt du, was ich meine?«

»Ich glaube schon«, sagte Keller.

Zurück in der Stadt, rief er bei einer Fluggesellschaft an. In Beherzigung von Dots Vorschlag hatte er beschlossen, nach Denver zu fliegen. Er kämpfte sich durch das automatisierte Anrufbearbeitungssystem, drückte brav die gewünschten Zahlen und landete in einer Warteschleife, weil alle Mitarbeiter andere Kunden abfertigten. War die Musik, mit der sie einem das Warten versüßen wollten, schon schlimm genug, wurde sie auch noch alle fünfzehn Sekunden durch den Hinweis unterbrochen, dass er deutlich besser beraten wäre, auf ihre Website zu gehen. Nachdem er das ein paar Minuten über sich hatte ergehen lassen, rief er bei Hertz an, wo sofort ein menschliches Wesen ans Telefon kam.

Am nächsten Morgen holte er in aller Frühe einen Ford Taurus ab und kam dem Berufsverkehr durch den Tunnel und auf dem New Jersey Turnpike zuvor. Er hatte den Wagen unter seinem richtigen Namen gemietet sowie seinen richtigen Führerschein und seine richtige American-Express-Karte vorgelegt. Aber er hatte auch eine gefälschte Karte auf einen anderen Namen, die ihm Dot besorgt hatte, und sie benutzte er in den Motels, in denen er unterwegs Halt machte.

Er brauchte vier Tage, um nach Tucson zu kommen. Er fuhr so lange, bis er Hunger bekam oder auf die Toilette musste oder der Tank leer wurde. Dann setzte er sich wieder ans Steuer und fuhr weiter. Wenn er müde wurde, suchte er sich ein Motel und nahm sich unter dem Namen auf der gefälschten Kreditkarte ein Zimmer, duschte, sah ein bisschen fern und legte sich schlafen. Er schlief, bis er wach wurde, dann stellte er sich wieder unter die Dusche, zog sich an und sah sich nach einem Lokal zum Frühstücken um. Und immer so weiter.

Beim Fahren ließ er das Radio laufen, bis es ihm zu viel wurde. Dann machte er es so lange aus, bis er die Stille nicht mehr ertragen konnte. Am dritten Tag begann ihm die Einsamkeit zu schaffen zu machen, was er sich nicht erklären konnte. Er war es gewohnt, allein zu sein, er hatte sein ganzes Leben lang allein gelebt, und wenn er arbeitete, war ihm erst recht nicht nach Gesellschaft. Jetzt schien er sich jedoch danach zu sehnen, und irgendwann stellte er das Autoradio auf eine Talkshow einer Clear-Channel-Station in Omaha. Die Zuhörer konnten anrufen und zu den Äußerungen des Talkmasters oder eines vorherigen Anrufers oder eines Lehrers, der ihnen in der fünften Klasse das Leben schwer gemacht hatte, Stellung beziehen. An diesem Tag ging es um strengere Waffengesetze, aber eigentlich, fand Keller, ging es um Verbitterung, und davon war nicht gerade wenig in Umlauf.

Zunächst hörte Keller fasziniert zu, aber bald kam er an den Punkt, an dem er das endlose Gegeifere keine Minute länger ertragen hätte. Hätte er eine Pistole zur Hand gehabt, hätte er möglicherweise eine Kugel in das Radio gejagt, aber zum Glück musste er es nur ausschalten.

Das Letzte, was er wollte, wurde ihm jetzt klar, war, dass jemand mit ihm sprach. Kaum war ihm dieser Gedanke gekommen, merkte er, dass er ihn nicht nur gedacht, sondern laut ausgesprochen hatte. Er redete mit sich selbst und fragte sich – zum Glück stumm –, ob das etwas Neues war. Es war wie schnarchen, dachte er. Woher wusste man, dass man es tat, wenn man allein schlief? Eigentlich konnte man es gar nicht wissen, außer man schnarchte so laut, dass man davon aufwachte.

Er streckte die Hand nach dem Radio aus, hielt sich aber zurück, bevor er es wieder anstellte. Mit einem Blick auf den Tacho vergewisserte er sich, dass der Tempomat auf 5 km/h über der Geschwindigkeitsbegrenzung eingestellt war. Ohne Tempomat fuhr man meistens schneller oder langsamer, als man wollte, und vergeudete damit entweder Zeit oder riskierte einen Strafzettel. War er dagegen an, musste man sich keine Gedanken machen, wie schnell man fuhr. Das Auto nahm einem das Denken ab.

Der nächste Schritt, vermutete er, wäre eine selbsttätige Lenkung. Man stieg ins Auto, ließ den Motor an, nahm die nötigen Einstellungen vor, lehnte sich zurück und schloss die Augen. Der Wagen folgte den Windungen der Straße, und wenn ein anderes Fahrzeug vor einem auftauchte, betätigten Sensoren die Bremse oder überholten es, wenn das möglich war, und sie wussten auch, wann man rausfahren musste, wenn der Tank leer wurde.

Das hörte sich wie Sciencefiction an, aber das hatte es in Kellers Kindheit auch von technischen Errungenschaften wie Tempomat oder Anrufbeantworter und 95 Prozent all der anderen Dinge geheißen, die man heute für selbstverständlich hielt. Keller hatte nicht den geringsten Zweifel, dass sich genau in diesem Moment irgendein begabter junger Mann in Detroit oder Osaka oder Bremen Gedanken über autonomes Fahren machte. Bestimmt käme es zu einigen spektakulären Frontalzusammenstößen, bevor das System reibungslos funktionierte, aber früher oder später hätte jedes Auto eines, worauf die Unfallrate drastisch sinken würde und die Polizei niemanden mehr hätte, dem sie Strafzettel verpassen konnte, und alle total aus dem Häuschen wären wegen dieses neuen Wunders der Technik, außer vielleicht von ein paar Spinnern in England, die der festen Überzeugung waren, dass man mit der alten Methode sicherer fuhr und weniger Sprit verbrauchte.

Aber bis es so weit wäre, ließ Keller beide Hände am Lenkrad.

DREIZEHN

Sundowner Estates, wo William Wallis Egmont wohnte, war in Scottsdale, einem teuren Vorort von Phoenix. Näher als bis Tucson, das etwa dreihundert Kilometer östlich davon lag, wollte sich ihm Keller mit dem Taurus nicht nähern. Er folgte der Beschilderung zum Flughafen und stellte den Wagen auf dem Langzeitparkplatz ab. Er hatte im Lauf der Jahre schon einige Autos auf Langzeitparkplätzen stehengelassen, aber das waren die Fahrzeuge anderer Personen gewesen, deren Leichen im Kofferraum gelegen hatten, und weil Keller diese Autos nicht mehr hatte finden müssen, hatte er die Parkscheine bei der erstbesten Gelegenheit entsorgt. Das war diesmal anders, und er notierte sich auf dem Beleg, den er an der Einfahrt erhalten hatte, Etage und Stellplatznummer und steckte ihn in seine Geldbörse.

Er ging im Terminal zu den Schaltern der Leihwagenfirmen und mietete mit seiner gefälschten Kreditkarte und dem dazu gehörigen Führerschein bei Avis einen Toyota Camry. Er brauchte ein paar Minuten, um herauszufinden, wie der Tempomat funktionierte. Das war das Problem mit Leihwagen, man musste sich jedes Mal von neuem mit der Bedienung vertraut machen, angefangen von Lichtern und Scheibenwischern bis hin zu Tempomat und Sitzverstellung. Vielleicht hätte er zu Hertz gehen und sich wieder einen Taurus mieten sollen. Brachte es Vorteile mit sich, immer das gleiche Modell zu fahren? Oder sprach etwas dagegen, und er war er sich solcher Nachteile intuitiv bewusst gewesen, als er zu Avis gegangen war?

»Du machst dir zu viele Gedanken«, sagte er und merkte, dass er es laut ausgesprochen hatte. Weniger verärgert als amüsiert, schüttelte er den Kopf, und nachdem er ein paar Kilometer gefahren war, wurde ihm klar, was er wollte und schon die ganze Zeit gewollt hatte. Er brauchte niemand, der mit ihm redete, sondern jemand, der ihm zuhörte.

Kurz hinter einer Ausfahrt stand ein junger Tramper mit einem Seesack am Straßenrand und hielt den Daumen raus. Soweit sich Keller erinnern konnte, war es das erste Mal, dass er den Drang verspürte anzuhalten. Aber es war nur ein flüchtiger Gedanke; hätte er den Fuß auf dem Gaspedal gehabt, hätte er ihn kaum zurückgenommen, bevor er sich nicht eines Besseren besonnen hätte und einfach weitergefahren wäre. Weil er den Tempomat eingeschaltet hatte, bewegte er seinen Fuß erst gar nicht, und der Tramper verschwand im Rückspiegel, ohne zu ahnen, wie knapp er gerade dem Tod entronnen war.

Der einzige Grund, ihn mitzunehmen, wäre gewesen, mit jemand reden zu können, und Keller hätte ihm alles erzählt. Und welche Wahl hätte er noch gehabt, sobald er das getan hätte?

Keller konnte es sich bestens vorstellen – wie sich der Junge mit großen Augen alles anhörte, was er ihm erzählte. Er stellte sich auch sich selbst vor, wie die Last von ihm abfiel und wie dankbar er dem Jungen war, dass er ihm zuhörte. Nur bestand dann auch die Notwendigkeit, seine Spuren zu verwischen. Er stellte sich vor, wie er am Straßenrand anhielt, wie es zu einem kurzen Handgemenge kam, stellte sich vor, wie die Leiche in einem Straßengraben landete und der Camry weiter unbedenkliche drei Meilen über der Geschwindigkeitsbegrenzung in Richtung Westen fuhr.

Das Motel, für das sich Keller entschied, war ein Familienbetrieb in Tempe, einem anderen Vorort von Phoenix. Er bezahlte bar eine Woche im Voraus und leistete eine Anzahlung von zwanzig Dollar für Telefongespräche. Er hatte nicht vor, viel zu telefonieren, aber wenn er doch einmal das Telefon brauchte, wollte er, dass es ging.

Er trug sich als David Miller aus San Francisco ein und dachte sich eine Adresse und eine Postleitzahl aus. Auch seine Autonummer sollte er angeben, weshalb er ein paar Zahlen vertauschte und unter Bundesstaat statt AZ CA eintrug. Es war eigentlich kaum der Mühe wert, denn niemand würde sich die Meldekarte ansehen, aber bestimmte Dinge tat er aus Gewohnheit, und das war eins davon.

Er reiste immer mit leichtem Gepäck und hatte nie mehr dabei als eine kleine Reisetasche mit ein, zwei Hemden und etwas Unterwäsche und Socken zum Wechseln. Das war sinnvoll, wenn man flog, aber nicht, wenn man ein Auto mit leerem Kofferraum und Rücksitz hatte. Bei seiner Ankunft in Phoenix hatte er bereits alle Socken und die gesamte Unterwäsche aufgebraucht. Er kaufte in einem Einkaufszentrum zwei Dreierpacks Unterhosen und einen Sechserpack Socken und hielt nach einem Abfalleimer für seine schmutzigen Sachen Ausschau, als er einen Sammelbehälter von Goodwill Industries entdeckte. Es vermittelte ihm ein gutes Gefühl, seine schmutzigen

Socken und Unterhosen in den Container zu werfen, aber kein ganz so gutes wie auf dem Kantinenschiff, als er das Haute Cuisine-Essen an die rauchgeschwärzten Rettungskräfte am Ground Zero ausgeteilt hatte.

Zurück in seinem Motel, rief er auf dem Wegwerfhandy, das er sich in der Twenty-third Street gekauft hatte, Dot an. Er hatte es in bar bezahlt und war nicht einmal nach seinem Namen gefragt worden, weshalb es unmöglich auf ihn zurückverfolgt werden konnte. Bestenfalls konnte jemand feststellen, dass für die damit geführten Telefonate ein Handy verwendet worden war, das in Finnland hergestellt und bei Radio Shack verkauft worden war. Und selbst wenn sie herausfanden, in welcher Radio-Shack-Filiale es gekauft worden war, konnte ihm das egal sein. Es ließe sich auf keinen Fall mit Keller oder mit Phoenix in Verbindung bringen.

Andererseits waren Telefonate auf einem Handy etwa so sicher wie Rufen. Es gab weiß Gott wie viele Geräte, mit denen man bei so einem Gespräch mithören konnte, und wahrscheinlich gab es ein halbes Dutzend Leute, die jedes Wort auf ihrem Autoradio mithörten, und irgendeinen alten Knacker, der alles mit seinen Zahnplomben auffing. Das störte Keller nicht weiter, denn er ging ohnehin davon aus, dass jedes Telefon angezapft wurde, und verhielt sich entsprechend.

Er rief Dot an, und nach dem siebten oder achten Läuten legte er auf. Entweder war sie ausgegangen, dachte er, oder unten in der Dusche. Oder hatte er sich verwählt? Diese Möglichkeit bestand immer, dachte er, und drückte die Wahlwiederholung. Doch dann merkte er, dass er damit, wenn er sich verwählt hatte, seinen Fehler nur wiederholen würde. Er legte mitten im ersten Läuten auf und gab die Nummer noch einmal neu ein, und diesmal ertönte das Besetztzeichen.

Er wählte erneut, bekam wieder das Besetztzeichen, wartete eine Weile stirnrunzelnd und versuchte es schließlich noch einmal. Es hatte kaum zu Läuten begonnen, als sie abnahm, »Ja?« in den Hörer rief und einiges an Gereiztheit in diese eine Silbe zu packen schaffte.

»Ich bin's«, sagte er.

»Wer hätte das gedacht?«

»Ist irgendwas?«

»Eben war jemand an der Tür«, sagte sie, »und der Teekessel hat gepfiffen, und als ich endlich ans Telefon gekommen bin und abgenommen habe, war nur noch der Wählton zu hören.«

»Ich habe es aber lang anläuten lassen.«

»Wirklich nett von dir. Jedenfalls, hat das Telefon, kaum habe ich es weggelegt, wieder zu läuten begonnen, und ich wieder zurück, und dann hat jemand mitten im ersten Läuten aufgelegt.«

Er erklärte ihr, dass er die Wahlwiederholung gedrückt und im selben Moment gemerkt hatte, dass das nichts brächte.

»Außer dass es sehr wohl was gebracht hat«, sagte sie, »weil du dich beim ersten Mal nicht verwählt hast. Ich dachte mir sofort, dass du es bist, weshalb ich Sternchen neunundsechzig gedrückt habe. Aber egal, von welchem Telefon du anrufst, Sternchen 69 funktioniert nicht. Ich habe irgend so einen komischen Ton gehört und dann eine Ansage vom Band, dass Rückrufe an deine Nummer blockiert werden.«

»Es ist ein Handy.«

»Sag jetzt nichts mehr. Hallo? Wo bist du hingefahren?«

»Ich bin hier. Du hast ›Sag jetzt nichts mehr‹ gesagt und ...«

»Das ist doch nur so eine Redewendung. Sag mir, du hast alles erledigt und bist bereits wieder auf dem Heimweg.«

»Ich bin gerade erst angekommen.«

»Das habe ich fast befürchtet. Wie ist das Wetter?«

»Heiß.«

»Hier nicht. Angeblich soll es schneien, aber keine Ahnung. Du rufst nur an, um dich zu melden, oder?«

»Ja.«

»Es ist auf jeden Fall schön, deine Stimme zu hören, und ich würde mich gern ein bisschen mit dir unterhalten, aber du rufst mit einem Handy an.«

»Ja.«

»Du kannst mich jederzeit wieder anrufen«, sagte sie. »Es ist immer wieder ein Freude, von dir zu hören.«

Keller wusste nichts über die Einwohnerzahl oder die Flächenausdehnung von Sundownder Estates, obwohl er glaubte, dass beides nicht allzu schwer herauszubekommen wäre. Aber was nutzte ihm dieses Wissen? Die Anlage war so groß, dass ein 18-Loch-Golfplatz und genügend Häuser darauf Platz fanden, um den Betrieb des Golfplatzes zu ermöglichen.

Und es gab eine drei Meter hohe Lehmziegelmauer um das ganze Gelände. Vermutlich waren Häuser leichter zu verkaufen, wenn man sie Sundowner Estates nannte, aber Fort Apache wäre dem Festungscharakter der Anlage sicher besser gerecht geworden.

Er fuhr ein paarmal um die Siedlung herum und stellte dabei fest, dass sie zwei Eingangstore hatte, eins im Osten und das andere, nicht genau gegenüber, in der Südwestecke. Er parkte an einer Stelle, von der er das Südwesttor gut im Auge behalten konnte. Alles was er dabei herausfand, war, dass jedes Fahrzeug, dass auf die Anlage fuhr oder aus dieser kam, am Tor anhalten musste, damit der Fahrer mit dem uniformierten Wachmann ein paar Worte wechseln konnte. Vielleicht musste man ihm einen Ausweis zeigen, vielleicht rief er an, um sich zu vergewissern, dass man erwartet wurde, vielleicht verlangten sie einen Daumenabdruck und eine Spermaprobe. Von da, wo Keller auf der Lauer lag, ließ sich das nicht erkennen, aber er war ziemlich sicher, dass er nicht einfach vorfahren und sich mit irgendeiner Ausrede Zugang zu dem Gelände verschaffen könnte. Leute, die bereit waren, hinter einer dicken Mauer zu leben, deren Höhe fast das Zweifache ihrer Körpergröße betrug, hatten offensichtlich hohe Ansprüche an die Sicherheitsvorkehrungen, und ein Wachmann, der sie nicht erfüllte, durfte sich schnell eine neue Stelle suchen.

Keller fuhr zu seinem Motel zurück, machte es sich vor dem Fernseher bequem und schaute sich auf Discovery Channel eine Sendung über Tauchen am Great Barrier Reef in Australien an. Das sah nicht nach etwas aus, was er tun wollte. Während eines Urlaubs auf Aruba hatte er es mal mit Schnorcheln probiert, aber schnell aufgegeben, weil er ständig Wasser in seinen Schnorchel und in die Brille bekommen hatte. Außerdem hatte er nicht viel gesehen.

Da hatten die Taucher auf dem Discovery Channel deutlich mehr Glück, denn es gab jede Menge bunter Fische für sie (und Keller) zu sehen. Nach fünfzehn Minuten hatte er allerdings genug gesehen, und er wechselte den Sender. Es schien ihm ziemlich aufwändig, extra nach Australien zu fliegen, um sich dann mit Taucherbrille und Flossen ins Wasser zu begeben.

War das wirklich so viel anders, als in einer Tierhandlung oder einem chinesischen Restaurant ins Aquarium zu glotzen?

»So viel kann ich Ihnen jedenfalls jetzt schon sagen«, schickte die Frau voraus. »Sie werden es bestimmt nicht bereuen, wenn Sie sich im Sundowner ein Haus kaufen. Da wären Sie bestimmt der Erste.«

»Das spricht auf jeden Fall für sich«, sagte Keller.

»Die Anlage kann sich ja auch wirklich sehen lassen, Mr. Miller. Ob Sie Golf spielen, brauche ich Sie wohl nicht extra zu fragen.«

»Es ist irgendwas zwischen einem Hobby und einer Sucht«, sagte er.

»Dann kann ich nur hoffen, dass Sie Ihre Ausrüstung mitgebracht haben. Der Sundowner-Platz ist ein Championship Course, entworfen von Robert Walker Wilson, und Clay Bunis hat bei der Planung als Berater mitgewirkt. Wir befinden uns hier mitten in der Wüste, aber innerhalb der Mauern von Sundowner Estates bekommt man das nicht mit. Der Platz ist so grün wie eine irische Viehweide.«

Ihr Name, erfuhr Keller, war Michelle Prentice, aber alle nannten sie Mitzi. Und er? Wollte er Dave oder David genannt werden?

Das war eine knifflige Frage, und Keller merkte, dass er zu lang brauchte, um sie zu beantworten. »Das hängt davon ab«, sagte er schließlich. »Ich höre auf beides.«

»Geschäftspartner nennen Sie bestimmt Dave«, sagte sie, »und Ihre engsten Freunde sagen David.«

»Woher wissen Sie das jetzt?«

Vor Freude, recht gehabt zu haben, lächelte sie strahlend. »Einfach so, nur so ein Gefühl, David.«

Dann werden wir also enge Freunde, dachte Keller. Gegen Ende zu erzählte sie ihm ein paar Dinge über sich selbst, und als sie zum Wachhäuschen am Osttor von Sundowner Estates kamen, wusste er, dass sie 39 Jahre alt war, dass sie sich vor drei Jahren von diesem Mistkerl von ihrem Mann hatte scheiden lassen und von Frankfort, Kentucky, nach Phoenix gezogen war, das die Hauptstadt des Bundesstaats war, auch wenn die meisten Leute dachten, es wäre Louisville. Da sie auch in Frankfort Häuser verkauft hatte, hatte sie sich bei der ersten Gelegenheit eine Maklerlizenz für Arizona beschafft, und Häuser zu verkaufen, war hier wesentlich einfacher als in

Kentucky, weil sie sich mehr oder weniger von selbst verkauften. Das Einzugsgebiet von Phoenix wuchs rasend schnell, versicherte sie ihm, und sie war hellauf begeistert, dabei mitwirken zu können.

Am Osttor schob sie ihre Sonnenbrille hoch und bedachte den Wachmann mit einem strahlenden Lächeln. »Hi, Harry«, sagte sie. »Mitzi Prentice, und das hier ist Mr. Miller. Er möchte sich das Lattimore-Haus am Saguaro Circle ansehen.«

»Miz Prentice.« Der Wachmann erwiderte ihr Lächeln und nickte Keller zu. Er schaute auf ein Klemmbrett, dann verschwand er in das Häuschen und telefonierte. Wenig später kam er wieder nach draußen und erteilte Mitzi grünes Licht. »Wie Sie hinkommen, wissen Sie ja.«

»Müsste ich eigentlich«, sagte sie zu Keller, nachdem sie vom Tor losgefahren waren. »Ich habe das Haus schon vor zwei Tagen jemandem gezeigt, und damals war auch er am Tor und hat mich durchgelassen. Aber Dienst ist Dienst, und sie nehmen die Sache wirklich sehr ernst, kann ich Ihnen sagen. Deshalb versuche ich erst gar nicht, irgendwelche Späßchen mit einem von ihnen zu machen, weil sie sich auf nichts einlassen. Sie werden nämlich ständig gefilmt, und das käme sicher nicht gut an.«

»Haben sie hier überall Überwachungskameras?«

»Und sie sind rund um die Uhr an. Sie kommen nur rein, wenn Ihr Name auf der Liste steht, und die Kamera hält genau fest, wann Sie kommen und gehen und welches Auto Sie fahren, einschließlich Kennzeichen und allem.«

»Ich muss schon sagen ...«

»Im Sundowner wohnen einige richtig wohlhabende Leute«, fuhr sie fort, »und einige sind schon ziemlich alt. Das heißt nicht, dass Sie hier niemand in Ihrem Alter finden, vor allem auf dem Golfplatz und am Pool, aber es gibt auch einige ältere Leute, und die sind in der Regel mehr auf ihre Sicherheit bedacht. Aber jetzt, David, ist das kein Bild für Götter?«

Sie deutete auf den Golfplatz, der für Keller wie ein Golfplatz aussah. Er pflichtete ihr bei, dass er fantastisch aussah.

Das Wohnzimmer der Lattimore-Villa hatte eine Decke, so hoch wie eine Kathedrale, und einen Kamin, in dem man stehen konnte, was ihm nicht recht einleuchtete. Dass man in einem begehbaren Kleiderschrank stehen konnte, ergab einen gewissen Sinn. Man konnte einfach reingehen und aussuchen, was man anziehen wollte, aber warum sollte jemand in einen Kamin gehen wollen?

Und überhaupt, wer wollte im Wohnzimmer einen Gottesdienst abhalten?

Er überlegte, ob er diesen Punkt bei Mitzi ansprechen sollte. Sie könnte beide Fragen provokant finden, aber passte es zum Image eines ernsthaften Kaufinteressenten, das er vermitteln wollte? Deshalb stellte er Fragen, die ihm typischer erschienen: über Heizung und Klimaanlage und Finanzierung, gängige Hauskäuferfragen eben.

Wie nicht anders zu erwarten, gab es im Wohnzimmer ein großes Panoramafenster, von dem man den vorhersehbaren Blick auf den Golfplatz hatte, oder genauer auf das fünfte Grün und den sechsten Abschlag, wie ihm Mitzi erklärte. Dort war ein Mann, der Übungsschwünge machte und durchaus W.W. Egmont hätte sein können, obwohl sich das aus dieser Entfernung nicht wirklich sagen ließ. Aber wenn sich der Mann ein bisschen nach links gedreht und Keller ihn nicht nur mit bloßem Auge in Augenschein hätte nehmen können, sondern mit einem Fernglas ...

Oder durch ein Zielfernrohr, dachte er. Das wäre wirklich einfach. Dann bräuchte er nur das Haus kaufen und sich im Wohnzimmer mit einem Scharfschützengewehr postieren, und seine tolle Alarmanlage würde Egmont einen Dreck nützen. Keller brauchte nur wie ein Geier auf seinem Ast zu warten, bis Egmont das fünfte Loch mit einem Vierer-Putt drei über Par spielte. Dann konnte Keller ihn gleich dort ausschalten und dem armen Teufel einen Herzinfarkt ersparen, oder er konnte warten, bis er noch näher kam und seinen Ball für das sechste Loch (525 Yards, Par 5) aufteete. Keller war nicht unbedingt ein besonders guter Schütze, aber wie schwer konnte es schon sein, das Fadenkreuz auf ein Ziel zu richten und abzudrücken?

»Sicher stellen Sie sich bereits vor, wie Sie auf dem Platz da draußen stehen«, sagte Mitzi, und er grinste und versicherte ihr, dass sie schon wieder richtig geraten hätte.

Durch das Schlafzimmerfenster auf der Rückseite des Hauses blickte man auf einen Wüstengarten mit Kakteen und Sukkulenten hinaus. Für die Pflanzen war, wie für den satten grünen Rasen auf der Vorderseite, die Sundowner

Estates Association zuständig, die sich auch das ganze Jahr über um die Pflege kümmerte. »Und Sie müssen keinen Finger rühren«, sagte sie.

»Viele Leute glauben, sie würden gern gärtnern, wenn sie sich zur Ruhe setzen«, fuhr sie fort. »Doch dann merken sie, mit wie viel Arbeit das verbunden ist. Und was ist, wenn sie mal zwei Wochen nach Maui fliegen wollen? In Sundowner schließen Sie einfach die Tür hinter sich und können gewiss sein, dass alles in bester Ordnung ist, wenn Sie wieder nach Hause kommen.«

Er sagte, er könne sich vorstellen, dass das beruhigend war. »Auch die Mauer kann man von hier nicht sehen«, sagte er. »Ich habe mich nämlich schon gefragt, ob man sich vielleicht eingesperrt fühlt. Sie sieht zwar ganz okay aus, nur Lehmziegel und Erde, aber trotzdem, sie ist ganz schön hoch.«

»Über dreieinhalb Meter«, sagte sie.

Sogar noch höher, als er gedacht hatte. Er sagte, er hätte sich gefragt, wie es wäre, direkt daneben zu wohnen, aber sie sagte, keins der Häuser stünde so nahe an der Mauer, dass das ein Problem wäre.

»Die ganze Anlage ist sehr durchdacht angelegt«, sagte sie. »Da ist die drei Komma sechs Meter hohe Mauer, und dahinter befindet sich ein zehn bis zwanzig Meter breiter Streifen, und dann kommt noch einmal eine eineinhalb Meter hohe Mauer, ebenfalls aus Lehmziegeln und mit Kakteen und Kletterpflanzen davor, damit es wirklich gut aussieht.«

»Superkonzept«, sagte er. Und es gefiel ihm wirklich. Er musste nur über die erste Mauer kommen und den Streifen Niemandsland durchqueren, um an einer beliebigen Stelle über die niedrigere Mauer zu klettern. »Aber die hohe Außenmauer, so wahnsinnig sicher ist sie doch auch nicht, oder?«

»Wie kommen Sie denn darauf?«

»Na ja, ich weiß nicht. Vielleicht liegt es daran, dass ich aus dem Nordosten komme, wo die Sicherheitsvorkehrungen ziemlich offensichtlich sind. Aber das hier ist doch nur eine stinknormale Lehmziegelwand. Kein Stacheldraht, kein elektrischer Zaun. Da braucht doch nur irgendein Trottel eine lange Leiter mitzubringen, und schon ist er über die Mauer.«

Sie legte ihm die Hand auf den Arm. »David, Sie haben eher beiläufig nachgefragt, aber ich habe das Gefühl, dass die Sicherheit ein großes Thema für Sie ist.«

»Ich habe eine Briefmarkensammlung«, sagte er. »Sie ist zwar kein

Vermögen wert, und Sammlungen sind schwer zu verkaufen, aber ich sammle schon seit meiner Kindheit und fände es furchtbar, wenn sie mir gestohlen würde.«

»Das kann ich gut verstehen.«

»Deshalb, die Sicherheit ist durchaus ein Thema. Und der Bursche am Tor mag einem vielleicht jegliche Bedenken nehmen, aber wenn jeder Idiot mit einer Leiter eben mal über die Mauer klettern kann ...«

So einfach war es nicht, erklärte sie ihm. Stacheldraht gab es zwar keinen, weil das sofort Erinnerungen an ein Konzentrationslager wachrief, aber dafür erzeugten Sensoren eine Art Kraftfeld, sodass niemand an der Mauer hochklettern konnte, ohne alle möglichen Alarme auszulösen. Ebenso wenig war man aus dem Schneider, wenn man es über die Mauer schaffte, weil in dem Streifen zwischen den beiden Umfassungsmauern Wachhunde patrouillierten: lautlose, blitzschnelle Dobermänner.

»Außerdem fährt rund um die Uhr in regelmäßigen Abständen ein nicht gekennzeichneter Streifenwagen um das Gelände«, sagte sie. »Wenn sie Sie also mit einer Leiter unter dem Arm auf dem Weg zur Mauer sähen ...«

»Ich wäre das bestimmt nicht«, versicherte er ihr. »Ich mag zwar Hunde, aber diesen Dobermännern würde ich lieber nicht begegnen.«

Nur gut, dachte er, dass er gefragt hatte. Er hatte bereits ein Geschäft gefunden, in dem er eine Aluminium-Ausziehleiter hätte kaufen können. Damit wäre er in wenigen Sekunden über die Mauer gekommen, um prompt von den beiden Dobermännern in Empfang genommen zu werden.

Sie saßen sich in der Küche der Lattimores an einem Tisch mit einer Hackblockplatte gegenüber, als Mitzi die Details mit ihm durchging. Die Einrichtung war inklusive, erklärte sie ihm, und wie er sehen konnte, befand sie sich in tadellosem Zustand. Wenn er nicht, seinem persönlichen Geschmack entsprechend, einige Veränderungen vornehmen wollte, konnte er das Haus heute kaufen und morgen einziehen.

»Natürlich dauert die Finanzierung etwas.« Sie berührte ihn wieder am Arm. »Und selbst wenn Sie das Geld auf den Tisch blättern, würde der Papierkram ein paar Tage dauern. Hatten Sie denn eine Barzahlung im Sinn?«

»Das ist immer einfacher«, sagte er.

»Allerdings. Aber ich bin sicher, Sie hätten auch keine Probleme, einen Kredit aufzunehmen. Die Banken tun nichts lieber, als auf Sundowner-Häuser Hypotheken zu gewähren, weil die Preise ständig hochgehen.« Ihre Finger schlossen sich um sein Handgelenk. »Ich weiß nicht, ob ich Ihnen das sagen sollte, David, aber im Moment ist eine besonders günstige Zeit, um ein Gebot abzugeben.«

»Will Mr. Lattimore dringend verkaufen?«

»Mr. Lattimore ist das Ganze herzlich egal«, sagte sie. »Aber seine Tochter möchte das Haus gern verkaufen. Sie hatte ein Angebot, das zehn Prozent unter der ursprünglichen Preisforderung lag, aber sie hatte das Haus gerade zum Verkauf angeboten und lehnte es ab, weil sie dachte, der Interessent würde noch etwas höher gehen, aber stattdessen hat er ein anderes Haus gekauft, und jetzt beißt sie sich gewaltig in den Arsch, wenn ich es mal so drastisch ausdrücken darf, David. Was *ich* tun würde, ich würde ihr ein Angebot machen, das fünfzehn Prozent unter dem liegt, was sie sich vorstellt. So günstig werden Sie das Haus zwar vielleicht nicht bekommen, aber zehn Prozent weniger halte ich für durchaus realistisch, und das ist in der aktuellen Situation ein echtes Schnäppchen.«

Keller nickte nachdenklich und fragte, was mit Lattimore los war. »Das ist eine traurige Geschichte«, sagte sie. »Aber andererseits auch wieder nicht, weil er bei seiner Lieblingsbeschäftigung gestorben ist.«

»Beim Golfspielen«, riet Keller.

»Er hat am dreizehnten Loch einen richtig guten Abschlag hingekriegt«, sagte sie. »›Der kann sich aber sehen lassen‹, meinte sein Partner, und Mr. Lattimore darauf: ›Ab und zu gelingt mir offensichtlich doch noch was, hm?‹ Und dann ist er einfach tot umgefallen.«

»Wenn der Zeitpunkt gekommen ist ...«

»Das haben alle gesagt, David. Die Leiche wurde eingeäschert, und dann haben sie im Clubhaus eine schöne nichtkonfessionelle Trauerfeier abgehalten, nach der seine Tochter und sein Schwiegersohn mit einem Golfcart zum sechzehnten Loch gefahren sind und seine Asche ins Wasserhindernis gekippt haben.« Sie musste lachen und nahm ihre Hand von seinem Unterarm, um sie an ihren Mund zu halten. »Entschuldigen Sie, dass ich lache, aber ich musste gerade an etwas denken, was jemand gesagt hat. Dass seine Bälle bereits dort wären, und er jetzt nach ihnen suchen könnte.«

Ihre Hand kehrte an sein Handgelenk zurück. Er sah sie an, und sie sah ihn an. »Also dann«, sagte er. »Mein Auto steht vor Ihrem Büro, weshalb ich Sie bitten würde, mich dorthin mitzunehmen. Und dann würde ich gern in mein Hotel fahren und mich frisch machen, aber dann würde ich Sie gern zum Abendessen einladen.«

»Oh, nichts lieber als das«, sagte sie. »Bloß ...«

»Hast du schon was vor?«

»Meine Tochter wohnt bei mir, und an Schultagen bleibe ich grundsätzlich mit ihr zu Hause. Und ganz besonders heute, weil da eine Sendung im Fernsehen kommt, die wir immer zusammen schauen.«

»Ach so, klar.«

»Deshalb wirst du wohl allein essen müssen«, sagte sie, »aber was interessiert uns eigentlich das Essen, David? Warum gehen wir nicht einfach in Mr. Lattimores Schlafzimmer und lassen es richtig krachen?«

VIERZEHN

Sie hatte einen guten Körper und setzte ihn lustvoll und kreativ ein. Keller war so auf seine Arbeit konzentriert gewesen, dass er sich der sexuellen Möglichkeiten nur vage bewusst gewesen war und sie fast zu seiner eigenen Überraschung zum Essen eingeladen hatte. Im Lattimoreschen Schlafzimmer sollte er sich weiter überraschen.

Hinterher sagte sie: »Ich muss gestehen, dass ich hohe Erwartungen hatte, aber sie wurden sogar noch übertroffen. Nur gut, dass ich heute Abend schon was vorhabe. Sonst würde es ein paar Stunden dauern, bis wir es überhaupt in ein Restaurant schaffen, und eine Ewigkeit, um ins Bett zu kommen. Warum also unnötig Zeit verschwenden?«

Er überlegte, was er darauf erwidern sollte, aber sie schien keinen Kommentar zu erwarten. »All die Jahre«, fuhr sie fort, »war ich die treueste Frau, die die Welt seit Penelope gesehen hat, und das hat weiß Gott nicht daran gelegen, dass ich keine Angebote bekommen hätte. Ich bin ständig angemacht worden, David, und nicht nur von Männern, auch von Frauen.«

»Tatsächlich?«

»Aber ich war nie interessiert, und wenn doch, war da vielleicht ein leichtes Prickeln, ein gewisser Reiz, aber ich habe mich nie auf was eingelassen, sondern habe es mir einfach aus dem Kopf geschlagen. Ich habe nämlich wegen etwas, das sich Ehe nennt, ein paar Versprechen gegeben und sie auch ernst genommen.

»Und dann habe ich rausgefunden, dass mich dieser Dreckskerl betrogen hat und das schon eine ganze Weile. An unserem Hochzeitstag? Es hat Jahre gedauert, bis ich es spitzgekriegt habe, aber dieser Dreckskerl hat mit einer meiner Brautjungfern rumgemacht. Und er ist schon die ganze Zeit fremdgegangen. Nicht nur mit meinen Freundinnen, auch mit meiner Schwester.«

»Mit deiner Schwester?«

»Eigentlich mit meiner Halbschwester. Ich war noch ziemlich klein, als mein Dad gestorben ist, und meine Mutter hat wieder geheiratet und in der zweiten Ehe sie bekommen.« Sie erzählte ihm mehr über ihre Kindheit, als er wissen wollte, und er lag mit geschlossenen Augen da und ließ sie einfach reden. Er hoffte nur, hinterher nicht abgefragt werden, weil er nicht wirklich aufpasste ...

»Deshalb habe ich beschlossen, das Versäumte nachzuholen«, sagte sie.

Er war eingenickt, und als sie ihn weckte, duschten sie in separaten Bädern. Inzwischen hatten sie sich wieder angezogen, und er folgte ihr in die Küche. Als sie in den Kühlschrank schaute, schien sie überrascht, dass er leer war.

Sie schloss ihn wieder und wandte sich Keller zu. »Wenn ich jemand kennenlerne, mit dem ich gern schlafen würde, dann tue ich es einfach. Ich meine, warum lange warten?«

»Sehr vernünftig, finde ich«, sagte er.

»Das Einzige, was ich zu vermeiden versuche«, fuhr sie fort, »ist, Geschäftliches und Vergnügen zu verbinden. Deshalb habe ich dich erst anzumachen beschlossen, als mir klar war, dass du das Haus nicht kaufen willst. Und das willst du doch nicht, oder?«

»Wie hast du das gemerkt?«

»Nur so ein Gefühl – als ich dir gesagt habe, wie du bei deinem Gebot vorgehen solltest. Statt zu überlegen, wie viel du bieten solltest, hast du nach einer Rückzugsmöglichkeit gesucht – oder zumindest war das der Eindruck, den ich gewonnen habe. Was mir nur recht war, weil ich inzwischen mehr daran interessiert war, dich ins Bett zu kriegen, als dir das Haus zu verkaufen. Ich musste dir erst gar nichts über die steuerlichen Vorteile erzählen und wie einfach es wäre, das Haus zu vermieten, wenn du es nicht dauerhaft bewohnen wolltest. Alles sehr überzeugend, und ich könnte es dir auch jetzt noch runterbeten, aber es interessiert dich nicht wirklich, oder?«

»Kann durchaus sein, dass ich es mir in einer Weile ernsthaft überlege«, sagte er, »aber du hast völlig recht, im Moment bin ich noch nicht so weit, ein Angebot zu machen. Wahrscheinlich war es nicht richtig von mir, dich extra hierher kommen zu lassen und dir deine Zeit zu stehlen, aber ...«

»Habe ich mich etwa beklagt, David?«

»Ehrlich gesagt, wollte ich das Haus nur mal sehen«, sagte er. »Deshalb habe ich mein Interesse etwas übertrieben. Ob ich mich wirklich ernsthaft hier niederlassen werde, hängt vom Ausgang verschiedener geschäftlicher Dinge ab, und bis ich weiß, wie das Ganze ausgeht, wird es noch eine Weile dauern.«

»Hört sich ja richtig geheimnisvoll an«, sagte sie.

»Ich würde dir gern mehr darüber erzählen, aber du weißt ja, wie es ist.«

»Du könntest es mir erzählen«, sagte sie, »aber dann müsstest du mich hinterher umbringen. Deshalb, sag lieber kein Wort.«

Er aß in einem mexikanischen Restaurant, das ihn an ein anderes mexikanisches Restaurant erinnerte, allein zu Abend. Er saß über einer zweiten Tasse Café con leche, als es ihm endlich einfiel. Vor Jahren hatte er beruflich in Roseburg, Oregon, zu tun gehabt, und bevor er seinen Auftrag erledigt hatte, hatte er sich von einer Maklerin einen Nachmittag lang verschiedene zum Verkauf stehende Häuser zeigen lassen.

Mit der Maklerin in Oregon war er nicht ins Bett gegangen – er hatte es nicht einmal in Erwägung gezogen –, noch hatte er sie dazu benutzt, um an Informationen zu kommen, die es ihm ermöglichten, an seine Zielperson heranzukommen. Der Mann, den das Zeugenschutzprogramm nur unzureichend geschützt hatte, war leicht zu finden gewesen, doch Keller, der normalerweise streng darauf achtete, Berufs- und Privatleben strikt voneinander getrennt zu halten, hatte sich irgendwie mit dem armen Teufel angefreundet. Und ehe er sich's versah, spielte er mit dem Gedanken, nach

Roseburg zu ziehen, ein Haus zu kaufen, sich einen Hund zuzulegen und sich dort niederzulassen.

Er hatte sich verschiedene Häuser angesehen, aber dabei blieb es. Noch am selben Abend bekam er sich wieder in den Griff, und das Nächste, was er in den Griff bekam, war der Mann, dessentwegen es ihn nach Roseburg verschlagen hatte. Er verwendete eine Drahtschlinge, und was er damit in den Griff bekam, war die Kehle des Mannes, und dann wurde es Zeit, nach New York zurückzukehren.

Jetzt erinnerte er sich wieder an das mexikanische Restaurant in Roseburg. Das Essen war gut gewesen, obwohl er nicht glaubte, dass es so besonders gewesen war, und die Bedienung hatte ihm irgendwie gefallen, aber das Ganze war so realistisch gewesen wie die Idee, dorthin zu ziehen. Er dachte an den Mann, den er umgebracht hatte, einen Buchhalter, der eine kleine Druckerei aufgemacht hatte.

Sie könnten alles, was man dafür wissen muss, in ein paar Stunden lernen, hatte der Mann über seine neue Karriere gesagt. *Sie könnten das Haus kaufen und am selben Tag einziehen,* hatte Mitzi im Lattimore-Haus gesagt.

Muster ...

Du könntest es mir erzählen, hatte sie gesagt, *aber dann müsstest du mich hinterher umbringen.* Seltsamerweise hatte er in der entspannten Trägheit nach ihrer heißen Nummer tatsächlich das Bedürfnis verspürt, sich ihr anzuvertrauen und ihr zu verraten, was ihn nach Scottsdale geführt hatte.

Klar, nur zu.

Er fuhr eine Weile herum, dann fand er zu seinem Motel zurück, wo er sich vor den Fernseher setzte und durch die Kanäle zappte, ohne etwas zu finden, was ihn interessierte. Er schaltete den Fernseher wieder aus und saß im Dunkeln einfach nur da.

Er überlegte, ob er Dot anrufen sollte. Es gab Dinge, über die er mit ihr sprechen konnte, aber bei anderen ging das nicht, und überhaupt wollte er nicht mit einem Handy mit jemandem telefonieren, nicht einmal, wenn es sich nicht auf ihn zurückverfolgen ließ.

Er dachte wieder an den Mann aus Roseburg. Er versuchte, ihn sich vorzustellen, aber es gelang ihm nicht. Er hatte schon früh eine Methode entwickelt, um zu verhindern, dass sich die Gesichter von Menschen aus der Vergangenheit Zugang zur Gegenwart verschafften. Dazu bearbeitete man ihre Bilder im Kopf. Man ließ die Farben verblassen und ihre Gesichtszüge verschwimmen, und schließlich ließ man das Bild immer kleiner werden, als betrachtete man es verkehrt herum durch ein Teleskop. Man machte sie immer kleiner und dunkler und verschwommener, bis sie ganz verschwanden, und wenn man es richtig machte, vergaß man sogar die elementarsten Dinge über sie. Sie berührten einen nicht und lösten keine Emotionen mehr in einem aus, und es wurde immer schwerer, sich an sie zu erinnern.

Doch jetzt hatte er eine Kluft überbrückt und einen Kreis geschlossen, und plötzlich war das Gesicht des Mannes wieder in seinem Gedächtnis. Es war das Gesicht eines alternden Eichhörnchens. *Mein Gott,* dachte Keller, *verschwinde bloß aus meiner Erinnerung, ja? Du bist schon Jahre tot. Lass mich gefälligst in Frieden.*

Wenn du hier wärst, sagte er dem Gesicht, *könnte ich mit dir reden. Und du würdest zuhören, denn was könntest du sonst schon tun? Du könntest mir nicht antworten, du könntest nicht über mich urteilen, du könntest mir nicht sagen, dass ich die Klappe halten soll. Du bist tot, und deshalb könntest du keinen Mucks machen.*

Er ging nach draußen, ging eine Weile herum, kam zurück und setzte sich auf die Bettkante. Dann machte er sich ganz gezielt daran, das Bild des Mannes loszuwerden, indem er die Farben verblassen ließ und es immer weiter von sich schob, bis es verschwand. Das fiel ihm schwerer denn seit langem, aber irgendwann funktionierte es, und der Mann war dorthin verschwunden, wohin die verblichenen Gesichter von Toten verschwanden. Egal, wo das war, hoffte Keller, dass er dort bleiben würde.

Er nahm eine lange heiße Dusche und legte sich schlafen.

Am nächsten Morgen suchte er sich ein neues Lokal zum Frühstücken. Er las die Zeitung und trank eine zweite Tasse Kaffee, bevor er ohne eine bestimmte Absicht um Sundowner Estates herumfuhr.

Zurück im Motel, rief er Dot auf seinem Handy an. »Bisher ist mir nur Folgendes eingefallen«, sagte er. »Ich parke an einer Stelle, von der ich das Eingangstor sehen kann. Und wenn ein Bewohner nach draußen kommt, folge ich ihnen.«

»Ihnen?«

»Na ja, ihm oder ihr, je nachdem. Oder auch ihnen, wenn in dem Auto mehr als eine Person ist. Irgendwann werden sie anhalten und aussteigen.«

»Und du legst sie um und machst damit immer weiter, bis du irgendwann den Richtigen erwischt.«

»Sie steigen aus dem Auto«, sagte Keller, »und dann passe ich einen Moment ab, in dem niemand schaut, und verstecke mich im Kofferraum.«

»Im Kofferraum ihres Wagens.«

»Wenn ich in den Kofferraum meines Wagen kommen wollte«, sagte er, »könnte ich das sofort. Ja, im Kofferraum ihres Wagens.«

»Schon klar«, sagte sie. »Ihr Auto verwandelt sich in den trojanischen Mustang. Sie fahren in die von Mauern geschützte Stadt zurück, und du liegst im Kofferraum und hoffst, dass sie ihn endlich aufmachen und dich rauslassen.«

»Neuerdings sind Kofferräume mit einem Entriegelungsmechanismus ausgestattet«, sagte er. »Damit Entführungsopfer entkommen können.«

»Jetzt aber«, sagte sie. »Die Autohersteller haben an die acht Menschen im Jahr gedacht, die in den Kofferraum eines Autos gesperrt werden?«

»Wahrscheinlich sind es mehr als acht im Jahr«, sagte er. »Und dazu kommen diejenigen, hauptsächlich Kinder, die sich versehentlich einschließen. Jedenfalls ist es kein Problem rauszukommen.«

»Und reinzukommen? Kennst du dich mit Autoschlössern aus?«

»Das könnte ein Problem werden«, gab er zu. »Schließt heute jeder sein Auto ab?«

»Die Leute, die in Gated Communities wohnen, bestimmt. Nicht, wenn sie zu Hause angelangt sind, aber wenn sie die Anlage verlassen und sich an gefährliche Orte wie die Vororte von Phoenix wagen. Wie begeistert bist du von deinem Plan, Keller?«

»Nicht besonders«, gab er zu.

»Denn woher wüsstest du überhaupt, dass sie zurückkommen? Bei deinem sprichwörtlichen Glück könnten sie auch zwei Wochen nach Las Vegas fahren.«

»Daran habe ich noch gar nicht gedacht.«

»Trotzdem würdest du es natürlich sofort merken«, sagte sie. »Denn dann wäre der Kofferraum voller Koffer und Ausgaben von *So schlagen Sie die Spielbank!*.«

»Es ist kein besonders guter Plan«, gab er zu, »aber die Sicherheitsvorkehrungen sind unglaublich. Die einzige andere Möglichkeit, die mir einfällt, wäre, mir ein Haus zu kaufen.«

»Du meinst sicher, dir dort ein Haus zu kaufen. Dafür dürfte dein Budget allerdings kaum reichen.«

»Ich könnte es als Investition ansehen und vermieten, wenn ich es nicht brauche.«

»Was – wie lange? – zweiundfünfzig Wochen im Jahr wäre?«

»Wenn ich mir das alles leisten könnte«, sagte er, »könnte ich es mir auch leisten, dem Kunden zu sagen, er kann mich mal, was ich wahrscheinlich sowieso tun werde.«

»Weil es so schwierig aussieht.«

»Es sieht unmöglich aus, und zu allem Überfluss ...«

»Ja? Keller? Was ist? Bist du noch dran?«

»Nein, nein, alles klar. Mir ist nur gerade eingefallen, wie ich es mache.«

»Wie du siehst«, sagte Mitzi Prentice, »ist der Blick bei weitem nicht so schön wie im Lattimore-Haus. Außerdem hat es nur zwei Schlafzimmer statt zwei, und die Einrichtung ist nicht annähernd so hochwertig. Aber wenn du stattdessen zwei Wochen in einem Motel verbringen müsstest ...«

»Ist es hier deutlich komfortabler«, sagte er.

»Und sicherer«, fügte sie hinzu. »Falls du deine Briefmarkensammlung dabeihaben solltest.«

»Habe ich aber nicht. Aber ein bisschen Sicherheit kann nie schaden. Ich glaube, ich nehme es.«

»Kann ich gut nachvollziehen. Damit fährst du auf jeden Fall nicht schlecht, und für Mr. und Mrs. Sundstrom, die gerade auf den Galapagosinseln Blaufußtölpel beobachten, bedeutet es ein zusätzliches Einkommen. Das ist, woher dieser ganze Müll an ihren Wänden kommt. Nicht von den Galapagos, aber von anderen Reisezielen.«

»Ich habe mich schon gewundert.«

»Sie könnten dir sicher eine Menge über jedes dieser wertvollen Stücke erzählen, aber sie sind nicht hier, und wenn sie es wären, könntest du nicht hier wohnen. Deshalb fahren wir jetzt ins Büro und erledigen den ganzen Papierkram, und dann gibst du mir einen Scheck, und ich gebe dir die

Schlüssel und einen Ausweis, damit dich die Wachmänner auf das Gelände lassen. Und einen Pass fürs Clubhaus und eine Broschüre über die Greenfees und alles. Hoffentlich hast du auch ein bisschen Zeit, um Golf zu spielen.«

»Die eine oder andere Runde müsste ich schon einschieben können.«

»Ich möchte nicht wissen, was du sonst noch alles einschieben kannst«, sagte sie. »Apropos, was hältst du von einem kleinen Zwischenstopp im Lattimore-Haus, bevor wir die ganzen Verträge ausfüllen? Und keine Angst, mein Lieber, ich werde nicht versuchen, dir die Hütte aufzuschwatzen. Ich möchte nur, dass du mich wieder ins Schlafzimmer mitnimmst. Oder glaubst du allen Ernstes, ich würde es lieber in Cynthia Sundstroms Bett treiben? Unter den Augen dieser komischen Masken an den Wänden? Das wäre mir wirklich nicht ganz geheuer. Es wäre, als würden mir diese ganzen primitiven Stämme dabei zusehen.«

Das Sundstrom-Haus war um einiges komfortabler als sein Motel, und es machte ihm nichts aus, von den Reiseandenken der Besitzer umgeben zu sein. Im zweiten Schlafzimmer, das Harvey Sundstrom offensichtlich als Arbeitszimmer diente, hingen alle möglichen Waffen mit Klingen an den Wänden, Messer und Dolche und Streitäxte, und die anderen Zimmer waren voll mit geschnitzten Masken und Wandbehängen. Auch wenn manche Masken wirklich zum Fürchten aussahen, gruselte er sich nicht vor ihnen, und er gewöhnte sich sogar an, eine von ihnen zu grüßen. Sie war aus Westafrika und hatte Zähne wie Grabsteine und ein ausgefranstes Seil als Haare. Er ertappte sich dabei, dass er ihr zunickte, wenn er daran vorbeikam, oder sogar die Hand zum Gruß hob.

Demnächst würde er noch anfangen, mit ihr zu reden.

Ihm wurde immer deutlicher klar, dass er das dringende Bedürfnis hatte, mit jemand zu reden. Vermutlich hatte er dieses Bedürfnis schon sein ganzes Leben lang gehabt, bloß hatte er jahrelang ein Leben geführt, das es nicht angeraten erscheinen ließ, sich anderen anzuvertrauen. Als Erwachsener hatte er praktisch immer als Auftragskiller gearbeitet, und in diesem Beruf sprach man mit Fremden besser nicht über seine Geschäfte – und mit Freunden auch nicht. Man tat, wofür man bezahlt wurde, und hielt ansonsten den Mund, und damit hatte es sich. Man sprach nicht über seine Arbeit, und das führte dazu, dass man auch nicht über viel anderes sprach. Man konnte in eine Sports Bar gehen und mit dem Typen auf dem nächsten Barhocker über das Spiel reden, man konnte mit der Frau, die an der Bushaltestelle neben einem stand, übers Wetter schimpfen, man konnte sich bei der Bedienung in dem Café an der Ecke über den Bürgermeister beklagen, aber wenn man ein Gespräch mit etwas mehr Tiefgang führen wollte, war man aufgeschmissen.

Vor ein paar Jahren hatte er sich mal von jemand breitschlagen lassen, einen Psychotherapeuten aufzusuchen. Er hatte die entsprechenden Vorsichtsmaßnahmen getroffen, hatte bar bezahlt, einen falschen Namen und eine falsche Adresse angegeben und mehr oder weniger nur über seine Kindheit gesprochen. Das hatte ihm durchaus etwas gebracht und zu nützlichen Einsichten verholfen, aber dann war die Sache aus dem Ruder gelaufen, weil der Therapeut anfing, unerwünschte Schlüsse zu ziehen und Keller zu folgen und Dinge über ihn herauszufinden, die er auf keinen Fall wissen sollte. Der Mann wollte ihm schließlich sogar einen Auftrag erteilen, was Keller tunlichst vermeiden wollte, weshalb er den Auftraggeber einfach ausschaltete. So viel zur Psychotherapie. So viel zu Geheimnissen, die man anderen anvertraute.

Dann hatte er ein paar Monate nach dem Abgang des Therapeuten einen Hund bekommen. Nicht Soldier, den Hund seiner Kindheit, sondern Nelson, einen prächtigen Australian Cattle Dog. Nelson hatte sich nicht nur als perfekter Gefährte, sondern auch als perfekter Vertrauter entpuppt. Man konnte ihm alles erzählen, ohne fürchten zu müssen, dass er es nicht für sich behalten könnte, und es war nicht das gleiche, wie Selbstgespräche zu führen oder an eine Wand zu reden, weil der Hund real und lebendig war und einem den Eindruck vermittelte, aufmerksam zuzuhören. Es gab Zeiten, in denen er hätte schwören können, dass Nelson jedes Wort verstand.

Er urteilte auch nicht über einen. Egal, was man ihm erzählte, liebte er einen deswegen keinen Deut weniger.

Wenn es nur so geblieben wäre, dachte er. Aber das war es nicht, und vermutlich war es seine Schuld gewesen. Er hatte jemand aufgetan, der sich um Nelson kümmerte, wenn er beruflich verreisen musste. Das war besser, als ihn in ein Tierheim zu bringen. Doch dann verliebte er sich in die Hundesitterin, und sie zog bei ihm ein, und dann konnte er mit Nelson nur reden, wenn Andria nicht dabei war. Das machte eigentlich nichts, weil er gern mit ihr zusammen war, aber dann gelangte sie eines Tages zu der Ansicht, dass es

Zeit wäre weiterzuziehen, und zog weiter. Er hatte ihr Unmengen von Ohrringen gekauft, als sie zusammen waren, und diese Ohrringe nahm sie mit, als sie ihn verließ, was aber nicht weiter schlimm war. Aber sie nahm auch Nelson mit, und plötzlich war er wieder genau da, wo er angefangen hatte.

Jemand anders hätte sich vielleicht einen anderen Hund zugelegt – und sich dann nach einer Frau umgesehen, die ihn für ihn ausführte. Keller fand, genug war genug. Er hatte keinen Ersatz für den Therapeuten gesucht, und er hatte keinen Ersatz für den Hund gesucht, und wenn auch immer wieder Frauen eine Weile eine Rolle in seinem Leben spielten, hatte er auch keinen Ersatz für die Freundin gesucht. Er hatte schon jahrelang allein gelebt und kam damit gut zurecht.

Jedenfalls die meiste Zeit.

FÜNFZEHN

»Richtig super hier«, sagte Keller. »Die Vororte ziehen sich zwar ganz schön, aber sobald man mal aus der Stadt raus ist, ist man mitten in der Wüste, und wenn man sich vom Interstate fernhält, hat man die ganze Gegend mehr oder weniger für sich allein. Hat doch was für sich, oder?«

Vom Beifahrersitz kam keine Antwort.

»Die Miete für das Sundstrom-Haus habe ich bar bezahlt«, fuhr er fort. »Zwei Wochen, tausend Dollar die Woche. Das ist natürlich teurer als ein Motel, aber man kann sich selbst was kochen und muss nicht ständig in Restaurants essen. Andererseits gehe ich eigentlich ganz gern essen. Aber ich bin nicht den weiten Weg mit dir hier raus gefahren, damit du dir diesen ganzen Senf anhören kannst.«

Wieder kam von seinem Beifahrer keine Reaktion, aber er hatte auch nicht mit einer gerechnet.

»Es gibt einiges, worüber ich mir klar werden muss«, fuhr er fort. »Zum Beispiel, was ich mit dem Rest meines Lebens anfangen will. Irgendwie kann ich mir nicht vorstellen, dass ich immer weiter tue, was ich schon die ganze Zeit tue. Wenn man sich bewusst macht, dass ich Leute umbringe, ihnen das Leben nehme, also, wie könnte das jemand Jahr für Jahr einfach weiter machen?

»Die Sache ist allerdings, dass man diesem Aspekt der Arbeit nicht zu viel Gewicht beimessen sollte. Ich meine, machen wir uns doch nichts vor, darauf läuft es hinaus. Diese ganzen Leute laufen rum, tun, was sie tun, und dann tauche ich auf, und sie tun nicht mehr, was sie bis dahin getan haben. Weil sie tot sind, weil ich sie umgebracht habe.«

Er schaute zum Beifahrersitz, ob von dort vielleicht eine Reaktion kam. Aber klar, wie auch?

»Das führt schließlich dazu«, fuhr er fort, »dass man die Zielperson nicht mehr als jemand sieht, der getötet werden muss, sondern als ein Problem, das gelöst werden muss. Man erhält einen Auftrag, und man überlegt, wie man ihn am besten erledigt. Wie führt man ihn auf die beste mögliche Art und ohne großen Stress aus?

»Nun gehen allerdings manche so an die Sache heran, dass sie es bewusst zu was Persönlichem machen. Sie suchen nach einem Grund, um den Kerl, den sie umbringen sollen, zu hassen. Sie ärgern sich über ihn, sie sind sauer auf ihn, weil er schuld daran ist, dass sie diese schlimme Sache tun müssen. Wenn er nicht wäre, müssten sie diese Sünde nicht begehen. Er ist der Grund, warum sie in die Hölle kommen, dieser Dreckskerl. Es ist also ganz natürlich, dass sie sauer auf ihn sind und ihn hassen, und das macht es leichter für sie, ihn umzubringen, was sie eigentlich von Anfang an vorhatten.

»Aber mir ist das immer ziemlich dämlich vorgekommen. Ich weiß nicht, was eine Sünde ist und was nicht oder ob ein Mensch verdient weiterzuleben und ein anderer nicht. Manchmal denke ich über so was nach, aber einer Lösung dieser Frage bin ich bisher noch keinen Schritt nähergekommen.

»Ich könnte natürlich so weitermachen, denn mit den moralischen Aspekten der Sache, wenn man es mal so nennen will, habe ich eigentlich keine Probleme. Eher habe ich das Gefühl, dass ich allmählich ein bisschen zu alt werde, um damit weiterzumachen, das spielt mit Sicherheit eine gewisse Rolle. Die andere Sache ist, dass sich die Branche verändert hat. Sie ist insofern unverändert geblieben, als es immer noch Leute gibt, die bereit sind, dafür zu zahlen, dass jemand umgebracht wird. Man muss sich also keine Sorgen machen, keine Aufträge mehr zu bekommen. Das ist nicht das Problem. Manchmal geht das Geschäft natürlich etwas schlechter, aber das gibt sich wieder. Ob das nun ein Typ ist wie dieser Kubaner in Miami, den wahrscheinliche Hunderte von Leuten aus dem Verkehr gezogen haben wollten, oder dieser Egmont mit seinem Bierbauch und seinen Golfschlägern, von dem man sich eigentlich gar nicht vorstellen kann, dass jemand so richtig sauer auf ihn werden könnte. Es gibt die unterschiedlichsten Zielpersonen und die unterschiedlichsten Auftraggeber, und weder die einen noch die anderen gehen einem jemals aus.«

Die Straße machte eine Biegung, und er nahm die Kurve etwas zu schnell, sodass er seinen stummen Beifahrer mit der rechten Hand wieder aufrichten musste.

»Ich hätte dich anschnallen sollen«, sagte er. »Wo war ich gerade stehengeblieben? Ach ja, wie sich die Branche ändert. Eigentlich ist es die Welt als Ganzes. Die Sicherheitskontrollen am Flughafen, dass man, egal wo, seinen Ausweis zeigen muss. Gated Communities und was weiß ich noch alles. Unwillkürlich fühlt man sich dabei an Daniel Boone erinnert, der wusste, dass es Zeit wurde, nach Westen zu ziehen, wenn er keinen Baum mehr fällen konnte, ohne sich Gedanken machen zu müssen, in welche Richtung er fällt.

»Ich weiß auch nicht, aber ich habe das Gefühl, dass ich mehr und mehr dummes Zeug fasle. Aber was soll's? Dir ist das egal. Solange ich in den Kurven etwas vom Gas gehe, damit du nicht auf dem Boden landest, macht es dir nichts aus, neben mir zu sitzen und mir so lange zuzuhören, wie ich reden will. So ist es doch, oder?«

Keine Antwort.

»Wenn ich Golf spielen würde«, fuhr er fort, »wäre ich jeden Tag auf dem Platz und würde nicht jede Menge Benzin verbrauchen, um in der Wüste rumzufahren. Ich wäre die ganze Zeit innerhalb der Mauern von Sundowner Estates geblieben, statt mich in der Mall rumzutreiben, wo ich dich in der Auslage neben der Kasse gesehen habe. Sie hatten alle möglichen Rassen im Angebot, und ich bin nicht mal sicher, was du eigentlich sein sollst, aber ich nehme mal an, eine Art Terrier. Terrier sind gute Hunde. Temperamentvoll, mit Charakter.

»Ich hatte mal einen Australian Cattle Dog. Ich habe ihn Nelson genannt. So hieß er schon, bevor ich ihn bekommen habe, aber ich sah keinen Grund, ihm einen anderen Namen zu geben. Ich glaube, dir gebe ich gar keinen Namen. Ich meine, ist doch schon durchgeknallt genug, ein ausgestopftes Tier zu kaufen, im Auto damit durch die Gegend zu fahren und sich mit ihm zu unterhalten. Du wirst kaum auf einen Namen reagieren, und ich werde auch nicht auf einer tieferen Ebene mit dir kommunizieren, wenn ich dir einen Namen gebe. Ich mag ja vielleicht verrückt sein, aber blöd bin ich nicht. Mir ist durchaus klar, dass ich mit Polyester und Schaumgummi rede oder woraus du eben sonst bist. Made in China, steht auf dem Etikett. Das ist noch so was, alles wird in China oder Indonesien oder auf den Philippinen hergestellt, nichts wird mehr in Amerika gemacht. Es ist nicht so, dass ich mir deswegen groß Sorgen mache, ich habe keine Angst, dass alle Jobs an die Asiaten verloren gehen. Und warum auch? Auf meine Arbeit wirkt sich das nicht aus. Soviel ich weiß, fliegt niemand aus Thailand oder Korea Auftragskiller ein, die fleißige, grundanständige Amerikaner um ihre Jobs bringen.

»Nur muss man sich schon fragen, was die Leute in unserem Land eigentlich machen. Wenn sie nichts herstellen, wenn alles von irgendwo anders importiert wird, was machen dann Amerikaner, wenn sie ins Büro gehen?«

Er redete noch eine Weile weiter, dann fuhr er eine Weile schweigend durch die Gegend, bevor er die einseitige Unterhaltung wieder aufnahm. Schließlich fand er nach Sundowner Estates zurück, fuhr um die Anlage herum und hielt am Südwesteingang.

Hi, Mr. Miller. Hallo, Harry. Hoppla, wen haben wir denn da? Richtig süßer kleiner Kerl das. Ein Geschenk für die Tochter meiner Schwester, meine Nichte. Ich schicke ihn ihr morgen.

Von wegen. Bevor er das Wachhäuschen erreichte, nahm er eine Zeitung vom Rücksitz und legte sie über den ausgestopften Hund auf dem Beifahrersitz.

SECHZEHN

An der Bar des Clubhauses hörte Keller aufmerksam einem gewissen Monty zu, der Schlag für Schlag seine Golfrunde rekapitulierte. »Was mich total fertigmacht«, sagte Monty, »ist, dass ich die Konzentration nicht durchgehend halten kann. Heute Nachmittag zum Beispiel, mein Drive fliegt schnurgerade das Fairway runter, und der zweite Schlag mit dem Dreier-Eisen landet nur ein Stück rechts vom Grün auf Höhe des Lochs. Ich bin nicht im Bunker, ich bin dahinter, und ich habe eine gute Position, nur drei Meter vom Grün entfernt.«

»Hört sich doch super an«, sagte Keller betont neutral. Wenn es nicht super war, konnte ihm Monty Sarkasmus unterstellen.

»Besser ginge es kaum«, bestätigte ihm Monty, »und ich muss nur einigermaßen nah ans Loch kommen, um den Putt zum Par zu versenken. Ich könnte eine Wedge dafür nehmen, aber wozu lange rummachen? Da ist es doch viel einfacher, den Chipper zu nehmen, den ich dabei habe, und nah ranzuspielen.«

»Mhm.«

»Ich spiele also nah ran, kein Problem, und verfehle das Loch keine fünf Zentimeter, aber der Ball hat zu viel Drive und nimmt Geschwindigkeit auf und rollt an der Fahne vorbei und wieder runter vom Grün, und am Ende bin ich weiter vom Loch entfernt als zuvor.«

»Ganz schön bitter.«

»Also chippe ich noch mal und verfehle das Loch wieder, aber nicht ganz so weit. Und bis ich schließlich mit meinem dämlichen Putter zu Werke gehe, bin ich mit sieben Schlägen drei über Par. Da brauche ich zwei Schläge, um vierhundertzwanzig Meter zu überbrücken, und fünf für die letzten fünfzehn.«

»So ist Golf eben«, sagte Keller.

»Das können Sie laut sagen.« Monty nickte mit Nachdruck. »So ist Golf. Wie wär's mit einer zweiten Runde, Dave, und anschließendem Abendessen? Da sind ein paar Typen, die Sie unbedingt kennenlernen sollten.«

Keller landete an einem Tisch mit vier anderen Männern. Monty und ein gewisser Felix wohnten in Sundowner Estates, während die zwei anderen Männer Felix' Gäste waren, Teilzeitbewohner von Scottsdale, die in einem der anderen lokalen Country Clubs waren. Felix erzählte einen langen Witz von einem glücklosen Golfer, der von einer verheerenden Golfrunde in den Selbstmord getrieben wurde. Für die Pointe hielt Felix die Handgelenke aneinander und sagte: »Wann?«, und alle brachen in schallendes Gelächter aus. Alle bestellten Steaks und tranken Bier und redeten über Golf und Politik und wie desolat es zurzeit auf dem Aktienmarkt zuging, und Keller schaffte es, sich an der Unterhaltung zu beteiligen, ohne dass jemand zu merken schien, dass er nicht die leiseste Ahnung hatte, wovon er redete.

»Und wie hast du dich heute auf dem Platz geschlagen?«, fragte ihn schließlich einer der Vier.

Darauf war Keller vorbereitet. »Ach, wisst ihr«, sagte er nachdenklich, »irgendwie ist es schon verrückt. Man kann sich ins Zeug legen, als wollte man den Ball mit seinem Schläger zu Tode prügeln, und dann gelingt einem ein Schlag, so rund und hundertprozentig auf den Punkt, dass man sich den ganzen Tag darüber freut.«

Er konnte sich nicht erinnern, wann oder wo er das mal gehört hatte, aber für seine vier Gefährten hörte es sich offensichtlich sehr überzeugend an. Alle nickten ernst, und dann wechselte jemand das Thema und sagte etwas Abfälliges über die Demokraten, und jetzt war es an Keller, zustimmend zu nicken.

Wer sagt's denn? Geht doch ganz einfach.

»Dann spielen wir also morgen früh eine Runde«, sagte Monty zu Felix.

»Dave, wenn du Lust hast …«

Keller drückte die Handgelenke aneinander und sagte: »Wann?« Als das Gelächter verstummte, fügte er hinzu: »Nichts lieber als das, Monty. Aber morgen geht's bei mir leider nicht. Ein andermal gern.«

»Du könntest ein paar Stunden nehmen«, sagte Dot. »Gibt es im Club keinen Pro, bei dem du Unterricht nehmen könntest?«

»Es gibt bestimmt einen«, sagte Keller. »Und er würde mir wahrscheinlich auch ein paar Stunde geben. Bloß wozu?«

»Damit du Golf spielen kannst. Zur Tarnung, du weißt schon.«

»Ob nun mit oder ohne Unterricht«, sagte Keller. »Wenn mich jemand auf dem Platz mit einem Golfschläger ausholen sieht, fragt er sich unweigerlich, was ich dort verloren habe. Aber so denken sie bloß, dass ich schon früher eine Runde gespielt habe. Außerdem will ich nicht zu viel Zeit im Clubhaus rumhängen. Ich seile mich immer schnell ab und fahre einfach ein bisschen in der Wüste rum.«

»Du fährst einfach rum und schaust dir die Kakteen an?«

»Du würdest dich wundern, was es dort alles zu sehen gibt«, sagte er. »Allerdings haben sie massive Probleme mit Wilderern.«

»Nicht dein Ernst.«

»Doch«, sagte er und erzählte ihr, dass die Kakteen geschützt waren, weil Kriminelle sie ausgruben und an Blumenhändler verkauften.

»Kakteendiebe«, sagte Dot. »Das ist so ziemlich das Irrste, was ich je gehört habe. Wahrscheinlich müssen sie wegen der Dornen höllisch aufpassen.«

»Schon möglich.«

»Geschieht ihnen recht, wenn sie gestochen werden. Du fährst also nur rum?«

»Und denke dabei nach.«

»Na, immerhin. Aber du verlierst darüber nicht aus den Augen, weshalb du eigentlich dort eingezogen bist.«

»Keine Angst.«

»Du fehlst mir übrigens«, sagte sie. »Ich habe einen Anruf bekommen.«

»Oh?«

»Aber irgendwie war es ein komischer Anruf. Na ja, zumindest war er ungewöhnlich. Ich weiß nicht, von wem er war oder warum der Betreffende angerufen hat.«

»Vielleicht hat er sich verwählt.«

»Nein, das war es nicht. Aber egal. Wenn du hier wärst, könnten wir darüber reden. Aber nicht am Telefon.«

Am nächsten und übernächsten Tag hielt er sich vom Clubhaus fern. Am Dienstagnachmittag stieg er schließlich in sein Auto und fuhr auf dem schönen Gelände von Sundowner Estates herum. Als er am Lattimore-Haus vorbeikam, fragte er sich, ob Mitzi Prentice es in den letzten Tagen jemand gezeigt hatte. Er fuhr an William Egmonts Haus vorbei, das der gleiche Haustyp zu sein schien wie das der Sundstroms. Egmonts Cadillac stand im Carport, aber der Mann hatte auch einen Golfcart, und den konnte Keller nirgendwo sehen. Wahrscheinlich war Egmont damit zum ersten Abschlag hinübergefahren, um riesige Löcher aus dem Rasen zu säbeln und einen Ball nach dem anderen ins Rough zu dreschen.

Keller fuhr wieder nach Hause und stellte seinen Toyota im Carport der Sundstroms ab. Nachdem er das Haus für zwei Wochen gemietet hatte, hatte er sich Sorgen gemacht, dass Mitzi ständig anrufen oder – noch schlimmer – vorbeikommen würde, ohne vorher anzurufen. Aber er hatte noch nichts von ihr gehört, wofür er ihr zutiefst dankbar war. Doch inzwischen überlegte er, ob er sie, zu Hause oder im Büro, anrufen und sich mit ihr verabreden sollte. Bei ihm ging es allerdings wegen der Masken nicht und bei ihr wegen ihrer Tochter, und überhaupt ...

Hatte er sie eigentlich noch alle? Wenn er anfing, sich über so etwas Gedanken zu machen, wurde es Zeit, in die Gänge zu kommen. Sonst fing er noch an, Golfstunden zu nehmen, das Lattimore-Haus zu kaufen und den ausgestopften Hund gegen einen richtigen auszutauschen.

Er ging ins Freie. Der Nachmittag wich dem frühen Abend, und Keller hatte den Eindruck, dass es hier früher dämmerte als in New York. Da Phoenix deutlich näher am Äquator lag, war das zwangsläufig so. Den Grund dafür hatte ihm einmal jemand erklärt, und damals hatte er es auch verstanden, aber jetzt war nur noch bei ihm hängengeblieben, dass die Dämmerung umso länger dauerte, je weiter man vom Äquator entfernt war.

Die Golfer hatten jedenfalls ihr Tagwerk vollbracht. Er spazierte am Rand des Golfplatzes entlang und kam an Egmonts Haus vorbei. Das Auto war immer noch da, der Golfcart nicht. Er setzte seinen Spaziergang fort, dann machte er kehrt und näherte sich dem Haus aus der anderen Richtung. Und jetzt sah er jemand auf einem Golfcart. War es Egmont auf dem Heimweg? Nein, als das Gefährt näher kam, sah Keller, dass sein Fahrer dichteres Haar hatte als seine Zielperson und dünner war. Und der Cart bog ab, bevor er Egmonts Haus erreichte, womit die Sache endgültig klar war.

Außerdem stellte er wenig später fest, dass Egmont bereits zurück war. Sein Golfcart stand neben seinem Auto im Carport, und seine Golftasche mit den Schlägern hing am Heck des Carts. Letzteres Detail erinnerte Keller an einen Song, obwohl er nicht darauf kam, welcher Song das war und wieso ihn der Golfcart daran erinnerte. Irgendwas Schwermütiges, irgendwas mit einem Dudelsack, aber es entzog sich ihm hartnäckig.

In Egmonts Haus brannte Licht. War er allein? Hatte er jemand mit nach Hause genommen?

Das ließ sich leicht feststellen. Er steuerte auf die Eingangstür zu und

98

klingelte. Er hörte es im Haus läuten, sonst aber nichts, weshalb er schon überlegte, ob er noch einmal läuten sollte. Zuerst versuchte er jedoch die Tür, aber sie war abgeschlossen. Das überraschte ihn nicht, doch dann hörte er Schritte, allerdings nur ganz leise, als ob jemand über einen dicken Teppich ginge. Und dann ging die Tür ein paar Zentimeter auf, bis die Kette sie stoppte, und William Wallis Egmont schaute verdutzt zu ihm nach draußen.

»Mr. Egmont?«

»Ja.«

»Mein Name ist Miller«, sagte Keller. »David Miller. Ich wohne gleich auf der anderen Seite des Hügels. Ich habe für zwei Wochen das Haus der Sundstroms gemietet …«

»Ach ja, stimmt.« Egmont entspannte sich sichtlich. »Natürlich, Mr. Miller. Erst kürzlich hat jemand über Sie gesprochen. Und wenn mich nicht alles täuscht, habe ich Sie auch im Club schon gesehen. Und natürlich auch auf dem Platz.«

Da täuschte er sich allerdings, aber Keller hielt es nicht für nötig, ihn diesbezüglich zu korrigieren. »Das kann gut sein«, sagte er. »Ich spiele, so oft sich mir eine Gelegenheit bietet.«

»Wie ich, Sir, wie ich. Ich habe heute gespielt und erwarte, auch morgen wieder zu spielen.«

Keller presste die Handgelenke aneinander und sagte: »Wann?«

»Haha, sehr witzig«, sagte Egmont. »›Wann?‹ Wenn das kein echter Golfer ist. Aber jetzt, wie kann ich Ihnen helfen?«

»Die Sache ist ein bisschen heikel«, sagte Keller. »Könnte ich vielleicht kurz reinkommen?«

»Klar, selbstverständlich«, sagte Egmont und löste die Türkette, um ihn ins Haus zu lassen.

SIEBZEHN

Das Keypad für die Alarmanlage war gleich rechts neben der Eingangstür an der Wand angebracht. Direkt daneben hing ein Blatt Papier. Darauf stand unter der Überschrift WIE STELLE ICH DIE ALARMANLAGE AN in handgeschriebenen Großbuchstaben, die auch für altersschwache Augen zu lesen waren, eine Bedienungsanleitung. Keller überflog sie, befolgte sie und verließ Egmonts Haus. Wenige Minuten später war er in seinem eigenen Haus – dem Haus der Sundstroms. Er machte sich in der Küche der Sundstroms eine Tasse Kaffee und setzte sich damit ins Wohnzimmer der Sundstroms, und während sie abkühlte, ließ er die letzten Momente von William Wallis Egmont Revue passieren.

Er machte die Übungen, die er inzwischen automatisch durchführte, und ließ zunächst die Farben der Bilder verblassen, die ihm in den Sinn kamen, bis sie nur noch schwarzweiß waren, dann schob er sie immer weiter von sich fort, sodass sie immer kleiner wurden und schließlich nur noch winzige graue Punkte auf grauem Untergrund waren, die in immer weitere Ferne rückten und bald ganz von der Vergangenheit verschluckt wurden.

Als seine Kaffeetasse leer war, ging er ins Schlafzimmer der Sundstroms und zog sich aus. Dann duschte er im Bad der Sundstroms und trocknete sich mit einem Handtuch der Sundstroms ab. Anschließend ging er ins Arbeitszimmer, oder genauer: in Harvey Sundstroms Arbeitszimmer, und nahm eine fidschianische Streitaxt von der Wand. Sie war aus schwarzem Holz und schwerer, als sie aussah, und ihre kunstvolle geometrische Form ließ vermuten, dass sie sich besser als Wandschmuck eignete denn als Waffe. Aber Keller fand heraus, wie man sie packen und schwingen musste, und holte versuchsweise ein paarmal damit aus. Dabei wurde ihm klar, dass die Insulaner durchaus eine andere Verwendung dafür gefunden haben dürften, als sie bei sich zu Hause an die Wand zu hängen.

Er hätte sie in Egmonts Haus mitnehmen können und stellte sich das jetzt vor: wie er die Axt mit beiden Händen packte, weit damit ausholte, sie in einem großen waagrechten Bogen herumschwang und Egmont damit den Schädel zertrümmerte. Kopfschüttelnd hängte er die Streitaxt wieder an die Wand zurück und machte da weiter, wo er vorher aufgehört hatte. Er beschwor Egmonts Bild herauf, ließ die letzten Momente von Egmonts Leben an sich vorbeiziehen und machte dann alles grau und verschwommen und immer kleiner, bis es einfach verschwand.

Als er am Morgen frühstücken fuhr und nach Sundowner Estates zurückkehrte, sah er einen Krankenwagen aus dem Osteingang kommen. Der Wachmann kannte ihn inzwischen und winkte ihn durch, aber er hielt an und ließ das Fenster runter, um sich wegen des Krankenwagens zu erkundigen. Der

Wachmann schüttelte ernst den Kopf und berichtete ihm von dem bedauerlichen Vorfall.

Keller fuhr nach Hause und rief Dot an. »Jetzt bin ich aber gespannt«, sagte sie. »Angeblich war es doch unmöglich.«

»Ich hab's aber möglich gemacht.«

»Schon erstaunlich, wie ich so was einfach spüre«, sagte sie. »Was glaubst du, sind es irgendwelche hellseherischen Fähigkeiten oder einfach nur weibliche Intuition? Aber das ist eine rhetorische Frage, Keller. Du musst sie nicht beantworten. Ich würde sagen, ich sehe dich morgen, aber daraus wird wohl nichts, oder?«

»Es wird noch eine Weile dauern, bis ich nach Hause komme.«

»Hat ja auch keine Eile«, sagte sie. »Lass dir ruhig Zeit, sieh dir die Sehenswürdigkeiten an. Und dann hast du ja auch noch deine Schläger.«

»Welche Schläger?«

»Um zwischendurch eine Runde Golf zu spielen. Mach dir eine schöne Zeit, Keller. Du hast es dir verdient.«

Einen Tag bevor die zwei Wochen um waren, die er das Haus gemietet hatte, ging er ins Clubhaus, bezahlte seine Rechnung und gab Schlüssel und Clubausweis ab. Zurück im Sundstrom-Haus, legte er seine Reisetasche in den Kofferraum und setzte den kleinen ausgestopften Hund auf den Beifahrersitz. Dann fuhr er langsam um den Golfplatz und verließ die Anlage durch das Osttor.

»Es ist wirklich schön hier«, sagte er zu dem kleinen Hund. »Ich kann gut nachvollziehen, warum es den Leuten hier gefällt. Nicht nur der Golfplatz und das Wetter und die Sicherheit. Man hat das Gefühl, als könnte einem hier nichts wirklich Schlimmes zustoßen. Selbst wenn man stirbt, ist es einfach der natürliche Gang der Dinge.«

Er stellte den Tempomat an, als er in Richtung Tucson losfuhr, und klappte gegen die Morgensonne die Sonnenblende herunter. Das Wetter war gut genug für den Tempomat, fand er. Erst vor Kurzem hatte er im Autoradio gehört, wie ein Mann mit einer professionell angenehmen Stimme davor warnte, bei regnerischem Wetter mit Tempomat zu fahren, weil dieser bei Aquaplaning die Situation so deutete, dass sich die Räder nicht schnell genug drehten, und deshalb beschleunigte. Und wenn dann die Reifen wieder Grip hatten, schepperte es.

Keller konnte sich nicht erinnern, wie viele Menschenleben dieses Phänomen jährlich kostete, aber es waren mehr, als man meinen könnte. Vorerst nahm er sich lediglich vor, den Tempomat auszumachen, sobald er die Scheibenwischer einschaltete. Als er jetzt in Richtung Osten durch die Wüste von Arizona fuhr, überlegte er, ob sich dieses neue Wissen in der Praxis anwenden ließe. Ein Unfalltod konnte ein nützliches Instrument sein. Erst kürzlich hatte es das Leben von William Wallis Egmont gefordert, aber Keller konnte sich nicht vorstellen, wie Tempomat bei schlechtem Wetter in seine Trickkiste Aufnahme finden könnte. Trotzdem, man konnte nie wissen, und deshalb dachte er eine Weile darüber nach.

In Tucson stopfte er den Hund in seine Reisetasche, bevor er den Wagen abgab. Dann trat er in die Hitze hinaus und schaffte es, seinen ursprünglichen Wagen auf dem Langzeitparkplatz zu finden. Er warf die Reisetasche auf den Rücksitz und steckte den Schlüssel ins Zündschloss. Würde die Kiste anspringen? Und wenn nicht, brauchte er sich nur an jemand am Hertz-Schalter zu wenden, aber wenn ihn dort jemand gerade am Avis-Schalter gesehen hatte, wie er den anderen Wagen abgegeben hatte? Fiele ihnen so was auf? Eigentlich möchte man meinen, dass nicht, aber an den Flughäfen hatte sich einiges geändert. Dort standen jetzt Leute herum, die auf alles achteten.

Er drehte den Schlüssel, und der Motor sprang sofort an. Die Frau an der Ausfahrt rechnete aus, was er zahlen musste, und schien fast ein schlechtes Gewissen zu haben, als sie ihm den Betrag nannte. Er ertappte sich bei der Frage, was an Parkgebühren für die anderen Leihwagen zusammengekommen wäre, die er auf Langzeitparkplätzen hatte stehen lassen, Autos, die er nie zurückgegeben hatte, Autos mit Leichen im Kofferraum. Wahrscheinlich eine hübsche Stange Geld, dachte er, und niemand, der dafür aufkam. Er fand, dass er zur Abwechslung ruhig mal die anfallenden Gebühren bezahlen konnte. Er zahlte bar, steckte die Quittung ein und fuhr auf den Interstate.

Während der Fahrt ertappte er sich dabei, dass er überlegte, was er gemacht hätte, wenn der Wagen nicht angesprungen wäre. »Hast du sie eigentlich noch alle?«, sagte er. »Es hätte was passieren können, aber es ist nichts passiert. Es war also nie ein Thema. Und jetzt zerbrichst du dir den

Kopf darüber, was du in diesem Fall gemacht hättest, obwohl dieser Fall gar nicht eingetreten ist. Was ist eigentlich los mit dir?«

Darüber dachte er eine Weile nach. Schließlich sagte er: »Willst du wissen, was mit dir los ist? Du führst Selbstgespräche, das ist los mit dir.«

Er hörte damit auf. Zwanzig Minuten später fuhr er auf einen Rastplatz, beugte sich auf den Rücksitz, nahm den Hund aus der Reisetasche und stellte ihn auf den Beifahrersitz.

»Warum denn nicht gleich?«

In New Mexico fuhr er vom Interstate ab und folgte der Beschilderung zu einem indianischen Pueblo. Eine dicke Frau mit Zöpfen und ausdrucksloser Miene saß in einem Raum voller Töpfe, die sie selbst gemacht hatte. Keller suchte sich einen kleinen schwarzen Topf mit ausgekehltem Rand aus. Sie packte ihn mit Zeitungspapier sorgfältig ein, legte den eingepackten Topf in eine Papiertüte und die Papiertüte in eine Plastiktüte. Keller verstaute das Ganze in seiner Reisetasche und setzte sich wieder ans Steuer.

»Frag mich nicht«, sagte er zum Hund.

Direkt hinter der Grenze zu Colorado begann es zu regnen. Er war im Regen bereits zehn, zwanzig Meilen gefahren, als er an den Typen im Radio dachte. Um den Tempomat auszumachen, stieg er kurz auf die Bremse, betätigte sicherheitshalber aber auch den Hebel.

»Das war knapp«, sagte er zum Hund.

In Kansas nahm er eine Bundesstraße nach Norden und besuchte ein Haus, das einmal den Dalton Boys als Versteck gedient hatte. Sie waren Outlaws, wusste er, Zeitgenossen von Jesse James und den Youngers. Das Haus war jetzt ein kleines Museum, mit Erinnerungsstücken und Zeitungsausschnitten, und es gab einen unterirdischen Gang vom Haus in die Scheune, der den Brüdern als Fluchtweg diente, wenn sie von der Polizei überrascht wurden. Er hätte sich den Gang gern angesehen, aber er war zugemauert.

»Trotzdem«, sagte er zu der Frau an der Kasse. »Es ist gut zu wissen, dass es ihn gibt.«

Wenn er sich für die Daltons interessiere, sagte sie ihm, gebe es am anderen Ende von Kansas ein weiteres Museum. In Coffeyville, sagte sie, wo, wie er wahrscheinlich wüsste, die meisten Daltons ums Leben gekommen waren, als sie versuchten, an einem Tag zwei Banken auszurauben. Das hatte er tatsächlich gewusst, aber nur, weil er es kurz zuvor im Begleittext eines Ausstellungsstücks gelesen hatte.

Um zu sehen, wie er am besten nach Coffeyville käme, fuhr er auf eine Tankstelle und kaufte eine Karte von Kansas. Auf halber Strecke nahm er sich ein Zimmer in einem Red Roof Inn, ließ sich eine Pizza aufs Zimmer kommen und aß sie vor dem Fernseher. Er zappte durchs Programm, bis er einen Western fand, der einen vielversprechenden Eindruck machte und sogar um die Dalton-Brüder ging. Aber nicht nur um die Daltons. Auch Frank und Jesse James kamen darin vor und Cole Younger und seine Brüder.

Sie machten einen richtig sympathischen Eindruck, lauter Typen, mit denen man gern mal einen Abend verbracht hätte. Keine Sadisten oder Pyromanen, soweit er das beurteilen konnte. Und hatte Jesse James etwa ins Bett gemacht? Mit Sicherheit nicht.

Am Morgen fuhr er nach Coffeyville weiter und kaufte sich eine Eintrittskarte und sah sich in aller Ruhe die Ausstellungsstücke an. Ganz schön frech, zwei Banken auf einmal auszurauben, aber auch nicht besonders schlau. Die Stadtbewohner warteten einfach auf die Brüder und durchsiebten sie mit Kugeln. Die meisten von ihnen waren entweder bereits tot, als das Feuer eingestellt wurde, oder starben wenig später an den Folgen ihrer Verletzungen.

Emmett Dalton überlebte trotz eines Dutzends Kugeln in seinem Körper und kam ins Gefängnis. Aber das war noch nicht das Ende der Geschichte. Er kam wieder auf die Beine, wurde irgendwann freigelassen und landete in Los Angeles, wo er für die junge Filmindustrie Drehbücher schrieb und mit Immobilien ein kleines Vermögen machte.

Keller verbrachte viel Zeit damit, das zu verarbeiten, und es gab ihm einiges zu denken.

Die meiste Zeit war er still, aber hin und wieder redete er mit dem Hund.

»Nimm zum Beispiel Soldaten«, sagte er auf dem I-40 östlich von Des Moines. »Sie werden eingezogen, sie machen die Grundausbildung, und ehe sie sich's versehen, zielen sie auf andere Soldaten und drücken ab. Vielleicht müssen sie sich die ersten paar Male überwinden, und vielleicht träumen sie anfangs schlecht, aber dann gewöhnen sie sich daran, und irgendwann macht es ihnen sogar Spaß. Es ist nichts Sexuelles, diese Art von Kick ziehen sie nicht daraus, aber es ist ein bisschen wie jagen. Außer dass du bloß abdrückst und es dabei belässt. Man muss verwundete Soldaten nicht aufspüren, um zu gewährleisten, dass sie nicht leiden müssen. Du musst deine Beute nicht ausweiden und ins Lager zurückbringen. Du drückst bloß ab, und damit hat es sich.

»Und das sind ganz normale Jugendliche«, fuhr er fort. »Achtzehnjährige Jungs, frisch von der Highschool. Das heißt, inzwischen melden sie sich freiwillig, sie werden nicht mehr eingezogen, aber es läuft auf dasselbe hinaus. Sie sind ganz normale amerikanische Jungs. Sie haben keine Tiere gequält oder Feuer gelegt, als sie klein waren. Auch nicht ins Bett gemacht.

»Weißt du was? Mir will immer noch nicht in den Kopf, was Bettnässen damit zu tun haben soll.«

Als er auf der George Washington Bridge nach New York kam, sagte er: »Sie sind wirklich nicht da.«

Die Twin Towers, meinte er. Natürlich waren sie nicht da, sie waren weg, und das wusste er auch. Er war oft genug am Ground Zero gewesen, um zu wissen, dass es keine Fotomontage war. Das World Trade Center war tatsächlich nicht mehr da. Doch halb hatte er erwartet, dass er die zwei Türme sehen würde und dass sich herausstellte, dass alles nur ein Traum gewesen war. Man konnte doch nicht einfach einen Teil der Skyline verschwinden lassen, Herrgott noch mal.

Er fuhr zum Hertz-Büro und gab den Wagen zurück. Als er sich mit seiner Reisetasche in der Hand auf den Weg zur nächsten U-Bahnstation machte, rannte ihm ein Angestellter hinterher und hielt den kleinen ausgestopften Hund hoch. »Sie haben was vergessen«, sagte der Mann grinsend.

»Ach ja, stimmt«, sagte Keller. »Haben Sie Kinder?«

»Ich?«

»Geben Sie ihn Ihren Kindern«, sagte Keller. »Oder irgendwelchen anderen Kindern.«

»Wollen Sie ihn denn nicht?«

Keller schüttelte den Kopf und ging weiter. Zu Hause duschte er und rasierte sich und schaute aus dem Fenster. Sein Fenster ging nach Osten, nicht nach Süden, weshalb er die Twin Towers von dort nie gesehen hatte. Es war der gleiche Blick wie immer. Und aus diesem Grund schaute er auch hinaus. Um sich zu vergewissern, dass noch alles da war, dass nichts weggenommen worden war.

Für ihn sah es okay aus. Er griff nach dem Telefon und rief Dot an.

ACHTZEHN

Sie erwartete ihn mit dem obligatorischen Krug Eistee auf der Veranda. »Diesmal hast du es aber spannend gemacht«, sagte sie. »Einfach nicht anzurufen. Du hast fast einen Monat gebraucht, um nach Hause zu kommen. Bist du zu Fuß gegangen, oder was?«

»Ich bin nicht sofort losgefahren«, sagte er. »Ich habe für zwei Wochen bezahlt.«

»Und das wolltest du natürlich ausnutzen.«

»Ich dachte, früher abzureisen wäre verdächtig. ›Natürlich, ich erinnere mich an diesen Kerl, er ist schon vier Tage früher ausgezogen, unmittelbar nach Mr. Egmonts Tod.‹«

»Es ist dir also sicherer erschienen, noch ein paar Tage am Tatort eines Mordes rumzuhängen?«

»Es war doch gar kein Mord«, protestierte Keller. »Der Mann ist am Nachmittag vom Golfplatz nach Hause gekommen, hat die Tür abgeschlossen, die Alarmanlage gestellt, sich ausgezogen und die Badewanne einlaufen lassen. Und als er in die Wanne gestiegen ist, hat er das Bewusstsein verloren und ist ertrunken.«

»Die meisten Unfälle ereignen sich in den eigenen vier Wänden«, sagte Dot. »Heißt es zumindest. Was ist passiert, hat er sich den Kopf angeschlagen?«

»Am Wannenrand zum Beispiel, als er das Gleichgewicht verloren hat. Aber vielleicht hatte er auch einen Herzinfarkt. Schwer zu sagen.«

»Du hast ihn ausgezogen?«

Er nickte. »Und in die Wanne gelegt. Im Wasser ist er wieder zu sich gekommen, aber ich habe ihn an den Füßen gepackt und hochgehoben, sodass er mit dem Kopf unter Wasser geraten ist, und das war's dann.«

»Wasser in der Lunge.«

»Ja.«

»Tod durch Ertrinken.«

Er nickte.

»Bei dir alles klar, Keller?«

»Sicher, was sollte denn sein? Jedenfalls habe ich beschlossen, die vier Tage abzuwarten und erst abzureisen, als die vierzehn Tage um waren.«

»Trotzdem«, sagte sie. »Wie lang kann es schon dauern, von Phoenix nach Hause zu fahren? Vier, fünf Tage?«

»Ich habe unterwegs ein paar Abstecher gemacht«, sagte er und erzählte ihr von den Dalton-Brüdern.

»Zu zwei Museen«, sagte sie. »Die meisten Leute waren nicht mal in einem Dalton-Brüder-Museum, und du warst gleich in zwei.«

»Na ja, sie haben zwei Banken auf einmal ausgeraubt.«

»Was soll das damit zu tun haben?«

»Keine Ahnung. Nichts wahrscheinlich. Sagt dir Nashville, Indiana, was?«

»Ich habe mal von Nashville gehört«, sagte sie, »und ich habe von Indiana gehört, aber ich schätze, die Antwort auf deine Frage ist nein. Was gibt es in Nashville, Indiana? Die Grand Ole Hoosier Opry?«

»Dort haben sie ein Dillinger-Museum.«

»Jetzt aber, Keller. Das hört sich ja nach einer richtigen Outlaw-Tour durch den Mittelwesten an.«

»In dem Museum in Coffeyville lag eine Broschüre aus, und es war kein großer Umweg. Es war wirklich interessant. Sie hatten die Pistolenattrappe, die er bei seinem Gefängnisausbruch verwendet hat. Vielleicht war es auch eine Kopie. Trotzdem war es hochinteressant.«

»Das kann ich mir vorstellen.«

»Sie waren Volkshelden«, sagte Keller. »Dillinger und Pretty Boy Floyd und Baby Face Nelson.«

»Und Bonnie und Clyde. Haben die zwei auch ein Museum?«

»Wahrscheinlich. Sie waren genauso Helden wie die Daltons und die Youngers und die Jameses, nur waren sie keine Brüder. Im neunzehnten Jahrhundert war so was noch Familiensache, aber dann ist diese Tradition ausgestorben.«

»Die heutige Jugend«, schnaubte Dot. »Was ist mit Ma Barker? Hat

107

sie nicht zur gleichen Zeit gelebt wie Dillinger? Und hatte sie nicht ein ganzes Haus voll Banken ausraubender Bengel? Oder war das nur im Kino?«

»Stimmt«, sagte er. »Ma Barker habe ich ganz vergessen.«

»Dann vergessen wir sie am besten gleich noch mal, damit du endlich auf den Punkt kommst.«

Er schüttelte den Kopf. »Ich weiß gar nicht, ob es überhaupt einen gibt. Ich habe mir einfach Zeit gelassen, mehr nicht. Ich habe über Verschiedenes nachgedacht.«

»Und?«

Er griff nach dem Krug und schenkte sich mehr Eistee ein. »Na gut«, sagte er schließlich. »Es bringt ja nichts, lange rumzudrucksen. Ich kann das nicht mehr länger machen.«

»Ehrlich gestanden, überrascht mich das nicht.«

»Ich wollte schon vor längerer Zeit mal aussteigen, Dot. Erinnerst du dich noch?«

»Lebhaft.«

»Damals«, sagte er, »dachte ich, dass ich es mir leisten könnte. Ich hatte einiges auf der hohen Kante. Nicht gerade ein Vermögen, aber für einen kleinen Bungalow in Florida hätte es bestimmt gereicht.«

»Und du hättest es rechtzeitig für den Frühaufsteher-Discount in den nächsten Denny's geschafft, was die Lebenshaltungskosten zusätzlich reduziert hätte.«

»Dann hast du gesagt, ich bräuchte ein Hobby, worauf ich mich wieder fürs Briefmarkensammeln zu interessieren begonnen habe. Und auf einmal habe ich ziemlich viel Geld für Briefmarken ausgegeben.«

»Und das war das Ende deines Rentenfonds.«

»Es hat ihm zumindest ziemlich zugesetzt«, gab er ihr recht. »Außerdem lege ich seitdem nichts mehr auf die Seite, weil ich mein ganzes überschüssiges Geld in Briefmarken stecke.«

Sie runzelte die Stirn. »Ich glaube, ich sehe bereits kommen, wohin das führt. Du kannst nicht mehr länger machen, was du bisher gemacht hast, aber zur Ruhe setzen kannst du dich auch nicht.«

»Deshalb habe ich darüber nachgedacht, was ich anderes machen könnte«, sagte er. »Emmett Dalton hat es nach Hollywood verschlagen, wo er Drehbücher geschrieben und als Immobilienmakler gearbeitet hat.«

»Schreibst du etwa an einem Drehbuch, Keller? Büffelst du für die Maklerprüfung?«

»Mir ist absolut nichts eingefallen, was ich tun könnte«, sagte er. »Das heißt, ich könnte mich natürlich um einen Niedriglohnjob bemühen. Aber ich bin an einen gewissen Lebensstandard gewöhnt, und vor allem bin ich auch daran gewöhnt, nicht allzu viele Stunden runterreißen zu müssen. Kannst du dir mich an der Kasse eines 7-Eleven vorstellen?«

»Ich kann mir nicht mal vorstellen, dass du einen 7-Eleven überfällst, Keller.«

»Das wäre vielleicht was anderes, wenn ich noch jünger wäre.«

»Du meinst, bewaffnete Raubüberfälle sind was für junge Männer.«

»Wenn ich jetzt erst ins Berufsleben einsteigen würde«, sagte er, »könnte ich einen entsprechenden Anfängerjob übernehmen und mich langsam hocharbeiten. Aber dafür bin ich inzwischen zu alt. Erstens würde mich niemand einstellen, und die Jobs, für die ich geeignet wäre, will ich nicht.«

»›Wollen Sie Pommes dazu?‹ Ich weiß, was du meinst, Keller. Das wäre wahrscheinlich wirklich nichts für dich.«

»Man kann durchaus sagen, dass ich mich von unten hochgearbeitet habe. Es ging damit los, dass ich regelmäßig hier vorbeigeschaut habe, und der alte Mann hatte immer irgendwas für mich. ›Richie muss sich mit jemand treffen. Fahr doch mit ihm hin und leiste ihm Gesellschaft.‹ Oder schau doch mal bei diesem Typen vorbei und sag ihm, dass wir nicht gut finden, wie er sich aufführt. Oder er hat mich einkaufen geschickt, damit ich ihm Schokoriegel besorge. Wie hießen die Dinger gleich wieder, die er am liebsten mochte?«

»Mars.«

»Nein, das war erst später. Ursprünglich stand er auf andere. Sie waren schwer zu bekommen, nur wenige Geschäfte hatten sie. Ich glaube, außer ihm habe ich niemand gekannt, der sie mochte. Aber wie hießen die blöden Dinger gleich noch mal? Es liegt mir auf der Zunge.«

»Genau der richtige Ort für einen Schokoriegel.«

»Powerhouse«, sagte er. »Powerhouse-Schokoriegel.«

»Des Zahnarzts bester Freund. Jetzt erinnere ich mich wieder. Gibt es diese Plombenzieher eigentlich immer noch?«

»›Sei doch so nett, Junge, und schau mal, ob sie Downtown noch welche von meinen Schokoriegeln haben.‹ Und eines Tages hieß es dann, sei doch so gut, hier hast du eine Knarre, schau mal bei diesem Typen vorbei und niete ihn um. Mehr oder weniger ohne Vorankündigung, außer dass er bis dahin wahrscheinlich wusste, dass ich es tun würde. Und soll ich dir was sagen? Es wäre mir nie in den Kopf gekommen, es nicht zu tun. ›Hier hast du eine Knarre, tu mir einen Gefallen.‹ Also habe ich die Knarre genommen und ihm einen Gefallen getan.«

»Einfach so?«

»Mehr oder weniger. Ich war es gewohnt zu tun, was er mir gesagt hat, und so habe ich auch das einfach getan. Und so ist ihm klar geworden, dass ich jemand war, der zu so was in der Lage ist. Das ist nämlich nicht jeder.«

»Aber dir hat es nichts ausgemacht.«

»Darüber nachgedacht habe ich schon«, sagte er. »Reflektiert, würde man wahrscheinlich sagen. Ich habe einfach nicht zugelassen, dass es mir was ausmacht.«

»Diese Methode von dir, du weißt schon, die Farbe in einem Bild verblassen zu lassen und es immer weiter von dir wegzuschieben ...«

»Das habe ich mir erst später beigebracht«, sagte er. »Am Anfang, na ja, da habe ich es wahrscheinlich einfach verdrängt. Ich habe mir eingeredet, dass es mir nichts ausmacht, und es mir so lange vorgesagt, bis ich es tatsächlich geglaubt habe. Und dazu kam dieses Gefühl, was geleistet zu haben. War das etwa nichts, was ich gerade getan habe? Bin ich etwa kein toller Typ? Peng und der andere ist tot und man selber nicht. Das verschafft einem auf jeden Fall einen gewissen Kick.«

»Immer noch?«

Er schüttelte den Kopf. »Man hat das befriedigende Gefühl, einen Auftrag erledigt zu haben, aber das ist auch schon alles. Wenn es mal schwierig ist, hat man hinterher schon das Gefühl, was geschafft zu haben. Und wenn es andere Dinge gibt, die man lieber tut, tja, dann kann man hinterher nach Hause gehen und sie tun.«

»Briefmarken kaufen, ins Kino gehen.«

»Genau.«

»Zuerst hast du nur so getan, als würde es dir nichts ausmachen«, sagte sie, »und irgendwann hat es dir dann tatsächlich nichts mehr ausgemacht.«

»Und auch nur so zu tun, war einfach, weil es mir nie besonders viel ausgemacht hat. Aber trotzdem, ich habe es einfach immer weiter gemacht, und irgendwann musste ich nicht mehr so tun. Dieses Haus in Scottsdale, in dem ich gewohnt habe, mit den ganzen Masken an den Wänden. So eine Art Stammeskunst, glaube ich. Und dann ist mir plötzlich der Gedanke gekommen, dass ich am Anfang eine Maske getragen habe, aber irgendwann war es dann keine Maske mehr, es war mein Gesicht.«

»Ich glaube, ich weiß, was du meinst.«

»Es ist nur eine Möglichkeit, es zu sehen«, sagte er. »Aber die Frage ist nicht, wie ich an diesen Punkt gekommen bin. Die Frage ist, wie soll es von diesem Punkt an weitergehen?«

»Du hattest ziemlich viel Zeit, um eine Antwort zu finden.«

»Zu viel Zeit.«

»Kein Wunder, bei den vielen Zwischenstopps in Nashville und Coffee Pot.«

»Coffeyville.«

»Egal. Was ist dir an Lösungsmöglichkeiten eingefallen, Keller?«

»Also.« Er holte tief Luft. »Erstens bin ich an dem Punkt angekommen, dass ich damit aufhören will. Es ist einfach nicht mehr wie früher, mit den ganzen Sicherheitskontrollen am Flughafen und diesen Wohnsiedlungen mit meterhohen Mauern drum rum, die strenger bewacht werden als der Hochsicherheitstrakt eines Gefängnisses. Und ich habe mich auch verändert. Ich bin älter und mache das jetzt schon zu lange.«

»Okay.«

»Der zweite Punkt ist, dass ich mich nicht zur Ruhe setzen kann. Ich brauche das Geld, und ich weiß nicht, wie ich sonst verdienen könnte, was ich zum Leben brauche.«

»Ich hoffe, es gibt noch einen dritten Punkt, Keller, weil dir Punkt eins und zwei nicht viel Spielraum lassen.«

»Deshalb habe ich Folgendes gemacht«, sagte er. »Ich habe ausgerechnet, wie viel Geld ich brauche.«

»Um aussteigen zu können.«

Er nickte. »Die Zahl, auf die ich gekommen bin, ist eine Million Dollar.«

»Eine runde Summe.«

»Das ist mehr, als ich hatte, als ich das letzte Mal mit dem Gedanken gespielt habe auszusteigen. Aber das halte ich für eine realistischere Summe. Richtig investiert, brächte sie wahrscheinlich eine Rendite von zirka fünfzigtausend im Jahr.«

»Und davon könntest du leben?«

»So viel brauche ich doch gar nicht«, sagte er. »An Weltreisen und teuren Restaurants liegt mir nichts. Für Klamotten gebe ich auch nicht viel aus, und wenn ich mir mal was kaufe, trage ich es, bis es sich auflöst.«

»Oder noch länger.«

»Wenn ich eine Million hätte, Dot, plus das, was ich für die Wohnung bekäme, was vermutlich noch mal eine halbe Million wäre.«

»Wo würdest du hinziehen?«

»Keine Ahnung. Wahrscheinlich irgendwohin, wo es warm ist.«

»Nach Sundowner Estates?«

»Zu teuer. Außerdem möchte ich nicht rundum von Mauern umgeben sein, und Golf spiele ich auch nicht.«

»Was nicht ist, kann ja noch werden. Dann hättest du wenigstens was zu tun.«

Er schüttelte den Kopf. »Einige dieser Typen waren tatsächlich begeisterte Golfer. Aber bei anderen hatte man das Gefühl, dass sie es sich nur einzureden versuchen und ständig darüber reden, wie toll sie es finden. ›Wann?‹«

»Häh?«

»Das ist die Pointe eines Witzes. Nicht weiter wichtig. Jedenfalls würde ich dort nicht leben wollen. Aber da gibt es diese kleinen Städte in New Mexico, nördlich von Albuquerque, oben in der Wüste. Dort kann man sich eine bescheidene Hütte kaufen oder auch nur einen Wohnwagen und einen Platz, um ihn abzustellen.«

»Und das kannst du dir tatsächlich vorstellen? Irgendwo am Ende der Welt zu leben?«

»Keine Ahnung. Die Sache ist die: Angenommen, ich bekomme eine halbe Million für die Wohnung, und dazu die Million, die ich zurückgelegt habe. Das Ganze, sagen wir mal, mit fünf Prozent verzinst, brächte fünfundsiebzigtausend im Jahr. Das würde mir locker reichen.«

»Und deine Wohnung ist eine halbe Million wert?«

»Etwas um den Dreh.«

»Dann brauchst du also nur eine Million Dollar, Keller. Nicht, dass ich sie dir nicht liebend gern leihen würde, aber dummerweise bin ich im Moment etwas knapp bei Kasse. Was willst du jetzt machen, deine Briefmarken verkaufen?«

»Sie sind nicht annähernd so viel wert. Ich weiß nicht, wie viel ich für die Sammlung ausgegeben habe, aber eine Million sicher nicht. Außerdem bekommt man nicht zurück, was man in sie reingesteckt hat.«

»Ich dachte, Briefmarken wären eine gute Investition.«

»Zumindest eine bessere, als das Geld für Champagner und Kaviar auszugeben«, sagte er. »Man bekommt zumindest etwas zurück, wenn man sie verkauft, aber die Händler müssen auch von was leben, und wenn du die Hälfte deines Gelds zurückbekommst, kannst du froh sein. Aber ich würde sie nicht verkaufen wollen.«

»Du willst sie behalten. Und weiter sammeln?«

»Wenn ich fünfundsiebzigtausend im Jahr zur Verfügung hätte«, sagte er, »und wenn ich in irgendeiner kleinen Stadt in der Wüste leben würde, könnte ich bestimmt zehn- bis fünfzehntausend im Jahr für Briefmarken ausgeben.«

»New Mexico ist voll von Leuten, die genau das tun.«

»Vielleicht nicht unbedingt genau das«, sagte er, »aber ich sehe nicht, warum es nicht gehen sollte.«

»Du könntest der Erste sein, Keller. Alles, was du jetzt noch brauchst, ist eine Million.«

»Genau.«

»Okay, ich fange langsam Feuer. Wie willst du an sie kommen?«

»Diese Frage beantwortet sich doch mehr oder weniger von selbst«, sagte er. »Es gibt eigentlich nur eine Sache, die ich gut kann.«

NEUNZEHN

»Ich glaube, langsam verstehe ich«, sagte Dot. »Du kannst, was du bisher gemacht hast, nicht mehr tun, deshalb musst du es jetzt erst recht machen. Du musst erst mal die Bevölkerung dieses wunderschönen Landes dezimieren, um aufhören zu können, Leute umzubringen.«

»Wenn du es so ausdrücken willst …«

»Zumindest entbehrt das Ganze nicht einer gewissen Ironie, findest du nicht auch? Du möchtest jeden guten Auftrag annehmen, der reinkommt, damit du genügend Geld verdienst, um den Job endgültig an den Nagel hängen zu können. Weißt du, woran mich das erinnert?«

»Woran?«

»An Polizisten«, sagte sie. »Ihre Rente berechnet sich nach dem, was sie im letzten Dienstjahr verdienen, deshalb versuchen sie, so viele Überstunden wie möglich zu machen, damit sie sich ein richtig schönes Leben machen können, wenn sie in Rente gehen. Normalerweise gehen wir es ganz entspannt an und überlegen uns sehr genau, was wir annehmen und was nicht, und du hast zwischen den einzelnen Aufträgen viel freie Zeit, aber das willst du jetzt ändern. Du möchtest einen Auftrag erledigen, nach Hause kommen, kurz Luft holen und den nächsten übernehmen.«

»Genau.«

»Bis du eine Million beisammenhast.«

»Genau so habe ich mir das vorgestellt.«

»Oder vielleicht auch ein paar Dollar mehr. Man darf schließlich die Inflationsrate nicht vergessen.«

»Klar.«

»Noch ein bisschen Eistee, Keller?«

»Nein, danke.«

»Möchtest du lieber einen Kaffee? Ich kann gern welchen machen.«

»Nein, danke.«

»Wirklich nicht?«

»Nein, wirklich nicht.«

»Du warst ziemlich lang in Scottsdale. Hat er eigentlich wirklich wie der Mann in Monopoly ausgesehen?«

»Auf dem Foto schon. In echt nicht so.«

»Hat er dir keine Probleme gemacht?«

Keller schüttelte den Kopf. »Bis ihm zu dämmern begonnen hat, was Sache ist, war es eigentlich schon vorbei.«

»Dann war er also überhaupt nicht darauf gefasst?«

»Nein. Ehrlich gesagt, frage ich mich auch, wie er überhaupt auf jemands Abschussliste gekommen ist.«

»Ein ungeduldiger Erbe, vermute ich mal. Hat es dich stark belastet, Keller? Vorher, währenddessen oder hinterher?«

Nach kurzem Nachdenken schüttelte er den Kopf.

»Und hinterher hattest du es nicht eilig, von dort wegzukommen.«

»Ich hielt es für vernünftiger, noch ein paar Tage zu bleiben. Noch einen Tag mehr, und ich hätte zu seiner Beerdigung gehen können.«

»Dann bist du also an dem Tag abgefahren, als er begraben wurde.«

»Nur wurde er das nicht«, sagte er. »Er hatte ein Begräbnis wie Mr. Lattimore.«

»Sollte ich wissen, wer das ist?«

»Er hatte ein Haus, das ich hätte kaufen können. Er wurde eingeäschert, und nach einer konfessionslosen Trauerfeier wurde seine Asche ins Wasserhindernis geschüttet.«

»Nur einen Fünfereisenschlag von seiner Haustür entfernt.«

»Tja.« Keller zuckte mit den Achseln. »Jedenfalls hatte ich es nicht eilig, nach Hause zu kommen.«

»Ich weiß, diese ganzen Museen.«

»Ich wollte in Ruhe über alles nachdenken«, sagte er. »Mir einfach klar darüber werden, was ich mit dem Rest meines Lebens anfangen will.«

»Wovon heute der erste Tag ist, wenn ich das richtig verstanden habe. Nur, um das klarzustellen: Du hast keine Lust mehr, die Rettungskräfte am Ground Zero mit Essen zu versorgen, und du hast keine Lust mehr, Museen für tote Outlaws zu besuchen, und jetzt bis du an dem Punkt, dass du noch mal so richtig Gas geben und möglichst viele Leute ins Jenseits befördern willst. Sehe ich das richtig?«

»Das trifft es ziemlich genau.«

»Ich habe nämlich reihenweise Aufträge abgelehnt, Keller, weshalb ich inzwischen nichts lieber täte, als alle Welt wissen zu lassen, dass wir wieder im Geschäft sind. Wir machen keine ›Zwei für den Preis von einem‹-Aktionen, aber wir steigen voll ein. Ist das in deinem Sinn?« Sie stand auf. »Da fällt mir ein. Bleib noch hier.«

Sie kam mit ein paar Umschlägen zurück und warf einen davon auf den Tisch. »Sie haben schon gezahlt, und weil du so lange nicht nach Hause gekommen bist, habe ich es schon als mein Geld zu betrachten begonnen. Was ist das?« Sie deutete auf ein Päckchen, das auf dem Tisch lag.

»Das habe ich auf der Heimfahrt gekauft.«

Sie öffnete das Päckchen und nahm den kleinen schwarzen Tontopf heraus. »Der ist aber schön«, sagte sie. »Indianisch?«

»Aus einem Pueblo in New Mexico.«

»Und er ist für mich?«

»Irgendwie hatte ich einfach das Bedürfnis, ihn zu kaufen«, sagte er, »und hinterher habe ich mich gefragt, was ich damit tun soll. Und dann ist mir der Gedanke gekommen, dass er dir gefallen könnte.«

»Auf dem Kaminsims sähe er bestimmt klasse aus«, sagte sie. »Oder ich könnte Büroklammern darin aufbewahren. Aber ich müsste ihn entweder für das eine oder für das andere verwenden, denn wer bewahrt Büroklammern schon auf dem Kaminsims auf. In New Mexico hast du ihn gekauft, sagst du? In der Stadt, in der du dich niederlassen willst?«

Er schüttelte den Kopf. »Es war in einem Pueblo. Um dort zu wohnen, muss man, glaube ich, Indianer sein.«

»Der Topf ist jedenfalls sehr schön. Vielen Dank.«

»Freut mich, dass er dir gefällt.«

»Und wie. Er ist richtig klasse. Und hier habe ich etwas, was dir gefallen wird.« Sie hielt den zweiten Umschlag hoch. »Aber vielleicht auch nicht. Ich habe dir doch erzählt, dass ich einen komischen Anruf bekommen habe.«

»Das ist aber schon eine Weile her.«

»Ja.«

»Und du wolltest am Telefon nicht darüber sprechen.«

»Zum Teil, weil es am Telefon war, zum Teil, weil ich nicht wusste, was ich dazu sagen sollte.«

»Aha.«

Sie lehnte sich zurück. »Da war ein Typ, der angerufen hat«, begann sie, »und es war keine Stimme, die ich kannte, und als Namen hat er nur Al angegeben.«

»Al.«

»›Al wer?‹, habe ich ihn gefragt. Und er: ›Nur Al.‹«

»Nur Al.«

»Und er hat gesagt, er wollte mir was schicken«, fuhr sie fort, »und wollte wissen, wohin er es schicken sollte.«

»Was wollte er dir schicken?«

»Genau meine Frage. Eine Anzahlung, hat er gesagt.«

»Eine Anzahlung?«

»Eine Anzahlung auf was, wollte ich dann natürlich wissen. Eine Anzahlung darauf, dass heute Dienstag ist? Aber er: Nur eine Anzahlung und wohin er sie schicken sollte.«

»Er wollte deine Adresse rausbekommen.«

»Das war auch mein erster Gedanke«, sagte sie. »Und ich stand schon kurz davor, ihm zu sagen, er kann mich mal. Ich sage Ihnen meine Adresse nicht, habe ich gesagt, und er, die wüsste er bereits, aber vielleicht wollte ich das Päckchen an einen anderen Ort geschickt haben. Welches Päckchen, habe ich gefragt. Und er: Das Päckchen das ich Ihnen schicken werde.«

»Als Anzahlung.«

»Genau. An diesem Punkt habe ich nicht mehr so recht durchgeblickt.«

»Kann ich gut verstehen.«

»Ich habe ihm gesagt, darüber würde ich lieber erst mal nachdenken, worauf er meinte, er würde in ein paar Tage noch mal anrufen. Und das war der Stand, als ich neulich mit dir telefoniert habe.«

»Als du mir erzählt hast, du hättest ein eigenartiges Gespräch geführt. Das kann man wohl wirklich sagen.«

»Ein paar Tage später hat er noch mal angerufen«, fuhr sie fort. »Und zu diesem Zeitpunkt dachte ich eigentlich schon, ich würde nichts mehr von ihm hören, wogegen ich nichts gehabt hätte. Aber da war er wieder, am anderen Ende der Leitung. ›Ich bin's wieder‹, sagte er. ›Al.‹«

»Und?«

»Inzwischen hatte ich Zeit zum Nachdenken gehabt. Du weißt ja, ein paarmal habe ich ein Postfach verwendet, entweder in einem Postamt oder bei einer privaten Agentur. Wenn wir mit jemand zu tun hatten, den wir nicht kannten und der uns nicht kannte, war so ein Postfach die beste Möglichkeit, Abstand zu wahren. Aber wenn er die Adresse hier am Taunton Place bereits wusste, warum dann extra zur Post gehen?«

»Wo er doch die Adresse schon wusste.«

»Jedenfalls musste er sie wissen. Er hatte die Telefonnummer, und jeder

Vierjährige kann ein Inverstelefonbuch googeln und die zu einer Telefonnummer gehörende Adresse nachsehen.«

»Daran habe ich gar nicht gedacht.«

»Deshalb habe ich ihm gesagt, er soll es einfach hierher schicken, egal, was es ist. Nur angenommen, es wäre eine Briefbombe. Was soll es da groß bringen, sie bei Mailboxes R Us abzuholen, statt sie gleich hierher schicken zu lassen?«

»Deshalb hast du ihm gesagt, er soll das Päckchen hierher schicken.« Er deutete mit dem Kopf auf den Umschlag. »Ist es das da?«

Sie schüttelte den Kopf. »Was er geschickt hat, ist über Nacht mit Overnight-FedEx gekommen.«

»Und es war keine Briefbombe.«

»Das habe ich eigentlich nie gedacht. Ich habe gedacht, es ist Geld. Und das war es auch.«

»Geld.«

»Fünfzigtausend Dollar«, sagte sie. »In bar.«

»Als Anzahlung.«

»Mhm.«

»Das ist nicht gerade wenig.«

»Allerdings«, sagte sie. »Und ich weiß nicht, wofür es ist, obwohl ich da schon eine Ahnung hätte. Ich habe angenommen, ich würde einen Anruf mit weiteren Anweisungen erhalten.«

»Und? Hast du einen bekommen?«

»Einen Anruf habe ich bekommen, aber weitere Anweisungen eigentlich nicht. ›Hier Al. Ich hoffe, das Päckchen ist gut angekommen.‹ Ist es, habe ich gesagt, aber mir wäre nicht klar, wofür es wäre. Und er: ›Ich melde mich wieder, wenn es so weit ist.‹ Mehr war nicht aus ihm rauszubekommen.«

»Fünfzigtausend Dollar.«

»In lauter Hundertern«, sagte sie. »Gebraucht und nicht durchnummeriert. Fünfhundert Stück.«

»Jedenfalls deutlich besser als eine Briefbombe«, sagte er. »Trotzdem ...«

»Gibt es einem zu denken.«

»Allerdings.«

»Früher oder später«, sagte sie, »wird Al von uns erwarten, dass wir uns das Geld verdienen. Wie der Pate, der zum Bestattungsunternehmer sagt: ›Eines Tages wirst du mir einen Gefallen tun müssen.‹«

»Das sollte vermutlich Marlon Brando sein.«

»Wenn ich gut Leute nachmachen könnte«, sagte sie, »würde ich im Comedy Channel auftreten. Wer auch immer Al ist, wir stehen in seiner Schuld. Deshalb glaube ich, dass wir von ihm hören werden. Aber erst mal bekommst du deinen Anteil.«

Er wog den Umschlag in seiner Hand. »Du musst das nicht mit mir teilen. Es gibt auch andere Leute, mit denen du hin und wieder zusammengearbeitet hast. Könnte doch sein, dass du Als Auftrag jemand anders durchführen lässt.«

»Und so verhindere, dass du zu deiner Million zu kommst? Nein, nein, kommt überhaupt nicht in Frage. Ich habe eine Anzahlung über fünfzigtausend bekommen, und du bekommst die Hälfte davon, als Anzahlung. Diese beiden Umschläge sind schon mal ein guter Anfang, würde ich sagen, obwohl ich annehme, dass du einen Teil davon für Briefmarken ausgeben wirst.«

ZWANZIG

Zwei Tage später war Keller gerade mit seinen Briefmarken beschäftigt, als das Telefon läutete. »Ich bin gerade in der Stadt«, sagte Dot. »Gleich bei dir um die Ecke sogar.«

Sie nannte ihm den Namen des Lokals, und er machte sich auf den Weg dorthin. Sie saß an einem Tisch im hinteren Teil und aß einen Eisbecher. »Als ich klein war«, sagte sie, »hast du für so einen in Wohler's Drugstore fünfunddreißig Cents bezahlt. Mit Walnüssen oben drauf hat er fünf Cents mehr gekostet. Ich würde dir nur äußerst ungern sagen, wie viel sie für das Ding hier haben wollen, und von Walnüssen ist dabei noch keine Rede.«

»Nichts ist mehr, wie es mal war.«

»Das kannst du laut sagen, und schon eine derart tiefschürfende Feststellung war die Fahrt in die Stadt wert, Keller. Aber das ist nicht der Grund, warum ich hergekommen bin. Hier ist übrigens die Bedienung. Willst du auch einen?«

Er schüttelte den Kopf und bestellte eine Tasse Kaffee. Die Bedienung brachte sie, und als sie außer Hörweite war, sagte Dot: »Ich habe heute Vormittag einen Anruf bekommen.«

»Von Al?«

»Von Al? Nein, nicht von Al. Von Al habe ich nichts mehr gehört. Von jemand anders.«

»Aha.«

»Eigentlich wollte ich dich anrufen, aber über so was spricht man am Telefon lieber nicht, und dich bitten, nach White Plains rauszukommen, wollte ich auch nicht, weil ich mir ziemlich sicher bin, dass es für dich nur Zeitverschwendung wäre. Deshalb dachte ich, fahre ich in die Stadt und gönne mir einen Eisbecher, wenn ich schon mal da bin. Er ist übrigens den langen Weg durchaus wert, auch wenn sie einem ein Vermögen dafür abknöpfen. Willst du wirklich keinen?«

»Nein, wirklich nicht.«

»Ich habe einen Anruf von einem Typen erhalten«, sagte sie, »mit dem wir schon öfter zusammengearbeitet haben, ein Mittelsmann, sehr zuverlässig. Und er hatte einen Auftrag, sehr einträglich, auf jeden Fall eine ordentliche Aufstockung deines Pensionsfonds – und meines auch.«

»Was ist der Haken bei der Sache?«

»Es ist in Santa Barbara, Kalifornien«, sagte sie, »und das Zeitfenster ist sehr eng. Du müsstest es Mittwoch oder Donnerstag durchziehen, womit es eigentlich schon unmöglich ist, weil du länger bräuchtest, um nur hinzufahren, selbst wenn du auf der Stelle aufbrechen und nur zum Tanken anhalten würdest. Mal angenommen, du schaffst es in drei Tagen, was ohnehin schon der Wahnsinn wäre. Du wärst fix und fertig, wenn du ankommst, und außerdem kämst du erst – wann? – frühestens Donnerstagnachmittag an. Es ginge also gar nicht.«

»Nein.«

»Deshalb werde ich ihnen absagen. Aber erst wollte ich dich fragen.«

»Sag ihnen, wir machen es.«

»Im Ernst?«

»Ich fliege morgen hin«, sagte er. »Oder heute Abend, wenn ich noch einen Flug kriege.«

»Du wolltest doch nicht mehr fliegen.«

»Ich weiß.«

»Und dann kommt ein Auftrag rein ...«

»Und auf einmal ist es nicht mehr so wichtig, nicht zu fliegen«, sagte er. »Frag mich nicht, warum.«

»Dazu habe ich übrigens sogar eine Theorie«, sagte sie.

»Ach ja?«

»Als die Twin Towers eingestürzt sind, war das richtig traumatisch für dich. Wie für alle anderen auch. Du musstest dich auf eine neue Realität einstellen, und so was ist nie einfach. Deine ganze Welt wurde auf den Kopf gestellt, und eine Weile hast du dich von Flugzeugen ferngehalten und bist stattdessen zum Ground Zero runtergefahren und hast die Hungrigen gespeist, und zugleich hast du dir Zeit gelassen und in aller Ruhe darüber nachgedacht, wie du über die Runden kommen könntest, ohne deine bisherige Tätigkeit weiter ausüben zu müssen.«

»Und?«

»Inzwischen ist etwas Wasser den Fluss runtergeflossen«, fuhr sie fort, »und die ganze Aufregung hat sich gelegt, und du hast dich auf die Welt, wie sie jetzt ist, eingestellt. Und im Zug dieses Prozesses ist dir auch klar geworden, was du tun musst, um dich zur Ruhe setzen zu können. Du hast über alles nachgedacht und einen Plan ausgearbeitet.«

»Na ja, so eine Art Plan vielleicht.«

»Und viele Dinge, die dir vor einer Weile noch wichtig zu sein schienen, wie zum Beispiel, wegen der ganzen Kontrollen nicht mehr zu fliegen, haben sich nur als Unannehmlichkeiten erwiesen und nicht als etwas, dessentwegen du dein ganzes Leben umkrempeln musst. Du besorgst dir eben einen zweiten Satz Ausweise, oder du benutzt deinen richtigen und überlegst dir eine andere Möglichkeit, deine Spuren zu verwischen. So oder so, wird dir schon was einfallen.«

»Wahrscheinlich«, sagte er. »Santa Barbara. Das liegt zwischen L.A. und San Francisco, oder?«

»Näher bei L.A. Sie haben einen eigenen Flughafen.«

Er schüttelte den Kopf. »Den können sie gern behalten. Ich fliege zum LAX. Oder, noch besser, nach Burbank und miete mir einen Wagen und fahre nach Santa Barbara hoch. Mittwoch oder Donnerstag, hast du gesagt?« Er drückte die Handgelenke aneinander. »Wann?«

»Wann? Was meinst du damit? Und was soll daran so witzig sein?«

»Ach, nur ein Witz, den einer der Golfer im Clubhaus in Scottsdale erzählt hat. Da spielt ein Golfer die miserabelste Runde seines Lebens. Er verliert Bälle im Rough, er kommt nicht aus den Bunkern, er drischt einen Ball nach dem anderen ins Wasserhindernis. Es läuft einfach alles schief. Und bis er zum achtzehnten Loch kommt, hat er nur noch seinen Putter, weil er alle anderen Schläger über dem Knie zerbrochen hat. Und als er dann auch noch vier Putts für das letzte Loch braucht, zerbricht er auch den und feuert ihn durch die Gegend.

»Er stapft in den Umkleideraum, er ist stinksauer, und er schließt sein Schließfach auf und nimmt sein Rasiermesser heraus und klappt die Klinge aus und schlitzt sich beide Handgelenke auf. Und als er dann da steht und blutet wie eine Sau, ruft ihm jemand vom anderen Ende des Umkleideraums zu: ›He, Joe, wir wollen morgen früh einen Vierer spielen. Wie sieht's aus?‹«

»Und der Typ sagt.« Keller hob die Hände auf Schulterhöhe und drückte die Handgelenke aneinander. »›Wann?‹«

»Wann?«

»Ja.«

»Wann?« Sie schüttelte den Kopf. »Gefällt mir irgendwie, Keller. Und egal, wann du willst, es ist okay.«

Keller wird proaktiv

Kellers Flug von New York nach Detroit verlief etwas unruhig. Das war nicht weiter tragisch, ein paar Turbulenzen machten ihm nichts aus, aber der Pilot kündigte jede über die Sprechanlage an und, was noch schlimmer war, entschuldigte sich auch noch dafür. Dabei waren die Turbulenzen selbst eher harmlos, und er hätte über sie hinwegdämmern können, wenn ihn dieser Idiot nicht ständig mit seinen Ansagen geweckt hätte. Wenigstens die Landung verlief glatt.

Santa Barbara war fast enttäuschend einfach gewesen. Ein Flug nach L.A., ein Rückflug von San Francisco und dazwischen ein total simpler Auftrag. Als er nach Hause kam, war er bereit für den nächsten Job, aber die Tage schleppten sich dahin, und nichts kam rein. Bis jetzt, wo er endlich in Detroit war.

Er hatte keinen Koffer aufgegeben, sondern nur Handgepäck dabei und steuerte sofort auf den Ausgang zu. Dort standen mehrere Fahrer herum, und er hielt nach einem Ausschau, der ein Schild mit der Aufschrift Bogart hatte. Er wusste nicht, warum sie ausgerechnet diesen Namen ausgesucht hatten, der nur zu unnötigen Gesprächseinleitungen in Gestalt schmallippiger Bogie-Imitationen reizte. »Spiel's noch mal, Sam. Du hast es für sie gespielt, dann kannst du es auch für mich spielen.« Aber es war ihre Entscheidung gewesen, der Name Bogart, und es war nicht genügend Zeit gewesen, um es ihnen auszureden, geschweige denn, um einen Wagen zu mieten und nach Detroit zu fahren.

Es war extrem wichtig, dass es schnell ging, hatte ihm Dot klargemacht. Und hier war er jetzt, nach einem turbulenten Flug gerade der Maschine entstiegen, und hielt nach einem Schild mit dem Namen Bogart Ausschau. Er entdeckte es auf der Stelle, und als sein Blick von dem Schild zum Gesicht des Mannes wanderte, der es hielt, sah ihn der Mann mit einem Ausdruck an, den Keller schwer zu deuten fand.

Es war ein kleiner, gedrungener Typ, der aussah, als verbrächte er im Fitnessstudio viel Zeit damit, Gewichte zu stemmen. Er sprach Keller an. »Mr. Bogart? Wenn Sie mir bitte folgen würden.«

Grinste der Kerl spöttisch? Keller wusste nicht recht, woran man ein spöttisches Grinsen genau festmachte, aber in der Regel erkannte er eines, wenn er eines sah. Aber diesmal war er nicht sicher. Oft, hatte er festgestellt, wussten die Leute nicht, wie sie sich jemandem wie ihm gegenüber verhalten sollten. Seine Tätigkeit machte sie unsicher und nervös, und manchmal versuchten sie ihre Nervosität zu überspielen, indem sie auf besonders lässig machten.

Aber dieses Gefühl hatte er diesmal auch nicht.

Spielte das überhaupt eine Rolle? Er folgte dem Mann aus dem Terminal über die Zufahrt zur Kurzparkzone und an einer Reihe von Autos entlang zu einem Lincoln neueren Datums mit einem Kennzeichen aus Ontario. Der Mann öffnete die Türen per Fernbedienung und hielt Keller überraschenderweise die Beifahrertür auf.

Ebenso überraschend war, dass auf dem Rücksitz ein Hüne von einem Mann saß. Keller erstarrte mitten in der Bewegung, aber fast im selben Moment spürte er eine Hand auf seiner Schulter, die ihn nach drinnen schob.

Wenn du mal im Auto sitzt, dachte er, bist du aufgeschmissen. Aber war er das nicht schon? Er war etwa so unbewaffnet, wie man nur sein konnte, unbewaffnet genug, um durch die Sicherheitskontrolle zu kommen, nicht einmal einen Nagelklipser hatte er einstecken. Alle möglichen Szenarien schossen ihm ungebeten durch den Kopf – wie er mit den Ellbogen um sich stieß, mit den Füßen zutrat –, aber irgendwie waren sie alle nicht sonderlich überzeugend, weshalb er einfach nur dastand.

Der Hüne lachte leise, was nicht gerade das war, was er jetzt hören wollte, und der Kleine – um ihn so zu nennen, war er eigentlich zu breit und kräftig – sagte ihm, er brauche sich keine Sorgen zu machen. »Da gibt es jemand, der Sie sprechen will«, sagte er. »Das ist alles.«

Sein Ton war beruhigend, aber Keller war nicht beruhigt. Trotzdem stieg er ein, worauf der Kleine die Tür schloss und um die Limousine herumging und sich ans Steuer setzte. Er schnallte sich an und legte Keller nahe, das ebenfalls zu tun.

Und seine Bewegungsfreiheit noch stärker einzuengen? »Mache ich nie«, sagte er. »Platzangst.«

Das war natürlich Unsinn, er schnallte sich immer an. Außerdem zog das Argument nicht, weil ihm der Mann erklärte, in Detroit sei das Vorschrift, und er wolle lieber keinen Strafzettel kassieren, also schnallen Sie sich gefälligst an, ja?

Das tat er dann auch.

Sie fuhren zu einem Haus in irgendeinem Vorort, und weil sie ihm die Augen nicht verbunden hatten, hätte er sich einprägen können, wie sie fuhren, aber was würde ihm das nützen? Er kannte sich in der Gegend nicht aus, und selbst wenn, würden die geographischen Gegebenheiten kaum eine große Rolle spielen.

Er war hierher geflogen, weil ihn jemand dafür bezahlte, jemand zu töten, und jetzt sah es immer mehr so aus, als wäre er derjenige, der getötet würde. Das war eins der Risiken in seinem Beruf. Er machte sich deswegen eigentlich nie große Gedanken, auch wenn sich nicht leugnen ließ, dass diese Möglichkeit immer bestand. Wie er nun auf dem Beifahrersitz saß, der Sicherheitsgurt hatte sich fest um seinen Oberkörper gelegt, gelangte er zu der Ansicht, dass es zwei Möglichkeiten gab: entweder beabsichtigten sie, ihn zu töten, oder sie beabsichtigten es nicht. In letzterem Fall hatte er nichts zu befürchten. In ersterem gab es wieder zwei Möglichkeiten: entweder war er in der Lage, etwas dagegen zu unternehmen, oder er war es nicht, und das würde sich erst zeigen, wenn es so weit war.

Deshalb entspannte er sich. Der große Lincoln schwebte förmlich dahin, weshalb es keine Turbulenzen gab und vor allem auch keinen nervigen Piloten, der sich ständig dafür entschuldigte. Weder der Fahrer noch der Mann auf dem Rücksitz sagte ein Wort, und Keller stand ihnen in punkto Schweigen in nichts nach.

Sie fuhren von der Ringstraße in einen Vorort und landeten, nachdem sie mehrmals rechts und links abgebogen waren, in einer von Bäumen beschatteten und von großen Häusern auf großen Grundstücken gesäumten Stichstraße – das Sackgassenschild ließ ihn unwillkürlich zusammenzucken.

Der Fahrer bog in eine halbkreisförmige Einfahrt und hielt vor dem Eingang eines riesigen Hauses im Kolonialstil.

Diesmal öffnete ihm der Riese vom Rücksitz die Tür. Der Fahrer ging voraus und schloss die Eingangstür des Hauses auf. Seine beiden Begleiter führten Keller durch ein großes Wohnzimmer, in dessen Kamin ein Feuer brannte, einen breiten Gang hinunter und in einen Raum, bei dem es sich vermutlich um das Arbeitszimmer des Hausherrn handelte. Dort gab es einen riesigen Fernseher, auf dem bei ausgeschaltetem Ton ein Tennismatch lief. Es gab Bücherregale, dekorativ mit ledergebundenen Büchern und präkolumbianisch aussehenden Keramiken bestückt, und zwei Ledersessel. In einem davon saß ein Mann mit einem breiten Gesicht, pockennarbigen Wangen, Haaren wie graue Putzwolle, schmalen Lippen, extrem dichten Augenbrauen und einem Gesichtsausdruck, den Keller wie den aller anderen, denen er seit seiner Abreise aus New York begegnet war, schwer zu deuten fand.

Aber irgendwie kam ihm das Gesicht bekannt vor. Er war dem Mann jedoch nie begegnet. Wo hatte er dieses Gesicht schon mal gesehen?

Ach so, klar.

»Ich nehme nicht an, dass Sie tatsächlich Bogart heißen«, sagte der Mann.

Das bestätigte ihm Keller.

»Ich muss Ihren Namen ja auch nicht unbedingt wissen«, fuhr der Mann fort. »Aber ich schätze mal, dass Sie meinen kennen.«

»Ich glaube schon, ja.«

»Beweisen Sie es.«

Es beweisen? »Ich glaube, Sie sind Mr. Horvath«, sagte Keller.

»Len Horvath«, sagte der Mann. »Haben Sie mich erkannt oder bloß geraten?«

»Ich habe Sie, äh, erkannt.«

»Wie das, haben sie Ihnen ein Foto geschickt?«

Keller nickte.

»Und dann sollte Sie jemand am Flughafen abholen und Ihnen zeigen, wo ich zu finden bin?«

»Wahrscheinlich. Was den weiteren Ablauf nach der Kontaktaufnahme mit dem Mann mit dem Schild angeht, hatte ich keine genaueren Anweisungen.«

»Bogart«, bemerkte der Fahrer, der rechts von Keller stand. Der Riese hatte sich auf seiner anderen Seite postiert. Keller konnte das Gesicht des Fahrers zwar nicht sehen, aber der Sarkasmus in seinem Ton war nicht zu überhören.

»Ich hätte mir den Namen nicht ausgesucht«, sagte Keller.

»Ich fand Bogart immer schon klasse«, sagte Horvath. »Aber ich würde nicht gern nach einem Schild mit seinem Namen drauf Ausschau halten oder auch eines hochhalten. Sie sollten mich umbringen.«

Keller sagte nichts.

»Aber seien Sie unbesorgt«, fuhr Horvath fort. »Ich bin nicht nachtragend. Sie haben einen Auftrag angenommen, mehr nicht. Aber Sie konnten nichts für Ihren Auftraggeber tun. *Wissen* Sie überhaupt, wer Ihr Auftraggeber ist?«

»Das erfahre ich nie.«

»Dann erfahren Sie es jetzt von mir. Ein Pisser namens Kevin Dealey hat Ihnen den Auftrag erteilt. Und jetzt raten Sie mal, was aus ihm geworden ist.«

Keller hatte schon eine Idee.

»Die Sache ist die«, fuhr Horvath fort, »dass Sie inzwischen keinen Auftraggeber mehr haben. Der Auftrag ist also storniert. Sie brauchen mich nicht mehr umzubringen.«

»Gut«, sagte Keller.

Aus irgendeinem Grund fand Horvath das witzig, und die Männer neben Keller fielen in das Gelächter mit ein. Als es verstummte, sagte Horvath: »Er hat ein bisschen geredet, Kevin Dealey meine ich, bevor wir dafür gesorgt haben, dass er das nicht mehr konnte. Er hat uns erzählt, welche Maschine Sie nehmen würden und diesen ganzen Bogart-Quatsch. Mein erster Gedanke war, ich lasse Sie von Phil und Norman am Flughafen abholen und auf der Stelle wieder nach New York zurückschicken. *Tag, Mr. Bogart, Ihre Dienste sind nicht mehr gefragt, guten Flug, bla bla bla.* Sie setzen Sie ins Flugzeug, winken zum Abschied, und Sie können wieder Ihrem gewohnten Leben nachgehen.«

Keller sah ihn nur schweigend an.

»Nur so eine Frage«, fuhr Horvath fort. »Was machen Sie eigentlich, wenn Sie nicht gerade nach Detroit fliegen?«

Keller sagte es ihm.

»Briefmarken«, sagte Horvath. »Als ich klein war, habe ich auch gesammelt. Aber keine Ahnung, was aus meiner Sammlung geworden ist. Tolles Hobby, Briefmarkensammeln.«

Sie redeten eine Weile über Briefmarken, und Keller gelangte allmählich zu der Überzeugung, dass sie ihn nicht umbringen würden. Wenn man vorhatte, jemand umbringen zu lassen, erzählte man ihm vorher nicht unbedingt, dass man als kleiner Junge Briefmarken gesammelt hatte.

»Aber wo waren wir gleich wieder stehengeblieben?«, sagte Horvath und beantwortete sich seine Frage gleich selbst. »Ach ja, richtig. Wir holen Sie am Flughafen ab und setzen Sie in die nächste Maschine zurück nach Hause. Die Sache ist nur, warum sollten Sie Phil und Normie glauben? Wenn Sie allerdings das vermeintliche Opfer in seinem eigenen Haus treffen, ist der Fall klar. Deshalb schüttle ich Ihnen jetzt die Hand, denn es kann durchaus sein, dass ich Sie eines Tages selbst engagieren werde. Jedenfalls habe ich nichts gegen Sie, und ich hoffe, Sie sind umgekehrt mir nicht böse, weil ich Sie Ihren Auftrag nicht zu Ende habe durchführen lassen. Bekommen Sie im Voraus was bezahlt?«

»Die Hälfte.«

»Das hat Dealey auch gesagt, auch wenn er niemand war, bei dem man jedes Wort auf die goldene Waagschale legen würde. Wie auch immer, mehr werden Sie leider nicht bekommen, aber das Positive ist, dass Sie es behalten können, ohne etwas dafür tun zu müssen. Damit können Sie sich jetzt ein paar Briefmarken kaufen.«

ZWEIUNDZWANZIG

»Das sagst du auch ständig«, sagte Keller.

»Tatsächlich?«

»›Da kannst du dir jetzt ein paar Briefmarken kaufen.‹ Wenn du mir meinen Anteil gibst oder Bescheid sagst, dass das Geld angekommen ist. ›Da, Keller, kauf dir ein paar Briefmarken.‹«

»Kommt mir jedenfalls irgendwie bekannt vor«, gab Dot zu. »Aber mir war nicht bewusst, dass ich es ständig sage.«

»Zumindest ziemlich oft.«

»Ich möchte auf keinen Fall langweilig rüberkommen. Außer dir gibt es nämlich nicht allzu viele Leute, mit denen ich mich unterhalte, und wenn du dann ständig die gleichen Sprüche von mir zu hören bekommst ...«

»Ganz im Gegenteil«, sagte er. »Ich finde es sogar richtig nett. Und es geht mir oft durch den Kopf, wenn ich eine Preisliste studiere und überlege, ob ich irgendwelche Marken bestellen soll oder nicht. Dann habe ich jedes Mal deine Stimme im Ohr, wie du mir sagst, dass ich mir jetzt ein paar Briefmarken kaufen kann, und das erleichtert es mir, ein bisschen über die Stränge zu schlagen.«

»Die Rollen, die wir im Leben des anderen spielen«, sagte Dot, »ohne dass wir uns dessen überhaupt bewusst sind. Wer sagt, dass es keine göttliche Ordnung des Universums gibt?«

»Ich nicht«, sagte Keller.

Sie saßen in White Plains am Küchentisch von Dots großem, altem Haus am Taunton Place. Sie hatte ihm Kaffee gemacht, während sie selbst wie üblich Eistee trank.

»Muss ganz schön gruselig gewesen sein, hm?«

»Was mir wirklich Angst gemacht hat«, sagte er, »war, dass es einen Ausweg gab, aber dass ich ihn nicht gesehen habe. Dass es also, ganz abgesehen davon, dass ich tot gewesen wäre, auch noch meine eigene Schuld gewesen wäre, dass ich umgebracht worden wäre.«

»Ich glaube, ich verstehe, was du meinst.«

»Aber wie sich herausgestellt hat, waren meine Ängste unbegründet, weil er mir nur klar machen wollte, dass sich die Situation von Grund auf geändert hat. In der Zeit, in der wir den Auftrag angenommen haben und ich aus dem Flugzeug gestiegen bin, hat unser Auftraggeber aufgehört, unter den Lebenden zu weilen.«

»Und da wären wir mal wieder«, sagte Dot. »Und selbst wenn ich es früher schon mal gesagt habe, werde ich es noch mal sagen, Keller. Jetzt kannst du dir ein paar Briefmarken kaufen.«

»Aber nicht so viele, wie ich gern möchte.«

»Nicht?«

»Es ist zwar schön, die Hälfte des Gelds zu haben«, sagte er, »aber noch schöner wäre es gewesen, auch die andere Hälfte zu bekommen. Selbst wenn ich sie mir hätte verdienen müssen.«

»Ein halber Laib ist immer noch besser als gar keiner, aber er ist nicht so gut wie die ganze Enchilada. Brauchst du dringend Geld?«

»Dringend würde ich nicht sagen. Aber ich habe gewissermaßen mit dem Geld gerechnet.«

»Das Gefühl kenne ich. Ich hasse es, wenn wir Geld kriegen sollen und es dann doch nicht kriegen.«

»Außerdem wollte ich den Job. Wenn der zeitliche Abstand zwischen den Aufträgen zu groß ist, kommt man aus der Übung. Und der letzte liegt nun schon einige Zeit zurück. Hätte ich keine so lange Pause eingelegt, hätte ich vielleicht bei Phil und Norman schneller reagiert.«

»Was das Schlechteste gewesen wäre, was du hättest tun können, weil es dich ohne weiteres das Leben hätte kosten können, obwohl dir gar keine Gefahr gedroht hat.«

Darüber dachte er eine Weile stirnrunzelnd nach, bevor er mit den Achseln zuckte. »Schon möglich. Ist ja auch alles ziemlich hypothetisch. Was war das gleich wieder, was du manchmal über den Teewagen meiner Großmutter sagst?«

»Häh? Ach so, das meinst du. ›Wenn deine Großmutter Räder hätte, wäre sie ein Teewagen, aber immer noch deine Großmutter.‹«

»Genau.«

»Ist das auch was, das ich ständig sage?«

»Nein, nur ab und zu.«

»Nur gut, dass ich mir nicht selbst zuhören muss. Ich würde mich selbst zu Tode langweilen. Ich hätte wirklich gern ein paar Aufträge für dich, Keller, aber ich kann nichts anderes tun, als wie eine Spinne dazuhocken und zu warten, dass was ins Netz geht. Die Aufträge müssen zu uns kommen.«

»Vielleicht.«

Sie sah ihn verwundert an.

»Nach Detroit bin ich erster Klasse geflogen«, sagte er. »In der Business Class waren sie schon voll, und ich wollte unbedingt diesen Flug, zumal ja bereits abgemacht war, dass sie mich am Flughafen abholen. Deshalb habe ich was draufgelegt.«

»Was natürlich den Gewinn schmälert.«

»Klar, aber das ist nicht der Punkt. Schon komisch, in einem Flugzeug vorne zu sitzen. Man hat mehr Beinfreiheit, und die Sitze sind breiter, mit mehr Platz zwischen dir und deinem Nebenmann. Man möchte meinen, das würde automatisch für mehr Distanz sorgen, aber von wegen. In der ersten Klasse kommt man viel schneller mit jemand ins Gespräch. In der Holzklasse sitzt man da und drückt die Knie gegen den Sitz vor einem und versucht, dem Nebenmann nicht die Ellbogen von der Armlehne zu stoßen. Man verkriecht sich wie in einem Kokon und bleibt dort, bis die Maschine wieder auf dem Boden ist.«

»Und in der ersten Klasse wird man zur Plaudertasche?«

»Auf dem Hinflug nicht«, sagte er. »Die Frau neben mir hatte ihren Latop dabei, und so, wie sie in ihre Arbeit vertieft war, hätte sie auch in ihrem Büroabteil sitzen können.«

»Das ist schade – wenn sie hübsch war. War sie's?«

»Nicht wirklich. Zurück bin ich übrigens wieder erster Klasse geflogen, weil es einfacher war, den ganzen Flug so zu buchen. Und kaum dass wir abgehoben haben, hat der Typ neben mir zu reden angefangen.«

»Das ist der Moment, ab dem ich erst so richtig entspannen kann«, hatte der Mann Keller angesprochen. »Wenn ich im Flugzeug sitze und das Flugzeug abgehoben hat. Ich denke nie, dass es abstürzen könnte. Nicht einmal die Möglichkeit habe ich jemals in Erwägung gezogen. Wie ist das bei Ihnen?«

»Ich bis jetzt auch nicht«, sagte Keller.

»Ich mache Folgendes«, fuhr der Mann fort, »ich lasse meine Probleme auf dem Boden zurück. Denn ich bin hier oben, und sie sind da unten, und solange ich hier bin, kann ich absolut nichts an ihnen ändern. Warum sie also weiter mit mir rumschleppen?«

»Ich glaube, ich weiß, was Sie meinen.«

»Außer dass heute einer dieser Tage ist«, fuhr der Mann fort, »an denen es, glaube ich, nicht funktionieren wird. Ich werde einfach das Gefühl nicht los, dass ich in zwei Stunden wieder auf dem Boden bin und in der gleichen Scheiße stecken werde wie immer.«

Der Mann sah nicht aus wie jemand, der lange in der Scheiße steckte.

Er trug einen superseriösen dunklen Nadelstreifenanzug, ein fliederblaues Hemd und eine goldfarbene Krawatte mit dunkelblauem Lilienmuster. Wie Keller trug er Slipper; wenn man bei der Sicherheitskontrolle die Schuhe ausziehen musste, wollte man die Schnürsenkel nicht erst lösen und hinterher wieder binden müssen. Nur raus und rein und kein langes Gefummel mit den Schuhbändern. Man konnte am Ablauf vielleicht nichts ändern, aber man konnte sich ihm anpassen.

Sein Nachbar war offensichtlich Geschäftsmann und schätzungsweise Anfang vierzig. Keller vermutete, dass er am College Sport gemacht hatte – Leichtathletik vielleicht – und es sich seitdem hatte schmecken lassen. Er hatte nicht wirklich dicke Backen, war aber auf dem besten Weg dorthin. Und er hatte die rosige Gesichtsfarbe von jemand, der entweder zu viel Zeit in der Sonne verbracht hat – was in Detroit eher unwahrscheinlich war – oder lieber auf seinen Blutdruck achten sollte.

»Ich bin aus New York«, sagte der Mann. »Und Sie?«

»Ebenfalls«, antwortete Keller.

»Leben Sie direkt in der Stadt? In Manhattan?«

Keller nickte.

»Ich auch. Nach der Scheidung bin ich wieder hingezogen.«

»Ich war nie verheiratet«, sagte Keller. »Deshalb bin ich nie weggezogen. Von Manhattan, meine ich.«

»Mhm. Übrigens: Harrelson, Claude Harrelson.«

»Sehr erfreut«, sagte Keller und merkte erst in diesem Moment, dass jetzt er an der Reihe war, sich vorzustellen. »Eric Fischvogel.« Er gab den Namen an, unter dem er flog und der auf dem Ausweis und den Kreditkarten stand, die er einstecken hatte.

»Fischvogel«, sagte Harrelson. »Ist das ein deutscher Name?«

Es sprach einiges für falsche Ausweise mit Namen wie Johnson oder Brooks, fand Keller manchmal, mit etwas Simplem und Unauffälligem. »Das bedeutet *fish bird*«, erklärte er dem Mann.

»Das mit dem Fisch habe ich mir fast gedacht.«

»Er steht, glaube ich, für Fischadler«, improvisierte Keller. »Deshalb hat ihn ein Familienzweig sogar in Osprey geändert.«

»Tatsächlich? Freut mich jedenfalls, Sie kennenzulernen, Eric.«

»Ganz meinerseits.«

Als die Flugbegleiterin mit ihrem Wagen vorbeikam, bestellte Harrelson einen Bloody Mary. Keller war eigentlich nach einem Bier, aber aus irgendeinem Grund bat er um eine Coke. Sie fragte, ob es auch ein Pepsi sein dürfe, und er sagte, natürlich.

»Würde mich interessieren«, sagte Harrelson, »was passiert wäre, wenn Sie gesagt hätten, nein, ein Pepsi wollen Sie nicht, es muss ein Coca-Cola sein. Ich meine, wir sind hier in zehntausend Meter Höhe. Da heißt es, friss oder stirb, würden Sie nicht auch sagen?«

»Allerdings.«

Harrelson war kurz mit seinem Drink beschäftigt, bevor er Keller über den Rand seines Glases hinweg ansah. »Dürfte ich Sie was fragen, Eric?«

Keller fand, das war ein bisschen wie zu fragen, ob auch ein Pepsi okay wäre, denn wie hätte er nein sagen sollen?

Jedenfalls wartete Harrelson seine Antwort nicht ab. »Eric«, kam er sofort zur Sache, »wollten Sie schon mal jemand umbringen?«

»Das ist ja vielleicht eine Frage«, sagte Dot. »Ich dachte immer, Männer würden über nichts anderes sprechen als über Sport und Aktienkurse.«

»Ich war jedenfalls erst mal ganz schön von den Socken«, gab Keller zu. »Vor allem, weil es aus heiterem Himmel kam. Jedenfalls habe ich gesagt, dass diesen Gedanken wahrscheinlich jeder ab und zu hat. Wenn einen zum Beispiel irgendein Trottel mit seinem Wagen schneidet. Aber wir lernen, diese Impulse zu unterdrücken, und irgendwann vergeht es von selbst.«

»Das ist, was du gesagt hast?«

»Etwas in der Richtung.«

»Für wen hast du dich in diesem Moment eigentlich gehalten, Keller? Dr. Phil?«

»Na ja, ich wusste nicht, was ich sagen sollte. Aber er hat damit nicht irgendwelche spontane Impulse gemeint, wie wenn man sich kurz fürchterlich über jemand ärgert. Er hat es vollkommen ernst gemeint.«

»Mein Geschäftspartner«, begann Harrelson. »Wir haben eine kleine Firma, wir vertreiben Generika. Wir waren beide in der Pharmabranche tätig, und ich bin der geborene Kaufmann, während er jemand ist, der dafür sorgt, dass das Tagesgeschäft reibungslos funktioniert. Wir wollten uns beide selbständig machen und dachten, wir würden uns gut ergänzen.«

»Und Sie haben sich getäuscht?«

»Nein, wir lagen vollkommen richtig. Wir haben vom ersten Jahr an Gewinn gemacht, und mit der Firma geht es von Jahr zu Jahr aufwärts.«

»Was wollen Sie mehr?«

»Ja, besser könnte es eigentlich gar nicht sein.«

Keller sah ihn an.

»Wir waren zwar nie besonders eng, aber wir sind miteinander ausgekommen. Ich war die meiste Zeit unterwegs, und er war so gut wie nie verreist, weshalb wir uns gegenseitig nicht groß auf die Finger geschaut haben. Dann fing er an, unsere Sekretärin zu vögeln.«

»Nicht so gut, hm?«

»So was ist, glaube ich, nie schlau«, sagte Harrelson, »aber ich darf da nicht zu streng sein, weil ich sie auch selber gepudert habe.«

»Hm.«

»Ich bin nicht sicher, wer den Anfang gemacht hat, aber sie hatte mit beiden von uns ein Verhältnis. Sich überschneidende Affären, auch wenn das vielleicht keine ganz glückliche Bezeichnung ist. Vielleicht aber auch schon. Sie war ... nett.«

»Mhm.«

»Und das war völlig okay, Eric. Ich meine, wenn keiner von uns wusste, dass der andere mit ihr ins Bett gegangen ist, wozu der Aufstand? Ich habe mir weiß Gott nicht eingebildet, dass ich der einzige Mann in ihrem Leben war, wobei ich das auch gar nicht gewollt hätte. Ich war schließlich verheiratet, ich war öfter verreist als zu Hause. Ich hatte nur begrenzt Zeit für sie und war nicht scharf darauf, groß Verantwortung für sie zu übernehmen.«

»Klar«, sagte Keller.

»Aber dann hat Chandra durchgedreht.«

»Hat sie so geheißen? Chandra?«

»Ja, so hieß sie«, sagte Harrelson, »und sie hat wirklich komplett durchgedreht. Die Exkremente sind in einen anderen Aggregatzustand übergetreten.«

»Die Kacke war sozusagen am Dampfen?«

»Und wie. Sie ging damit an die Öffentlichkeit, und am Ende hat meine

Frau mich verlassen und seine Frau ihn, und wir hatten zwei hässliche Scheidungen laufen, und Barry und ich haben nicht mehr miteinander geredet.«

»Barry ist Ihr Partner.«

»Ja, mein Partner«, sagte Harrelson seufzend. »Von seiner Frau kann man sich scheiden lassen. Aber von seinem Partner nicht.«

»Sie waren auf Gedeih und Verderben aneinandergekettet"«, erzählte er Dot. »Inzwischen hassen sie sich nur noch, und ich meine, wirklich, und keiner kann den anderen auskaufen. Und die Firma ist das Einzige, was jeder von beiden hat, und keiner von ihnen kann sie aufgeben.«

»Könnten sie sie nicht verkaufen?«

»Das habe ich ihn auch gefragt. Ich wollte es bloß nicht anschneiden, weil du mich dann wahrscheinlich gefragt hättest, ob ich mich jetzt auch noch für Suze Orman halte. Er hat mir erklärt, warum das nicht geht, und letztlich ist es darauf hinausgelaufen, dass die Firma kaum Aktiva hat. Ihr Wert beschränkt sich auf das, was sie an Gewinn abwirft, und Gewinn wirft sie nur ab, wenn sie sie betreiben. Deshalb ist sie für sie wesentlich mehr wert als für einen potentiellen Käufer.«

»Ich muss dich da beim Wort nehmen, Keller«, sagte sie. »Aber langsam beginne ich zu sehen, wohin das führt.«

DREIUNDZWANZIG

»Ohne Übertreibung, ich könnte ihn umbringen«, sagte Harrelson. »Aber ich käme nie im Leben damit davon. Wer hat ein Motiv? Na, wer wohl? Sehen Sie mich doch an.«

»Sie würden Sie auf jeden Fall gründlich durchleuchten.«

»Und sie hätten mich sofort am Kragen. Außerdem, schauen Sie mich doch an. Sehe ich wie ein Killer aus?«

»Ich würde mal sagen, eher nicht.«

»Und da liegen Sie vollkommen richtig. Mir ist es schon zuwider, eine Fliege totzuschlagen. Oder eine Spinne. Meine Frau ist immer völlig außer sich geraten, wenn sie eine gesehen hat, und dann wollte sie immer, dass ich sie umbringe. Ich habe sie immer nach draußen getragen und freigelassen. Ich habe doch nichts gegen Spinnen.«

Keller, der ebenfalls nichts gegen Spinnen hatte, nickte aufmunternd.

»Mit Barry Blyden «, fuhr Harrelson fort, »ist es eine völlig andere Geschichte. Wissen Sie, was ich brauche?«

Mich, dachte Keller.

»Eine Zauberin «, sagte Harrelson. »Wie diese Frau – wie hieß sie gleich wieder? – die Odysseus' Gefährten in Schweine verwandelt hat. Nur dass sie Barry Blyden in eine Spinne oder – noch besser – eine Kakerlake verwandeln sollte. Und dann würde ich ihn einfach zertreten.«

»Fremde im Flugzeug«, sagte Dot. »Wie in dem Hitchcock-Film, bloß zehntausend Meter über dem Erdboden. Erinnerst du dich noch an die Ausgangssituation? Zwei Fremde, und jeder begeht für den anderen einen Mord.«

»So war es ursprünglich gedacht. Aber dann wird es etwas komplizierter.«

»So ist es immer, Keller. Sonst gäbe es keine Filme. Ich nehme mal nicht an, dass du ihm deine Visitenkarte gegeben hast, zusammen mit dem Hinweis, dass du für eine erstklassige Abfallentsorgungsfirma arbeitest.«

»Nein.«

»Er hat gesagt, er hätte gern seinen Partner aus dem Weg geräumt, aber erst, wenn ihn jemand in eine Kakerlake verwandelt hat, und dabei hast du es belassen.«

»Richtig.«

»Die Maschine ist gelandet, und ihr seid eurer Wege gegangen.«

»Wieder richtig.«

Sie runzelte die Stirn. »Erzählst du mir das alles nur, um mir zu verstehen zu geben, dass es eine Menge Leute gibt, die anderen Leuten den Tod wünschen? Das glaube ich eigentlich nicht. Sonst hättest du nicht die ganzen Namen einfließen lassen. Ich glaub's nicht, Keller. Du versuchst tatsächlich, selbst Aufträge an Land zu ziehen.«

»Zumindest überlege ich es mir«, gab er zu.

»Weißt du noch, wie wir diese Anzeige geschaltet haben? Und du irgendwo am Arsch der Welt gelandet bist?«

»In Muscatine, Iowa.«

»Die Stadt, die von aller Welt vergessen wurde. Nur wir beide erinnern uns noch bestens an sie. Das war vielleicht eine Geschichte.«

»Aber am Ende ist sie doch noch gut ausgegangen, Dot.«

»Der Kunde hat uns für dumm zu verkaufen versucht.«

»So kann man es nennen.«

»Und dann wollte er uns auch noch um die Restzahlung bescheißen.«

»Aber wir haben ihm nahegelegt, es sich noch mal anders zu überlegen.«

»Und ein Exempel an ihm statuiert, sobald der Restbetrag eingegangen ist. Trotzdem hatte es danach keiner von uns besonders eilig, wieder so eine Anzeige aufzugeben.«

»Nein.«

»Aber jetzt willst du proaktiv werden? Du willst, dass uns dieser Harrelson engagiert?«

Keller zuckte mit den Achseln.

Sie bedachte ihn mit einem vielsagenden Blick. »Er hat sich mit dir unterhalten. Er weiß, wer du bist.«

»Er weiß, dass ich Eric Fischvogel heiße.«

»Er hat dein Gesicht gesehen.«

»Das hat ihn nicht groß interessiert. Er wollte nur jemand, mit dem er reden kann, und eigentlich hat er nur ein Selbstgespräch geführt.«

»Er lebt in New York. Er ist viel auf Reisen, aber sein Partner – Blyden?«

»Barry Blyden.«

»Blyden ist die ganze Zeit hier in New York. Er ist Mr. Innendienst, derjenige, der sich ums Büro kümmert.«

»Ja.«

»Es gibt zwei Dinge, die wir zu vermeiden versuchen«, sagte sie. »Erstens: für Leute zu arbeiten, die einen kennen. Und zweitens: zu Hause zu arbeiten.«

»Manchmal hat man keine Wahl.«

»In diesem Fall schon.« Sie sah ihn lange und durchdringend an. »Du möchtest es trotzdem machen, habe ich recht?«

»Na ja, ich könnte den Auftrag brauchen«, sagte er. »Und ich könnte das Geld brauchen. Und dann wäre da noch was, Dot. Als er mir aus heiterem Himmel diese Frage gestellt hat, ob ich mal jemand hätte umbringen wollen, hat es bei mir klick gemacht.«

»So eine Gelegenheit wolltest du dir auf keinen Fall entgehen lassen.«

»Etwas in der Art. Ich möchte den nächsten Schritt tun, sehen, wie es weitergeht.«

Keller, in Jeans und einer Mets-Trainingsjacke, stand im Central Park an einem Trinkwasserbrunnen. Am Telefon hatte er eine bestimmte Parkbank beschrieben, und er hatte sich an einer Stelle postiert, wo er sie gut im Auge hatte. Als Zeitpunkt des Treffens hatte er zehn Uhr angesetzt, und Claude Harrelson, er trug einen Anzug und hatte eine Aktentasche bei sich, erschien zwei Minuten zu früh.

Keller beobachtete, wie er auf die Bank zusteuerte und sich setzte. Obwohl er sich nicht umschaute, wirkte er, als hätte er etwas zu verbergen. Keller schlug einen weiten Bogen um Harrelson, näherte sich ihm von hinten und blieb hinter ihm stehen.

Ich bin der Mann, der auf dem Flug von Detroit neben Ihnen gesessen hat, hatte er am Telefon gesagt. *Keine Namen, verstanden? Sie haben mir von etwas erzählt, das Sie gern tun würden. Angenommen, jemand könnte es für Sie tun. Wäre das nicht die Lösung aller Ihrer Probleme?*

Und da war Harrelson jetzt und wartete darauf, seine Probleme gelöst zu bekommen.

»Nicht umdrehen«, sagte Keller ruhig. Harrelson zuckte sichtbar zusammen, kam der Aufforderung aber nach. »Ich will Ihr Gesicht nicht sehen und will nicht, dass Sie meines sehen. Allerdings muss ich Sie berühren, weil ich mich vergewissern möchte, dass Sie nicht verkabelt sind.« Harrelson leistete keinen Widerstand, und Keller, der nicht wirklich damit rechnete, dass Harrelson ein Abhörgerät trug, vergewisserte sich, dass dem tatsächlich so war.

Dann unterbreitete er ihm seinen Vorschlag. Er habe einen Freund, einen Geschäftspartner, der gegen ein beträchtliches Honorar, zur Hälfte zahlbar im Voraus, zur Hälfte nach Auftragserledigung, bereit sei, Harrelsons Probleme zu lösen. »Er wird Ihren Namen nicht erfahren«, versicherte ihm Keller, »und Sie werden seinen nicht erfahren, und Sie werden auch nicht in Kontakt mit ihm kommen, sodass es keinerlei Verbindung zwischen Ihnen und ihm geben wird.«

»Gerade Letzteres käme mir sehr gelegen«, sagte Harrelson.

»Und? Hatten Sie genügend Zeit, um über alles nachzudenken?«

»Gott weiß, wie viel ich darüber nachgedacht habe«, sagte Harrelson. »Ich kann schon die ganze Zeit an nichts anderes mehr denken. Schon eigenartig. Die ganze Zeit habe ich mir gewünscht, er wäre tot. Ich hatte alle möglichen Fantasien, auf welche Art ich ihn umbringen könnte. Ihm mit einem Baseballschläger den Schädel einschlagen, ihn erstechen, ihn erschießen, ihn mit dem Auto überfahren. Sie können es sich nicht vorstellen.«

Keller, der alle diese Methoden angewendet hatte und das mehr als einmal, glaubte es sich sehr wohl vorstellen zu können, sagte aber nichts.

»Es nahm aber nie reale Züge an«, fuhr Harrelson fort. »Es war vollkommen harmlos, diese Fantasien zu haben, weil ich wusste, dass sie genau das waren, Fantasien. Fantasien haben noch nie jemand ums Leben gebracht.«

Da war sich Keller nicht so sicher, ging aber nicht weiter darauf ein.

»Jetzt ist es real«, sagte Harrelson. »Zumindest glaube ich, dass es real ist. Woher weiß ich zum Beispiel, dass *Sie* nicht verkabelt sind. Woher soll ich wissen, dass das keine Falle ist?«

Was antwortete man auf so etwas? Keller hielt eine ernsthafte Reaktion für das Beste. »Ich gebe Ihnen mein Wort.«

»Hm.«

»Vermutlich sind Sie ein guter Menschenkenner, Claude. Ich glaube, Sie wissen, dass auf mein Wort Verlass ist.«

Darüber dachte Harrelson, der sich immer noch nicht umgedreht hatte, eine Weile nach, bevor er nickte. »Dann ist es real. Ich habe eine Chance, das zu bekommen, was ich mir schon die ganze Zeit gewünscht habe. Und alles nur, weil ich so unbesonnen war, während eines Flugs meinem Nebenmann von meinen Problemen zu erzählen, was ich normalerweise nicht tue.«

»Und ich höre normalerweise nicht zu«, sagte Keller, »und schon gar nicht versuche ich, meinem Freund einen Auftrag zu beschaffen. Denn er hat mehr Aufträge, als er bewältigen kann.«

»Das kann ich mir gut vorstellen.«

»Und es ist riskant, sich so weit aus dem Fenster zu lehnen. Aber auch ich bin ein ganz passabler Menschenkenner. Irgendwie habe ich gespürt, dass ich Ihnen vertrauen kann.«

»Gut, dass Sie das sagen.«

»Sie werden verreist sein, wenn es passiert«, fuhr Keller fort. »Mein Freund versteht sich hervorragend darauf, so etwas wie einen Unfall aussehen zu lassen. Die Polizei wird Sie also keine Sekunde behelligen.«

»Die Polizei«, sagte Harrelson.

»Falls sie Ihnen Fragen stellen, sagen Sie einfach, Sie wissen nichts. Haben Sie damit ein Problem?«

»Es stimmt ja sogar«, sagte Harrelson. »Ich werde nichts wissen, oder?«

»Nichts Konkretes, nein. Selbst wenn Sie wollten, könnten Sie ihnen nichts erzählen. Sie haben im Flugzeug neben einem Mann gesessen? Jemand hat Sie angerufen und sich im Park mit Ihnen getroffen, und Sie haben sein Gesicht nie gesehen? Aber Sie sagen bloß, dass Sie nichts wissen, und wenn Sie weiter in Sie dringen, weigern Sie sich, ohne das Beisein eines Anwalts weitere Fragen zu beantworten.«

»Eins der Dinge, die ich seit meiner Scheidung gelernt habe, ist, nichts ohne einen Anwalt zu tun.«

Nur in den Park solltest du ihn nicht mitbringen, dachte Keller. Und sagte: »Das Geld. Wenn Sie die Anzahlung jetzt leisten möchten, kann es losgehen.«

»Oh.«

»Wieso? Haben Sie damit ein Problem?«

»Es ist nur, dass ich es nicht dabeihabe«, sagte Harrelson. »Ich wollte nachts lieber kein Geld in den Park mitnehmen. Es erschien mir zu gefährlich, wenn Sie wissen, was ich meine.«

»Ich weiß, was Sie meinen. Was ist in Ihrer Aktentasche?«

»Darin?« Harrelson drückte das Ding an seine Brust. »Nur Papiere. Ich weiß selbst nicht, warum ich sie mitgenommen habe. Aus purer Gewohnheit vermutlich.«

»Ich musste bloß die Aktentasche erwähnen«, sagte Keller, »und schon hat er sie an sich gedrückt wie einen lang verloren geglaubten Bruder. Er hatte das Geld dabei. Er wollte sich bloß nicht davon trennen.«

»Dann hoffen wir mal, es war nur Geld drin«, sagte Dot, »und kein Aufnahmegerät. Was schaust du denn so, Keller? Du bist kein Reh und ich kein Autoscheinwerfer. Ich bin sicher, dass es Geld war. Er hat es mitgenommen, und dann sind ihm Bedenken gekommen.«

»Den Eindruck hatte ich auch.«

»Glaubst du, er hat Gewissenserforschung getrieben, Keller?«

»Schon möglich.«

»Es ist auf jeden Fall einfacher, wenn sich die Kunden an uns wenden. Wie viel Gewissenserforschung sie auch treiben müssen, haben sie es bereits getan, wenn sich mit uns Kontakt aufnehmen. Und jetzt muss er wieder verreisen?«

»Ein paar Tage. Ich rufe ihn noch mal an, wenn er zurückkommt, und wir verabreden uns ein zweites Mal, und entweder bringt er das Geld mit oder nicht.«

»Wie Aubergineneis«, sagte Dot.

»Häh?«

»Entweder esse ich morgen zum Frühstück welches«, sagte sie, »oder ich esse keines. Und die Chance, dass ich keines esse, ist ziemlich hoch. Weißt du, was du hättest tun können, Keller? Du hättest ihm eine überziehen und mit der Brieftasche weggehen können. Wir hätten die Hälfte des Gelds, und du müsstest nicht mal jemand umbringen.«

»Der Gedanke ist mir auch schon gekommen«, gab er zu. »Aber erst hinterher, als ich nach Hause gegangen bin. Und mein erster Gedanke war – und das ist wirklich lächerlich –, dass ich so etwas nicht mache. Ich raube niemand aus.«

»Du hast deinen Ehrenkodex.«

»Also, ich weiß nicht, ob das viel mit Ehre zu tun hat. Aber so etwas mache ich einfach nicht. Ich habe dir ja gesagt, dass es lächerlich ist.«

»Jedenfalls werde ich mich deswegen nicht auf große Diskussionen mit dir einlassen. Sonst verkaufen wir demnächst noch Drogen an Schulkinder und saugen Fahrkarten aus U-Bahnsperren. Außer dass Letzteres nicht mehr geht, seit sie die MetroCards eingeführt haben. Was, glaubst du, machen die Fahrkartensauger seitdem?«

»Da müsste ich erst mal nachdenken.«

»Glaubst du, das solltest du?« Sie seufzte schwer. »Er hat gesagt, er wäre gern in der Lage, Kontakt mit dir aufzunehmen. Darauf hast du dich hoffentlich nicht eingelassen. «

»Ich habe ihm gesagt, ich werde darüber nachdenken. «

»Aber zerbrich dir mal nicht zu sehr den Kopf. «

»Keine Angst«, sagte er. »Ich glaube, ich weiß schon, was ich tun werde. «

Als Harrelson das nächste Mal an der Parkbank erschien, hatte Keller fast fünfundvierzig Minuten gewartet. Harrelson kam nicht zu spät, eher ein paar Minuten zu früh, aber Keller hatte sichergehen wollen, dass es zu keinen unliebsamen Überraschungen kam.

Während er wartete und das gerade so unauffällig zu tun versuchte, dass es nicht schon wieder auffällig war, kamen ein Mann und eine Frau vorbei und setzten sich auf besagte Bank. Keller konnte nicht hören, was sie sagten, aber was er sah, legte den Schluss nahe, dass sie keinen Namen für ihr ungeborenes Kind aussuchten. Die Frau schien den Tränen nahe, und der Mann sah aus, als wollte er ihr einen Anlass liefern, tatsächlich welche zu vergießen.

Und wenn sie noch da waren, wenn Harrelson auftauchte? Wäre er so schlau, zu einer anderen Bank zu gehen? Oder würde es ihn so verunsichern, dass er wieder nach Hause ging? Wie sich herausstellte, spielte es keine Rolle, denn nach zehn, zwölf Minuten Streit sprang die Frau auf, wirbelte herum und stakte in die Nacht davon. »Blöde Fotze«, sagte der Mann – zu sich selbst, aber so laut, dass Keller es hören konnte. Dann stand auch er auf, gähnte, streckte sich und entfernte sich in die entgegengesetzte Richtung.

Weitere Besucher des Parks kamen an der Bank vorbei, aber keiner setzte sich darauf, bis Harrelson erschien. So, wie er sich aufmerksam umblickte, erinnerte er Keller an einen Hund, der sich dreimal um sich selbst dreht, bevor er sich hinlegt. Dann setzte er sich, und Keller näherte sich ihm von hinten.

»Claude«, sagte er leise. »Gute Reise gehabt? «

»Oh«, entfuhr es Harrelson. »Sie haben mich erschreckt. Ich habe nicht mit Ihnen gerechnet ... nein, das heißt, natürlich habe ich Sie erwartet, aber ...«

»Schon klar«, sagte Keller. »Bevor wir lange rumreden, Claude. Wollen Sie es noch immer durchziehen? «

»Natürlich.«

»Halten Sie still.« Er filzte den Mann und fragte sich, was er täte, wenn er tatsächlich ein Aufnahmegerät an ihm fände. Er fand aber keines, wozu also die Aufregung?

»Wie kommen Sie darauf ...«

»Dass Sie Bedenken bekommen haben könnten? Na ja, Sie haben Ihre Aktentasche nicht dabei.«

»Ach so«, sagte Harrelson.

»Deshalb vermute ich mal, dass Sie auch das Geld nicht dabeihaben.«

»Letztes Mal«, sagte Harrelson, »war kein Geld in der Aktentasche.«

»Was Sie nicht sagen?«

»Das Geld ist in einem Umschlag. In der Innentasche meines Sakkos.«

Harrelson machte keine Anstalten, ihn herauszuholen, und Keller fragte sich, ob er erwartete, dass er das für ihn tat. Er war nicht sicher, ob er das tun wollte. Es war eine Sache, jemand zu filzen, aber eine völlig andere, ihm das Geld aus der Tasche zu ziehen.

»Den Umschlag«, half er ihm auf die Sprünge.

»Ach so, klar«, sagte Harrelson, als hätte er tagelang nicht mehr an den Umschlag gedacht. Er griff danach, verharrte aber mit seiner Hand in der Jacke. »Wenn ich Ihnen das Geld gebe, ist es abgemacht, oder?«

»Ja.«

»Aber erst, wenn ich nicht mehr in der Stadt bin.«

»Sagen Sie mir einfach, wann Sie verreist sind.«

»Das ist unterschiedlich«, sagte Harrelson. »Ich bin ständig auf Reisen. Darum wüsste ich gern, wie ich Sie notfalls erreichen kann.«

Das war nicht wirklich nötig, fand Keller, aber er konnte sich vorstellen, dass Harrelson das glaubte, und vielleicht lief das auf dasselbe hinaus. Er fasste in seine Tasche, holte etwas heraus und hielt es Harrelson hin. »Hier«, sagte er. »Aber drehen Sie sich nicht um. Und packen Sie es auch nicht gleich aus. Es ist ein Handy.«

»Ich habe bereits ein Handy.«

Was du nicht sagst, dachte Keller. »Dieses hier lässt sich nicht zurückverfolgen«, erklärte er ihm. »Es ist ein Prepaid, und Sie können damit nur mich anrufen. Unter der Nummer, die auf der Verpackung steht. Es ist die

Nummer meines nicht rückverfolgbaren Handys, das ich nur verwende, um mit Ihnen zu sprechen.«

»Wie zwei Walkie-talkies sozusagen.«

»Sie haben's erfasst. Sie rufen mich an, wenn es nötig sein sollte, und ich rufe Sie an, wenn es nötig sein sollte, und sobald alles erledigt ist, werfen wir die beiden Telefone einfach in einen Gully und vergessen das Ganze. Aber verlieren Sie die Nummer nicht.«

»Keine Angst. Welche Nummer hat übrigens mein Handy?«

»Die brauchen Sie nicht zu wissen. Oder wollen Sie sich selbst anrufen?«

»Nein, aber ...«

»Und sie werden die Nummer auch niemand geben, denn der Einzige, der sie haben wird, bin ich. Verstanden?«

»Verstanden.«

»Somit ist alles, was ich jetzt noch brauche, der Umschlag«, rief ihm Keller in Erinnerung.

»Hier ist er.« Endlich zog ihn Harrelson aus der Tasche. »Da wäre nur noch ein kleines Problem.«

VIERUNDZWANZIG

»Er hatte nur die Hälfte dabei«, sagte Dot. »Aber so war es doch abgemacht? Die Hälfte im Voraus.«

»Er hatte nur die Hälfte der Hälfte dabei. Die Hälfte von dem, was er mir geben sollte.«

»Anders ausgedrückt, fünfundzwanzig Prozent vom Gesamtpreis.«

»Du hast es erfasst.«

»Du hast es doch hoffentlich genommen.«

»Ich fand, wenn es schon in jemands Tasche stecken soll, dann lieber in meiner. Trotzdem ist es immer noch nur die Hälfte von dem, was es eigentlich sein sollte.«

»Sieh es einfach als Sicherheit«, sagte Dot. »Wann wird er den Rest bezahlen?«

»Er hat gemeint, vielleicht nie.«

»Häh?«

»Es ist zurzeit nicht ganz einfach für ihn, sich Bargeld zu beschaffen«, sagte Keller. »Er hat Angst, bei der Beschaffung des Gelds eine Papierspur zu hinterlassen, die vielleicht Verdacht erregt. Wenn ihn die Polizei genauer unter die Lupe nimmt und er gerade Aktiva liquidiert hat und nicht erklären kann, was er mit dem Geld gemacht hat ...«

»Dann sollst du den Auftrag also für drei Viertel des Preises erledigen?«

»Wenn es vorbei ist«, sagte Keller, »und Barry Blyden aus dem Verkehr gezogen ist, hat er Zugang zum gesamten Firmenkapital. Dann zahlt er alles, was er mir schuldet, zuzüglich eines Bonus, wenn es wie ein Unfall aussieht.«

»So ähnlich, wie wenn sich nach einem Unfall mit Todesfolge die Versicherungssumme verdoppelt?«

»Na ja, verdoppeln wird sie sich nicht, aber einen Bonus bekomme ich. Weiter bin ich auf diesem Punkt nicht herumgeritten, weil mir das Ganze eher hypothetisch vorkam.«

»Jetzt aber. Du hast ihm doch nicht fünfundzwanzig Prozent Nachlass gegeben, Keller.«

»Hast du etwa einen Anruf von jemand in Seattle oder Sioux Falls erhalten?«, sagte er. »Haben wir einen richtigen Kunden?«

»Schön wär's.«

»Da siehst du's. Immerhin habe ich schon mal einen Umschlag voller Geld und kann mich an die Arbeit machen. Ich kann mich über Blyden kundig machen, mich mit seinen Gewohnheiten vertraut machen und mir was einfallen lassen.«

»Das kann jedenfalls nicht schaden. Was war das gerade?«

»Mein Telefon«, sagte Keller und ging dran. »Ja«, flüsterte er hinein. »Ja, richtig.« Er legte auf und erzählte Dot, dass Harrelson am nächsten Morgen verreisen würde. »Nicht, dass er die Stadt verlassen haben muss, damit ich ein bisschen Aufklärungsarbeit leisten kann.«

»Du hast geflüstert, um keinen Stimmabdruck zu hinterlassen.«

»Ja.«

»Warum flüsterst du dann immer noch?«

»Oh«, sagte er laut. »Habe ich gar nicht gemerkt.«

»Ich bin zwar überhaupt nicht begeistert von der Idee, diesen Auftrag für weniger Geld zu machen«, sagte sie, »aber in einem Punkt hast du sicher recht. Du brauchst die Arbeit.«

Fünf Tage später war er wieder in White Plains.

»Es hat mir gut getan, wieder zu arbeiten«, erzählte er Dot. »Mir den Mann anzusehen, seine Gewohnheiten herauszubekommen, einen Plan zu entwerfen. Es wird nicht einfach werden.«

»Nicht?«

»Er scheint ein ziemlich geregeltes Leben zu führen«, sagte er, »was die Sache leichter oder schwerer machen kann, je nachdem. Leichter, weil man weiß, wo er sein wird, aber es kann es auch schwerer machen, an ihn ranzukommen. Er ist immer in seinem Büro oder in seiner Wohnung – oder auf dem Weg vom einen zum anderen. Im Bürogebäude haben sie Sicherheitsvorkehrungen, wie sie bisher nur dem Pentagon vorbehalten waren, und seine Wohnung ist in einer dieser Park-Avenue-Festungen mit 24-Stunden-Türstehern und Liftführern und überall Überwachungskameras.«

»Wie kommt er von A nach B?«

»Er hat einen Fahrdienst. Immer derselbe Fahrer, soweit ich das bisher mitbekommen habe. Der Wagen holt ihn am Morgen zu Hause ab und setzt ihn im Büro ab. Und abends das gleiche, nur umgekehrt.«

»Und wenn er in ein Restaurant geht?«

»Mittags lässt er sich was kommen und isst an seinem Schreibtisch. Abends das gleiche. Entweder bleibt er lange im Büro, was meistens der Fall ist, oder er fährt nach Hause und bekommt was geliefert.«

»Ein Workaholic, wie er im Buch steht.«

»Vorausgesetzt, er arbeitet wirklich. Vielleicht geht er ins Büro, macht es sich bequem und schaut irgendwelche Serien.«

»Auch möglich. Hatte er nicht eine Affäre mit jemand? So hat doch alles angefangen.«

»Im Büro. Beide hatten ein Verhältnis mit ihrer Sekretärin.«

»Höchstwahrscheinlich«, sagte Dot, »arbeitet sie jetzt aber nicht mehr für sie. Irgendjemand muss er doch haben, glaubst du nicht?«

»Ich vermute, er lässt jemand kommen.«

»Wie Mittag- und Abendessen. Jedenfalls könnte das ein bisschen knifflig werden, Keller. Hast du schon eine Idee, wie du in eins der Häuser reinkommen könntest?«

»Zu riskant.«

»Was bleibt dann noch?«

»Ihn zwischen Haustür und Auto zu erwischen. Und das heißt wahrscheinlich, am Morgen, weil ihn der Wagen fast jeden Tag zur selben Zeit abzuholen scheint.«

»Um acht, halb neun?«

»Eher um viertel vor fünf.«

»Man kann gern ein Workaholic sein«, sagte Dot, »aber übertreiben muss man es auch nicht. Um viertel vor fünf? Und du warst da und hast es gesehen? Da kann es nicht lang dauern, ins Büro zu kommen. Nicht so früh.«

»Fünfzehn Minuten.«

»Und was willst du jetzt machen? Dich vor dem Haus, in dem er wohnt, auf die Lauer legen? Oder vor seinem Büro? So früh am Morgen ist das in beiden Fällen ziemlich verdächtig.«

»Ich müsste es so timen, dass ich genau rechtzeitig eintreffe. Was besser geeignet ist, weiß ich nicht, die Wohnung oder das Büro. Die Wohnung ist in der Park Avenue, Ecke Eighty-fourth, und so früh treibt sich dort niemand auf der Straße rum. Man hat nur die ganzen Türsteher, die alles im Blick haben. Das Büro ist in der Madison Avenue, Ecke Thirty-seventh Street. Hier sind die Türsteher kein Problem, dafür sind mehr Leute auf der Straße unterwegs.«

»Du kommst angeschossen, erwischt ihn zwischen Auto und Haustür und verschwindest, bevor dich jemand richtig zu sehen bekommt.«

»Etwas in der Art.«

»Da kann einiges schiefgehen, Keller.«

»Ich weiß.«

»Und noch dazu ist es hier, mitten in New York. Thirty-seventh und Madison? Das ist vielleicht eine halbe Meile von da entfernt, wo du wohnst.«

»Eher weniger.«

»Also, ich weiß nicht. Vielleicht sollten wir in diesem Fall lieber einen Rückzieher machen.«

»Vielleicht ist das gar nicht mehr nötig«, sagte Keller. »Das hat unser Kunde bereits getan.«

Dot trommelte mit den Fingern auf der Tischplatte. Das hatte Keller sie schon früher tun gesehen, aber nicht allzu oft. Soweit er das beurteilen konnte, zeigte es nicht, dass sie mit dem Stand der Dinge zufrieden war.

»Er will das Geld zurück«, sagte sie.

»Er hat es so gesagt, als rechnete er fest damit, es zurückzubekommen«, sagte Keller. »Aber er ist ja auch in erster Linie Geschäftsmann und somit Optimist.«

»Sieht zumindest so aus.«

»Wahrscheinlich hat er jede Menge Bücher über die Vorzüge positiven Denkens gelesen.«

»Zu diesem Thema gibt es sogar Seminare, Keller. Er könnte einen Kurs gemacht haben.«

»Wie auch immer, ich habe ihm gesagt, dass das nicht ginge. Dass ich das Geld bereits weitergeleitet hätte und dass es sich dabei nicht um eine rückerstattbare Anzahlung handelt. Das war am Telefon, weshalb ich mich nur an seiner Stimme orientieren konnte, aber überrascht hat er nicht gewirkt.«

»Wahrscheinlich hat auch positives Denken seine Grenzen. Warum wollte er die Sache abblasen? Aus finanziellen Gründen?«

»Er hat kalte Füße bekommen.«

»Und weil er gerade dabei war, wollte er auch gleich sein Geld zurück.«

»Ein Versuch kann nie schaden. Außerdem haben dabei auch finanzielle Erwägungen eine Rolle gespielt. Er hat nämlich gesagt, dass es eine Weile dauern könnte, bis er das Geld beisammen hätte.«

»Jedenfalls wird jetzt nichts mehr daraus. Was du mir gerade über deine Pläne mit Blyden erzählt hast, war durchaus interessant. Aber wenn die Sache gestorben ist ...«

»Sie ist nur gestorben, bis er mir sagt, dass sie wieder zum Leben erweckt ist.«

»Aha.«

»Er will mich nämlich in den nächsten Tagen anrufen und mir Bescheid geben. Sein größtes Problem ist wohl, auf die Schnelle so viel Bargeld aufzutreiben.«

»Das ist immer so, Keller.«

»Er sagt, er wird sich melden, und ... jetzt aber, wenn man vom Teufel spricht ...«

»Vom Teufel?«

Keller fischte das Telefon aus seiner Tasche, schaute auf das Display, runzelte die Stirn. »Es ist nicht er, aber wer könnte es sonst sein?«

»Es ist niemand«, sagte Dot. »Wie sollte es denn jemand sein, wenn es gar nicht läutet.«

Er hielt das Handy an ihren Unterarm, damit sie das Vibrieren spüren konnte. Sie nickte, und er schaute mit zusammengekniffenen Augen auf das Display. Dann ging er dran. Er hörte eine Weile zu, dann unterbrach er Harrelson mitten im Satz.

»Ich habe Ihnen doch ein Handy gegeben«, flüsterte er. »Warum rufen Sie mich nicht damit an? Haben Sie es verloren?«

Dot schlug die Hände vors Gesicht.

»Legen Sie auf«, sagte Keller. »Ich rufe Sie zurück.« Er drückte die Trenntaste und rief dann von sich aus an. Es läutete ein paarmal an, bevor Harrelson dranging.

»Ich wusste gar nicht, dass es so etwas wie ein wütendes Flüstern gibt«, sagte Dot. »Du hast geflüstert, aber es hat sich angehört, als würdest du brüllen.«

»Er hat mich aus seinem Hotel angerufen«, sagte er. »Über die Rezeption des Hotels oder worüber ein Anruf geht, wenn man von seinem Zimmer anruft.«

»Weil er das Handy, das du ihm gegeben hast, verloren hat?«

»Eher verlegt. Er wusste, dass es irgendwo im Zimmer sein musste, aber er konnte es nicht finden.«

»Deshalb hast du ihn zurückgerufen, und als es geläutet hat, hat er es gefunden. Nur gut, dass er es nicht auf Vibrationsalarm gestellt hat. Dann sind wir also wieder im Geschäft.«

»Mehr oder weniger.«

»Und du hast ihm gesagt, er muss erst einmal die restlichen fünfundzwanzig Prozent als Anzahlung leisten.«

»Er will sich gegen Ende der Woche noch mal melden«, sagte er, »und dann hat er das Geld.«

»Und den Rest? Wird er den auch aufbringen?«

»Da wird es keine Probleme geben, sagt er. Das soll wahrscheinlich heißen, dass er sich darum kümmert, wenn es so weit ist.«

»Anders ausgedrückt, er wird uns hinhalten.«

Keller nickte. »Er weiß, er wird jede Menge Cash zur Verfügung haben, sobald sein Partner tot ist und bezüglich der Firma alles geregelt ist. Und vermutlich geht er davon aus, dass wir warten können, denn was sollen wir auch anderes tun?«

»Immer diese Kunden«, seufzte Dot.

»Ich weiß.«

»Wenn die Kunden nicht wären, wäre es ein Traumjob. Einträglich, anspruchsvoll und so abwechslungsreich, dass es einem nie langweilig wird.«

»Da ist allerdings auch noch der moralische Aspekt«, sagte Keller.

»Da hast du natürlich auch wieder recht.«

»Aber damit findet man sich irgendwann ab. Und wenn man einen Auftrag hat, der einen belastet, tja, dann gibt es gewisse mentale Übungen, um darüber hinwegzukommen.«

»Indem man die Farben verblassen und das Bild in Gedanken immer weiter schrumpfen lässt.«

»Ganz genau. Und die Reaktion, das schlechte Gewissen, damit lernt man umzugehen. ›Ach ja, das hatte ich doch schon mal, aber das vergeht schnell.‹ Und das tut es auch.«

»Und das tun auch die Kunden. Früher oder später. Der Typ in Detroit, er war weg, bevor du überhaupt was tun konntest.«

»Erinnere mich bloß nicht.«

»Normalerweise«, sagte sie, »wissen wir nicht einmal, wer der Kunde ist, weil der Auftrag über jemand anders reinkommt. Und das ist ideal. Und wenn wir direkt für jemand arbeiten, na ja, manche Kunden sind ganz okay. Aber andere sind es nicht.«

»Wie dieser«, sagte er. »Und die Zielperson ist auch kein Zuckerlecken.«

Sie sahen einander an.

»Keller«, sagte sie. »Du bist mir vielleicht einer.«

»Häh? Ich habe doch gar nichts gesagt.«

»Es war die Art, wie du nichts gesagt hast«, sagte sie. »Das hat Bände gesprochen.«

FÜNFUNDZWANZIG

Alles in allem wäre Keller lieber woandershin geflogen als nach Detroit. Nach Houston, St. Louis, Omaha, Cheyenne – eigentlich fast überallhin. Der Flug war okay, musste er zugeben, aber beim Verlassen des Flughafengebäudes hielt er ständig nach einem Schild mit dem Namen Bogart Ausschau.

Natürlich gab es keines. Er ging zum Hertz-Schalter und holte den Wagen, den er als Eric Fischvogel reserviert hatte. Der Fischvogel-Ausweis war noch gut, aber er hatte ihm beim vorherigen Flug nach Detroit verwendet, und es war der Name, unter dem ihn Harrelson kannte, und er wusste nicht recht, ob das nun gut oder schlecht war.

Die junge Frau am Hertz-Schalter hatte ihm einen Stadtplan gegeben, den er studierte, nachdem er sich ans Steuer gesetzt hatte. Schließlich holte er das Handy heraus und rief die einzige Nummer auf seiner Schnellwahlliste an. Harrelson ging mitten im ersten Läuten dran. Er redete normal, und Keller flüsterte, und am Ende des Telefonats flüsterte auch Harrelson.

Keller beendete das Gespräch, zog wieder den Stadtplan zu Rate und startete den Motor.

Die Mall in Farmington Hills lag genau nördlich vom Flughafen. Sie war natürlich riesig, aber eins der Anker-Geschäfte war ein Sears, und dort hatten sie sich vereinbart. Harrelson sollte seinen Leihwagen in der Nähe parken und zum Haupteingang des Kaufhauses gehen, und Keller würde ebenfalls in einem Leihwagen vorbeikommen und ihn abholen.

Als Keller zu der verabredeten Stelle kam, stand dort niemand herum, aber das war gut so. Keller war absichtlich etwas früher gekommen. Er parkte in der Nähe des Hintereingangs, brachte fünf Minuten in dem Kaufhaus zu und fuhr dann zu einer Stelle, von der er den Vordereingang gut im Auge behalten konnte.

Harrelson kam ein paar Minuten zu spät, und Keller beobachtete ihn noch zwei, drei weitere Minuten, wie er auf und ab ging, immer wieder auf die Uhr schaute, sich umblickte und wieder auf und ab zu gehen begann. Sollte er versuchen, nervös zu wirken, gelang es ihm hervorragend.

Keller drückte die Schnellwahl.

Harrelson, der plötzlich erschrocken aussah, klopfte seine Taschen ab, bis er das Handy fand. »Ich bin hier«, sagte er. »Wo sind Sie?«

»Gehen Sie zu Ihrem Wagen«, flüsterte Keller. »Dort hole ich Sie ab.«

»Ach so. Aber wollten Sie mich nicht …«

Keller legte auf. Er stieg aus und beobachtete, wie Harrelson nach kurzem Überlegen zu seinem Leihwagen zu gehen begann. Keller nahm die Fahrspur eine Reihe weiter und hatte keine Mühe, ihm zu folgen.

»Da sind Sie ja endlich«, sagte Harrelson.

»Hier bin ich.«

»Ehrlich gestanden, habe ich ganz vergessen, wie Ihre Stimme klingt, nachdem Sie am Telefon immer nur geflüstert haben. Halten Sie das wirklich für nötig?«

»Nur eine Vorsichtsmaßnahme. Das mache ich automatisch.«

»Bei Ihnen mag das vielleicht sinnvoll sein. Aber ich, ich mache so was ja nicht ständig. Ich bin nur froh, wenn ich das endlich hinter mir habe.«

Das konnte Keller gut nachvollziehen. Er fragte ihn nach dem Geld.

»Ach so, klar«, sagte Harrelson. »Wirklich dumm, dass Sie extra hier hochkommen mussten, nur um das Geld abzuholen.«

»Haben Sie es denn nicht?«

»Doch, doch, natürlich habe ich es. Aber Sie hätten sich den Flug hier rauf sparen können, wenn ich es Ihnen in New York gegeben hätte.«

»So ist es sicherer«, sagte Keller. »Wahrscheinlich eine unnötige Vorsichtsmaßnahme, aber das Risiko, dass wir in New York zusammen gesehen werden, wollten sie mich nicht eingehen lassen.«

»Sie?«, sagte Harrelson.

»Ja, sie.«

»Na dann«, sagte er und zog einen Umschlag aus seiner Brusttasche. Keller nahm ihn an sich, und er war beruhigend dick.

»Ich fliege am Freitag nach Hause«, sagte Harrelson. »Sie werden wahrscheinlich nicht so lang bleiben.«

»Ich bleibe überhaupt nicht«, sagte Keller. »Ich fahre jetzt sofort zum Flughafen zurück.«

»Sie fliegen her und sofort wieder zurück.«

So viel zu Detroit. Keller nickte, und Harrelson sagte: »Die Sache ist nur, ich fliege am Freitag zurück. Allerdings haben wir uns darauf geeinigt, dass ich nicht in New York sein soll, wenn es passiert, aber ...«

»Das werden Sie auch nicht sein. Bis dahin ist längst alles erledigt.«

»Oh.«

»Ich werde sogar jetzt gleich anrufen«, improvisierte Keller. »Würde mich nicht wundern, wenn es vorbei ist, bevor der Tag zu Ende ist.«

»Wow.«

Keller tippte aufs Geratewohl eine Nummer ein und beobachtete dann, wie ihm das Handy entglitt und zu Boden fiel. »Mist«, schimpfte er. »Das hat mir gerade noch gefehlt. Würden Sie es mir bitte aufheben?« Und als sich Harrelson brav bückte, um nach dem Handy zu greifen, fasste Keller in seine Hosentasche.

SECHSUNDZWANZIG

»Mit einem Schraubenschlüssel«, sagte Keller und drehte seine Handfläche nach oben, als wöge er ihn in seiner Hand. »Bei Sears haben sie diese hochwertigen Craftsman-Werkzeuge. Du wirst es nicht glauben, aber man bekommt lebenslang Garantie darauf.«

»Die Frage ist nur, wie lang man lebt.«

»Tja.« Keller zuckte mit den Achseln.

Er hatte den schweren Schraubenschlüssel aus seiner Gesäßtasche gezogen, kurz ausgeholt und Harrelson, der ihn nicht hatte kommen sehen, auf den Schädel gedroschen. Wahrscheinlich war schon der erste Schlag tödlich gewesen, aber zur Sicherheit hatte Keller zwei weitere Male zugeschlagen und sich dann umgeblickt, ob es irgendwelche Augenzeugen ab, bevor er sich bückte, um die Taschen des Toten zu durchsuchen. Er fummelte Harrelsons Kalbsledergeldbörse heraus, nahm das Geld und die Kreditkarten an sich und schob die beinahe leere Geldbörse unter den ausgestreckten Arm des Toten. Er fand ein Handy und steckte es ein, suchte aber so lange weiter, bis er ein zweites Telefon fand, bei dem es sich um dasjenige handelte, das er Harrelson gegeben hatte. Er stopfte seine Taschen mit den Dingen voll, die er Harrelson abgenommen hatte, wischte mit Harrelsons Taschentuch alles ab, was er angefasst haben könnte, und fuhr vom Parkplatz, bevor dort jemand zu seinem Wagen ging und die Leiche entdeckte.

»Über den Detroit River führt eine Brücke«, sagte er, »aber auf der anderen Seite liegt Windsor, Ontario. Das finde ich irgendwie komisch, weil man auf der Brücke nach Süden fährt. Man verlässt also die USA in südlicher Richtung und kommt nach Kanada.«

»Und dann bist du bestimmt nach Norden gefahren, um zurückzukommen.«

»Hätte ich bestimmt gemacht«, sagte er, »aber ich habe die Brücke erst gar nicht genommen. Wer kann schon sagen, ob sie einen nicht registrieren, wenn man nach Kanada oder zurück in die Staaten fährt. Über die kanadische Grenze zu fahren war früher wie von einem Bundesstaat in den anderen zu fahren, aber das hat sich inzwischen geändert.«

»Wie alles andere auch. Dann hast du dich wohl für einen Gully entschieden?«

»Nein, den Fluss fand ich irgendwie besser. Und wie sich herausgestellt hat, gibt es ein Stück weiter südlich eine Brücke nach Grosse Isle. Das ist eine Insel im Detroit River, die zwischen den USA und Kanada liegt. Sie ist übrigens ziemlich groß, und sie haben dort sogar einen Flughafen.«

»Für Leute, die nicht gern über Brücken fahren?«

»Die Benutzung der Brücke ist kostenlos«, sagte Keller. »Keine Maut, deshalb werden auch die Nummernschilder nicht registriert. Und viel Verkehr herrscht dort auch nicht. Ich bin über die Brücke gefahren, habe gewendet, und auf halbem Weg zurück habe ich angehalten und drei Handys und einen Craftsman-Schraubenschlüssel in den Fluss geworfen.«

»Warum drei Handys? Ach so, seine beiden und das, mit dem du ihn angerufen hast.«

Keller nickte. »Es ging mir ein bisschen gegen den Strich, den Schraubenschlüssel wegzuwerfen. Wegen der lebenslangen Garantie und überhaupt.«

»Hier in White Plains gibt es doch auch einen Sears, Keller. Da kannst du dir jederzeit einen neuen kaufen.«

»Wozu?«

»Keine Ahnung. Vielleicht kannst du ihn ja brauchen, wenn du mit deinen Briefmarken spielst. Was ist los mit dir, du korrigierst mich ja gar nicht.«

»Weswegen?«

»Eigentlich wollte ich von dir hören, dass du mit deinen Briefmarken nicht spielst, sondern dich mit ihnen beschäftigst.«

Er zuckte mit den Achseln.

»Ist irgendwas, Keller? Du wirkst ein bisschen niedergeschlagen.«

»Keine Ahnung. Schon möglich.«

»Was ist los? Der Auftrag ist erledigt, es hat alles bestens geklappt, und wir haben unser Geld bekommen. Sogar das Eineinhalbfache, weil Barry Blyden den vollen Betrag gezahlt hat und Harrelson nicht in der Lage ist, seine Anzahlung zurückzufordern.« Sie nahm einen Schluck Eistee und grinste Keller über den Rand ihres Glases an. »Wie sage ich immer, Keller? Jetzt kannst du dir ein paar Briefmarken kaufen.«

»Wahrscheinlich.«

»Also, du bist definitiv schlecht drauf.«

»Vermutlich hast du recht.«

Sie dachte kurz nach. »Du bist dem Typen zufällig über den Weg gelaufen, du hast ihn etwas näher kennengelernt, und dann musstest du ihn aus dem Weg räumen. Es hatte was Persönliches, und das ist vermutlich, was dich daran stört.«

Darüber dachte er eine Weile nach und schüttelte schließlich den Kopf. »Nein, das glaube ich nicht. Natürlich, ich habe ihn ein bisschen näher kennengelernt, aber je näher ich ihn kennengelernt habe, umso unsympathischer wurde er mir. Ich würde nicht so weit gehen zu sagen, dass es mir Spaß gemacht hat, ihn umzubringen, aber es hat mir eine gewisse Befriedigung verschafft, und nicht nur die Art von Befriedigung, die man verspürt, wenn man einen Auftrag gut erledigt hat.«

»Er ist dir auf die Nerven gegangen.«

»Das kann man so sagen.«

»Aber?«

»Ich habe ihn dazu angestiftet, Dot. Er hat zwar im Flugzeug damit angefangen, aber wirklich umbringen wollte er seinen Partner nicht. Das habe ich ihm in den Kopf gesetzt. Deshalb hat er ewig rumgemacht und genervt.

155

Er hätte den Auftrag nie erteilt, wenn ich ihm die Sache nicht schmackhaft gemacht hätte.«

»Du bist sozusagen proaktiv geworden.«

»Und dann, als es zunehmend schwieriger wurde mit ihm ...«

»Ich würde sagen, es wurde untragbar, Keller.«

»... bist du an seinen Partner herangetreten, und plötzlich war Harrelson nicht mehr der Kunde, sondern die Zielperson. Schon irgendwie ...«

»Komisch?«

»Allerdings«, pflichtete er ihr bei. »Und irgendwie auch unangemessen.«

»Komisch, ja«, sagte sie. »Aber unangemessen halte ich für übertrieben.«

»Findest du?«

»Ja. Er war von Anfang an die Zielperson. Wir haben nur eine Weile gebraucht, um es zu merken.«

»Da kann ich dir nicht folgen.«

»Du hast im Flugzeug neben ihm gesessen«, sagte sie, »und er hat dich zu seinem Psychotherapeuten ausersehen und dir sein Herz ausgeschüttet, und du hast eine Chance gewittert.«

»Nach dem Sinneswandel, den ich kurz davor durchlaufen hatte, habe ich ja auch nach einer Ausschau gehalten.«

»Du hast nach einer Ausschau gehalten und diese als eine solche erkannt, als sie sich dir geboten hat. Zwei Geschäftspartner, die sich auf den Tod nicht ausstehen können und nicht voneinander loskommen. Du bist nach Hause gekommen und hast dir gedacht, warum werde ich nicht mal proaktiv und mache Harrelson einen Vorschlag.«

»Genau.«

»Und das war dein Fehler.«

»Proaktiv zu werden?«

»Nein«, sagte Dot. »Ganz im Gegenteil, das war eine glänzende Idee, denn wir haben Geld gebracht und du hast wegen der ausbleibenden Aufträge zu rosten angefangen. Der Fehler war, dass du dich an den Falschen gewandt hast. Du hättest gleich zu Blyden gehen sollen.«

»Auf diesen Gedanken bin ich nie gekommen.«

»Wie auch? Aber bei genauerer Überlegung ist es vollkommen logisch.

Harrelson hat dich kennengelernt, er hat im Flugzeug neben dir gesessen, er hat deine Stimme gehört und dein Gesicht gesehen. Er hat einen Namen zu dem Gesicht, auch wenn es nicht dein richtiger ist. Für jemanden zu arbeiten, der so viel über einen weiß, ist riskant.«

»Allerdings.«

»Außerdem«, fuhr sie fort, »war es mit Problemen verbunden, Blyden auszuschalten. Er ist ständig in New York, womit er schon mal gegen die Regel verstößt, dass man nicht scheißt, wo man isst. Und sein Tagesablauf hat es einem schwer gemacht, an ihn ranzukommen.«

»Mir wäre schon was eingefallen.«

»Aber einfach wäre es nicht geworden. Wohingegen Harrelson ...«

»Jede Woche in einer anderen Stadt war.«

»Genau. Und Blyden hat dein Gesicht nie gesehen und deine Stimme nie gehört und wird das auch in Zukunft nicht. Er hat *meine* Stimme gehört, aber er weiß nicht, wer ich bin oder wie er mich erreichen kann, und es scheint ihn auch nicht zu interessieren. Das Einzige, was er wissen musste, war, dass der Partner, den er hasste, ihn umbringen lassen wollte, und er hat es sich gern ein paar Dollar kosten lassen, den Spieß umzudrehen.«

»Und er wird nicht darüber reden«, sagte Keller, »weil er nie verreist. Er wird es niemandem erzählen, der zufällig im Flugzeug neben ihm sitzt, weil er selbst nie in einem Flugzeug sitzen wird.«

»Da hast du's.«

»Und du hast vollkommen recht«, fügte er hinzu. »Proaktiv zu werden war völlig in Ordnung. Mein Fehler war nur, nicht gleich den Gesamtzusammenhang gesehen zu haben. Ich hätte sofort zu Blyden gehen sollen.«

»Nein.«

»Nicht?«

»Du hättest sofort zu mir kommen sollen«, sagte sie, »und *ich* hätte sofort zu Blyden gehen sollen.«

»Klar.«

»Aber es ist alles gut ausgegangen«, sagte sie, »und angeblich ist das alles, was zählt. Hast du jetzt ein besseres Gefühl bei der Sache?«

»Ich glaube schon«, sagte er. »Ich glaube, jetzt gehe ich wirklich ein paar Briefmarken kaufen.«

»Keller, besser hätte ich es auch nicht sagen können.«

Hundekiller

Keller kam sich ein bisschen komisch vor, als er sich mit seiner Reisetasche an den Randstein stellte. Zwei Taxis schossen auf ihn zu, und er stieg unter den lauten Flüchen des Zweitplatzierten in das Siegerauto, sagte: »JFK«, und machte es sich bequem.

»Welche Airline?«

Er musste kurz nachdenken. »American.«

»International oder Inland?«

»Inland.«

»Wann geht Ihr Flug?«

Normalerweise brachten sie einen nur hin. Dieses Mal musste er keinen Flug erreichen, aber er wurde einen ausführlichen Befragung unterzogen.

»Machen Sie sich deswegen mal keine Sorgen«, sagte er dem Fahrer. »Ich habe Zeit.«

Was gut war, weil sie durch den Tunnel länger als üblich brauchten und der Verkehr auf dem Long Island Expressway stärker war als sonst um diese Uhrzeit. Er hatte sich für diesen Zeitpunkt – den frühen Nachmittag – entschieden, weil dann wenig Verkehr herrschte, aber aus irgendeinem Grund war das an diesem Tag nicht so. Zum Glück, rief er sich in Erinnerung, machte das nichts. Ausnahmsweise spielte die Zeit keine Rolle.

»Wo wollen Sie hin?«, fragte der Fahrer, während Keller in Gedanken woanders war.

»Nach Panama«, sagte er, ohne zu überlegen.

»Dann müssen Sie aber zu den internationalen Flügen.«

Warum hatte er Panama gesagt? Genau, er hatte überlegt, ob er sich einen Strohhut kaufen sollte. »Nach Panama City«, korrigierte er sich. »Das liegt in Florida. Man muss in Miami umsteigen.«

»Sie müssen bis nach Miami runterfliegen und dann wieder nach Panama City hoch? Das müsste doch einfacher gehen.«

In New York gab es Tausende von Taxifahrern, und ausgerechnet jetzt musste er an einen geraten, der Englisch konnte. »Wegen der Meilen«, antwortete er in einem Ton, der jede Widerrede im Keim erstickte, und damit hatte es sich dann.

Am Terminal bezahlte Keller den Fahrer und gab ihm ein Trinkgeld, dann trug er seinen Flight Bag am Curbside-Check-In vorbei und folgte der Beschilderung zur Gepäckausgabe, wo er eine Weile herumging, bis er eine Frau mit einem Schild entdeckte, auf das von Hand NIEBAUER geschrieben war.

Sie hatte ihn noch nicht bemerkt, weshalb er sich erst einmal vergewisserte, dass weder ihr noch ihm jemand Beachtung schenkte. Sie war um die vierzig, trug eine Brille und machte in Rock und Bluse einen adretten Eindruck. Ihr halblanges braunes Haar hatte einen modischen Schnitt, und ihre scharfe Nase stand in auffallendem Gegensatz zu ihrem sinnlichen Mund. Alles in allem hatte sie ein sympathisches Gesicht. Das hieß aber gar nichts. Man musste nicht sympathisch sein, um ein sympathisches Gesicht zu haben.

Er näherte sich ihr von der Seite und kam bis auf wenige Meter an sie heran. Als sie schließlich seine Anwesenheit spürte, wandte sie sich ihm zu und wich leicht erschrocken einen Schritt zurück. »Ich bin Mr. Niebauer«, sagte er.

»Oh«, sagte sie. »Natürlich. Ich habe sie nur nicht gleich bemerkt.«

»Tut mir leid, wenn ich Sie erschreckt habe.«

»Sie sind mir bereits aufgefallen, nur dachte ich nicht ...« Sie schluckte und setzte noch einmal neu an. »Wahrscheinlich liegt es daran, dass Sie nicht so aussehen, wie ich Sie mir vorgestellt habe.«

»Jedenfalls bin ich älter, als ich noch vor ein paar Stunden war.«

»Nein, das wollte ich damit nicht sagen ... aber egal, entschuldigen Sie bitte. Hatten Sie einen guten Flug?«

»Das Übliche.«

»Erst müssen wir wahrscheinlich Ihr Gepäck abholen.«

»Ich habe nur Handgepäck.« Er hob den Flight Bag hoch. »Wir können also gleich zu Ihrem Auto gehen.«

»Das geht leider nicht.« Sie rang sich ein Lächeln ab. »Ich habe nämlich keines, und wenn, könnte ich es nicht fahren. Ich habe mein Leben lang in New York gewohnt, Mr. Niebauer, und nie fahren gelernt. Wir müssen ein Taxi nehmen.«

Kellers erster Gedanke war, dass sie bestimmt dasselbe Taxi bekommen würden, und er sah sich schon dabei, wie er versuchte, die Fragen des Fahrers zu parieren, ohne seine Begleiterin in Panik zu versetzen. Stattdessen stiegen sie in ein Taxi, das von einem zappligen kleinen Mann gefahren wurde, der in einer Sprache, die Keller nicht kannte, in sein Handy sprach, während im Autoradio eine Sendung lief, in der vielleicht, vielleicht aber auch nicht in derselben unverständlichen Sprache gesprochen wurde.

Wie schon bei einer früheren Gelegenheit kam sich Keller wieder einmal ein bisschen komisch vor, als er es sich für die Fahrt zurück nach Manhattan bequem machte.

Zwei Tage zuvor, auf der Veranda des großen, alten Hauses in White Plains, war sich Keller nicht komisch vorgekommen. Eher hatte er leicht verständnislos reagiert.

»Es soll in New York passieren«, führte er als Erstes den am wenigsten zu beanstandenden Aspekt des Auftrags an. »Ich lebe in New York, aber ich arbeite hier nicht.«

»Du hast selbst mal einen Auftrag an Land gezogen«, rief ihm Dot in Erinnerung. »Und das war auch hier in New York.«

»Und es war ein Fehler, weshalb wir umdisponiert haben. Und dann war er nicht mehr in New York, sondern in Detroit.«

»Das stimmt«, sagte sie, »aber du hast auch schon Aufträge in New York erledigt.«

»Ein paarmal, und es hat nie Probleme gegeben. Trotzdem halte ich das für keine gute Idee.«

»Ich weiß«, sagte Dot. »Und fast hätte ich ihn auch abgelehnt, ohne dich zu fragen. Und nicht nur, weil die Sache hier über die Bühne gehen soll.«

»Das ist noch das geringste Problem.«

»Allerdings.«

»Wir bekommen auch nicht viel dafür«, sagte er. »Zehntausend

Dollar. Das ist zwar auch nicht gerade wenig, aber trotzdem nur ein Bruchteil dessen, was ich sonst kriege.«

»Wenn man für wenig Geld arbeitet, besteht die Gefahr, dass es sich rumspricht«, sagte sie. »Deshalb müssten wir unbedingt sehen, dass niemand erfährt, dass du den Auftrag übernommen hast. Deshalb ist die Frage nicht, ob du zehntausend Dollar bekommst oder dein übliches Honorar, weil das in diesem Fall utopisch ist. Es sind zehntausend Dollar für zwei, drei Tage Arbeit, und ich weiß, dass du einen Auftrag brauchen kannst.«

»Und das Geld.«

»Klar. Und natürlich musst du nicht verreisen. Das ist erst einmal ein Minus, aber wenn man den zeitlichen und finanziellen Aufwand berücksichtigt ...«

»Wird es plötzlich ein Plus.« Er nahm einen Schluck Eistee. »Aber was reden wir hier eigentlich lange? Das Wichtigste klammern wir aus.«

»Ich weiß.«

»Normalerweise ist die, äh, Zielperson ein Mann. Manchmal ist es auch eine Frau.«

»Du warst immer schon für Gleichberechtigung, Keller.«

»Einmal wollte jemand, dass ich ein Kind ausschalte. Weißt du noch?«

»Lebhaft.«

»Diesen Auftrag haben wir abgelehnt.«

»Allerdings.«

»Nur Erwachsene«, sagte er. »Da ziehen wir eine Grenze.«

»Falls das Alter für dich eine Rolle spielen sollte«, sagte Dot. »Diesmal ist die Zielperson ein Erwachsener.«

»Wie alt ist er?«

»Fünf Jahre.«

»Ein fünfjähriger Erwachsener?«

»Wie wär's mit ein bisschen Kopfrechnen, Keller? In Hundejahren ist er fünfunddreißig.«

»Jemand zahlt mir zehntausend Dollar, damit ich einen Hund umbringe? Warum ich? Warum rufen sie nicht den Tierschutzverein an?«

»Das habe ich mich auch gefragt«, sagte Dot. »Wie ich das auch immer tue, wenn ein Kunde seinen Ehepartner beseitigt haben will. Da frage ich mich automatisch, ob eine Scheidung nicht die bessere Lösung wäre. Warum ruft so jemand uns an? Steht Raoul Felder nicht im Telefonbuch?«

»Ein Hund, Dot? Also, ich weiß nicht.«

Sie sah ihn lange an. »Du denkst an Nelson«, sagte sie schließlich. »Habe ich recht, oder habe ich recht?«

»Du hast recht.«

»Keller«, sagte sie, »ich habe Nelson kennengelernt, und ich habe ihn gemocht. Nelson war ein Freund von mir. Aber dieser Hund ist nicht Nelson, Keller.«

»Wenn du das sagst.«

»Und überhaupt«, fuhr sie fort, »wenn Nelson diesen Hund sähe und auf ihn zuliefe, um ihn freundlich zu beschnuppern, wäre das Nelsons Ende. Der fragliche Hund ist ein Pitbull, Keller, und allein dieser Vertreter reicht schon aus, um seine Rasse vollends in Verruf zu bringen.«

»In Verruf war diese Rasse immer schon.«

»Und ich verstehe auch, warum. Wäre dieser Hund ein Filmschauspieler, Keller, wäre er Jack Elam.«

»Ich habe Jack Elam immer gemocht.«

»Lass mich doch erst ausreden, Keller. Er wäre wie Jack Elam, bloß fies.«

»Was macht der Köter, Dot? Frisst er Kinder?«

Sie schüttelte den Kopf. »Sollte er jemals ein Kind beißen oder auch nur eines bedrohlich anknurren, wäre das sein Aus. Es gibt schließlich Gesetze, um Menschen vor Hunden zu schützen. Angesichts der Mühlen der Justiz, die bekanntlich langsam mahlen, könnte es durchaus sein, dass er erst ein paar Kläffer tot beißen muss, bevor rechtliche Schritte gegen ihn unternommen werden, aber wenn es dann einmal so weit ist, heißt es Schluss mit lustig und ab in den Hundehimmel.«

»Du meinst, er käme in den Himmel? Wenn er ein Kind tötet …«

»Alle Hunde kommen in den Himmel, Keller, auch die bösen. Wo war ich gleich wieder?«

»Er beißt keine Kinder.«

»Richtig, hat er noch nie gemacht. Er liebt Menschen, möchte zu allen nett sein. Wenn er allerdings einen anderen Hund sieht – oder eine Katze oder ein Wiesel oder einen Hamster – sieht die Sache anders aus. Dann tötet er das arme Vieh.«

»Hm.«

»Er lebt mit seiner Besitzerin mitten in Manhattan«, fuhr sie fort, »und sie geht mit ihm in den Central Park und lässt ihn von der Leine, und jedes Mal wenn sich ihm die Gelegenheit bietet, tötet er etwas. Jetzt wirst du sicher gleich fragen, warum dagegen niemand etwas unternimmt.«

»Ja, warum nicht?«

»Weil man, wie sich herausgestellt hat, nichts anderes tun kann, als die Besitzerin zu verklagen, und alles, was man als Gegenleistung erhält, ist der Wert des jeweiligen Haustiers. Und selbst um den zu erhalten, muss man einen langwierigen Rechtsstreit führen. Man kann den Hund nicht einschläfern lassen, weil er andere Hunde tötet, und man kann auch gegen die Besitzerin nicht strafrechtlich vorgehen. Währenddessen treibt der Hund weiterhin sein Unwesen und ist eine Gefahr für andere Hunde.«

»Das ist doch total absurd.«

»Was ist das nicht, Keller? Jedenfalls haben zwei Frauen ihre Hunde verloren und wollen sich das nicht mehr länger gefallen lassen. Eine hatte einen zwölf Jahre alten Yorkie und die andere einen verspielten Weimaranerwelpen, und keiner hatte den Hauch einer Chance gegen Fluffy, der ...«

»Fluffy?«

»Ich weiß.«

»Dieser Killer-Pitbull heißt Fluffy?«

»So wird er gerufen. Registriert ist er als Percy Bysshe Shelley, Keller, der dir vielleicht als Autor von ›Ozymandias‹ bekannt ist. Wahrscheinlich hätten sie ihn Percy oder Bysshe oder auch Shelley nennen können, aber sie haben sich für Fluffy entschieden.«

Und Fluffy hatte sich auf den Yorkie und den Weimaraner gestürzt, mit tragischen Folgen für die beiden letzteren. Dots Ansicht nach handelte es sich hier um eine Situation, die sich innerhalb des gesetzlichen Rahmens nicht auf befriedigende Weise klären ließ. Aber mussten sie dafür gleich einen hoch bezahlten Auftragskiller engagieren? Konnten sie das nicht selbst machen?

»Möchte man eigentlich meinen«, sagte Dot. »Aber das ist hier New York, Keller, und diese zwei Frauen sind durch und durch seriöse

163

Mittelschichtladys. So jemand hat keine Schusswaffe. Ein Brotmesser könnten sie sich vielleicht beschaffen, aber ich kann mir nicht vorstellen, wie sie Fluffy erstechen sollten, und offensichtlich können sie das auch nicht.«

»Trotzdem«, sagte er. »Wie sind sie auf uns gekommen?«

»Jemand kannte jemand, der jemand kannte.«

»Der uns kannte?«

»Nicht wirklich. Der Schwager von jemands Exmann ist in der Textilbranche und kennt jemand in Chicago, der so etwas in die Wege leiten kann. Und dieser Typ in Chicago hat zum Telefon gegriffen, worauf prompt meines geläutet hat.«

»Und er hat gefragt: ›Haben Sie jemand, der gern einen Hund umbringen würde?‹«

»Ich bin nicht sicher, ob er weiß, dass es ein Hund ist. Er hat mir eine Nummer gegeben, unter der ich anrufen sollte, worauf ich zwanzig Meilen gefahren bin und von einer Telefonzelle angerufen habe.«

»Und ist jemand drangegangen?«

»Die Frau, die dich am Flughafen abholen wird.«

»Eine Frau wird mich abholen? An einem Flughafen?«

»Sie hat jemand aus Chicago bei mir anrufen lassen«, sagte Dot, »weshalb ich ihr gesagt habe, dass auch *ich* aus Chicago anrufen würde, und deshalb glaubt sie, dass auch du aus Chicago kommst. Folglich fährt sie zum JFK raus, um dich von der Maschine aus Chicago abzuholen, und dann tauchst du auf, als wärst du gerade aus dem Flieger gestiegen, sodass sie nie auf die Idee kommen wird, du könntest von hier sein.«

»Ich habe aber keinen Chicagoer Akzent.«

»Du hast überhaupt keinen Akzent, Keller. Du könntest Radiosprecher sein.«

»Echt?«

»Na ja, vielleicht ist es inzwischen ein bisschen zu spät, um beruflich umzusatteln, aber du hättest einer werden können. Aber zurück zum Punkt. Wenn dich Fluffy nicht gerade ins Bein beißt, ist dein Risiko bei der Sache minimal. Sollten sie dich erwischen, wie du einen Hund tötest, musst du schlimmstenfalls eine Geldstrafe zahlen. Aber sie werden dich nicht finden, weil sie erst gar nicht nach dir suchen werden. Einen Hundemörder zu finden, hat für das NYPD nicht oberste Priorität. Was wir aber unbedingt vermeiden wollen, ist, dass der Kunde merkt, dass du von hier bist.«

»Weil deshalb irgendwann meine Tarnung auffliegen könnte.«

»Das könnte durchaus sein«, sagte sie, »aber es wäre das geringste Problem. Vor allem wollen wir nicht, dass die Leute denken, ein New Yorker Top-Killer bringt, um sein Einkommen aufzubessern, nebenher Hunde um.«

ACHTUNDZWANZIG

»Die Frau, mit der ich gesprochen habe, hielt es nicht für nötig, dass wir uns treffen. Sie meinte, ich müsste Ihnen nur Namen und Adresse des Hundebesitzers geben und um alles Weitere würden Sie sich dann kümmern. Aber irgendwas daran hat mich gestört. Angenommen, Sie erwischen versehentlich den falschen Hund? Das würde ich mir nie verzeihen.«

Diese Sorge fand Keller übertrieben. Er hatte zwar in St. Louis mal, nicht aus eigener Schuld, den falschen Mann erwischt, aber es war ihm nicht wahnsinnig schwer gefallen, dieses Malheur wegzustecken. Er war sich selbst gegenüber nicht nachtragend. Er war grundsätzlich ein nachsichtiger Mensch, hatte er festgestellt.

»Ist der Kaffee in Ordnung so, Mr. Niebauer? Schon komisch, Sie Mr. Niebauer zu nennen, aber Ihren Vornamen weiß ich leider nicht. Obwohl, Ihren Nachnamen weiß ich wahrscheinlich auch nicht, weil er vermutlich nicht Niebauer ist, oder?«

»Der Kaffee ist wunderbar«, sagte er. »Und nein, mein richtiger Name ist nicht Niebauer. Und Paul auch nicht. Aber Sie könnten mich so nennen.«

»Paul«, sagte sie. »Ein Name, der mir immer schon gefallen hat.«

Sie hieß Evelyn, und dieser Name war für ihn weder positiv noch negativ besetzt. Trotzdem hätte er ihn lieber nicht gewusst, wie er auch lieber nicht in der Küche ihrer Wohnung in der West End Avenue gesessen oder gewusst hätte, dass ihr Mann ein Anwalt namens George Augenblick war, dass sie keine Kinder hatten und dass ihr acht Monate alter Weimaraner auf den Namen Rilke gehört hatte.

»Wahrscheinlich hätten wir ihn auch Rainer nennen können«, sagte sie, »aber wir haben ihn Rilke genannt.« Er musste sie etwas verständnislos angesehen haben, denn sie erklärte ihm, dass sie ihn nach Rainer Maria Rilke benannt hatte. »Er hatte das Wesen eines romantischen deutschen Dichters«, fügte sie hinzu, »und natürlich kommt auch die Rasse ursprünglich aus Deutschland. Der Name kommt von Weimar, wie in Weimarer Republik. Sicher halten Sie mich für ein bisschen durchgeknallt, wenn ich sage, dass ein Hund das Wesen eines Dichters hatte.«

»Nein, überhaupt nicht.«

»George findet das schon. Er versucht, mich bei Laune zu halten, was vermutlich gut ist, außer dass er mir und allen anderen gegenüber immer wieder betonen zu müssen glaubt, dass er die ganze Zeit nichts anderes tut. Mich bei Laune halten. Und umgekehrt tue ich so, als wüsste ich nichts von seinen Freundinnen.«

»Hm«, sagte Keller.

Sie waren in ihre Wohnung gegangen, weil sie irgendwo reden mussten. Im Taxi hatten sie immer wieder lange geschwiegen und nur hin und wieder kurze Bemerkungen über das Wetter ausgetauscht, und ihre Küche schien besser dafür geeignet, sich zu unterhalten, als ein Café. Trotzdem war Keller alles andere als begeistert. Wenn man es mit Profis zu tun hatte, mochte ein gewisser Kontakt mit dem Kunden gerade noch angehen. Bei Amateuren versuchte man es unter allen Umständen zu vermeiden.

»Wenn er von Ihnen wüsste, bekäme er einen Anfall«, sagte Evelyn. »Ist doch nur ein Hund, findet er. Schwamm drüber, meint er, vergiss das Ganze. Wenn du einen anderen Hund willst, kaufe ich dir einen. Vielleicht bin ich ja wirklich ein bisschen verrückt, aber George, George will das einfach nicht begreifen.«

Sie hatte beim Sprechen die Brille abgenommen, und jetzt richtete sie ihren Blick auf Keller. Ihre Augen waren von einem tiefen, strahlenden Blau.

»Noch etwas Kaffee, Paul? Nicht? Dann sollten wir vielleicht mal los und nach dieser Frau und ihrem Hund suchen. Wenn wir sie nicht finden, kann ich Ihnen zumindest zeigen, wo sie wohnt.«

»Rilke«, erzählte er Dot. »Wenn das kein Zufall ist? Ein Weimaraner und ein Pitbull, und beide sind nach Dichtern benannt.«

»Und was ist mit dem Yorkie?«

»Evelyn glaubt, dass er Buster hieß. Das könnte natürlich nur sein Rufname gewesen sein, und in Wirklichkeit war er als John Greenleaf Whittier registriert.«

»Evelyn«, sagte Dot nachdenklich.

»Fang bloß nicht damit an.«

»Wenn das kein Zufall ist? Genau das wollte ich auch gerade zu dir sagen.«

Abgesehen von seinem Namen war absolut nichts Fluffiges an Percy Bysshe Shelley. Ebenso wenig ließ sein Äußeres auf ein bösartiges Wesen schließen. Er wirkte tüchtig und selbstbewusst, und das traf auch auf die Frau zu, die ihn an der Leine hatte.

Sie hieß Aida Cuppering, hatte Keller erfahren, und mit ihrem entschlossenen Gesicht, den tiefliegenden dunklen Augen und ihrem sportlichen Gang sah sie mindestens genauso respekteinflößend aus wie ihr Hund. Sie trug eine enge schwarze Jeans, schwarze Schnürstiefel und eine lederne Motorradjacke mit viel Metall in Form von Ketten, Nieten und Reißverschlüssen daran und wohnte einen halben Block vom Central Park entfernt in der West Eighty-seventh Street. Laut Evelyn Augenblick hatte sie weder einen Mann noch eine ersichtliche Einkommensquelle.

Was Letzteres anging, wäre sich Keller nicht so sicher gewesen. Seiner Ansicht nach hatte sie sehr wohl eine Einkommensquelle, die einem sogar geradezu in die Augen sprang. Wenn sie ihren Lebensunterhalt nicht als Domina verdiente, hätte sie sich unbedingt einen Termin bei der Berufsberatung geben lassen müssen.

Es gab keine Möglichkeit, sich vor ihrem Brownstonehaus auf die Lauer zu legen, ohne sofort den Anschein zu erwecken, dass man genau das tat. Aber das war auch gar nicht nötig, denn Keller hatte herausgefunden, dass Cuppering jedes Mal, wenn sie Fluffy ausführte, direkt in den Park ging. Und dort konnte Keller auf einer Parkbank auf der Lauer liegen, soviel er wollte, ohne Verdacht zu erregen.

Und wenn die beiden auftauchten, brauchte er nur von der Bank aufzustehen und sich an ihre Fersen zu heften. In Begleitung eines Kampfhunds machte sich Cuppering wahrscheinlich keine Sorgen, dass ihr jemand folgen könnte.

Der Hund schien aufs Wort zu gehorchen. Keller, der den beiden in einigem Abstand folgte, war beeindruckt, wie brav er bei Fuß ging, nie an der Leine zerrte, sich nie zurückfallen ließ. Wie er bereits von Evelyn wusste, trug Fluffy keinen Maulkorb. Ein solcher hätte ihn daran gehindert, jemand, egal ob Mensch oder Tier, zu beißen, und obwohl Aida Cuppering geraten worden war, ihrem Hund einen Maulkorb anzulegen, hatte sie sich offensichtlich nicht bemüßigt gefühlt, diesen Rat zu beherzigen. Jedenfalls ging sie mit dem Hund dreimal am Tag in den Park, und dreimal am Tag war Keller da, um sie zu beobachten, und kein einziges Mal sah er Fluffy jemand auch nur anknurren.

Angenommen, der Hund war unschuldig? Angenommen, hinter der Sache steckte mehr? Angenommen, Evelyn Augenblick hatte herausgefunden, dass ihr Mann mit Aida Cuppering was hatte. Angenommen, der renommierte Anwalt stand darauf, Cuppering die Stiefel zu lecken und sich von ihr an einer Leine herumführen zu lassen, ob nun mit oder ohne Maulkorb, sei dahingestellt. Und angenommen, Evelyn versuchte, es ihm heimzuzahlen, indem sie ...

Es sich zehntausend Dollar kosten ließ, den Hund der Frau umbringen zu lassen?

Keller schüttelte den Kopf. Darüber musste er noch gründlicher nachdenken.

»Entschuldigung«, sagte die Frau, »ist dieser Platz frei?«

Keller hatte in der *New York Times* alles gelesen, was er lesen wollte, und jetzt machte er sich ans Kreuzworträtsel. Da Donnerstag war, war es ein relativ schweres Rätsel, wenn auch nicht annähernd so schwer wie das vom Samstag. Aus irgendeinem Grund – aus welchem genau, entzog sich Kellers Kenntnis – begannen die Kreuzworträtsel der *Times* jeden Montag auf Grundschulniveau, bis sie am Samstag kaum mehr zu lösen waren.

Keller schaute auf und ließ von der Suche nach einem Wort mit sieben Buchstaben für *Dianas Erzfeind* ab, um eine schlanke Frau Ende dreißig in einer verwaschenen Jeans und einem Leggs Mini-Marathon-T-Shirt vor sich stehen zu sehen. Hinter ihr bemerkte er zwei freie Bänke, und zwei weitere Blicke nach links und nach rechts fielen auf ähnlich unbesetzte Bänke.

»Natürlich«, sagte er. »Gern.«

Sie setzte sich rechts neben ihn, und er wartete darauf, dass sie etwas sagte. Als sie das nicht tat, wandte er sich wieder seinem Kreuzworträtsel zu. Dianas Erzfeind. Welche Diana, fragte er sich. Die englische Prinzessin? Die römische Göttin der Jagd?

Die Frau räusperte sich, und Keller vermutete, dass er das Kreuzworträtsel vergessen konnte. Er hielt den Blick zwar weiter darauf gerichtet, aber seine Aufmerksamkeit galt seiner Sitznachbarin, und er wartete, dass sie etwas sagte. Was sie schließlich zögernd sagte, war, dass sie nicht wusste, wo sie beginnen sollte.

»Einfach irgendwo«, schlug Keller vor.

»Also gut. Ich heiße Myra Tannen. Ich bin Ihnen von Evelyns Haus gefolgt.«

»Sie sind mir gefolgt ...«

»Von Evelyns Haus. Neulich. Eigentlich wollte ich zum Flughafen mitkommen, aber Evelyn wollte unbedingt allein hinfahren. Ich zahle die Hälfte des Honorars, also sollte ich dasselbe Recht wie sie haben, mich mit Ihnen zu treffen. Aber so ist Evelyn nun mal.«

Dot hatte ja auch gesagt, dass es zwei Frauen gab, und diese hier, Myra, war offensichtlich die Besitzerin des zwölf Jahre alten Yorkie, aus dem Fluffy Hackfleisch gemacht hatte. Es war schon schlimm genug, dass er eine seiner Auftraggeberinnen kennengelernt hatte, und jetzt auch noch die andere. Und sie war ihm von Evelyns Haus gefolgt – ihm! –, und an diesem Morgen war sie in den Park gekommen und hatte ihn gefunden.

»Wenn Sie mir gefolgt sind ...«

»Ich wohne im selben Block wie Evelyn«, sagte sie. »Nur zwei Häuser weiter. Ich habe Sie beide aus dem Taxi steigen sehen, und ich habe Sie beobachtet, als Sie gegangen sind. Und dann, na ja, bin ich Ihnen gefolgt.«

»Aha.«

»Es wurde ein schöner langer Spaziergang. Seit ich keinen Hund mehr zum Ausführen habe, bin ich nicht mehr so viel zu Fuß unterwegs. Aber das wissen Sie ja.«

»Ja.«

»Sie war der süßeste Hund, den man sich vorstellen kann, meine Kleine. Aber damit wollen wir uns jetzt nicht aufhalten. Ich bin Ihnen den ganzen Weg durch den Park und runter zur First Avenue und – bis wohin? – gefolgt.

Zur Forty-ninth Street? Dort sind Sie in ein Haus gegangen, und eigentlich wollte ich warten, bis Sie wieder rauskommen, aber dann habe ich mir gesagt, das ist doch Unsinn, und habe mir stattdessen ein Taxi nach Hause genommen.«

Ich fasse es nicht, dachte Keller. Diese Amateurin, diese biedere Hausfrau, war ihm nach Hause gefolgt. Sie wusste, wo er wohnte.

Ihm fehlten die Worte. Genügte es, ihr klarzumachen, dass das nicht ging, dass jeder Kontakt mit seinen Auftraggebern die Durchführung seiner Aufgabe erschwerte? Wurde es Zeit, die ganze Sache abzublasen? Wenn sie das Geld zurückhaben wollten, also, das war einer der Vorteile, wenn man für Peanuts arbeitete: Eine Rückerstattung war nicht so wahnsinnig teuer.

»Zuallererst müssen Sie sich darüber klar werden …«, setzte er an.

»Nicht jetzt«, unterbrach sie ihn. »Da ist sie.«

Und da war sie, und wie. Aida Cuppering. Gekleidet wie ein Dobermann, ganz in schwarzem Leder und mit jeder Menge Nieten und hohen Schnürstiefeln, kam sie mit Fluffy an der Leine majestätisch einhergeschritten. Als sie auf gleicher Höhe mit Keller und seiner Begleiterin war, blieb die Frau gerade lange genug stehen, um die Leine vom Halsband des Hunds zu lösen. Als sie sich wieder aufrichtete, streifte ihr Blick flüchtig die Bank, auf der Keller und Myra Tannen saßen, um sie jedoch schon im selben Moment als unerheblich abzutun. Dann setzte sie ihren Weg fort, Fluffy blieb bei Fuß, und beiden strahlten etwas absolut Tödliches aus.

»Das dürfte sie eigentlich gar nicht«, sagte Myra. »Zuallererst müsste sie dem Hund einen Maulkorb anlegen, und zweitens muss jeder Hund an der Leine bleiben.«

»Tja.« Keller zuckte mit den Achseln.

»Sie will, dass er andere Hunde tötet. Ich habe ihr Gesicht gesehen, als er meine Millicent totgebissen hat. Es ging alles blitzschnell. Er hat sie mit seinen Zähnen gepackt und so fest geschüttelt, dass er ihr das Rückgrat gebrochen hat.«

»Das ist ja furchtbar.«

»Und ich habe ihr Gesicht gesehen. Eigentlich habe ich gar nicht darauf geachtet, weil ich das Geschehen verfolgt habe. Und während ich noch überlegt habe, was ich tun könnte, ist mein Blick zu ihrem Gesicht gewandert, und sie war regelrecht … erregt.«

»Hm.«

»Dieser Hund ist eine echte Gefahr. Dagegen muss man etwas unternehmen. Werden Sie ...«

»Ja«, sagte er, »aber Sie müssen verstehen, dass ich es nicht vor Publikum tue. Im Beisein Dritter arbeite ich nicht.«

»Ach so, natürlich«, sagte sie, »und glauben Sie mir, ich werde so etwas auch nie wieder tun. Ich werde Sie nicht mehr ansprechen oder Ihnen folgen, das werde ich ab sofort unterlassen.«

»Gut.«

»Aber ich möchte den Auftrag – wie soll ich sagen? – ergänzen.«

»Wie bitte?«

»Nicht nur den Hund.«

»Ach?«

»Natürlich möchte ich nach wie vor, dass Sie den Hund töten, aber da ist noch etwas, worum ich Sie bitten möchte, und ich bin auch bereit mehr dafür zu bezahlen. Beträchtlich mehr.«

Das Frauchen gleich mit dazu, dachte Keller. Das war durchaus vertretbar, fand er. Der Hund konnte nichts für sein Verhalten, wohingegen es sein Frauchen, wenn man Aida Cuppering als solches bezeichnen wollte, aktiv ermutigte.

Myra hatte eine Stofftasche mit dem Logo einer Bank bei sich, aus der sie jetzt einen großen braunen Umschlag nahm. Doch dann überlegte sie es sich anders und gab ihm die ganze Tragetasche. »Nehmen Sie ruhig alles. Es ist ja sonst nichts drinnen, nur das Geld, und so lässt es sich besser tragen. Da, nehmen Sie es.«

Das war nicht gerade die professionelle Art, so etwas abzuwickeln, dachte Keller. Trotzdem nahm er die Tasche.

»So läuft das aber nicht«, sagte er. »Ich muss erst mit meinen Leuten in Chicago reden und ...«

»Warum?«

Er sah sie an.

»Sie brauchen doch gar nichts davon zu erfahren«, fuhr sie fort und wich dabei seinem Blick aus. »Das geht doch nur uns beide etwas an. Es ist alles Bargeld und wesentlich mehr, als wir Ihnen für den Hund gegeben haben. Und wenn Sie Ihren Leuten nichts davon erzählen, müssen Sie doch auch nicht mit ihnen teilen?«

Er wusste nicht recht, was er darauf sagen sollte, weshalb er gar nichts sagte.

»Ich will, dass Sie sie umbringen«, sagte sie, und ihrer Stimme fehlte es nicht an Entschiedenheit. »Meinetwegen können Sie es wie einen Unfall aussehen lassen oder wie einen aus dem Ruder gelaufenen Raubüberfall oder, keine Ahnung, wie ein Sexualverbrechen? Das überlasse ich ganz Ihnen. Hauptsache, sie stirbt. Und wenn es schmerzhaft ist – ich hätte keine Probleme damit.«

Trug sie ein Abhörgerät? Waren hinter den Bäumen Polizisten in Zivil versteckt? Wäre das keine raffinierte Falle für einen Auftragskiller? Man beauftragt ihn damit, einen Hund zu töten, dann erhöht man den Einsatz und ...

»Nur damit wir uns nicht falsch verstehen. Sie zahlen das Geld aus Ihrer Tasche, und es ist alles in bar, und niemand sonst erfährt davon.«

»Richtig.«

»Und als Gegenleistung soll ich Aida Cuppering aus dem Verkehr ziehen.«

Sie sah ihn unverwandt an. »Aida Cuppering? Nein, Aida Cuppering doch nicht.«

»Ich dachte ...«

»Sie ist mir völlig egal«, sagte Myra Tannen. »Eigentlich ist mir sogar ihr blöder Köter egal. Ich möchte, dass Sie Evelyn umbringen.«

NEUNUNDZWANZIG

»Das wird ja immer schöner«, sagte Dot.

»Allerdings.«

»Dazu fällt mir nichts weiter ein, als dass es mir leidtut, dich da reingeritten zu haben. Zwei Frauen beauftragen dich, einen Hund zu killen, und du lernst beide persönlich kennen, und eine von ihnen weiß sogar, wo du wohnst.«

»Sie weiß nicht, dass ich dort wohne«, sagte er. »Sie glaubt, ich bin aus Chicago nach New York geflogen. Aber sie kennt die Adresse und denkt wahrscheinlich, dass ich dort wohne, solange ich in New York bin.«

»Ist dir nie aufgefallen, dass dir jemand folgt?«

»Ich bin nie auf die Idee gekommen, darauf zu achten. Ich gehe ständig zu Fuß nach Hause, Dot. Ich halte es nie für nötig, mich ständig umzublicken.«

»Und es wäre auch nie nötig gewesen, wenn ich mich an die alte Regel gehalten hätte, nie da zu scheißen, wo wir essen. Weißt du, woran es gelegen hat, Keller? Es gab zwei Gründe, den Auftrag abzulehnen: weil es in New York war und weil es ein Hund war. Und was mache ich? Ich rede mir ein, die beiden würden sich gegenseitig aufheben. Ich muss mich wirklich bei dir entschuldigen. Trotzdem hätte ich noch eine Frage.«

»Ja?«

»Wie viel war in der Tragetasche?«

»Fünfundzwanzig.«

»Ich hoffe doch, fünfundzwanzigtausend.«

»Ja.«

»So, wie in letzter Zeit die Dinge laufen, könnten es durchaus auch fünfundzwanzighundert gewesen sein.«

»Oder einfach nur fünfundzwanzig.«

»Das wäre jetzt doch etwas arg wenig. Insgesamt springen also fünfunddreißig dabei heraus. Reich wird man so aber nicht unbedingt. Was hat sie übrigens gegen Evelyn? Es kann doch nicht nur daran liegen, dass sie nicht wollte, dass sie zum Flughafen mitkommt.«

»Ihr Mann hat eine Affäre mit Evelyn.«

»Ach. Ich dachte immer, es wäre Evelyns Mann, der ständig fremdgeht.«

»Das dachte ich auch. Aber wahrscheinlich ist die Upper West Side eine Brutstätte des Ehebruchs.«

»Und ich dachte immer, dort würde sich alles um Konzerte und koschere Restaurants drehen. Was wirst du jetzt tun, Keller?«

»Das frage ich mich auch schon die ganze Zeit.«

»Kann ich mir gut vorstellen. Auf jeden Fall dürfte ein gewisses Maß an Schadensbegrenzung anstehen. Immerhin wissen zwei von ihnen, wie du aussiehst.«

»Ich weiß.«

»Und eine ist dir nach Hause gefolgt. Was nicht dafür spricht, sie zu verschonen, falls du das in Erwägung gezogen haben solltest.«

»Habe ich nicht.«

»Das will ich auch hoffen. Ich schätze mal, dass beide einigermaßen attraktiv sind.«

»Soll heißen?«

»Und dass sie sich wahrscheinlich von dir angezogen fühlen. Ein gefährlicher Mann, undurchschaubar – wie sollten sie dir da widerstehen können?«

»Ich glaube nicht, dass sie an mir interessiert sind«, sagte er, »und dass ich es nicht bin, weiß ich.«

»Und die Hundebesitzerin? Die aussieht wie eine Domina?«

»Auch an ihr bin ich nicht interessiert.«

»Gut, das zu hören. Glaubst du, dass du es irgendwie schaffst, diesen Schlamassel zu klären?«

»Ich war schon an dem Punkt, das Geld zurückzugeben«, sagte er, »aber dafür ist es inzwischen zu spät. Ich werde mir schon was einfallen lassen, Dot.«

Gerade als Keller die Hand ausstreckte, um an die Tür zu klopfen, ging sie auf. Evelyn Augenblick, in einem Hosenanzug, einer weißen Bluse und einer schicken Schleife um den Hals, stand da und strahlte ihn an. »Ach, Sie sind es«, sagte sie. »Gott sei Dank. Schnell, damit ich die Tür zumachen kann.«

Das tat sie und wandte sich ihm zu, und erst jetzt sah er etwas, das ihm bis dahin nicht aufgefallen war. Sie hatte einen kurzläufigen Revolver in der Hand.

Keller wusste nicht, was er davon halten sollte. Sie wirkte erleichtert, ihn zu sehen. Wozu also der Revolver? Um ihn zu erschießen? Oder hatte sie jemand anders erwartet, gegen den sie sich wehren zu müssen glaubte?

Sollte er einen Schritt auf sie zu machen und ihr den Revolver aus der Hand schlagen? Das ginge vermutlich, aber wenn nicht …

»Haben Sie die Anzeige also gesehen«, sagte sie.

Welche Anzeige?

»›*Paul Niebauer, bitte melden.*‹ Auf der ersten Seite der *New York*

Times, eine dieser kleinen Anzeigen am unteren Rand. Ich habe mich immer gefragt, ob diese Anzeigen irgendjemand liest. Sie haben sie jedenfalls nicht gelesen, das kann ich Ihnen ansehen. Woher wussten Sie dann, dass Sie herkommen sollten?«

Ja, woher? »Einfach so ein Gefühl«, sagte er.

»Jedenfalls bin ich froh, dass Sie da sind. Ich wusste nämlich nicht, wie ich Sie sonst erreichen könnte. Über die üblichen Kanäle wollte ich es nämlich lieber nicht versuchen. Aber ich muss unbedingt mit Ihnen sprechen.«

»Der Revolver«, sagte er.

Sie sah ihn verständnislos an.

»Sie haben einen Revolver in der Hand«, sagte er.

»Ach so.« Sie blickte auf ihre Hand hinab, als überraschte es sie, eine Schusswaffe darin zu sehen. »Er ist für Sie.« Und bevor er reagieren konnte, gab sie ihm den Revolver. Er wollte ihn nicht, aber er wollte auch nicht, dass sie ihn hatte. Deshalb nahm er ihn und stellte fest, dass es ein 38er war und ein geladener noch dazu.

»Wofür soll er gut sein?«, fragte er.

Das beantwortete sie nicht wirklich, sondern sagte nur: »Er gehört meinem Mann. Er ist auf ihn registriert, und er hat eine Genehmigung, ihn in der Wohnung zu haben. Er bewahrt ihn in seiner Nachttischschublade auf. Für den Fall, dass jemand einbricht, meint er.«

»Ich glaube eigentlich nicht, dass ich ihn brauchen werde«, sagte er. »Und da er auf Ihren Mann registriert ist, ließe er sich sofort auf Sie zurückverfolgen, was wir unter allen Umständen vermeiden wollen. Außerdem ...«

»Sie verstehen mich völlig falsch.«

»Ach?«

»Er ist nicht für Fluffy?«

»Nicht?«

»Nein«, sagte sie. »Fluffy ist mir eigentlich egal. Ihn zu erschießen, bringt mir Rilke nicht zurück. Und es ist auch nicht so schlimm, dass Rilke nicht mehr lebt. Er war ein schöner Hund, aber auch ganz schön dumm, und es war ziemlich lästig, zweimal am Tag mit ihm Gassi zu gehen.«

»Ach so.«

»Der Revolver ist also nicht für Fluffy«, erklärte sie ihm. »Damit sollen Sie meinen Mann erschießen.«

*　　　*　　　*

»So was habe ich ja noch nie gehört«, sagte Dot. »Und das will einiges heißen. Stimmt, sie hat gesagt, dass ihr Mann fremdgeht. Deshalb will sie, dass du ihn umbringst?«

»Mit seinem Revolver.«

»Selbstmord?«

»Mord-Selbstmord.«

»Was hat bei diesem Arrangement ein Mord zu suchen?«

»Ich soll es so hindrehen«, sagte er, »dass es aussieht, als hätte er erst die Frau erschossen, mit der er eine Affäre hatte, und dann sich selbst.«

»Die Frau, mit der er im Moment eine Affäre hat?«

»Ja.«

»Sag bloß, Keller.«

Er zuckte nur mit den Achseln.

»Und ich glaube auch schon zu wissen, wer das ist. Liege ich mit meiner Vermutung richtig, Keller?«

»Mhm.«

»Es ist die andere, Myra Tannenbaum?«

»Nur Tannen.«

»Egal. Jedenfalls lassen dich die beiden aus Windy City einfliegen, um einen Hund zu erschießen, und auf einmal interessiert die beiden der Hund gar nicht mehr. Jetzt wollen sie plötzlich, dass du die jeweils andere ins Jenseits beförderst. Wie viel hat dir diese gegeben?«

»Zweiundvierzigtausend Dollar.«

»Zweiundvierzigtausend Dollar? Wie ist sie ausgerechnet auf diesen Betrag gekommen? Weißt du das zufällig?«

»So viel hat sie für ihren Schmuck bekommen.«

»Sie hat ihren ganzen Schmuck verkauft, um ihren Mann umbringen zu lassen? Das war doch bestimmt Schmuck, den sie von ihrem Mann geschenkt bekommen hat, oder? Keller, das hört sich mehr und mehr nach einer Geschichte im Stil von *Das Geschenk der Weisen* an.«

»Ursprünglich wollte sie mir den Schmuck geben«, sagte er. »Er war nämlich deutlich mehr wert, als sie dafür bekommen hat, aber sie dachte, dass mir das Geld lieber wäre.«

»Kaum zu glauben. Sie hat sogar mal etwas richtig gemacht. Aber hast du mir nicht erzählt, dass Myra Tannens Mann eine Affäre mit Evelyn hat?«

»Das hat sie mir zumindest erzählt, aber vielleicht stimmt es auch gar nicht.«

»Ach so.«

»Vielleicht haben auch beide ein Verhältnis mit dem Mann der jeweils anderen. Ist jedenfalls schwer zu sagen.«

»Hm.«

»Ich habe nicht gewusst, was ich tun sollte, Dot.«

»Das hat keiner von uns jemals gewusst, seit diese Geschichte losgegangen ist. Aber ich gehe mal davon aus, dass du das Geld genommen hast.«

»Und den Revolver.«

»Und jetzt weißt du immer noch nicht, was du tun sollst.«

»Wie ich die Sache sehe, kann ich eigentlich nur eines tun.«

»Mhm«, sagte sie. »Also, wenn das so ist, bleibt dir wohl nichts anderes übrig, als es einfach zu tun.«

Myra Tannen wohnte in einem Stadthaus, und das hieß, dass es dort keinen Türsteher gab. Ein Schloss hatte die Tür allerdings schon, aber Evelyn hatte ihm einen Schlüssel gegeben, und am nächsten Nachmittag um halb drei steckte Keller ihn ins Schloss. Er ließ sich mühelos drehen, und Keller betrat das Haus und stieg die Treppe hinauf. In der obersten Etage waren zwei Wohnungen, und er fand die richtige Tür und klingelte.

Nach einigem Warten läutete er ein zweites Mal und schließlich klopfte er. Endlich hörte er, wie sich Schritte näherten und die Abdeckung des Spions beiseitegeschoben wurde. »Ich kann nichts sehen«, sagte Myra Tannen.

Das überraschte ihn nicht; er hielt den Spion mit der Hand zu. »Ich bin's«, sagte er. »Der Mann aus dem Park.«

»Oh.«

»Könnten Sie mich vielleicht reinlassen?«

Eine Pause. »Ich bin nicht allein«, sagte sie schließlich.

»Ich weiß.«

»Aber ...«

»Es gibt ein Problem«, sagte er, »und wenn Sie die Tür nicht öffnen, wird alles nur noch schlimmer.«

Es war fast drei Uhr, als er nach dem Telefon griff. Er war nicht sicher, ob es wirklich eine gute Idee war, das Telefon der Tannens zu benutzen. Wenn die Polizei in den Telefonunterlagen nachsah, wüssten sie auf die Minute genau, wann der Anruf erfolgt war. Aller Wahrscheinlichkeit nach wäre es zwar nur einer von vielen Anrufen aus der Wohnung der Tannens bei den Augenblicks auf der anderen Straßenseite, und bestenfalls stellte er eine Verbindung zwischen den zwei Paaren her, aber spielte das für ihn wirklich eine Rolle?

Evelyn Augenblick ging beim ersten Läuten dran.

»Paul«, sagte er. »Von gegenüber.«

»O Gott.«

»Ich glaube, Sie sollten lieber rüberkommen.«

»Finden Sie wirklich?«

»Es ist alles erledigt«, sagte er. »Aber es gibt ein paar Dinge, die ich noch gern mit Ihnen klären würde.«

»Oh.«

»Sie müssen sich nichts ansehen, wenn Sie das nicht wollen.«

»Ist alles vorbei?«

»Es ist alles vorbei.«

»Und sie sind beide …«

»Ja, beide.«

»Gut«, sagte sie. »Ich komme sofort rüber. Den Schlüssel haben aber Sie.«

»Klingeln Sie einfach«, sagte er. »Dann lasse ich Sie rein.«

Obwohl sie nicht lange brauchte, verstrich die Zeit in der Wohnung der Tannens langsam. Nach zehn Minuten ertönte die Türglocke. Er betätigte den Türöffner und wartete im Flur, als sie die Treppe heraufkam. Sie war außer Atem, als sie oben ankam, und der Anblick ihres Mannes und ihrer Freundin trug nicht zu ihrer Beruhigung bei.

»Besser könnte es gar nicht sein«, sagte sie. »Myra im Nachthemd, auf dem Rücken, mit zwei Schusswunden in der Brust. Und George – barfuß und mit nacktem Oberkörper. Der Revolver ist noch in seiner Hand. Was haben Sie gemacht, ihm den Revolver in den Mund geschoben und abgedrückt? Einfach großartig, es hat ihm den ganzen Hinterkopf weggerissen.«

»Na ja, nicht ganz, aber ...«

»Aber fast. Mein Gott, Sie haben es tatsächlich getan. Sie sind beide tot, und ich muss keinen von beiden mehr ansehen. Und so werde ich sie in Erinnerung behalten, einfach perfekt. Sie sind ein Genie, dass Sie daran gedacht haben, sie mich so sehen zu lassen. Aber ...«

»Was aber?«

»Ich will mich ja nicht beklagen, aber warum wollten Sie eigentlich, dass ich rüberkomme?«

»Ich dachte, Sie könnten es vielleicht erregend finden.«

»Auf jeden Fall. Trotzdem ...«

»Und ich dachte, du könntest dich vielleicht nackt ausziehen.«

Sie sah ihn mit offenem Mund an. »Und ich dachte schon, *ich* wäre pervers. Paul, ich hätte nie gedacht, dass du dich für mich interessierst.«

»Jetzt schon.«

»Dann findest du es also auch erregend. Und du möchtest, dass ich mich ausziehe? Klar, warum eigentlich nicht?«

Sie machte einen ziemlich raffinierten Striptease daraus. Was ihn betraf, war es allerdings reine Zeitverschwendung. Aber sie brauchte nicht allzu lang. Als sie nackt war, nahm er den Revolver ihres Manns, benutzte wieder dasselbe Kopfkissen als Schalldämpfer und schoss ihr zweimal in die Brust. Dann drückte er den Revolver wieder ihrem Mann in die Hand und verließ die Wohnung.

Kaum zu glauben, ein Good Humor kostete inzwischen zwei Dollar. Ganz sicher war Keller nicht, aber er glaubte, sich erinnern zu können, dass man mal für fünfzehn, zwanzig Cents eines bekommen hatte. Das war natürlich schon einige Jahre her, und damals war alles billiger gewesen, und heute kostete es mehr.

Aber das merkte man vor allem bei etwas, das man schon jahrelang nicht mehr gekauft hatte, und ein Good Humor, ein Eis am Stiel, gehörte zu diesen Dingen. Doch als er jetzt durch den Park ging und einen Eisverkäufer sah, bekam er plötzlich große Lust auf ein Eis. Es hatte zwei Dollar gekostet – wahrscheinlich hätte es in diesem Moment auch zehn Dollar kosten können –, und er setzte sich damit auf eine Bank, um es in aller Ruhe zu essen.

Aber von wegen.

Trotz seines vielversprechenden Namens war das Eis nicht dazu angetan, seine gedrückte Stimmung aufzuhellen, und er wusste nicht, was er dagegen tun sollte. Es gab Einiges, was er an seiner Arbeit mochte, aber ihre unmittelbaren Nachwirkungen hatten nie dazu gehört; das gute Gefühl, das man normalerweise nach einer erfolgreich gelösten Aufgabe hatte, wurde durch das Wissen um den speziellen Charakter seiner Tätigkeit empfindlich getrübt. Er hatte gerade drei Menschen getötet, und zwei davon waren Kunden gewesen. So war das eigentlich nicht gedacht gewesen.

Aber hatte er eine Wahl gehabt? Beide Frauen hatten sich mit ihm getroffen und sein Gesicht gesehen, und eine war ihm sogar zu seiner Wohnung gefolgt. Er hätte sie am Leben lassen können, aber dann hätte er nach Chicago umziehen müssen; er hätte nicht mehr in New York bleiben können, denn hier war die Wahrscheinlichkeit, dass er einer von ihnen über den Weg lief, zu hoch.

Und selbst wenn nicht, würde die eine oder die andere irgendwann zu reden anfangen. Sie waren Amateure, und wenn er nur getan hätte, was er ursprünglich hätte tun sollen – Fluffy in die ewigen Jagdgründe schicken –, hätte Evelyn oder Myra eines Abends zu tief ins Glas geschaut und ihren Freundinnen genussvoll erzählt, wie sie ein Problem in bester Sopranos-Manier gelöst hatte.

Und wenn er den Zusatzauftrag von einer von ihnen ausführte und die andere umbrachte, würden die Cops früher oder später mit der Überlebenden reden, die höchstens fünf Minuten dichthalten würde, bevor sie alles ausplauderte, was sie wusste. Er hatte Myra ausschalten müssen, weil sie ihm nach Hause gefolgt war und somit mehr wusste als Evelyn, und deshalb hatte er das in dem Glauben, es dabei belassen zu können, auch getan. Aber nachdem auch George tot war, würden die Cops natürlich sofort zu Evelyn gehen und ...

Er hatte sie alle drei aus dem Weg räumen müssen. Ende der Diskussion.

Und so, wie er alles hingedreht hatte, bestand für die Cops kein Grund, sich eingehender mit der Sache zu befassen. Eine Dreiecksgeschichte, alle drei Beteiligten tot, alle mit demselben Revolver erschossen, mit

Schmauchspuren an den Händen des Schützen und die letzte Kugel durch das Gaumensegel ins Gehirn gefeuert – und, wie Evelyn entzückt festgestellt hatte, am Hinterkopf wieder ausgetreten. In der Boulevardpresse würde die Sache sicher für Schlagzeilen sorgen, aber es bestand für niemand ein Grund, nach einem geheimnisvollen Unbekannten aus Chicago oder sonst woher zu suchen.

Wenn er einen Auftrag ausgeführt hatte, war normalerweise der nächste Schritt, nach Hause zurückzukehren. Ob er nun mit dem Auto fuhr oder flog oder den Zug nahm, brachte er damit beträchtlichen räumlichen Abstand zwischen sich und dem, was er getan hatte. Das und die mentalen Tricks, mit denen er sich vom Geschehenen distanzierte, erleichterten ihm, das letzte Kapitel abzuschließen und ein neues zu beginnen.

Wenn man allerdings hinterher nur durch den Park gehen musste, war das etwas anderes.

Er konzentrierte sich ganz auf sein Good Humor. Seine Süße half, keine Frage. Sie vertrieb den bitteren Nachgeschmack. Die Süße, die Cremigkeit, die Klebrigkeit des Schokoladenkerns, der nach dem letzten Rest Eiscreme den Stiel umgab – das alles war jetzt genau richtig, und er konnte kaum glauben, dass er sich über die zwei Dollar geärgert hatte. Sogar bei einem Preis von fünf Dollar wäre er voll auf seine Kosten gekommen, und selbst zehn Dollar hätte er noch angemessen gefunden. Jetzt hatte er das Eis aufgegessen, aber ...

Sollte er sich noch eines gönnen?

Dagegen sprach eigentlich nur, dass man das normalerweise nicht machte. Man kaufte sich kein Eis am Stiel und dann gleich noch mal eines. Aber warum eigentlich nicht? Die zwei Dollar konnte er sich locker leisten, und Gewichtsprobleme hatte er noch nie gehabt, und auch sonst gab es keinen Grund, darauf zu achten, wie viel Fett oder Zucker oder Schokolade er zu sich nahm. Also?

Er fand den Eisverkäufer, hielt ihm zwei Dollarscheine hin und sagte: »Ich glaube, ich genehmige mir noch eins.« Der Mann, ob er Englisch sprach, sei dahingestellt, nahm das Geld und gab ihm das Eis.

Keller wurde gerade mit seinem zweiten Good Humor fertig, als die Frau auftauchte. Aida Cuppering kam in ihrem üblichen Outfit und mit ihrem üblichen Begleiter forsch den Weg entlanggeschritten. Ein paar Meter vor Kellers Bank blieb sie stehen, aber Fluffy zerrte an seiner Leine und gab einen Laut von sich, der sich wie ein zorniges Winseln anhörte. Keller schaute in die Richtung, in die der Pitbull starrte, und sah fünfzig Meter weiter, was Fluffys Aufmerksamkeit erregt hatte: ein Jack Russell Terrier, der an einem Baumstamm das Bein hob.

»Braver Junge«, sagte Aida Cuppering und bückte sich bereits, um die Leine von Fluffys Halsband zu lösen. »Fass!« Und schon schoss Fluffy in Richtung des kleinen Terriers davon.

Keller beobachtete nicht die Hunde, sondern die Frau. Und schon das war schlimm genug. Das blutige Spektakel schien sie von innen heraus zum Leuchten zu bringen. Als das verzweifelte Japsen des kleinen Hundes verstummt war, als Cupperings Körper von dem Höhepunkt, den ihr der Anblick verschafft hatte, zu beben aufgehört hatte, schaute sie in Kellers Richtung und merkte, dass er sie beobachtete.

»Er muss sich ab und zu austoben«, sagte sie mit einem milden Lächeln, wandte sich wieder ab und beorderte den Hund mit einem kurzen Klatschen zurück.

Was dann geschah, hatte Keller nie geplant. Er hatte nicht die Zeit dafür, dachte nicht einmal darüber nach. Er stand auf, hatte sie mit drei Schritten erreicht, legte eine Hand unter ihr Kinn, packte mit der anderen ihre Schulter und brach ihr ebenso effizient das Genick, wie ihr Hund das des kleinen Terriers gebrochen hatte.

EINUNDDREISSIG

»Du hast also gesehen, wie Fluffy einen anderen Hund gekillt hat.«

Keller war in White Plains, trank ein Glas Eistee und schaute auf Dots Fernseher. Er war auf den Game Show Channel gestellt, der Ton war abgedreht. Gameshows, fand er, waren selbst dann kaum erträglich, wenn man nicht hörte, was gesprochen wurde.

»Nein«, sagte er. »Ich konnte nicht hinsehen. Dieses Vieh ist eine Mordwaffe, Dot.«

»Das finde ich jetzt aber echt witzig, Keller, weil ich gerade das gleiche über dich sagen wollte. Es will mir nicht in den Kopf, Keller. Wir übernehmen einen schlecht bezahlten Auftrag, bloß weil du nur einen Hund töten sollst. Und auf einmal sind vier Leute tot, zwei davon Kunden von uns. Ich weiß nicht, wie sie uns noch weiterempfehlen, geschweige denn einen Nachfolgeauftrag erteilen sollen. «

»Ich hatte keine andere Wahl, Dot. «

»Das ist mir durchaus klar. Sie wussten bereits zu viel, als nur der Hund aus dem Weg geräumt werden sollte. Aber als auch noch Menschen ins Spiel kamen, wurde es extrem gefährlich, sie am Leben zu lassen. «

»Fand ich auch. «

»Und genauer besehen, hast du nichts anderes getan, als das zu tun, womit sie dich jeweils beauftragt haben. A sagt, töte B und C, und du tötest B und C. Und dann tötest du A, weil dich B damit beauftragt hat. Und D ist dann aus heiterem Himmel dazugekommen, wenn ich das mal so sagen darf. «

»D? Ach so, Aida Cuppering. «

»Ihren Tod hat niemand gewollt«, sagte sie, »und wenn ich richtig informiert bin, hat auch niemand dafür bezahlt, sie umzubringen. Hast du das gewissermaßen pro bono gemacht? «

»Eher aus einem spontanen Impuls heraus. «

»Was du nicht sagst? «

»Ihr Pitbull, andere Hunde zu töten ist seine Natur, aber ohne Frage hat sie auch alles getan, um ihn dazu anzustacheln. Nur weil es ihr Spaß macht, dabei zuzusehen. Eigentlich hätte ich den Hund umbringen sollen, aber er ist nur ein Hund, verstehst du? «

»Deshalb hast du ihr das Genick gebrochen. Wenn dich jemand gesehen hätte … «

»Hat aber niemand. «

»Da bin ich aber froh, sonst hättest du noch mehr Hälse brechen müssen. Die Polizei steht jedenfalls vor einem Rätsel. Sie scheinen zu glauben, sie könnte von einem ihrer Kunden umgebracht worden sein. Wie sich herausgestellt hat, ist sie tatsächlich eine Domina. «

»Muss sie ja fast gewesen sein. «

»Und einer ihrer Kunden hat in dem Apartment gewohnt, in dem es kurz zuvor zu diesem Dreiecksverhältnis-Mord-Selbstmord gekommen ist. «

»George war Kunde bei ihr? «

»George doch nicht«, sagte sie. »George hat mit Evelyn gegenüber gewohnt. Nein, ihr Kunde war ein gewisser Edmund Tannen.«

»Myras Mann. Ich dachte, er hätte angeblich eine Affäre mit Evelyn gehabt.«

»Vermutlich spielt es keine Rolle mehr, wer was mit wem hatte, Keller, weil inzwischen praktischerweise alle tot sind. Oder auch unpraktischerweise. Jedenfalls sind alle auf die eine oder andere Weise aus dem Verkehr gezogen. Ich weiß zwar nicht, wie es dir damit geht, aber ich könnte nicht behaupten, dass ich einem von ihnen eine Träne nachweine.«

»Ich auch nicht.«

»Und unter finanziellen Gesichtspunkten betrachtet, haben wir schon bessere Aufträge gehabt, aber auch schlechtere. Zehn für den Hund, fünfundzwanzig für Evelyn und zweiundvierzig für Myra und George. Weißt du, was das heißt, Keller?«

»Ich kann mir ein paar Briefmarken kaufen.«

»Das will ich doch meinen. Und weißt du, was die eigentliche Ironie bei der Sache ist? Alle Beteiligten sind tot – alle, bis auf den Good-Humor-Verkäufer. Ihm hast du doch hoffentlich nichts getan, oder?«

»Natürlich nicht. Wie kommst du denn darauf?«

»Keine Ahnung. Wer kann schon noch sagen, warum irgendjemand irgendetwas tut? Jedenfalls sind außer ihm alle tot. Außer ihm und außer dem Geschöpf, das du eigentlich ursprünglich umbringen solltest.«

»Fluffy.«

»Mhm. Woran liegt das? So eine Art gegenseitiger Respekt unter Kollegen? Eine Mordwaffe bringt es nicht über sich, eine andere zu töten?«

»Er kommt ins YMCA«, sagte Keller, »und wenn ihn niemand adoptiert, was ich aufgrund seiner Vorgeschichte für sehr wahrscheinlich halte, wird er eingeschläfert.«

»Ist das, was sie im YMCA machen?«

»Habe ich gerade YMCA gesagt? Ich meine natürlich die SPCA.«

»Habe ich mir fast gedacht.«

»Das Tierasyl, oder wie du es sonst nennen willst. Sie hat allein gelebt, deshalb wird niemand anderer den Hund nehmen.«

»In der Zeitung stand«, sagte Dot, »dass er traurig winselnd neben ihrer Leiche gestanden hat, als sie ihn gefunden haben. Aber vermutlich bist du nicht geblieben, um dir das anzusehen.«

»Nein, ich bin sofort nach Hause gegangen«, sagte er. »Und diesmal ist mir niemand gefolgt.«

Als er am nächsten Donnerstagnachmittag in seine Wohnung zurückkam, klingelte das Telefon. »Sitz«, sagte er. »Braver Junge.« Dann ging er zum Telefon und nahm ab.

»Da bist du ja«, sagte Dot. »Ich habe es vorher schon mal versucht, aber du warst wohl nicht zu Hause.«

»Ja.«

»Aber jetzt bist du zurück. Ist irgendwas, Keller? Du hast ein bisschen eigenartig gewirkt, als du letztes Mal gegangen bist.«

»Nein, alles bestens.«

»Das ist eigentlich alles, was ich fragen wollte, weil ich ... Was war das gerade für ein Geräusch, Keller?«

»Nichts.«

»Es war ein Hund.«

»Na ja.«

»Wegen dieser Hundegeschichte hast du dich nach Nelson zurückgesehnt, und deshalb hast du dir einen Hund zugelegt, habe ich recht?«

»Nicht ganz.«

»›Nicht ganz.‹ Was soll das bitte heißen? Nein, Keller, sag bitte nicht, dass es der ist, der ich denke, dass es ist.«

»Na ja.«

»Du hast diese verdammte Mordwaffe adoptiert. Oder? Du bist zu der Überzeugung gelangt, dass es ein Verbrechen wider die Natur wäre, ihn einzuschläfern, und weil du, der du keiner Fliege was zu Leide tun kannst, das nicht verantworten wolltest, hast du dir ein blutrünstiges Monster aufgehalst, das dein Leben zur Hölle auf Erden machen wird. Trifft das den Sachverhalt in etwa, Keller?«

»Nein.«

»Nein?«

»Nein, Dot. Sie haben den Hund, genau wie ich gesagt habe, in ein Tierheim gebracht.«

»Das überrascht mich jetzt aber wirklich. Ich wäre fest davon ausgegangen, die Republikaner würden ihn für die Senatorenwahlen aufstellen.«

»Es war aber nicht die SPCA.«

»Und das YMCA sicher auch nicht.«

»Sie haben ihn zur IBARF geschickt.«

»Wie bitte?«

»Zur Inter-Boro Animal Rescue Foundation, kurz IBARF.«

»Wenn du das sagst.«

»Und bei der IBARF«, sagte Keller, »schläfern sie Tiere nie ein. Wenn eines niemand haben will, behalten sie es und verpflegen es, bis es an Altersschwäche stirbt.«

»Wie alt ist Fluffy?«

»Nicht besonders alt. Und außerdem ist das keine Hochsicherheitseinrichtung. Irgendwann lässt jemand einen Käfig offen, und dann bekäme Fluffy eine Gelegenheit, ein paar Hunde totzubeißen.«

»Ich weiß, glaube ich, bereits, wohin das führt.«

»Hatte ich denn eine andere Wahl, Dot?«

»Das ist neuerdings das Problem mit dir, Keller. Du scheinst nie eine Wahl zu haben, und das führt dazu, dass du komplett bescheuerte Dinge tust. Ehrlich gesagt, überrascht es mich, dass sie ihn dir überhaupt überlassen haben.«

»Ursprünglich wollten sie das auch nicht. Aber dann habe ich ihnen gesagt, ich bräuchte einen richtig scharfen Hund, um nachts das Gelände eines Gebrauchtwagenhändlers zu bewachen.«

»Einen, der andere Hunde daran hindert, über den Zaun zu klettern und in einem fast neuen Honda wegzufahren. Du hast ihnen doch hoffentlich eine angemessenen Betrag gespendet.«

»Hundert Dollar.«

»Dafür könntest du dir fünfzig Good Humors kaufen. Wie ist es, einen geborenen Killer bei sich wohnen zu haben?«

»Er ist richtig reizend und ausgesprochen brav«, sagte Keller. »Springt an mir hoch, leckt mir das Gesicht.«

»Bitte nicht.«

»Keine Angst, Dot. Ich weiß, was ich zu tun habe.«

»Was du zu tun hast«, sagte sie, »ist, auf der Stelle zur SPCA oder meinetwegen auch zum YMCA zu gehen, solange es nur nicht so ein Warmduscherverein wie die IBARF ist. Jedenfalls eine Organisation, bei der du darauf zählen kannst, dass sie Fluffy auf eine menschliche Art ins Jenseits befördern. Und tu das vor allem so bald wie möglich, hast du mich verstanden?«

»Ich weiß nicht«, sagte er.

»Was für ein netter Hund«, sagte die junge Frau.

Der Hund, hatte Keller gemerkt, war ein richtiger Frauenmagnet. Auf den paar hundert Metern oder so, die er von seiner Wohnung zum Park gegangen war, war das jetzt schon die dritte Frau, die von Fluffy ganz hingerissen war. Diese sagte das gleiche, was auch die anderen gesagt hatten: dass der Hund einen ziemlich toughen Eindruck machte, aber in Wirklichkeit war er doch nur ein großes Baby, oder etwa nicht? So war es doch?

Keller wollte sie dazu drängen, sich auf alle Viere niederzulassen und zu bellen. Dann hätte sie schon gemerkt, was für ein süßer Schnuckel Fluffy war.

In der Hoffnung, auf möglichst wenige Hunde und Hundebesitzer zu treffen, hatte er bis Einbruch der Dämmerung gewartet, aber es waren trotzdem noch einige unterwegs, und Fluffy war erstaunlich gut darin, sie auszumachen. Jedes Mal wenn er einen Artgenossen sah oder roch, stellte er die Ohren auf und zog an der Leine. Aber Keller hatte ihn fest im Griff und führte ihn zu den weniger frequentierten Wegen des Parks.

Es wäre einfach gewesen, Dots Rat zu befolgen, noch einmal hundert Dollar zu zahlen und den Hund bei der SPCA oder einer ähnlichen Organisation abzugeben. Aber angenommen, sie ließen jemand Fluffy adoptieren, so wie ihn diese Volltrottel von IBARF ihm überlassen hatten? Angenommen, irgendetwas ging schief und Fluffy tötete noch mehre Hunde?

So etwas durfte er nicht anderen überlassen. Das war etwas, was er selbst erledigen musste. Nur so hätte er Gewissheit, dass es gemacht wurde und vor allem auch richtig. Außerdem war es etwas, womit er schon vor einiger Zeit beauftragt worden war. Er war dafür bezahlt worden, und jetzt wurde es langsam Zeit, dass er auch etwas tat für sein Geld.

Er dachte an Nelson. Es war unmöglich, mit einem Hund an der Leine in den Park zu gehen und nicht an Nelson zu denken. Aber Nelson war weg. Seit Nelson nicht mehr bei ihm war, war ihm nie wirklich der Gedanke gekommen, sich einen anderen Hund zuzulegen. Und falls er es doch einmal tun sollte, würde er sich keinen solchen zulegen.

Er tätschelte seine Tasche. Es befand sich eine kleinkalibrige Pistole darin, eine Automatik, nicht registriert und kein einziges Mal benutzt, seit sie vor einigen Jahren in seinen Besitz gekommen war. Er hatte sie behalten, weil man nie wissen konnte, wann man mal eine Schusswaffe brauchen würde, und jetzt hatte er eine Verwendung dafür.

»Da lang, Fluffy«, sagte er. »Braver Junge.«

Doppeldribbling

Die Hände in den Hosentaschen, beobachtete Keller einen sehr dunkelhäutigen Schwarzen mit nacktem Oberkörper, der ein Dribbling zum Korb versuchte. Sein glattrasierter Schädel glänzte, und seine oberen Rückenmuskeln, die Traps und Lats, zeichneten sich wie steroidvergrößert ab. Ein weiterer Mann, der ein T-Shirt trug, aber sonst die gleiche Statur und Hautfarbe hatte, sprang hoch, um den Wurf zu blocken, und die zwei Körper berührten sich in der Luft. Es war wie ein kleines Ballett, fand Keller, und wie ein kleiner Kampf, und der Ball sprang vom Backboard zurück und fiel durch den Ring.

Ein Netz gab es nicht, nur den Ring. Der Spielplatz war in Greenwich Village, an der Ecke von Sixth Avenue und West Third Street, und Keller war einer von einer Handvoll Zuschauer, die hinter dem hohen Maschendrahtzaun standen und beiläufig zusahen, wie zehn Männer, von denen eine Hälfte T-Shirts trug, die andere mit nacktem Oberkörper spielte, mit einigem Einsatz eine Partie Halfcourt-Basketball austrugen.

Hätte das Match im Madison Square Garden stattgefunden, wäre im letzten Spiel jemand an die Freiwurflinie geschickt worden. Es gab aber keinen Schiedsrichter, der Fouls ahndete, und für einen geregelten Ablauf wurde mit einfacheren Mitteln gesorgt. Jeder, der zu oft foulte, wurde vom Platz gestellt. Keller hielt das für eine interessante libertäre Lösung, die es durchaus verdient hätte, auch außerhalb eines Basketballfelds ausprobiert zu werden, glaubte aber auch, dass sie in der Praxis schwer umzusetzen wäre.

Keller, der sich noch ein paar weitere Spiele ansah, spürte, wie seine Stimmung immer weiter sank, fand es jedoch seltsamerweise schwer, sich loszureißen. Er hatte sich gerade ein paar Straßen weiter von einem Zahnarzt, der an der University of Kentucky Basketball gespielt hatte, einen Zahn füllen lassen, und war danach ziellos durch die Gegend gestreift, um die Wirkung des Novocain abklingen zu lassen, bevor er sich etwas zum Mittagessen kaufte. Dabei war er auf das Basketballspiel aufmerksam geworden, und da war er jetzt. Schaute zu und merkte, wie es ihn immer weiter runterzog, weil ihn Basketball immer deprimierte.

Als sein Mund sich nicht mehr taub anfühlte, überquerte er die Straße, ging zwei Blocks nach Osten, bog nach rechts in die Sullivan Street und dann nach links in die Bleecker. Unterwegs zog er verschiedene Restaurants in Erwägung, verwarf sie aber rasch wieder, weil er wusste, dass ihm nach scharfem Essen war. Während ihn Basketball deprimierte, baute ihn sehr scharfes Essen wieder auf. Er fand das eigenartig und konnte es sich nicht erklären, aber er wusste, dass es wirkte.

Das Restaurant, für das er sich schließlich entschied, war ein indisches, und Keller machte dem Kellner in aller Deutlichkeit klar, was er wollte. »Ich weiß, dass Sie das Essen für Westler milder würzen«, sagte er. »Ich sehe nur aus wie ein Amerikaner europäischer Abstammung. In meinem Innersten bin ich ein Mann aus Sri Lanka.«

»Sie wollen also was Scharfes«, sagte der Kellner.

»Was richtig Scharfes«, sagte Keller. »Und dann noch ein bisschen schärfer.«

Der zierliche Kellner strahlte. »Sie möchten in Schweiß ausbrechen.«

»Ich möchte richtig leiden.«

»Das lässt sich machen«, sagte der Mann.

Das Essen war fast zu scharf, um es hinunterzubekommen. Dem Namen nach ein Lammcurry, hätte es alles sein können. Lamm, Rind, Hund, Ente. Tofu, Schuhsohle, Balsaholz. Pappmaschee? Gips? Die sengende Schärfe der Cayennechilis überdeckte alles andere. Keller, der sich zwang, jeden Bissen zu Ende zu essen, liebte und hasste es von Anfang bis Ende. Als er fertig gegessen hatte, war er schweißgebadet und fühlte sich, als hätte er gerade zehn Runden gegen einen ebenbürtigen Gegner geboxt. Außerdem hatte er das Gefühl, etwas geleistet zu haben und mit sich und der Welt im Reinen zu sein.

Aus welchem Grund auch immer rief er zu Hause an, um seinen Anrufbeantworter abzuhören. Zwei Stunden später saß er auf der Veranda des großen, alten Hauses am Taunton Place und trank Eistee. Drei Tage später war er in Indiana.

Keller gab den Chevy, mit dem er von New York hergekommen war, am Avis-Schalter des Indy International ab und holte am Hertz-Schalter die Schlüssel für den für ihn reservierten Ford ab. Er ging mit seiner Reisetasche zu dem Wagen, stellte ihn in der Kurzparkzone ab und vergaß nicht, seine Reisetasche mitzunehmen, als er in den Terminal zurückging. An der Gepäckausgabe wartete ein Mann auf ihn, der, wie vereinbart, eine grüne John-Deere-Kappe aufhatte.

»Da sind Sie ja schon«, sagte der Mann, als Keller auf ihn zuging. »Die ersten Koffer kommen gerade erst raus.«

Keller hielt seine kleine Reisetasche hoch und sagte, er hätte nichts aufgegeben.

»Dann haben Sie wohl auch keinen Nagelknipser dabei«, sagte der Mann. »Und auch kein Schweizer Messer. Von einer Panzerfaust erst gar nicht zu reden.«

Keller hatte ein Schweizer Messer in seiner Reisetasche und einen Nagelknipser an dem Schlüsselbund in seiner Hosentasche. Da er nicht geflogen war, war das kein Problem gewesen. Was die Panzerfaust anging, also, bisher war er immer ohne eine ausgekommen und hatte auch nicht vor, daran etwas zu ändern.

»Dann will ich Sie gleich mal einweisen«, sagte der Mann. Er war um die Vierzig und schlank, hatte aber einen Kugelbauch, als hätte er eine Wassermelone verschluckt. »Ich fahre Sie zu Ihrer Orientierung kurz rum und zeige Ihnen, wo er wohnt. Wir nehmen meinen Wagen, und wenn wir fertig sind, setzen Sie mich einfach irgendwo ab und behalten ihn.«

Der Flughafen war in der Südwestecke von Indianapolis, und der Mann (er hatte die John-Deere-Kappe zusammen mit Kellers Reisetasche auf den Rücksitz seines Hyundai-Kombi geworfen) fuhr nach Carmel, einem teuren Vorort im Norden der Ringautobahn I-465. Er unternahm ein paar Anläufe, eine Unterhaltung in Gang zu bringen, aber Keller erstickte sie im Keim. Darauf gab der Mann auf und machte das Radio an. Er stellte es auf einen Sender, auf dem nur geredet wurde, und im Moment stritten zwei rechthaberische Typen über Outsourcing.

Keller überlegte schon, ob er es ausmachen sollte. Da war man ein Auftragskiller, wurde unter hohen Kosten von auswärts eingeflogen, und dann holte einen irgendein Trottel ab und ließ das Radio laufen. Was wollte der Typ schon groß machen, wenn man es einfach abstellte? Vermutlich wäre er beeindruckt und ein bisschen eingeschüchtert, aber Keller fand es der Mühe nicht wert.

Als sie den Highway verließen und durch die baumgesäumten Straßen von Carmel fuhren, machte der Fahrer das Radio von selbst aus. Inzwischen passte Keller genau auf, merkte sich Straßennamen und Orientierungspunkte und sah sich vor allem das Haus im Dutch-Colonial-Stil, das ihm der Mann zeigte, sehr genau an. Mit seinem Mansardendach erinnerte es ihn an ein Haus in Roseburg, Ohio.

Schon komisch, an was man sich alles erinnerte.

Als sie fertig waren, fragte ihn der Mann, ob er noch etwas sehen wollte. Das verneinte Keller. »Dann fahren wir jetzt zu mir nach Hause«, sagte der Mann, »und von dort können Sie dann allein weiterfahren.«

Keller schüttelte den Kopf. »Bringen Sie mich zum Flughafen.«

»Was haben Sie denn auf einmal?«, sagte der Mann. »Habe ich was Falsches gesagt?«

Keller sah ihn an.

»Meine Auftraggeber denken bestimmt, es ist meine Schuld, wenn Sie jetzt einen Rückzieher machen«, fuhr der Mann fort. »Die kriegen einen Anfall. Ist es wegen der Lage? Ihnen ist doch klar, dass es nicht in seinem Haus sein muss. Wo sie es machen, ist völlig egal.«

Was du nicht sagst, dachte Keller und erklärte ihm, dass er den Hyundai nicht haben wollte, sondern sich am Flughafen einen Leihwagen nehmen würde. Das wäre ihm lieber.

Auf der Fahrt zum Flughafen wollte ihn der Mann offensichtlich fragen, warum er ein eigenes Auto wollte, aber ebenso offensichtlich hatte er Angst, ein Wort zu sagen. Auch das Radio machte er nicht mehr an. Es herrschte drückendes Schweigen, aber Keller störte es nicht.

Als sie am Flughafen ankamen, sagte der Mann, er ginge davon aus, dass Keller ein Auto mieten wollte. Keller schüttelte den Kopf und zeigte ihm den Weg zu dem Parkplatz, auf dem er den Ford abgestellt hatte. »Fahren

Sie einfach weiter«, sagte er. »Vielleicht den da ... nein, der da gefällt mir besser. Halten Sie hier an.«

»Was wollen Sie jetzt machen?«

»Mir ein Auto leihen«, sagte Keller.

Er hatte den Schlüssel an seinem Schlüsselring befestigt, und jetzt stand er neben dem Wagen und tat so, als suchte er nach dem passenden Schlüssel, bis er schließlich den nahm, den sie ihm gegeben hatten. Er versuchte ihn an der Autotür, und, wer hätte das gedacht, er passte. Er steckte ihn ins Zündschloss, und auch dort funktionierte er. Er machte die Zündung wieder aus und ging zu dem Hyundai zurück, um seine Reisetasche zu holen, worauf ihn der Fahrer mit großen Augen fragte, ob er tatsächlich diesen Wagen stehlen wollte.

»Ich leihe ihn mir nur«, sagte Keller.

»Aber wenn es der Besitzer meldet ...«

»Bis dahin bin ich längst fertig.« Keller lächelte. »Nur keine Aufregung. Das mache ich ständig.«

Der Mann wollte etwas sagen, überlegte es sich aber anders. »Ganz wie Sie meinen«, sagte er stattdessen. »Äh, wollen Sie sonst noch was?«

Bot ihm der Kerl eine Frau an? Oder wollte er ihm, gottbewahre, selbst sexuell zu Diensten sein? Keller runzelte die Stirn, merkte dann aber, dass sich die Frage auf eine Knarre bezog. Erleichtert schüttelte Keller den Kopf und sagte, er hätte alles, was er brauchte, in seiner Reisetasche. Man machte sich keine Vorstellung, was man mit einem Schweizer Messer und einem Nagelknipser alles anstellen konnte.

»Etwas«, sagte der Mann, »hätte ich aber trotzdem noch für Sie.« Er fasste in die Innentasche seines Sakkos und zog zwei Eintrittskarten heraus. »Für das Pacers-Spiel«, sagte er. »Sie spielen gegen die Knicks. Deshalb werden Sie wahrscheinlich zu den Gästen halten, oder? Heute Abend um acht. Am Spielfeldrand sind sie zwar nicht, aber es sind trotzdem super Plätze. Wenn Sie möchten, könnte ich jemand auftreiben, der mit Ihnen hingeht, Ihnen Gesellschaft leistet.«

Keller sagte, darum würde er sich selbst kümmern, und das schien den Mann nicht zu überraschen.

»Er ist ein Zeuge«, hatte Dot gesagt, »aber anscheinend hat niemand daran gedacht, ihn in ein Zeugenschutzprogramm zu stecken. Aber das liegt vielleicht daran, dass das Verfahren nicht vor einen Federal Court kommt. Heißt das, dass einen der Staat nur bei Prozessen vor einem Bundesgericht schützt?«

Keller war nicht sicher, und Dot fand, dass es nicht wirklich eine Rolle spielte. Eine Rolle spielte nur, dass der Zeuge nicht in einem Programm war und keine Anstalten unternommen wurden, ihn zu verstecken. Deshalb wurde es eine Sache für Keller, denn der Kunde wollte unbedingt verhindern, dass der Zeuge vor Gericht aufstand und aussagte.

»Oder sich setzt und aussagt«, stellte Dot richtig. »Denn das tun Zeugen normalerweise, zumindest in den Fernsehserien, die ich schaue. Die Anwälte stehen auf und gehen ein bisschen rum, aber die Zeugen sitzen die ganze Zeit nur da.«

»Weißt du zufällig, was der Zeuge gesehen hat?«

»Was das angeht, haben sie sich ziemlich bedeckt gehalten«, sagte sie. »Der Mann, mit dem ich gesprochen habe, war nicht wirklich involviert, eher eine Art Mittelsmann. Ich habe schon gelegentlich mit ihm zusammengearbeitet, aber in diesen Fällen waren seine Kunden immer OK-Typen.«

»Häh?«

»Organisierte Kriminalität. Er hat Kontakte zur Unterwelt, aber hier geht es nicht um OK im üblichen Sinn. Mein Gefühl sagt mir, dass Gewalt dabei nicht im Spiel war.«

»Aber jetzt offensichtlich schon.«

»Du wirst jedenfalls nicht extra nach Indiana fahren, um diesen Kerl mit vernünftigen Argumenten umzustimmen. Vermutlich hat er was von irgendwelchen krummen Geschäften mitbekommen.«

»Wenn dem so ist, könnte die Sache ohne weiteres vor ein Bundesgericht kommen«, sagte Keller.

»Durchaus möglich.«

»Aber weil sie glauben, dass ihm keine Gefahr droht, ist er nicht in einem Zeugenschutzprogramm.«

Sie nickte. »So sieht es zumindest aus.«

»Demnach haben sie wahrscheinlich niemand abgestellt, um auf ihn aufzupassen«, sagte er, »und er selbst hat vermutlich auch keine Sicherheitsvorkehrungen getroffen.«

»Wahrscheinlich nicht.«

»Dürfte also nicht sonderlich schwierig werden.«

»An sich nicht«, pflichtete sie ihm bei. »Besonders begeistert wirkst du aber nicht gerade.«

»Tue ich das?«

»Allerdings. Warum so skeptisch? Hast du das Gefühl, es könnte wesentlich schwieriger werden, als es sich anhört?«

Er schüttelte den Kopf. »Nein, ich glaube schon, dass es einfach wird, und will deshalb auf keinen Fall skeptisch erscheinen, weil ich das nicht bin. Ich kann das Geld brauchen und die Arbeit auch. Ich möchte nicht einrosten.«

»Dann ist doch alles bestens.«

»Ja. Und was den wenig begeisterten Eindruck angeht, den ich deiner Meinung nach mache, kann ich nur sagen, dass ich den heutigen Vormittag beim Zahnarzt verbracht habe.«

»Sag nichts mehr. Das reicht aus, um jeden depressiv zu machen.«

»Daran liegt es aber gar nicht. Eher daran, dass ich danach ein paar Typen beim Basketballspielen zugesehen habe. Das scharfe indische Essen hat zwar geholfen, aber ein bisschen was ist doch hängen geblieben.«

»Du redest wieder mal komplett zusammenhangloses Zeug, Keller.« Sie hob die Hand. »Nein, versuch erst gar nicht, es mir zu erklären. Du fährst jetzt einfach nach Indianapolis und lässt deine Taten für sich selbst sprechen.«

Kellers Motel war ein Rodeway Inn am Autobahnkreuz von Interstate 465 und 69, nicht allzu weit von Carmel entfernt, aber auch nicht zu nahe. Er trug sich unter einem Namen ein, der auch auf seiner Kreditkarte stand, und gab eine falsche Autonummer an. Auf seinem Zimmer zappte er durch alle Kanäle, dann schaltete er den Fernseher wieder aus. Er duschte, zog sich an, machte den Fernseher an und wieder aus.

Dann ging er zu seinem Wagen und fuhr zum Conseco Fieldhouse, wo die Indiana Pacers die New York Knicks zu Gast hatten.

Die Halle lag mitten in der Stadt, aber dank der Beschilderung war sie leicht zu finden. Ein Mann mit einer Kreissäge auf dem Kopf fragte ihn mit einem speziellen Unterton, ob er noch übrige Tickets hätte, und Keller merkte, dass er tatsächlich welche hatte. Er sah sich seine Tickets zum ersten Mal genauer an und stellte fest, dass er zwei Sitze für 96 Dollar in Sektion 117 hatte, wo immer die war. Er konnte eine Karte verkaufen, aber wäre es nicht ein wenig unangenehm, wenn der Mann, dem er sie verkaufte, neben ihm saß? Wahrscheinlich redete er gern, und darauf hatte Keller keine Lust.

Aber bevor Keller lange hin und her zu überlegen begann, löste sich das Problem von selbst. Der Mann mit der Kreissäge – der aussah, als käme er direkt aus einem Wettbüro, ein typischer Spieler jedenfalls – wollte sich nur etwas dazuverdienen, indem er von Leuten, die zu viele hatten, Tickets kaufte und an Leute weiterverkaufte, die zu wenige hatten. Folglich würde er nicht neben Keller sitzen. Das wäre jemand anders, aber es wäre jemand, dem Keller nicht begegnet war, sodass es leichter wäre, Distanz zu wahren.

Keller ging zu dem Mann mit dem Hut und zeigte ihm eins der Tickets. Der Mann sagte: »Fünfzig Dollar«, worauf ihn Keller darauf hinwies, dass es ein 96-Dollar-Ticket war. Der Mann bedachte ihn mit einem abschätzigen Blick, und Keller nahm das Ticket zurück.

»Was denken Sie sich eigentlich?«, sagte der Mann. »Wie viel wollen Sie dafür?«

»Fünfundachtzig«, sagte Keller, ohne lange zu überlegen.

»Sie haben sie wohl nicht alle.«

»Die Pacers gegen die Knicks? Sektion 117? Da finde ich bestimmt jemand, der mir fünfundachtzig Dollar dafür gibt.«

Sie einigten sich auf 75 Dollar. Keller steckte das Geld ein und steuerte auf einen der Eingänge des Stadions zu. Erst jetzt kam ihm, dass er beide Tickets für 150 Dollar hätte verkaufen und in sein Motel zurückfahren können, ohne sich ein Basketballspiel antun zu müssen. Aber er war bereits durch die Sperre, als ihm die Idee kam, weshalb er kein Ticket mehr hatte, das er hätte verkaufen können.

Er suchte seinen Platz und setzte sich, um sich das Spiel anzusehen.

Keller war ein Einzelkind und wurde von seiner, wie ihm später klar wurde, vermutlich psychisch kranken Mutter allein aufgezogen. Damals wäre ihm das jedoch nie in den Sinn gekommen, obwohl ihm bewusst gewesen war, dass sie anders war als die Menschen, die er sonst kannte.

Sie hatte im Wohnzimmer ein gerahmtes Bild von Kellers Vater stehen gehabt. Auf dem Foto war ein junger Mann in Uniform zu sehen gewesen, und Keller war in dem Glauben groß geworden, sein Vater sei Soldat gewesen und im Krieg gefallen. Als Teenager hatte er einmal bei einem Ferienjob geholfen, ein Lager auszuräumen, und in einer der Schachteln mit unverkäuflicher Ware, die er nach draußen gebracht hatte, waren Bilderrahmen gewesen, die zur Hälfte das ihm bestens vertraute Foto seines vermeintlichen Vaters enthalten hatten.

Sein erster Gedanke war gewesen, seiner Mutter sofort davon zu erzählen. Doch nach einigem Überlegen beschloss er, es lieber nicht zu erwähnen. Er ging nach Hause und sah sich das Foto an und fragte sich, wer sein echter Vater war. Ein Soldat, entschied er, aber nicht dieser. Ein Mann auf der Durchreise, der einen Sohn gezeugt hatte, ohne jemals davon zu erfahren.

Und im Kampf gefallen war? Zumindest kamen viele Soldaten so ums Leben. Sein Vater könnte durchaus einer von ihnen gewesen sein.

Eigentlich hatte Keller vorgehabt, bei seiner Therapie anzusprechen, dass er ohne Vater bei einer Mutter aufgewachsen war, die keine Freunde oder Bekannten gehabt zu haben schien, doch dann hatte es mit dem Therapeuten Schwierigkeiten gegeben, und das Experiment war gescheitert. Er hatte immer schon Probleme gehabt, seine Mutter als Mensch einzuschätzen, aber auf ihre Art musste sie wohl ganz in Ordnung gewesen sein, da sie trotz all ihrer Unzulänglichkeiten der Aufgabe, ihn großzuziehen, ganz gut nachgekommen war. Sie war eine passable, wenn nicht sogar einfallsreiche Köchin gewesen, und er hatte jeden Morgen ein warmes Frühstück und jeden Abend ein warmes Abendessen bekommen. Sie hatte ihre Wohnung gut in Schuss gehalten und ihm beigebracht, sich zu pflegen. Sie hatte immer leicht abwesend gewirkt und mehr mit sich selbst – und mit den Figuren der Seifenopern im Fernsehen – geredet als mit ihm.

An Weihnachten und zu seinem Geburtstag hatte sie ihm Geschenke gekauft, in der Regel Kleidungsstücke, die er brauchte, wenn er aus seinen alten Sachen herausgewachsen war, manchmal aber auch etwas Interessanteres. Einmal hatte er einen Erector-Kasten bekommen, aber es war ihm auch mithilfe der Bauanleitung nie gelungen, einen Eisenbahnwaggon – oder irgendetwas anderes – zu bauen. Bei einer anderen Gelegenheit bekam er ein Starterset für Briefmarkensammler – ein Album, ein Päckchen Marken, eine Pinzette und eine Packung Falze, um die Marken ins Album einzukleben. Der Erector-Kasten landete im Kleiderschrank, wo er langsam einstaubte, aber das Briefmarkenalbum entpuppte sich als das Fundament eines dauerhaften Hobbys. Nach der Highschool hatte er natürlich mit dem Briefmarkensammeln aufgehört, und sein erstes Album hatte er schon lange nicht mehr, aber dann hatte er das Hobby als Erwachsener wieder für sich entdeckt und steckte seitdem viel von seiner freien Zeit und seinem überschüssigen Geld hinein.

Hätte er ohne das Geschenk seiner Mutter angefangen, Briefmarken zu sammeln? Schwer zu sagen, fand er, aber höchstwahrscheinlich nicht. Ein weiterer Grund, um ihr dankbar zu sein.

Der Erector-Kasten war im Prinzip eine gute Idee gewesen, die jedoch zu nichts geführt hatte, wohingegen das Briefmarkenalbum eine Anregung gewesen war, die gefruchtet hatte. Das überraschendste Geschenk, das sie ihm gemacht hatte, war jedoch etwas anderes gewesen.

Ein Basketballkorb.

Keller hatte sich die Sitznummer des Tickets, das er dem Mann mit der Kreissäge verkauft hatte, nicht gemerkt. Sein Platz hatte Nummer 117 und lag, wer hätte das gedacht, zwischen den Sitzen 116 und 118, die beide noch leer waren, als er sich auf seinen Platz setzte. Dann tauchten zwei Männer auf und setzten sich auf 115 und 116. Einer war deutlich älter als der andere, und Keller fragte sich unwillkürlich, ob sie Vater und Sohn, Chef und Angestellter, Onkel und Neffe oder ein schwules Pärchen waren. Eigentlich war es ihm egal, aber er dachte trotzdem weiter darüber nach und kam immer wieder zu einer anderen Lösung.

Das Spiel hatte bereits angefangen, als ein Mann auftauchte und sich auf 118 setzte. Er trug einen dunklen Anzug mit einem dezenten Nadelstreifen und sah aus, als käme er direkt aus dem Büro, einem Büro, in dem er seine Tage damit zubrachte, etwas zu tun, was niemand, am allerwenigsten er selbst, als interessant bezeichnet hätte.

Der Mann mit der Kreissäge hatte Keller 75 Dollar für die Karte gegeben, was vermuten ließ, dass der Mann im Nadelstreifenanzug mindestens 100, wenn nicht sogar 125 Dollar dafür bezahlt hatte. Aber natürlich hatte der Mann keine Ahnung, dass sein Ticket ursprünglich Keller gehört hatte, und schenkte ihm deswegen auch keine Beachtung, sondern konzentrierte sich ganz auf das Geschehen auf dem Spielfeld, wo die Pacers schon früh davonzogen.

Mit einem gewissen Widerstreben richtete Keller seine Aufmerksamkeit auf das Spiel.

Schräg gegenüber vom Haus von Kellers Mutter hatte in einem großen Holzhaus die Familie Breitbart gewohnt. Mr. Breitbart hatte ein Möbelgeschäft in der Euclid Avenue, und Mrs. Breitbart blieb zu Hause und bekam, zumindest eine Weile, jedes Jahr ein Kind. In dem Jahr, in dem Keller geboren wurde, bekam sie zwei – die Zwillinge Andrew und Randall, deren Namen zweifellos unter dem Gesichtspunkt ausgewählt worden waren, dass sich ihre Kurzformen reimten. Die Zwillinge waren die einzigen Jungen der Familie; die restlichen fünf kleinen Breitbarts, einige älter als die Zwillinge, einige jünger, waren alle Mädchen.

Jeden Nachmittag, wenn es das Wetter zuließ, kamen die Jungs aus dem Viertel im Garten der Breitbarts zusammen, um Basketball zu spielen. Manchmal teilten sie sich in zwei Teams auf, und eine Hälfte zog die Hemden aus, und dann spielten sie die Sorte Halfcourt-Match, das man spielen konnte, wenn man ein Backboard mit Korb über dem Garagentor hatte. Wenn weniger Jungen kamen, dachten sie sich andere Möglichkeiten aus, um gegeneinander zu spielen – Horse zum Beispiel, wo jeder Spieler den Wurf des ersten Spielers nachmachen musste. Sie machten auch andere Spiele, aber bei denen war sich Keller, der von der anderen Straßenseite zusah, über die Regeln und Ziele nur bedingt im Klaren.

Eines Abends sagte Kellers Mutter beim Abendessen, er solle doch mal zu den anderen rübergehen und mitspielen. »Du schaust immer nur zu«, sagte sie – was nicht ganz richtig war, weil er nur ab und zu am Straßenrand stand und dem Geschehen im Garten der Breitbarts folgte. »Sie fänden es bestimmt toll, wenn du mitmachst. Und du wärst sicher gut.«

Wie sich herausstellte, täuschte sie sich in beiden Punkten.

Keller war ein stiller Junge und fühlte sich mit Erwachsenen immer wohler als mit Gleichaltrigen. War er allein, bewegte er sich mit natürlicher Eleganz; bei Mannschaftssportarten fühlte er sich von vornherein unwohl und gehemmt. Trotzdem überquerte er ein paar Tage später die Straße und präsentierte sich im Garten der Breitbarts. »Das ist Keller von gegenüber«, sagte Andy oder Randy. Jemand warf ihm den Ball zu, und er tippte ihn zweimal auf, bevor er ihn erfolglos nach dem Korb warf.

Sie wählten die Mannschaften, und da ihn niemand einschätzen konnte, wurde er als letzter gewählt, was er auch einsah. Weil er im Nackten-Team war, zog er sein Hemd aus. Er war deswegen etwas verlegen, aber das war nichts im Vergleich zu der Verlegenheit, die ihn überkam, als das Spiel begann.

Er hatte keine Ahnung, wie er spielen sollte. Er war schlecht im Verteidigen und noch schlechter, wenn ihm jemand den Ball zuwarf, weil er nicht wusste, was er damit anstellen sollte. »Wirf«, schrie jemand, worauf er warf und den Korb verfehlte. »Hier, hier!«, rief jemand, aber sein Pass wurde abgefangen. Er hatte keine Ahnung, was er tun sollte, und nach einer Weile merkten das auch seine Mannschaftskameraden und passten ihm den Ball nicht mehr zu.

Als die Hemden-Mannschaft nach fünfzehn oder zwanzig Minuten etwas mehr als die Hälfte der nötigen Punkte erzielt hatte, tauchte ein Junge aus einer Klasse über der von Keller auf. »Ah, Lassman«, sagte Randy oder Andy. »Übernimm du für Keller.«

Und dann spielte Lassman, plötzlich ohne Hemd, mit, und Keller war raus. Auch das leuchtete ihm ein. Er ging an den Spielfeldrand und zog, gleichermaßen enttäuscht und erleichtert, sein Hemd an. Ein paar Minuten stand er noch da und schaute den anderen beim Spielen zu, und während seine Erleichterung dahinschwand, nahm seine Enttäuschung zu. Dann gehe ich mal lieber nach Hause, wollte er eigentlich sagen, und um es zu üben, wiederholte er den Satz in seinem Kopf immer wieder und probierte verschiedene Betonungsmöglichkeiten aus. Aber niemand schenkte ihm

Beachtung. Warum also überhaupt was sagen? Er drehte sich um und ging einfach so nach Hause.

Als ihn seine Mutter darauf hin ansprach, sagte er, es sei ganz okay gewesen, aber er wolle trotzdem nicht mehr hingehen. Sie hätten feste Teams, und er passte nicht wirklich rein. Sie sah ihn kurz an, ließ es dann aber auf sich beruhen.

Als er ein paar Tage später von der Schule nach Hause kam, sah er zwei Handwerker ein Backboard mit einem Korb an der Kellerschen Garage anbringen. Beim Abendessen wollte er seine Mutter deswegen fragen, wusste aber nicht, wie er beginnen sollte. Auch sie sagte zunächst nichts, und Jahre später, als er die Redewendung vom »Elefant im Raum, über den niemand spricht« zum ersten Mal hörte, musste er an den Basketballkorb denken.

Aber dann kam sie doch darauf zu sprechen. »Ich fand, es könnte nicht schaden, einen zu haben«, sagte sie. »Jetzt kannst du jederzeit rausgehen und trainieren, wenn du willst, und andere Jungen werden dazukommen und mitspielen.«

Diesmal hatte sie zur Hälfte recht. Er trainierte, dribbelte, ging zum Korb, übte Stand-, Sprung- und Hakenwürfe aus verschiedenen Winkeln. Er schritt eine Freiwurflinie ab und übte Freiwürfe. Wenn ihn das Training auch nicht gerade zu einem Crack machte, schadete es ihm zumindest nicht. Er wurde besser.

Und die anderen Jungen sahen ihn trainieren. Was das anging, hatte seine Mutter recht gehabt. Aber keiner kam zum Spielen vorbei, und irgendwann ging er auch selbst nicht mehr raus. Dann bekam er einen kleinen Nebenjob, und der Basketball blieb in der Garage und war bald ganz vergessen.

Der Korb blieb, wo er war, über dem Garagentor. Er war der Elefant in der Einfahrt, über den niemand sprach.

SECHSUNDDREISSIG

In einem, wie Keller annahm, fesselnden Spiel, das ihn allerdings nicht fesselte, gewannen die Pacers in der Overtime. Ihm war egal, wer gewinnen würde, und er merkte, dass er selbst in den spannendsten Momenten nicht wirklich bei der Sache war. Der Umstand, dass die New York Knicks das Gästeteam waren, ließ ihn kalt. Er war kein Basketball-Fan, und seine

Anhänglichkeit an die Stadt New York machte ihn nicht automatisch zu einem Anhänger aller Teams der Stadt.

Nur bei den Yankees machte er eine Ausnahme. Er mochte die Yankees und freute sich, wenn sie gewannen. Aber er war nicht am Boden zerstört, wenn sie mal, was selten vorkam, verloren. Sich über den Ausgang eines Sportereignisses zu ärgern, war für ihn das gleiche, wie wegen eines Films mit schlechtem Ausgang niedergeschlagen zu sein. Warum auch? Es war nur ein Film, es war nur ein Spiel.

Er ging zu seinem Wagen, der da stand, wo er ihn abgestellt hatte, und fuhr zu seinem Motel, das da stand, wo er es verlassen hatte. Er war 75 Dollar reicher als ein paar Stunden zuvor und bedauerte nur, dass er nicht daran gedacht hatte, beide Tickets zu verkaufen. Und das Spiel zu schwänzen.

Grondahl hatte einen Basketballkorb in seiner Einfahrt.

So hieß die Zielperson, Meredith Grondahl, und als Keller den Namen zum ersten Mal gehört und noch kein Foto von Grondahl gesehen hatte, hatte er angenommen, Grondahl sei eine Frau. Er hatte sogar gesagt: »Eine Frau?«, worauf Dot ihn gefragt hatte, ob er neuerdings ein Sexist sei. »Du hast auch früher schon Frauen übernommen«, rief sie ihm in Erinnerung. »Du warst immer schon für Chancengleichheit. Aber das spielt in diesem Fall keine Rolle, weil dieser spezielle Meredith ein Mann ist.«

Wie, fragte er sich, wurde Meredith dann von seinen Freunden gerufen? Merry. Wohl kaum, dachte Keller. Wenn er einen Spitznamen hatte, dann wahrscheinlich einen wie Bud oder Mac oder Bubba.

Egal, welche skandinavische Sprache seine Vorfahren gesprochen hatten, bedeutete Grondahl höchstwahrscheinlich *Grüntal*. Vielleicht nannten ihn seine Freunde deshalb Greenie.

Aber vielleicht auch nicht.

Das Backboard, das Keller sah, als er am Morgen nach dem Basketballspiel an Grondahls Haus vorbeifuhr, war etwa einen Meter vor der Garage an einem Pfosten montiert. Es war eine Doppelgarage, und der Pfosten stand so, dass er die Zufahrt zu keiner der beiden Hälften versperrte.

Das Garagentor war zu, sodass Keller nicht sehen konnte, wie viele Autos gerade in der Garage standen. Auch spielte niemand in der Einfahrt Basketball. Als Keller weiterfuhr, stellte er sich vor, wie Grondahl allein

Dribblings und Würfe trainierte und dabei überlegte, wie er mit seiner Aussage illegale Machenschaften seines Unternehmens offenlegen könnte, sodass das Basketballspielen fast etwas Meditatives bekam.

Es ermöglichte einem, in Ruhe nachzudenken – vorausgesetzt, man war allein und wurde nicht in seiner Konzentration gestört, weil man mit jemand anderem kommunizieren musste.

In einem Einkaufszentrum im Südosten des Zentrums von Indianapolis fand Keller einen Briefmarkenhändler namens Hubert Haas. Er hatte bei dem Mann schon bei früheren Gelegenheiten Marken erworben, wenn es ihm gelungen war, bei Losen, die Haas auf eBay angeboten hatte, andere Sammler auszustechen. Deshalb sagte ihm der Name etwas, als er im Branchenbuch auf ihn stieß.

Er hatte seinen Scott-Katalog dabei, der ihm auch als Bestandsliste diente, damit er nicht versehentlich Marken kaufte, die er bereits hatte. Haas, ein rundlicher, eulenartiger junger Mann, der aussah, als beschränkten sich seine sportlichen Aktivitäten darauf, an einem Fitnessstudio vorbeizufahren, zeigte Keller bereitwillig seine Bestände. Er wickelte sein Geschäft fast ausschließlich online ab, vertraute er Keller an, und weil kaum Kunden in seinen Laden kamen, war Kellers Besuch ein Highlight für ihn.

Warum dann Miete zahlen? Warum das Geschäft nicht von zu Hause aus betreiben?

»Ich muss ja auch Marken ankaufen«, erklärte ihm Haas. »Und dafür ist ein Laden in einer gut besuchten Mall optimal. Damit auch Nicht-Sammler mitbekommen, dass es mich gibt. Onkel Fred stirbt, sie erben seine Sammlung, wohin sollen sie die Marken bringen? Zu jemand, von dem sie schon mal gehört haben, und gehört haben sie nur von Hubert Haas. Sie wissen, er existiert real, denn er hat einen Laden in der Glendale Mall. Und dann ist da noch die Laufkundschaft, ein Familienvater, der ein Einsteigeralbum für seinen Sohn kauft, der Sammler, der seine Pinzette verschlampt hat oder dem die Falze oder die Showgard-Klemmstreifen ausgegangen sind. Das hilft natürlich auch, die Miete zu bezahlen, aber der Hauptgrund sind die Ankäufe.«

Keller fand eine erfreuliche Anzahl von Marken, die er von Haas kaufen konnte, darunter einen preisgünstigen, aber erstaunlicherweise schwer zu findenden Satz venezolanischer Luftpostmarken. Er verließ den Laden in dem erhebenden Gefühl, gerade eine große Errungenschaft gemacht zu haben, und ging ein paar Minuten in der Mall herum, um zu sehen, ob er dort noch weitere Errungenschaften machen könnte.

In der Mall gab es die Sorte Geschäfte, die es in einem Einkaufszentrum üblicherweise gab, und er hatte keine Mühe, ihre Schaufensterauslagen im Vorübergehen zu studieren. Bis er zur Bibliothek kam.

Seit wann gab es in einer Mall eine Leihbücherei? Aber da war eine, und sie war nicht gerade klein und hatte eine Schranke und ja, sogar einen Metalldetektor am Eingang, dessen Zweck Keller nicht einleuchtete. Gab es vielleicht Leute, die in ausgehöhlten Büchern Schusswaffen reinschmuggelten?

Egal. Keller hatte keine Waffe und außer einer Handvoll Münzen und des Autoschlüssels auch keine metallischen Gegenstände einstecken. Er betrat die Bibliothek, ohne einen Alarm auszulösen, und zehn Minuten später überflog er alte Ausgaben des *Indianapolis Star*, in denen er alles Mögliche über Meredith Grondahl erfuhr.

»Wirklich hochinteressant«, erzählte er Dot. »Da ist diese Firma, Central Indiana Finance. Sie kaufen und verkaufen Hypotheken und machen viele Refinanzierungen. Die Aktie wird im Nasdaq gehandelt. Sie laufen unter CIFI, aber die Leute nennen sie normalerweise Indy FI.«

»Wenn das interessant ist«, sagte sie, »möchte ich lieber nicht wissen, was du richtig zum Einschlafen findest.«

»Der interessante Teil kommt erst.«

»Echt?«

»Die Aktie ist sehr volatil«, fuhr er fort. »Wegen der hohen Dividende ist sie für Investoren sehr attraktiv, aber sie ist anfällig für Zinsschwankungen, womit sie eher als riskant einzustufen ist. Deshalb haben ein paar Hedgefonds – sowie einige Privatanleger – die Aktie in größerem Umfang abgestoßen.«

»Sei so gut und sag mir bitte Bescheid, wenn wir zum interessanten Teil kommen, ja, Keller?«

»Eigentlich ist alles interessant«, sagte er. »Wenn man in einer Mall rumgeht, erwartet man nicht, so was herauszufinden.«

»Was beklage ich mich eigentlich? Ich muss nicht mal das Haus verlassen, um es herauszufinden.«

»Es ist zu einer Sammelklage gekommen«, fuhr Keller fort. »Sie wurde von den Indy-FI-Aktionären angestrengt, auch wenn neunundneunzig Prozent von ihnen gegen einen Zivilprozess sind. In diesem Zivilverfahren wird die Firmenleitung aller möglichen Unregelmäßigkeiten und Vertuschungsmanöver beschuldigt, das Übliche eben. Es sind die Leute, die die Aktie abgestoßen haben, die den Prozess angestrengt haben, die Hedgefondsmanager, und der einzige Grund für ihr Vorgehen scheint zu sein, dass sie das Vertrauen in das Unternehmen zerstören wollen, damit die Aktie noch mehr fällt.«

»Dürfen Sie das?«

»Klar. Jeder kann jeden verklagen. Sie riskieren damit nur, dass sie die Gerichtskosten tragen müssen und das Verfahren eingestellt wird. Für das Unternehmen hat der Rechtsstreit dagegen zur Folge, dass sich der Kurs weiterhin nicht erholt, und selbst wenn der Prozess zu seinen Gunsten ausgeht, haben die Short Interests in der Zwischenzeit ordentlich Gewinn gemacht.«

»Obwohl mich auch das nicht gerade vom Hocker reißt«, sagte Dot, »muss ich zugeben, dass du anfängst, mein Interesse zu wecken – auch wenn ich nicht sagen könnte, warum. Jedenfalls sagt unsere Zielperson für die Leute aus, die das Unternehmen verklagen?«

»Nein.«

»Nicht?«

»Sie haben Meredith Grondahl als Zeugen vorgeladen«, sagte Keller. »Er ist die rechte Hand des Finanzchefs und soll zu buchhaltungstechnischen Unregelmäßigkeiten aussagen. Er ist aber kein Whistleblower, sondern eher eine Art Cheerleader. Seiner Meinung nach ist Indy FI ein großartiges Unternehmen, und seine gesamte Betriebsrente besteht aus Firmenanteilen. Er kann in dem Prozess eigentlich keiner der beiden Parteien groß schaden.«

»Warum möchte dann jemand, dass du nach Indianapolis kommst?«

»Das frage ich mich auch schon die ganze Zeit.«

Er dachte, die Verbindung wäre unterbrochen worden, aber sie ließ sich nur Zeit, um in Ruhe nachzudenken. »Also«, sagte sie schließlich, »selbst wenn uns das Ganze langsam zu interessieren beginnt, Keller, lässt es uns auch kalt, wenn du weißt, worauf ich hinauswill.«

»Es ändert nichts an der Sache.«

»Genau das wollte ich damit sagen. Wir haben einen Auftrag, und das Honorar ist bereits zur Hälfte gezahlt, folglich braucht uns das Warum und Wozu nicht zu interessieren. Jemand will nicht, dass unser Mann vor Gericht aussagt, und sobald du dich der Sache angenommen hast, kannst du nach Hause kommen und wieder mit deinen Marken spielen. Du hast dir heute welche gekauft, hast du mir, glaube ich, erzählt? Komm also nach Hause, und dann kannst du sie in dein Buch einkleben. Und wir bekommen Geld, und du kannst dir mehr kaufen.«

SIEBENUNDDREISSIG

Am nächsten Morgen stand Keller früh auf und fuhr als Erstes zu Grondahls Haus in Carmel. Er parkte gegenüber davon am Straßenrand und blieb in seinem gemieteten Ford sitzen. Er entfaltete die Zeitung auf dem Lenkrad und las zuerst die nationalen, dann die internationalen Meldungen und schließlich den Sportteil. Die Pacers, erfuhr er dort, hatten am Abend zuvor in der zweiten Overtime gewonnen. Der Reporter beschrieb das Spiel als spannend und fand, dass der Wurf von der Mittellinie, der wenige Sekunden vor dem Ende der zweiten Verlängerung im Korb landete, »die Moral und den unbedingten Siegeswillen unserer Jungs« zeigte. Keller fand, er hätte noch einen Schritt weitergehen und den zielsicheren Flug des Balls zum Korb als Beweis dafür deuten sollen, dass der Allmächtige eindeutig auf der Seite der Lokalmatadoren stand.

Er behielt beim Zeitunglesen immer Grondahls Haustür im Auge und wartete darauf, dass Greenie herauskam. Das tat dieser auch dann noch nicht, als Keller bereits mit dem Sportteil fertig war. Es war ja auch noch früh, sagte sich Keller, und wandte sich dem Wirtschaftsteil zu. Der Dow war deutlich hochgegangen, erfuhr er dort.

Was das bedeutete, wusste er, er war schließlich kein Idiot. Es war nur etwas, womit er sich nie befasste, weil es ihn nicht interessierte oder betraf. Er verdiente gut mit seinen Aufträgen und hatte keine großen Ausgaben, weshalb er im Lauf der Jahre einen beträchtlichen Anteil seiner Einkünfte

auf die hohe Kante gelegt hatte. Aktien oder Fonds hatte er allerdings nie gekauft. Einen Teil des Gelds deponierte er in einem Schließfach, den Rest legte er in Sparkonten an. Wenn überhaupt, vermehrte sich das Geld zwar nur
langsam, aber es wurde auch nicht weniger, und das war ja schon mal etwas.

Irgendwann war er an einen Punkt gekommen, an dem er in Erwägung
zog, sich zur Ruhe zu setzen, und hatte gemerkt, dass er ein Hobby brauchte,
um seinen Lebensabend auszufüllen. Darauf fing er wieder an, Briefmarken
zu sammeln, ging diesmal aber wesentlich ernsthafter an die Sache heran. Er
gab einiges Geld für Briefmarken aus, und je mehr seine Sammlung wuchs,
desto mehr schrumpfte sein Rentenfonds.

Tatsache war jedenfalls, dass er es nie geschafft hatte, sich für Fonds und
Aktien zu interessieren. Nicht zuletzt wegen eines Artikels über Central Indiana Finance fand er jedoch den Wirtschaftsteil an diesem Morgen hochinteressant. Der Kurs von CIFI, der mit $43,27 eröffnet hatte, hatte stark
geschwankt, zunächst fünf Punkte hoch bis zum Tageshoch, dann ganze sieben runter, und geschlossen hatte die Aktie mit $40,35. Einerseits hatte er
gelernt, dass die Leerverkäufe möglichst vor dem Ex-Tag zurückgekauft werden mussten, bis zu dem man Anspruch auf die hohe Dividende des Unternehmens hatte. Zugleich tätigten die Spekulanten, ermutigt durch die anste-
hende Sammelklage, weiter Leerverkäufe, um den Kurs weiter zu drücken.

Während Keller über den Artikel nachdachte, ging die Tür auf, und Meredith Grondahl kam mit einer Aktentasche in der Hand nach draußen.

Er war fürs Büro angezogen, dunkelgrauer Anzug, weißes Hemd, ge-
streifte Krawatte. Da es Dienstag war, war das zu erwarten gewesen, aber
Keller merkte, dass er unbewusst damit gerechnet hatte, dass der Mann einen
Basketball dribbelnd in Turnhose und ärmellosem Trikot erscheinen würde.

Ohne den Basketballkorb in der Einfahrt eines Blickes zu würdigen, öffnete Grondahl per Knopfdruck das Garagentor. In der Garage stand nur ein
Auto, stellte Keller fest, und den Platz für das zweite Fahrzeug nahmen alle
möglichen Gegenstände ein, darunter ein Grill und verschiedene Garten-
möbel.

In Anbetracht seiner beruflichen Stellung hätte sich Grondahl ohne
weiteres einen Zweitwagen für seine Frau leisten können. Deshalb deutete
dieser Umstand in Kellers Augen darauf hin, dass er keine Frau hatte. Andererseits ließ das schöne Vorstadthaus vermuten, dass er einmal eine gehabt

hatte, und Keller nahm an, dass sie Grondahl verlassen und ihren Wagen mitgenommen hatte.

Der arme Teufel.

Keller blieb in seinem Leihwagen sitzen, während Grondahl mit seinem Grand Cherokee rückwärts aus der Garage stieß und wegfuhr. Keller überlegte, ob er ihm folgen sollte. Aber wozu? Warum war er dann überhaupt hergekommen, um ihn beim Verlassen des Hauses zu beobachten?

Selbstverständlich gab es wichtigere Fragen als diese. Was saß er hier lange herum, statt seinen Auftrag zu erledigen? Warum beobachtete er Meredith Grondahl, statt ihn um die Ecke zu bringen?

Und dann war da noch eine Frage, die ihn, streng genommen, nichts anging, aber deswegen nicht weniger wichtig war: Warum wollte jemand Meredith Grondahl aus dem Weg geräumt haben?

Denken, rief er sich in Erinnerung, war eine Sache. Handeln eine andere. Seine Gedanken konnten wandern, wohin sie wollten, solange sein Körper tat, was er tun sollte.

Am besten, er fuhr ins Motel zurück und überlegte sich, was er mit dem Rest des Tages anfangen könnte. Und am Abend, wenn Meredith Grondahl nach Hause kam, wäre er wieder hier und würde auf ihn warten. Dann würde er seinen Wagen bei Hertz zurückgeben, sich bei einer anderen Firma einen neuen leihen und nach Hause fahren.

Mit einem Nicken bestätigte er sich die Weisheit seines Entschlusses. Dann startete er den Motor, stieß ein paar Meter zurück und fuhr in Grondahls Einfahrt. Er stieg aus, fand den Knopf, mit dem Grondahl das Garagentor hochgefahren hatte, drückte darauf, stieg wieder ein und stellte den Wagen an die Stelle, wo eben noch Grondahls Grand Cherokee gestanden hatte.

Rechts von Grondahls Haustür lag ein kleiner Felsbrocken von der Größe einer Bowlingkugel. Er könnte von einer Lawine hierher befördert worden sein, aber das hielt Keller für unwahrscheinlich. Eher sah er nach etwas aus, unter dem man einen zweiten Haustürschlüssel versteckte, und er sollte sich nicht täuschen. Er nahm den Schlüssel unter dem Stein heraus, schloss die Tür auf und betrat das Haus.

Es war natürlich nicht auszuschließen, dass es trotzdem eine Mrs. Grondahl gab und dass sie zu Hause war. Vielleicht konnte sie nicht Auto fahren, vielleicht litt sie an Platzangst und verließ nie das Haus. Das hielt Keller für unwahrscheinlich, und es ließ sich auch rasch ausschließen. Das Haus war von antiseptischer Sauberkeit, was aber nicht zwangsläufig auf die Anwesenheit einer Frau hindeutete; vielleicht war Grondahl von Natur aus sehr ordentlich, oder er hatte jemand, der ein-, zweimal die Woche für ihn saubermachte.

In den Schränken und Kommoden waren keine Frauenkleider, und das sagte eigentlich alles. Es gab zwei Kommoden, eine mit einem Aufsatz und einen Schminktisch mit einem großen Spiegel, und außer einer Schublade des Schminktischs, in der Grondahl Hosenträger, Manschettenknöpfe und dergleichen aufbewahrte, waren alle anderen leer. Es hatte also tatsächlich eine Mrs. Grondahl gegeben, aber jetzt nicht mehr.

Nachdem Keller sich davon überzeugt hatte, ging er durch das ganze zweigeschossige Haus und hielt nach Dingen Ausschau, die für ihn von Interesse sein könnten. Allerdings gab er sich dabei nicht viel Mühe, weil er nicht wirklich nach etwas suchte, und wenn doch, wusste er nicht, was es sein könnte. Es war eher so, dass er sich ein grobes Bild von dem Mann machen wollte, aber das ergab keinen Sinn. Welchen Sinn sollte es haben, sich im Haus eines Mannes umzusehen, den man umzubringen beabsichtigte?

Das Vernünftigste war vermutlich, es sich bequem zu machen und zu warten. Früher oder später würde Grondahl wieder nach Hause kommen, was er aller Wahrscheinlichkeit nach allein tun würde, denn er erschien Keller mehr und mehr wie ein typischer Einzelgänger.

Ein typischer Einzelgänger. Die Charakterisierung hatte einen seltsamen Beigeschmack für Keller, denn er fand, dass sie auch auf ihn zutraf. Auch er war, machen wir uns nichts vor, ein Einzelgänger, obwohl man ihn schwerlich als typisch bezeichnen konnte. Kam dieser Beigeschmack dem in die Quere, was er tun sollte? Nach einigem Nachdenken gelangte er zu der Ansicht, dass es einerseits zutraf, andererseits aber auch nicht. Es hatte zur Folge, dass er mit Grondahl sympathisierte und gewisse Hemmungen bekäme, ihn zu töten. Aber täte er dem armen Teufel damit nicht sogar einen Gefallen?

Er runzelte die Stirn und machte es sich in einem Sessel bequem. Wenn Grondahl nach Hause kam, wäre er allein. Und er wäre froh, in den sicheren Hafen seines leeren Hauses zurückzukehren. Folglich wäre er nicht auf der Hut, und von einem Mann von hinten mit einem Knüppel oder einem Messer oder einer Drahtschlinge angegriffen zu werden – womit genau, hatte Keller noch nicht entschieden –, wäre das Letzte, womit er rechnete.

Obwohl, genau genommen wäre es schon das Letzte.

Das Hauptproblem war natürlich, sich etwas einfallen zu lassen, wie er den Tag herumbringen könnte. Wenn er sich im Haus einnistete, würde es aller Wahrscheinlichkeit nach mindestens acht Stunden dauern, bis Grondahl zurückkam, und das Warten konnte sich ohne weiteres auf zwölf Stunden oder mehr ausdehnen. Wenn er etwas fand, was ihn interessierte, konnte er lesen oder bei ausgeschaltetem Ton fernsehen oder …

Mist. Sein Leihwagen stand in Grondahls Garage. Das hieß zwar, dass ihn die Nachbarn nicht sehen konnten und keinen Verdacht schöpften, aber was war, wenn Grondahl nach Hause kam und sah, dass bereits ein Auto in seiner Garage stand?

Nicht gut. Keller musste den Wagen woandershin bringen, und je früher, desto besser, denn es war nicht auszuschließen, dass Grondahl zum Mittagessen nach Hause kam. Was sollte er also tun? Um den Block fahren und das Auto vor einem anderen Haus abstellen? Aber dann müsste er zu Fuß zurückkommen und hoffen, dass niemand auf ihn aufmerksam wurde, denn in einem Vorort ging kein Mensch zu Fuß irgendwohin, und ein Fußgänger erregte zwangsläufig Aufmerksamkeit.

Vielleicht war es grundsätzlich keine gute Idee, auf Grondahl zu warten. Vielleicht sollte er lieber schleunigst von hier verschwinden und in sein Motel zurückfahren.

Er war bereits auf dem Weg zur Tür, als er einen Schlüssel im Schloss hörte.

Schon komisch, wie sich Entscheidungen selbst trafen. Grondahl, der wegen etwas, das er vergessen hatte, zurückgekommen war, konnte es offensichtlich gar nicht erwarten, von seinem Elend erlöst werden. Keller zog sich aus der Diele ins Esszimmer zurück und wartete.

Die Tür ging auf, und Keller hörte Schritte, aber nicht nur von einer Person. Eine Stimme rief: »Hallo? Jemand zu Hause?«

Wenn es Grondahl war, hätte Keller das etwas eigenartig gefunden. Dann sagte eine andere, tiefere Stimme: »Hoffen wir mal, dass du darauf keine Antwort bekommst.«

Hatte Grondahl einen Freund dabei? Nein, natürlich nicht, wurde Keller klar. Es war nicht Grondahl; der saß höchstwahrscheinlich brav in seinem Büro. Es war jemand anders, es waren zwei jemand andere, und sie hatten sich mit einem Schlüssel aufgeschlossen und wollten, dass das Haus leer war.

Wenn sie ins Esszimmer kamen, musste er etwas unternehmen. Wenn sie einen anderen Weg nahmen, würde er bei der ersten Gelegenheit nach draußen huschen. Und sich in der Garage verstecken und darauf warten, dass sie aus dem Haus kamen und wegfuhren, damit auch *er* wegfahren konnte.

»Ich würde sagen, in seiner Bude«, kam eine Stimme aus der Diele. »In einem Haus wie diesem, wenn der Typ allein lebt, hat er bestimmt eine Bude.«

»Oder ein Arbeitszimmer«, sagte die andere Stimme.

»Wo soll denn da der Unterschied sein?«

»Das eine kannst du von der Steuer absetzen.«

»Aber es ist dasselbe Zimmer, oder? Egal, wie du es nennst.«

»Wahrscheinlich, aber unter steuerlichen Gesichtspunkten ...«

»O Mann«, stöhnte die erste Stimme. Sie kam Keller vage bekannt vor, aber das lag vielleicht nur daran, dass der Sprecher einen Hoosier-Akzent hatte. »Ich habe nicht vor, seine Steuererklärungen zu prüfen. Ich will ihm nur einen Umschlag in seinen Schreibtisch legen.«

Nichts wie raus, sagte sich Keller. Sollen sie das Zimmer, in dem sie ihm etwas unterschieben wollten, seinetwegen nennen, wie sie wollten. Er wäre jedenfalls über alle Berge, und sie bekämen nie mit, dass er überhaupt dagewesen war.

Doch als er das Esszimmer verließ, ging er aus irgendeinem Grund nicht zur Tür, sondern von ihr fort. Er folgte den zwei Männern und erhaschte einen kurzen Blick auf sie, als er um die Ecke zum Wohnzimmer bog. Er sah sie von hinten und nur ganz kurz, aber das genügte, um festzustellen, dass beide von mittlerer Größe und Statur waren und dass einer von ihnen eine Vollglatze hatte. Ob der andere Haare hatte oder nicht, ließ sich so schnell nicht erkennen, weil er eine Mütze trug.

Eine grüne Mütze mit einem goldenen Logo. Hatte Keller eine solche Kappe nicht erst vor Kurzem gesehen? Natürlich. Am selben Ort, an dem er auch die Stimme gehört hatte.

Es war eine John-Deere-Mütze, und der Mann, der sie trug, hatte ihn am Flughafen abgeholt und ihm die Karten für dieses dämliche Basketballspiel gegeben. Das hatte ihn ziemlich deprimiert und ihm seinen ersten Abend in Indianapolis gründlich versaut, vielen Dank auch, du blödes Arschloch.

Seltsam gereizt, schlich Keller den zwei Männern hinterher und spähte um einen Türrahmen, als sie sich an Meredith Grondahls Schreibtisch stellten. »Eindeutig ein Arbeitszimmer«, sagte der mit der Glatze. »Hier sind die Aktenschränke, hier der Schreibtisch und der Computer, sogar ein Canon-Kopierer, ein Drucker und ein Faxgerät ...«

»Und was ist mit dem riesigen Flachbildfernseher und der La-Z-Boy-Liege? Die schreien doch förmlich Bude«, sagte der Kerl mit der John-Deere-Mütze. »So eine Scheiße aber auch. Die Schublade ist abgeschlossen.«

»Die hier nicht. Und die auch nicht. Da sind sieben Schubladen, Herrgott noch mal, was interessiert uns da, ob eine von ihnen abgeschlossen ist?«

»Das ist belastendes Material. Hochbrisant.«

»Ja und?«

»Und hier ist ein Schreibtisch mit einer abgeschlossenen Schublade. Würdest du so was nicht in dieser Schublade aufbewahren?«

»Wie ich die Cops hier kenne«, sagte der Mann mit der Glatze, »könnte es ihnen ohne weiteres zu viel Arbeit sein, eine abgeschlossene Schublade aufzukriegen.«

»Da hast du allerdings auch wieder recht.«

Keller, der im angrenzenden Zimmer war, hörte, wie eine Schublade geöffnet und geschlossen wurde.

»Da«, sagte der Kerl mit der John-Deere-Mütze. »Hier drinnen stoßen sie sofort drauf.«

»Und wenn ihn Grondahl vorher findet?«

»Ich schätze, es ist höchstens noch eine Frage von ein, zwei Tagen, denn so viel Zeit wird sich dieser Typ nicht mehr lassen.«

»Der Killer, meinst du?«

»Das ist vielleicht eine Type.«

»Hast du bereits gesagt.«

»Habe ich dir erzählt, wie er sich auf dem Flughafenparkplatz einfach einen Wagen ausgesucht hat und damit weggefahren ist? Anscheinend hatte er einen Generalschlüssel. Jedenfalls hat er damit das Türschloss aufbekommen, als wäre er dafür gemacht. ›Ich borge ihn mir nur kurz‹, hat er gemeint.«

»Ganz schön cool, dieser Typ.«

»Aber wie lang wird er wohl in einem gestohlenen Auto rumkutschieren? Es wundert mich sowieso, dass er noch nicht zugeschlagen hat.«

»Vielleicht hat er's ja schon. Vielleicht finden wir Grondahl, wie er bei den Fischen schläft, wenn wir ins Schlafzimmer gehen.«

»Da müsste er aber im Fluss liegen. Im Bett schlafen Fische normalerweise nicht.«

Keller machte ein paar Schritte zurück, weil keine Notwendigkeit mehr bestand, noch länger zu bleiben. Die beiden arbeiteten für den Kunden, und sie schoben Grondahl belastendes Material unter, das demselben Zweck diente wie seine Beseitigung. Das hätten sie auch Keller überlassen können, alles im Service inbegriffen, aber vielleicht hatten sie nicht daran gedacht oder ihm nicht getraut oder …

»Erledigt ist das Ganze erst, wenn er tot ist«, sagte der mit der Glatze.

»Grondahl.«

»Klar, wer sonst? Aber der Killer auch. Er wird abserviert, und er ist derjenige, der Grondahl umgelegt hat, und es besteht eine Verbindung zum Management von Indy FI. Das wird ihnen endgültig das Genick brechen.«

NEUNUNDDREISSIG

Au Mann, dachte Keller. Und dabei wäre er fast vorzeitig gegangen. Die beiden schickten sich zum Gehen an, und das tat auch er, damit er hinter ihnen wäre, wenn sie zur Haustür gingen.

»Alles Teil des Plans«, sagte der mit der Mütze.

»Und wenn er einfach hergeht und einen weiteren Wagen klaut und dahin zurückfliegt, wo er herkommt ...«

»Aus Portland, hat jemand gesagt.«

»Welches Portland?«

»Spielt das denn eine Rolle? Er wird es sowieso nicht zurück schaffen. Ich habe nämlich einen Peilsender unter seiner hinteren Stoßstange angebracht, als er mir gezeigt hat, wie gut sein Schlüssel passt. Er war übrigens bei dem Basketballspiel. Er steht auf Basketball.«

»Wer hat gewonnen?«

»Das musst du schon ihn fragen. Diese GPS-Dinger sind echt klasse. Er wohnt im Rodeway Inn an der I-69-Ausfahrt. Da müssen wir als Nächstes hin, und dann machen wir Folgendes. Ich habe zwei Karten für das Spiel morgen Abend, und die hinterlassen wir an der Rezeption für ihn. Ich würde vorschlagen ...«

Keller hätte gern gewusst, welche Rolle die Basketballtickets im Plan des Mannes spielten, aber sie hatten die Tür schon fast erreicht, und weiter durfte Keller sie nicht kommen lassen. Er schnappte sich einen Messingkerzenhalter von einem Tisch, holte die beiden ein und ließ den Kerzenhalter auf die grüne John-Deere-Kappe niedersausen. Er traf den Mann mitten im Satz und mitten im Schritt, und er brachte weder ersteren noch letzteren zu Ende. Er ging auf der Stelle zu Boden, und gerade als der Glatzkopf zu schalten begann, verpasste ihm Keller einen gezielten Rückhandschlag gegen seine hohe Stirn. Die Kopfhaut platzte auf, Blut spritzte davon, und mit einem lauten Schrei riss der Mann seine Hand an die getroffene Stelle, worauf Keller wie ein Holzfäller mit einer Axt ein drittes Mal ausholte und den Kerzenhalter auf den Nacken des Glatzkopfs niedersausen ließ.

Keller brauchte einen Moment, um wieder zu Atem zu kommen, aber nur einen Moment. Er stand, immer noch mit dem Kerzenhalter in der Hand, da und blickte auf die auf dem gemusterten Teppich liegenden Männer hinab. Beide sahen tot aus. Als er sich vergewisserte, dass sie das auch wirklich waren, zeigte sich, dass der Glatzkopf genauso tot war, wie er aussah, aber der Kerl mit der Mütze hatte noch einen schwachen Puls.

Während Keller darauf wartete, dass er wieder zu sich kam, machte er, so gut es ging, sauber. Er wusch den Kerzenhalter, wischte ihn trocken und stellte ihn an seinen Platz zurück. Das Blut auf dem Teppich ließe sich wohl kaum entfernen, und solange die beiden darauf lagen, konnte er nicht einmal einen Versuch unternehmen, es zu tun.

Er stellte sich neben die beiden und wartete. Schließlich kam der mit der John-Deere-Mütze zu sich, und Keller stellte ihm ein paar Fragen. Der Mann wollte sie nicht beantworten, aber irgendwann tat er es doch, und dann bestand kein Grund mehr, ihn am Leben zu lassen.

Das Schwerste war, die zwei Toten aus dem Haus und in ihr Auto zu schaffen, bei dem es sich um denselben Hyundai-Kombi handelte, mit dem er am Flughafen abgeholt worden war. Er stand in der Einfahrt, und der Schlüssel war in der Tasche des Kerls mit der John-Deere-Mütze.

Wie er im Weiteren vorgehen würde, wusste Keller bereits.

»Als ob wir nicht schon genügend Dinge beachten müssten«, sagte Dot. »Und dann machst du alles richtig und sollst plötzlich vom Kunden umgebracht werden. Dieses Geschäft ist wirklich kein Zuckerlecken, auch wenn viele das Gegenteil denken.«

»Denken die Leute das wirklich?«

»Wer weiß schon, was die Leute denken, Keller? Ich weiß, was ich denke. Und ich denke, du solltest lieber nach Hause kommen.«

»Aber nicht sofort.«

»Nicht?«

»Einer dieser Typen hat mir einen Namen genannt.«

»Wahrscheinlich waren es seine letzten Worte.«

»So ziemlich.«

»Und du willst dich mit diesem Kerl treffen?«

»Das wird wahrscheinlich nicht gehen«, sagte er. »Vermutlich ist er überwältigt von Angst oder Reue.«

»Weshalb er sich selbst das Leben nehmen wird?«

»Würde mich jedenfalls nicht wundern.«

»Und mich würde es nicht in Tränen ausbrechen lassen, so viel kann ich jetzt schon sagen. Aber klar, warum nicht? So etwas dürfen wir niemand durchgehen lassen. Tu, was du tun musst, und dann kommst du nach Hause. Wir haben die Hälfte im Voraus bekommen, und ich nehme nicht an, dass wir auch die andere noch eintreiben können, deshalb ...«

»Da wäre ich mir nicht so sicher«, sagte Keller. »Ich habe ein bisschen nachgedacht, und dabei ist mir eine Idee gekommen.«

VIERZIG

Als Meredith Grondahl gegen halb sechs in seine Einfahrt bog, stand Keller mit seinem Leihwagen ein Stück die Straße runter am Straßenrand. Er stieg aus und stellte sich an eine Stelle, von der er Grondahls Einfahrt beobachten konnte, und fünf Minuten später kam Grondahl aus dem Haus. Er hatte sich umgezogen und war jetzt in Turnschuhen und Trainingsanzug und dribbelte mit einem Basketball. Er machte einen Wurf, verfehlte den Korb, fing den vom Backboard zurückprallenden Ball und versuchte einen Korbleger.

Keller ging die Einfahrt hoch. Grondahl drehte sich um, sah ihn und warf ihm den Ball zu. Keller versuchte einen Wurf, traf aber nicht.

Darauf machten sie ein paar Minuten abwechselnd Würfe, von denen nur wenige durch den Ring gingen. Dann versenkte Keller einen Fadeaway, mit dem er sie beide überraschte, und Grondahl sagte: »Klasse.«

»Pures Glück«, sagte Keller. »Aber hören Sie, wir sollten mal reden.«

»Häh?«

»Sie hatten heute zwei Besucher. Sie sind in Streit geraten und haben Ihren Teppich vollgeblutet.«

»Meinen Teppich?«

»Ja, den mit dem geometrischen Muster, gleich wenn man ins Haus kommt.«

»Ach, *das* war anders«, sagte Grondahl. »Der Teppich war nicht mehr da. Ich habe gemerkt, dass irgendwas anders war, aber ich hätte nicht sagen können, was. Und Sie sagen, es war Blut drauf?«

»Ja, ihr Blut. Und das wollen Sie doch sicher nicht. Jedenfalls, ein Teppich ist nicht mehr derselbe, wenn viel Blut drauf kommt. Deshalb ist der Teppich nicht mehr da.«

»Und die zwei Männer?«

»Sind auch nicht mehr da.«

Grondahl hatte die ganze Zeit den Basketball in den Händen gehalten. Jetzt drehte er sich um und warf ihn nach dem Korb. Der Ball traf den Ring und prallte davon ab, und keiner von beiden machte Anstalten, ihn zu fangen.

»Diese Männer«, sagte Grondahl. »Waren sie im Haus?«

»Ja. Sie hatten einen Schlüssel. Aber nicht den, den Sie unter dem Stein versteckt haben.«

»Und als sie dann im Haus waren, sind sie in Streit geraten und … haben sich gegenseitig umgebracht?«

»Das trifft es in etwa«, sagte Keller.

Grondahl dachte kurz nach, und schließlich sagte er: »Ich glaube, ich weiß, was Sie meinen.«

»Und mehr brauchen Sie auch gar nicht zu wissen.«

»Mhm. Und warum waren sie überhaupt in meinem Haus?«

»Sie wollten Ihnen einen Umschlag unterschieben.«

»Einen Umschlag.«

»In einer Schreibtischschublade.«

»Und in dem Umschlag war …«

»Ein Motiv für einen Mord.«

»An mir?«

Keller nickte.

»Sie wollten mich umbringen?«

»Dafür hatte ihr Auftraggeber bereits jemand anders engagiert.«

»Wen?«

»Einen Fremden«, sagte Keller. »Einen anonymen Auftragskiller von auswärts.«

Grondahl sah Keller nachdenklich an, so, wie jemand vielleicht einen mutmaßlichen anonymen Auftragskiller ansähe. »Aber er will seinen Auftrag nicht ausführen. Zumindest glaube ich, dass er das nicht will.«

»Das sehen Sie vollkommen richtig.«

»Warum?«

»Weil er zufällig mitbekommen hat, dass sie auch ihn umbringen wollten, sobald er seinen Auftrag erledigt hätte.«

»Um dann alles dem Indy-FI-Management anzulasten«, sagte Grondahl. »Ich sollte umgebracht werden, damit ich nicht vor Gericht aussagen kann, was ich ursprünglich nie vorgehabt hatte. Mein Gott, es hätte durchaus funktionieren können. Ich kann mir gut vorstellen, was in dem

Umschlag sein könnte. Ist er noch da? Der Umschlag? Oder ist er zusammen mit den zwei Männern verschwunden?«

»Die Männer werden irgendwann wieder auftauchen«, sagte Keller. »Aber der Umschlag nicht mehr.«

Grondahl nickte, holte den Basketball, tippte ihn ein paarmal auf. Keller konnte fast sehen, wie sich die Rädchen im Kopf des Mannes drehten. Er war schnell von Begriff, stellte Keller zufrieden fest. Man musste ihm nicht alles ausbuchstabieren, man diktierte ihm die ersten paar Sätze, und dann reimte er sich den Rest selbst zusammen.

»Dafür bin ich Ihnen was schuldig«, sagte Grondahl.

Keller zuckte mit den Achseln.

»Doch, doch, wirklich. Sie haben mir das Leben gerettet.«

»Gleichzeitig habe ich meines gerettet.«

»Als die beiden Männer diesen, äh, Unfall hatten«, fuhr Grondahl fort, »war es in Ihrem eigenen Interesse. Aber Sie hätten einfach verschwinden können. Und schon gar nicht hätten Sie nicht noch mal herkommen und mir das alles erzählen müssen. Womit wir bei der nächsten Frage wären.«

»Warum ich hier bin?«

»Wenn ich das fragen darf.«

»Dürfen Sie«, sagte Keller. »Ich habe auch selbst ein paar Fragen.«

EINUNDVIERZIG

»Ich glaube, jetzt verstehe ich, Keller«, sagte Dot. »Das ist alles völliges Neuland für mich. Ich habe mir alles notiert, und um sicherzugehen, dass ich alles richtig verstanden habe, lese ich es dir noch mal vor.«

Das tat sie, und er bestätigte ihr, dass alles stimmte.

»Eigentlich ein Wunder«, sagte sie. »Es war nämlich ein bisschen so, als würde ich ein Diktat in einer Fremdsprache aufnehmen. Ich kümmere mich morgen darum. Glaubst du, es lässt sich alles an einem Tag erledigen?«

»Wahrscheinlich.«

»Gut, dann werde ich es auch an einem Tag hinzukriegen versuchen. Und du ...«

»Ich warte in Indianapolis den richtigen Zeitpunkt ab. Ich habe übrigens das Motel gewechselt.«

»Gut.«

»Und ich habe den Peilsender gefunden, den sie an meiner Stoßstange angebracht haben, und ihn an einem anderen Ford mit der gleichen Farbe befestigt.«

»Dann hast du also erst mal Ruhe vor ihnen.«

»So würde ich das auch sehen. Deshalb werde ich jetzt tun, was ich zu tun habe, und dann wird es ein paar Tage dauern, um nach Hause zurückzufahren.«

»Lass dir ruhig Zeit«, sagte sie. »Ich lasse das Licht auf der Veranda brennen.«

Als Keller schließlich mit seinem gemieteten Toyota durch den Lincoln Tunnel und zur National-Garage fuhr, in der er den Wagen abgab, war eine ganze Woche vergangen. Er fuhr nach Hause, packte seine Sachen aus und beschäftigte sich zwei Stunden lang mit seiner Briefmarkensammlung, bevor er nach dem Telefon griff und in White Plains anrief.

»Komm gleich mal raus«, sagte Dot, »damit ich das Licht ausmachen kann. Es lockt Motten an.«

In der Küche des Hauses am Taunton Place schenkte ihm Dot ein großes Glas Eistee ein und eröffnete ihm, dass sie mit seinem Plan extrem gut gefahren wären. »Zuerst hatte ich allerdings etwas Bedenken, weil die Indy-FI-Aktien erst mal ein paar Punkte runtergegangen sind, als ich einen ordentlichen Batzen davon gekauft habe. Aber dann haben sie plötzlich zu steigen angefangen, und als ich das letzte Mal nachgesehen habe, waren sie zehn Punkte über dem Stand, zu dem ich sie gekauft habe. Um den Leverage-Effekt zu erhöhen, habe ich auch Optionen gekauft. Ich weiß zwar nicht, wie so was genau funktioniert, aber ich konnte sie kaufen und habe sie heute Morgen wieder verkauft. Und willst du wissen, wie viel genau wir an ihnen verdient haben?«

»Es muss nicht genau sein.«

Sie sagte es ihm, bis zur letzten Dezimalstelle, und es war eine erfreuliche Zahl.

»So viel sind wir mit den eigentlichen Aktien im Plus, die wir gekauft haben«, fuhr sie fort, »aber die habe ich noch nicht abgestoßen, weil ich es gut finde, sie zu haben, vor allem wenn sie weiter so steigen. Vielleicht sollten wir die Hälfte verkaufen und den Rest behalten, irgendwas in der Richtung. Aber ich wollte erst mal abwarten und dich fragen, wie wir im Weiteren vorgehen sollen.«

»Da wird uns bestimmt was einfallen.«

»Das war auch mein Gedanke.« Sie setzte sich vor und rieb die Hände aneinander. »Was wirklich Schwung in die Sache gebracht hat, war Clockers Selbstmord. Sein Hedgefonds hat die Indy-FI-Aktie ständig geshortet, und er hat auch hinter dem Prozess gegen das Unternehmen gesteckt, aber sobald er den Kurs nicht mehr manipuliert hat und sobald vor allem auch seine Machenschaften aufgedeckt worden sind, ist der Kurs der Indy-FI-Aktie wieder da, wo er sein sollte. Und der Kurs seines Hedgefonds ...«

»Ist gesunken?«

»Wie ein Stein«, sagte Dot. »Und wir haben ihn geshortet und unsere Verluste schnell wieder reingeholt und einen Riesengewinn gemacht. Woher hast du das alles eigentlich gewusst?«

»Ich habe mich beraten lassen«, sagte Keller. »Von jemand, der das alles nicht selbst machen konnte, weil es dann Insiderhandel wäre. Aber du und ich, wir sind keine Insider, weshalb es für uns kein Problem ist.«

»Ich persönlich habe jedenfalls keines damit, Keller, so viel steht fest. Das war übrigens nicht das erste Mal, dass du einen Kunden ausgeschaltet hast.«

»Ich weiß.«

»Dieser hat es sich allein selbst zuzuschreiben, keine Frage. Aber normalerweise zahlen wir dabei immer drauf, nur diesmal haben wir ordentlich Gewinn gemacht. Jetzt kannst du dir jedenfalls jede Menge Briefmarken kaufen.«

»Der Gedanke ist mir auch schon gekommen.«

»Und wir sind unserem Ziel, uns zur Ruhe setzen zu können, einen Riesenschritt näher gekommen.«

»Auch der Gedanke ist mir schon gekommen.«

»Und du hast dich mit Wie-hieß-er-gleich zusammengetan?«

»Meredith Grondahl.«

»Wie nennen ihn seine Freunde? Hast du das inzwischen rausgefunden?«

»Darüber haben wir nie gesprochen. Ich bin nicht mal sicher, ob er überhaupt Freunde hat.«

»Aber ich finde, dass ich ihm was schicken sollte, Dot. Die Idee, mit Aktienkäufen Kohle zu machen, hatte zwar ich, aber wie ich dabei im Einzelnen am besten vorgehen sollte, hat er mir gesagt. Ich hatte zum Beispiel nicht die leiseste Ahnung von Optionen und wäre auch nie auf die Idee gekommen, den Hedgefonds zu shorten.«

»Wie groß ist der Anteil, den du ihm schicken willst?«

»Keinen Anteil. Er ist ziemlich korrekt, und selbst wenn er es nicht wäre, würde er auf keinen Fall Cash haben wollen, dessen Herkunft er nicht erklären kann. Nein, ich habe eher an ein Geschenk gedacht. Eigentlich nur ein Zeichen der Anerkennung, aber etwas, worüber er sich freut und das er sich selbst nicht gönnen würde.«

»Wie zum Beispiel?«

»Dauerkarten für die Heimspiele der Pacers. Er steht total auf Basketball, und über zwei Dauerkarten für richtig gute Plätze am Spielfeldrand würde er sich bestimmt riesig freuen.«

»Was würden die kosten?« Sie wedelte die Antwort jedoch schon beiseite, bevor er sie geben konnte. »Nichts, was der Rede wert wäre, vor allem nicht angesichts der Gewinne, die wir gerade gemacht haben. Deshalb, eine super Idee, Keller. Und wer weiß? Vielleicht kannst du dir ja mal mit ihm ein Spiel anschauen, wenn du das nächste Mal in Indianapolis bist.«

Er schüttelte den Kopf. »Nein, lieber nicht. Ich finde Basketball schrecklich.«

Quotidian

ZWEIUNDVIERZIG

»Würdest du dir das mal ansehen?«, sagte Dot.

Keller schaute auf den Bildschirm, aber alles, was er sehen konnte, war der Kursverlauf irgendeiner Aktie, und über den unteren Bildschirmrand krochen Firmensymbole und Wertpapierkennnummern. Der Ton war wie üblich aus. Dot schien lieber bei ausgeschaltetem Ton fernzusehen. Bei Animal Planet oder National Geographic fand Keller das ganz okay, aber bei CNBC? Was hatte man davon, den Kopf eines Kommentators zu sehen, wenn man nicht hören konnte, was er sagte?

»Wir stehen sehr gut da«, sagte sie.

»Wir?«

»Ich scheine ein Händchen für so was zu haben«, sagte sie, »oder ich habe einfach nur Glück, was letztlich aber egal ist. Oder etwa nicht?«

»Wahrscheinlich. Ich wusste gar nicht, dass du auf dem Aktienmarkt unterwegs bist.«

»Bin ich auch nicht«, sagte sie. »Ich bin die ganze Zeit hier in meiner Küche, trinke Eistee und unterhalte mich mit meinem Partner.«

»Wir sind Partner?«

Sie nickte. »Erinnerst du dich noch an Indianapolis?«

»Basketball.«

»Basketball und Insidergeschäfte. Wir haben ordentlich Gewinn gemacht, und du warst derjenige, der die Idee dazu hatte. Wir haben Aktien gekauft und verkauft, und kein Sonderermittler ist aufgetaucht und hat uns wegen Insidergeschäften angeklagt.«

»Und du machst immer noch in Aktien?«

»Das machen wir beide, Keller. Ich habe dir deinen Anteil nie ausbezahlt.«

»Nicht?«

Sie verdrehte die Augen. »Und sobald sich nach dieser Geschichte die Lage wieder beruhigt hat, tja, da habe ich mich ein bisschen umgetan und andere vielversprechende Aktien gefunden. Es ist total simpel, du gehst ins Internet und klickst mit der Maus und schon bist du da. Du musst dich nie mit einem Menschen unterhalten, der von dir wissen will, was du eigentlich glaubst, dass du da machst. Wir haben ordentlich Gewinn gemacht.«

»Das ist ja super, Dot.«

»Möchtest du deine Hälfte? Oder soll ich weiterhin machen, was ich schon die ganze Zeit mache?«

»Wenn du Geld für uns verdienst«, sagte er, »müsste ich schön blöd sein, dich zu bitten, damit aufzuhören.«

»Das heißt, vorausgesetzt, wir machen weiter Gewinn. Ich könnte aber auch alles verlieren.«

»Wie viel haben wir im Moment?«

Sie nannte ihm eine Zahl, und sie war höher, als er angenommen hatte, wesentlich höher sogar.

»So viel ist unser Portfolio wert«, fügte sie hinzu. »Und die Hälfte davon gehört dir. Ich hätte gute Lust, weiter zu zocken, weil ich das Geld irgendwo anlegen müsste, und warum nicht da, wo es sich am meisten vermehrt. Aber wenn du eine bessere Verwendung dafür hast oder es in deinen Rentenfonds einzahlen möchtest ...«

»Nein«, sagte er. »Mach ruhig weiter, was du bisher gemacht hast. Ich habe nicht mal gewusst, dass ich das Geld habe, und wenn ich es mir auszahlen ließe, weiß ich genau, was ich damit machen würde.«

»Briefmarken kaufen.«

Er nickte. »Ja, ich würde es in Briefmarken anlegen. Nur gut also, dass du mir den ursprünglichen Anteil von meinen Aktiengewinnen nicht ausgezahlt hast. Dann wäre er nämlich vermutlich längst weg. Na ja, vielleicht nicht unbedingt weg, aber ...«

»In ein Album eingeklebt.«

»Eingeordnet.«

»Wie konnte ich nur? Aber jetzt sieh dir das mal an.«

Er schaute wieder auf den Bildschirm, hatte aber keine Ahnung, worauf er schauen sollte. »Interessant«, sagte er.

»Findest du nicht auch? Wer hätte das gedacht?«

Die Aktienkurse krochen auch während der Werbung weiter über den unteren Bildschirmrand, bis sie schließlich auf eine Art Mega-Clip schalteten, der den ganzen Bildschirm einnahm. Diese Gelegenheit nutzte er, um Dot zu fragen, ob das der Grund war, weshalb sie ihn gebeten hatte, nach White Plains zu kommen.

»Nein«, sagte sie, »wegen was anderem. Ich bin so in dem hier aufgegangen, dass ich es fast vergessen hätte. Ist doch großartig, sich so spät im Leben noch für was begeistern zu können, oder nicht?«

»Mhm.«

»Du und deine Marken, ich und meine Aktien. Unsere Aktien. Wenn ich Detroit sage, Keller, was kommt dir dann als Erstes in den Sinn?«

»Autos.«

»Vollkommen richtig. Sie bauen dort immer noch Autos. Was noch?«

»Detroit«, sagte Keller und dachte nach. »Na ja, die Tigers natürlich. Die Lions, die Pistons. Eine Eishockeymannschaft haben sie auch, aber wie die heißt, weiß ich nicht mehr.«

»Könnten es die Horvaths sein?«

»Die Horvaths?«

»Wie Len Horvath.«

»Len Horvath.«

»Sagt dir der Name was, Keller?«

»Quotidian«, sagte Keller.

»Häh?«

»Putativ.«

Sie hob die Hände. »Keller, ich gebe auf. Wirfst du einfach mit besonders geschwollenen Ausdrücken um dich, oder hast du von Harry Potter irgendwelche Zaubersprüche aufgeschnappt?«

»Es waren Wörter, die er verwendet hat«, erklärte er Dot. »Len Horvath, in Detroit. ›Ich habe viel gelesen‹, hat er gesagt. Als Jugendlicher hat er Briefmarken gesammelt – hat er zumindest behauptet.«

»Warum sollte jemand wegen so was lügen. Er hat dich gemocht, Keller.«

»Er hat mich gemocht?«

»Nicht so sehr, dass er dich zum Abschlussball eingeladen hätte, aber immerhin so sehr, dass er mich angerufen und mir gesagt hat, wer er ist und was er will. Und was er will, bist du.«

»Ich dachte, er wollte mich umbringen lassen«, sagte Keller. »Er hat mich am Flughafen abholen lassen, und ich dachte, er würde mich umbringen lassen, aber er hat nichts weiter getan, als ein bisschen geschwollen daherzureden und mich wieder nach Hause zu schicken.«

»Und seitdem warst du nicht mehr in Detroit.«

Er begann zu nicken, doch dann fiel es ihm ein. »Nur einmal«, sagte er bei dem Gedanken an ein Einkaufszentrum in Farmington Hills. »Wegen dieses Typen, den ich im Flieger kennengelernt habe.«

»Aber bei diesem Detroit-Aufenthalt bist du Len Horvath nicht begegnet, oder? Er hat dich nämlich in bester Erinnerung behalten. Er möchte, dass du einen Auftrag für ihn erledigst.«

»Einen Auftrag könnte ich jetzt brauchen.«

»Meine Rede, Keller, auch wenn ich das Horvath nicht gleich auf die Nase gebunden habe. Ich habe ihm gesagt, dass ich dich erst fragen müsste, ob es dir zeitlich möglich ist. Denn das ist ein Auftrag, bei dem der zeitliche Aspekt von entscheidender Bedeutung ist. Du hast nicht die ganze Saison lang Zeit, um einem Baseballspieler durchs ganze Land zu folgen. Es muss spätestens am Wochenende über die Bühne gehen.«

»Das ist aber nicht viel Zeit.«

»Findest du? Heute haben wir doch erst – was? – Dienstag.«

»Mittwoch.«

»Wirklich? Na gut, dann eben Mittwoch. Auch wenn ich mich da schon frage, was aus dem Dienstag geworden ist – oder aus den letzten fünf Jahren.« Sie blickte stirnrunzelnd auf den Bildschirm und drückte auf die Fernbedienung. »Ich möchte jetzt nicht abgelenkt werden, aber der blöde Kasten lenkt mich ab, ob mit oder ohne Ton. Heute ist Dienstag, und das Zeitfenster reicht von Freitag bis Sonntag. Nicht von diesem Freitag bis diesen Sonntag, sondern von Freitag in einer Woche bis Sonntag in einer Woche. Was hast du denn?«

»Nichts.«

»Nichts?«

»Jedenfalls nichts, was ich nicht ändern kann. Ich wollte verreisen und habe sogar schon die Flugtickets gebucht.«

»Vielleicht kannst du ja noch stornieren.«

»Oder auf einen Flug nach Detroit umschreiben lassen, falls die Fluggesellschaft dort hinfliegt.«

Dot schüttelte den Kopf. »Vergiss Detroit. Nach unserem Telefonat hat uns dein Freund Horvath was geschickt, und es war nicht seine alte Briefmarkensammlung.«

»Geld.«

»Mhm. Und ein Foto. Es ist aus einer Zeitung, aber er hat es so ordentlich ausgeschnitten, dass es keine Bildunterschrift hat.« Sie reichte es Keller. »Der Typ sieht aus, als würde er gleich eine Auszeichnung entgegennehmen.«

Der Mann auf dem Foto hatte eine breite Stirn, eine energische Kieferpartie und dichtes stahlgraues Haar. Und sein Gesichtsausdruck ... Keller konnte jedenfalls sehen, was Dot meinte. »Wahrscheinlich hast du recht«, versicherte er ihr.

»Tatsächlich? Jedenfalls heißt er ...«

»Sheridan Bingham«, sagte Keller. »Aber die meisten nennen ihn Sherry.«

Dot sah ihn entgeistert an.

»Er wohnt in Bloomfield Village«, fuhr Keller fort. »Das ist ein Vorort von Detroit.«

»Er hat dich selbst angerufen, oder?«

»Bingham?«

»Nein, Horvath. Er hat mich angerufen und alles mit mir besprochen, und dann hat er dich angerufen. Hat er nicht? Woher weißt du dann ... nein, sag es mir lieber nicht. In spätestens einer Minute komme ich selbst drauf. Zu mir hat er kein Wort von Bloomfield Village gesagt oder auch nur, dass Bingham im Großraum Detroit lebt. Er hat mir nur gesagt, wo Bingham übernächstes Wochenende ist.«

»In San Francisco.«

»Dann hast du also doch mit ihm geredet – obwohl du gerade das Gegenteil behauptet hast.«

»Habe ich nicht.«

»Aber ...«

»Es hat etwas gedauert, bis mir sein Name etwas gesagt hat.«

Sie nickte. »Und dann hast du diese komischen Wörter gesagt. Quo Dingsbums.«

»Quotidian. Das bedeutet alltäglich, gewöhnlich.«

»Warum verwendest du dann nicht gleich so ein Wort? Aber egal. Was war das andere Wort gleich wieder?«

»Putativ.«

»Was bedeutet das?«

»Keine Ahnung«, gab er zu. »Ich habe es zwar nachgesehen, aber wieder vergessen, was es bedeutet.«

»Dann ist es wohl auch nicht so wahnsinnig wichtig«, sagte sie. »Aber woher weißt du das mit San Francisco? Und woher weißt du den Namen dieses Typen und wo er wohnt?«

»Ich habe ihn auf dem Foto erkannt«, sagte Keller. »Bingham ist Briefmarkensammler.«

DREIUNDVIERZIG

Im Lauf der nächsten Woche schwankte Keller ständig hin und her, nahm dann aber doch, wie ursprünglich geplant, einen American-Airlines-Flug nach San Francisco, wo er am frühen Donnerstagnachmittag eintraf. Er flog unter seinem richtigen Namen, wies sich mit seinem richtigen Führerschein aus und bezahlte das Ticket mit seiner richtigen Kreditkarte.

Das war dem Umstand geschuldet, dass das Ganze ursprünglich als Wochenendausflug geplant gewesen war. Wäre es von Anfang an eine Geschäftsreise gewesen, hätte er wahrscheinlich im vorderen Teil des Flugzeugs gesessen, aber er hatte zu sparen beschlossen, um mehr Geld für Briefmarken ausgeben zu können. Die Maschine war halb leer, und bei American hatte man auch in der Economy Class genügend Beinfreiheit, sodass er recht bequem saß. Allerdings fühlte er sich seltsam exponiert und irgendwie verdächtig. Er war in Anzug und Krawatte und sah wie ein stinknormaler Geschäftsreisender aus, aber er hatte das Gefühl, als wäre die wahre Natur seines Vorhabens für alle erkennbar und als wüsste jeder auf den ersten Blick über ihn Bescheid.

Früher hatte man bei Transkontinentalflügen eine vollständige, wenn auch nie besonders gute Mahlzeit erhalten, aber diesmal bekam er nur eine

Tasse miesen Kaffee und eine Tüte Salzgebäck. Keine Erdnüsse, wie ihm der Flugbegleiter erklärte, weil manche Leute allergisch darauf reagierten. Er musste das Gesicht verzogen haben, weil der Mann mitfühlend nickte. »Ich weiß«, sagte er. »Es gibt auch Leute, die gegen Kaffee – oder Salzgebäck – allergisch sind, aber vermutlich haben die Erdnussallergiker eine starke Lobby. Doch damit will ich lieber erst gar nicht anfangen.«

Keller aß das Salzgebäck und trank den Kaffee, und als die Maschine landete, nahm er sich ein Taxi zu seinem Hotel. Er stieg im Cumberford ab, in dem die Briefmarkenmesse stattfand, und sein Zimmer lag in einem der oberen Stockwerke und hatte einen schönen Blick. Er hatte eine Reisetasche eingecheckt, weil er neben mehreren Sachen zum Wechseln seinen Scott-Katalog und ein paar Fachbücher sowie eine Pinzette und eine Lupe mitgenommen hatte und man nie wissen konnte, was das Securitypersonal für eine tödliche Waffe hielt. Laut einem Schild, das er im Flughafen gesehen hatte, durfte man mit einem Feuerzeug oder einer Schachtel Streichhölzer weder durch die Sicherheitskontrolle gehen, noch durfte man diese Dinge in seinem aufgegebenen Gepäck mitnehmen. Keller, der nie geraucht hatte, fragte sich, was dann ein Raucher heutzutage noch machen konnte. Man durfte weder im Flugzeug noch im Flughafen rauchen, und jetzt konnte man sich nicht einmal mehr nach Verlassen des Flughafens eine Zigarette anzünden, außer man fand jemand, der Streichhölzer hatte.

Er packte aus, duschte, streckte sich auf dem Bett aus. Und studierte das Zeitungsfoto von Sheridan Bingham.

»Ich rufe Horvath an«, hatte Dot gesagt. »Ich werde ihm sagen, es lässt sich zeitlich nicht machen und dass wir den Auftrag nicht annehmen können. Ich gebe zwar nur sehr ungern Geld zurück, vor allem, wenn ich es schon mal in der Hand hatte, aber wie ich die Sache sehe, haben wir keine andere Wahl.«

»Ich werde nach San Francisco fliegen«, sagte Keller, »und den Auftrag erledigen.«

»Hast du nicht gerade gesagt, du kennst den Typen?«

»Ich weiß, wer er ist.«

»Ihr seid nicht befreundet?«

»Ich glaube nicht, dass wir mal miteinander gesprochen haben«, sagte er, »und wenn, höchstens übers Wetter. Ich weiß, dass ich ein paarmal im selben Raum mit ihm war. Aber ich habe ihn öfter auf Fotos gesehen als in Person.«

»In *America's Most Wanted*?«

»Nein, in *Linn's Stamp News*. Er stellt bei Briefmarkenmessen Teile seiner Sammlung aus und gewinnt Preise – oder versucht es zumindest. Seine Spezialität sind altdeutsche Staaten.«

»Meinst du, wie Wisconsin oder Pennsylvania?«

»Wie Hannover und Lübeck«, sagte Keller. »Und die Mecklenburgs.«

»Die Mecklenburgs? Wären das dann Ralph und Sheila Mecklenburg?«

»Mecklenburg-Schwerin«, korrigierte er sie, »und Mecklenburg-Strelitz. Im neunzehnten Jahrhundert waren das lauter selbständige Staaten und Fürstentümer, bevor sie sich zum modernen Deutschland zusammengeschlossen haben.«

»Und sie hatten alle ihre eigenen Briefmarken?«

»Jedenfalls ziemlich viele, und das ist sein Spezialgebiet. Altdeutsche Staaten. Und Deutschland und deutsche Kolonien, aber ...«

»Deutschland hat Kolonien?«

»Kein Land hat Kolonien«, sagte Keller. »Nicht mehr zumindest. Deutschland hatte bis zum Ende des Ersten Weltkriegs welche. Deutsch-Ostafrika, das an die Engländer gefallen ist, und Deutsch-Südwestafrika, das heute Namibia ist, und Togo und Kamerun, das sich die Franzosen unter den Nagel gerissen haben, und ...«

Er erzählte ihr mehr über das längst zerfallene deutsche Reich, als sie vermutlich wissen wollte, und als er fertig war, sah sie ihn an und sagte kopfschüttelnd. »Briefmarkensammeln bildet wirklich.«

»Darum geht es dabei zwar nicht, aber man schnappt zwangsläufig einiges auf. Lauter unnütze Informationen, schätze ich.«

»Alle Informationen sind unnütz«, sagte sie. »Sammelst du auch altdeutsche Staaten?«

»Nicht sonderlich intensiv.«

»Ihr beide seid also noch nicht aneinandergeraten, wenn mal eine besonders begehrte Marke zum Verkauf stand.«

»Nein.«

»Und ihr habt auch noch nicht zusammengesessen und Mai Tais getrunken und euch Sammlerschoten erzählt.«

»Es würde mich wundern, wenn er sich an mein Gesicht erinnern könnte.«

»Und der Umstand, dass ihr beide Briefmarkensammler seid, würde dich nicht davon abhalten, ihn ins Jenseits zu befördern.«

»Sollte es das denn?«

»Das darfst du nicht mich fragen, Keller. Horvath war Briefmarkensammler, was ihn aber nicht daran gehindert hat, den Auftrag zu erteilen. Letztlich läuft es nur darauf hinaus, was du für ein Gefühl bei der Sache hast.«

Keller dachte darüber nach. »Er war nicht gerade ein Freund von mir«, sagte er schließlich. »Nicht einmal ein Bekannter. Die Briefmarken sind nur etwas, das wir gemeinsam haben. Genauso gut könnten wir auch die gleichen Turnschuhe tragen. Etwa so, wie wenn du in der U-Bahn fährst, und du hast New Balance-Schuhe, und der Typ, der dir gegenübersitzt, trägt auch New Balance-Schuhe. Fühlst du dich ihm deswegen verbunden?«

»Ich fahre nie mit der U-Bahn«, sagte Dot, »weil sie nicht bis nach White Plains rausgeht. Und ich trage auch nie Turnschuhe. Trotzdem glaube ich zu wissen, was du meinst.«

»Na, siehst du«, sagte er. »Bloß weil jemand die gleiche Turnschuhmarke trägt wie man selbst, ist das noch lange kein Grund, ihm einen Freifahrtschein zu erteilen.«

Keller hatte im Javits Center schon Briefmarkenmessen besucht, die deutlich umfangreicher gewesen waren als die aktuelle. Die Händlerbörse passte problemlos in den Hauptballsaal des Cumberford, und die Exponate waren in einem kleineren Raum im Zwischengeschoss untergebracht. Es war die Qualität, deretwegen er herkam, die Qualität der Ausstellungsstücke, die Qualität der Händler im Börsensaal und vor allem die Qualität der Lose, die bei der dreitägigen Auktion, die von der renommierten Management-Consulting-Firma Halliday & Okun organisiert wurde, zur Versteigerung kamen.

Natürlich musste man nicht persönlich an einer Auktion teilnehmen, um mitzubieten. Das konnte man auch per Post tun, und dann bot das

Auktionshaus für einen mit, ohne höher zu gehen als das Limit, das man gesetzt hatte. Oder man konnte per Telefon bieten und in Echtzeit ja oder nein sagen und sich möglicherweise mitreißen lassen, als ob man tatsächlich dabei wäre, und mehr Geld ausgeben, als man beabsichtigt hatte.

Aber es war aufregender, wenn man dabei war, keine Frage. Und wenn man dann auf seinem Klappstuhl saß und darauf wartete, dass sein Los zur Versteigerung kam, konnte man herausfinden, wie viel einem wirklich an einer bestimmten Briefmarke lag. Das führte manchmal dazu, dass man bloß dasaß, ohne sein mit einer Nummer versehenes Bieterpaddel auch nur ein einziges Mal zu heben, und das Los jemandem für wesentlich weniger überließ, als man selbst zu bieten bereit gewesen wäre. Andere Male hingegen schoss man weit über sein selbst gesetztes Limit hinaus, weil man feststellen musste, dass man eine Marke wesentlich dringender haben wollte, als man geahnt hatte.

Ein anderer Vorteil, vor Ort zu sein, war, dass man die Auktionslose direkt und aus der Nähe in Augenschein nehmen konnte. Der Auktionskatalog enthielt zwar Fotos der wichtigen Stücke, aber man konnte ein Foto nicht mit der Pinzette aufnehmen, um sich klarzuwerden, wie sehr einem die Marke gefiel. Keller machte sich seine frühe Ankunft zunutze und ging nach dem Auspacken sofort in den Auktionssaal, trug sich ein, ließ sich seine Bieternummer – 304 – geben und nahm mit seinem Katalog Platz. Er ging ihn durch und gab die Lose an, die ihn so sehr interessierten, dass er sie sich ansehen wollte, worauf sie ihm einer der Halliday & Okun-Mitarbeiter zur Ansicht brachte.

Abgesehen von ein paar spannenden Momenten bei einer Auktion, war Briefmarkensammeln kein aufregendes Hobby. Es hatte in Sachen nervenzerreißender Spannung nicht viel zu bieten, was Keller nur recht war. Darum ging es ihm dabei nicht. Das hatte er mehr als genug in seinem Job oder in seinem, wie Len Horvath es vermutlich bezeichnet hätte, quotidianen Leben.

Was es ihm bot – und was Keller ganz besonders daran schätzte –, war, dass er total darin aufgehen konnte. Wenn er mit seinen Alben und einer Auswahl von Ansichtsexemplaren am Tisch saß oder wenn er es sich mit der neuesten Ausgabe von *Linn's* auf der Couch bequem machte, wurde seine gesamte Aufmerksamkeit von etwas absorbiert, das, alles in allem, vollkommen belanglos war. Wenn er eine Klemmtasche mit seiner Schneidemaschine zurechtschnitt, eine British-Colonial-Marke in den Wasserzeichensucher tauchte, ein anderes Stück mit dem Zähnungsschlüssel begutachtete, ging er völlig in dieser Tätigkeit auf. Die Zeit verging dann wie im Flug, ohne dass er etwas davon mitbekam.

Im vergangenen Monat hatte er einige Zeit mit dem Halliday & Okun-Katalog verbracht und ein Häkchen neben diejenigen Lose gesetzt, die ihn interessierten. Es standen ein halbes Dutzend Lose zur Versteigerung, die ihn genügend interessierten, um ihn nach San Francisco zu locken, hochpreisige Marken, fünf davon aus verschiedenen französischen Kolonien und eine frühe britische Marke. Je nachdem, wie viel für diese Marken geboten würde, konnte er es sich leisten, zwei oder drei von den sechs zu kaufen, und nach eingehendem Studium der Lose konnte er seine Liste von sechs auf vier zusammenstreichen. (Ihm gefiel die Farbe der Marke aus Gabun nicht, deren Farbe, weil sie vermutlich zu lange dem Sonnenlicht ausgesetzt gewesen war, verblasst war, und die britische Marke, schön zentriert und mit Außenrand, hatte ein paar ausgefranste Perforationen. Für Außenränder hatte er eine Schwäche, aber die Perforationsmängel störten ihn.)

Außer diesen sechs Marken gab es aber noch dreißig oder vierzig andere Lose, deren Schätzwert zwischen zehn und zweihundert Dollar lag. Sie würden Lücken in seiner Sammlung füllen, und je nachdem, wie sie aus der Nähe aussahen und wie viel für sie geboten wurde, würde er mitbieten oder auch nicht. Deshalb musste er sich auch alle diese Marken ansehen und sich Anmerkungen in seinem Katalog dazu machen und ging völlig in dieser Tätigkeit auf.

Er war nicht der einzige Kaufinteressent im Saal. An einer Tischreihe standen acht Stühle, und nie war seiner der einzige, der besetzt war. Andere kamen und gingen, und Keller war sich ihres Kommens und Gehens nur sehr am Rand bewusst. Die Gespräche im Raum waren gedämpft und hauptsächlich auf Männer (und mindestens eine Frau) beschränkt, die die Lose angaben, die sie sich ansehen wollten. Hin und wieder schlich sich in die Wortwechsel aber auch ein wenig Smalltalk, der sich meistens um Sport, ums Wetter oder um gemeinsame Bekannte drehte. Ein Mann beklagte sich, wie lästig die Sicherheitskontrollen am Flughafen waren, und Keller brachte seine Zustimmung zum Ausdruck, ohne aufzublicken oder eine Ahnung zu haben, wessen Meinung er bestätigte – oder sich ernsthaft darum zu kümmern, weil er viel zu sehr in das Studium der Briefmarke vertieft war, die er ans Licht hielt, um festzustellen, ob an einer Stelle, von der der Falz eines früheren Sammlers entfernt worden war, das Papier dünner geworden war. Dem war nicht so, und er machte sich einen entsprechenden Vermerk in seinem Katalog.

»Thurn und Taxis«, sagte jemand. Dem waren andere Worte vorausgegangen, die Keller jedoch nicht registriert hatte. Als Keller aufblickte, hatte er einen Mann mit dichtem grauem Haar und einem gutsitzenden Anzug vor sich. Seine extrem flache Uhr stand in auffälligem Gegensatz zu einem überraschend protzigen Ring. »Kenne ich Sie?«, fragte er. »Aber Sie sind nicht einer von diesen Altdeutschland-Typen, oder?«

Keller schüttelte den Kopf. »Weltweit vor 1940. Das heißt, eigentlich bis 49. Das British Empire sogar bis 52.«

»Um noch alles von George V. mitzunehmen.«

»Genau.«

»Nie mit dem Gedanken gespielt, sich zu spezialisieren?«

»Eigentlich nicht. Obwohl es Gebiete gibt, die mich stärker interessieren als andere.«

»Wie zum Beispiel?«

»Französische Kolonien.«

»Interessant.« Der Mann nickte zustimmend. »Und man muss sich nicht wegen Wasserzeichen und Zähnungen verrückt machen, auch wenn man natürlich auf gefälschte Überdrucke achten muss.«

»Wem sagen Sie das?«

»Unter den altdeutschen Ausgaben gibt es jede Menge Fälschungen. Und dann die ganzen Marken, die gestempelt mehr wert sind als postfrisch, sodass man auch noch auf gefälschte Stempel achten muss. Es ist fast so schlimm wie frühes Italien, wo um die fünfundneunzig Prozent der entwerteten Marken gefälschte Stempel haben.«

»Mir sind postfrische sowieso lieber«, sagte Keller.

»Wenn Sie noch welche bekommen können, nachdem inzwischen die ganzen Fälscher die postfrischen Marken aufkaufen und nachträglich mit gefälschten Stempeln entwerten. Aber wissen Sie, ich sammle postfrisch *und* gestempelt. Und Entwertungsvarianten. Und Mehrfachfrankaturen, postfrisch und gestempelt, und Ganzstücke. Das passiert, wenn man sich spezialisiert. Man will alles, und ein Ende ist nicht abzusehen. «

Keller nickte nur. Er hätte sich nie auf ein Gespräch einlassen sollen, dachte er, aber vielleicht konnte er sich ja noch herauswinden, wenn er es jetzt abwürgte.

Aber von wegen.

» Darf ich Sie auf einen Drink einladen, bevor wir hier noch länger so trocken fachsimpeln? «

Und als Keller jetzt zum ersten Mal aufblickte, schaute er in das Gesicht des Mannes auf dem Zeitungsfoto.

VIERUNDVIERZIG

Wenigstens war die Hotelbar nur schwach beleuchtet, und der Tisch, an dem er mit Bingham Platz nahm, lag an der Seite. Trotzdem war es keine gute Idee, mit dem Mann zusammenzusitzen. Jede Art von Verbindung zwischen ihnen bot der Polizei einen Anlass, nach Binghams Tod mit ihm zu reden, und ins Visier polizeilicher Ermittlungen zu geraten, wollte er unter allen Umständen vermeiden. Was er der Polizei voraushatte, war seine Professionalität. Wenn sein Auftrag erledigt war, gab es nichts, was ihn mit dem Toten in Verbindung bringen konnte.

Fast ebenso wenig war es in seinem Interesse, den Mann, den er umbringen sollte, kennenzulernen. Dann wurde der Betreffende nämlich von einem unpersönlichen Ziel zu einem menschlichen Wesen, was die Sache zwangsläufig erschwerte. Es hatte einmal eine Phase gegeben, in der Keller sich Sorgen gemacht hatte, er könnte ein Soziopath sein, doch inzwischen fand er, dass das auch Vorteile mit sich brachte. Ein echter Soziopath konnte sich mit einem potentiellen Opfer anfreunden, ohne dadurch in einen inneren Zwiespalt zu geraten. Zuerst konnte er die Gesellschaft des Betreffenden genießen, und dann konnte er es genießen, ihn zu töten; er musste keine mentale Gymnastik veranstalten, um den Betreffenden zu entpersönlichen.

Als Keller deshalb auf Binghams Toast – » Auf die Philatelie, die Königin der Hobbys und das Hobby der Könige! « - sein Glas hob, hoffte er, der Mann würde sich als unsympathisch und fies erweisen. Ein Faible für Postwertzeichen, wusste er, war keine Garantie für einen guten Charakter und ein einnehmendes Wesen, und mit einem Bisschen Glück würde sich Sheridan Bingham als ein gieriger Großkotz entpuppen, der altdeutsche Marken raffte wie ein Vielfraß, der sich an einem Büffet nicht genug auf seinen Teller laden konnte.

»Hast du schon mal auf so einer Messe ausgestellt, Jackie?«

Sag ruhig Sherry zu mir, hatte Bingham vorgeschlagen, womit sich Keller mehr oder weniger gezwungen sah, Bingham ebenfalls seinen Namen zu nennen. Sein Vorname war John, aber niemand nannte ihn so. Praktisch alle nannten ihn Keller, aber *Sag ruhig Keller zu mir* schien ihm nicht die passende Antwort auf *Sag ruhig Sherry zu mir*.

Sein Vorname sei John, hatte er Bingham geantwortet und war gerade dabei gewesen, ihm zu verraten, wie ihn alle nannten, um dann aber mitten im Satz abzudrehen und ihm anzuvertrauen, dass alle ihn Jack nannten. Soweit Keller sich erinnern konnte, hatte ihn kein Mensch jemals Jack genannt. Was übrigens auch Sheridan Bingham nicht tat, da er Jack unverzüglich in Jackie umwandelte.

Jetzt sagte Keller gerade kopfschüttelnd: »Auf diesen Gedanken wäre ich nie gekommen. Wenn man gewissermaßen alles sammelt, kommt man zu nichts, was man ausstellen könnte. Außer …«

»Außer was?«

»Na ja, meine Martinique-Sammlung ist komplett, und ich füge ihr nur noch geringfügige Abweichungen hinzu, wenn ich auf welche stoße.«

»Das hört sich an, als würdest du dich gegen deinen Willen spezialisieren.«

»Tja …«

»Haben sie hier nicht ein paar hochpreisige Stücke aus Martinique? Ein, zwei echte Raritäten? Also, da könntest du doch ohne weiteres ausstellen, wenn du wolltest.«

»Wahrscheinlich. Aber das ist mir noch nie in den Sinn gekommen.«

»Und jetzt, wo es dir in den Sinn gekommen ist?«

»Irgendwie liegt mir so was einfach nicht«, sagte Keller. »Was nicht heißt, dass ich mir nicht gerne ansehe, was andere Sammler ausstellen.«

»Warst du schon im Ausstellungssaal?«

»Nein, ich bin als Erstes in den Auktionssaal gegangen.«

»Wenn du dich trotzdem mal dorthin verirren solltest, kannst du dort ein paar von meinen Sachen sehen.« Keller sagte, er würde sich schon darauf freuen, und Bingham machte eine wegwerfende Handbewegung. »Eigentlich nichts, was der Rede wert wäre. Durchaus passable Marken und gut präsentiert, wenn ich das mal so sagen darf. Aber warum auch nicht? Es ist ja nicht so, dass ich was damit zu tun hatte.«

»Wieso nicht?«

»Ich habe da jemand, der meine Ausstellungen für mich vorbereitet. Er kümmert sich um Layout und Beschriftung und entscheidet, was ausgestellt werden sollte und was nicht. Hast du mal Hunde gezüchtet und auf Ausstellungen gezeigt, Jackie?«

Hunde? Was sollten Hunde hiermit zu tun haben?

»Nein, nie«, sagte er.

»Ich auch nicht, aber ein Cousin von mir gewinnt bei der Westminster Kennel Club-Ausstellung regelmäßig irgendwelche Preise. Hat zu Hause eine ganze Wand voller blauer Bänder. Und er hat jemand, der ihm sagt, welche Hunde er kaufen soll, und eine Frau, die sie für jede Ausstellung auf Vordermann bringt, und jemand, der sie bei der Ausstellung im Ring rumführt und dafür sorgt, dass die Preisrichter einen guten Eindruck bekommen. Was mein Cousin tatsächlich tut, beschränkt sich mehr oder weniger darauf, jeden Monat ein paar Schecks auszustellen, was er halbwegs vernünftig hinkriegt. Und dafür bekommt er dann die Bänder und Pokale, und er ist so stolz auf sie, dass man glauben könnte, er war derjenige, der dem Hund beigebracht hat, das Bein zu heben, wenn er pinkeln muss.«

»Ich dachte immer, dass würden sie ganz automatisch machen.«

»Möchte man eigentlich meinen. Jedenfalls, ich mache ziemlich genau das gleiche wie mein Cousin, nur mit Briefmarken statt mit Hunden. Ich schreibe die Schecks aus und trage die Bänder nach Hause. Und ich weiß beim besten Willen nicht, warum ich es eigentlich mache.«

»Du tust es für dein Hobby.«

»Findest du? Eher glaube ich, ich tue es für mein Ego und sonst nichts. Mein Glas ist leer, Jackie, und trotzdem ist meine Kehle noch trocken. Du hast deins ja noch kaum angerührt.«

»Tu dir keinen Zwang an«, sagte Keller. »Was mich angeht, genehmige ich mir so früh am Tag immer nur eins.«

Bingham machte den Kellner auf sich aufmerksam und signalisierte ihm, eine neue Runde zu bringen. »So ist es einfacher«, sagte er zu Keller. »Lass dein Glas einfach auf dem Tisch stehen, wenn du es nicht trinken willst. Weißt du, was ich langsam tue? Ich fange an, mich zu entspannen.«

»Nur deshalb trinkt man doch.«

»Und deshalb sammelt man auch Briefmarken«, sagte Bingham. »Es hilft einem, den Alltag hinter sich zu lassen, und versetzt einen an einen schönen, friedlichen Ort. Aber in letzter Zeit funktioniert das bei mir nicht mehr.«

»Verlierst du das Interesse an deiner Sammlung?«

»Nein, aber es fällt mir schwerer abzuschalten.« Er verstummte, als der Kellner die Getränke brachte. Dann griff er nach seinem Glas und starrte hinein. »Diesmal hat erst dann alles von mir abzufallen begonnen«, fuhr er schließlich fort, »als ich heute Morgen ins Flugzeug gestiegen bin. Ich hatte einen kürzeren Flug als du, ich bin mit Northwest von Detroit hergeflogen, und kaum hatten wir vom Gate abgelegt, habe ich angefangen, mich zu entspannen.« Er nahm einen Schluck von seinem frischen Glas. »Und das trägt auch noch das Seine dazu bei. Wenn du nach einem Glas Schluss machst, mache ich nach zwei Schluss, weil ich bei klarem Verstand bleiben will. Ich will lediglich in das Stadium kommen, in dem ich weiß, dass alles gutgehen wird.« Er rang sich ein schiefes Grinsen ab. »Denn das wird es nicht.«

Fang bloß nicht damit an, dachte Keller. Bleib lieber bei deinen Marken. Erzähl mir alles über deine brennenden Probleme mit gefälschten Entwertungen.

Und zum Glück tat Bingham genau das.

Keller bestellte sein Abendessen beim Zimmerservice.

Was in einer Stadt mit einem solchen Angebot an guten Restaurants absurd war. Er brauchte nur, egal in welcher Richtung, ein Stück die Straße runterzugehen, um über ein Lokal zu stolpern, in dem das Essen besser, billiger und interessanter war als das, was er von der Hotelküche erwarten konnte. Aber aus irgendeinem Grund wollte er sein Zimmer nicht verlassen, und als der Zimmerkellner den Wagen hereingeschoben und die Metallglocken von den einzelnen Gerichten genommen hatte, wurde ihm klar, was der Grund dafür war. Er wollte Sheridan Bingham nicht noch mal begegnen.

Idiotisch.

Trotzdem blieb er, nachdem er gegessen hatte, auf dem Zimmer und sah fern, bis es Zeit wurde, sich schlafen zu legen.

»Ebenfalls guten Morgen«, sagte Dot. »Obwohl es bei uns schon Nachmittag ist. Wann geht die Auktion los?«

»Sie hat schon vor fast einer Stunde angefangen«, sagte Keller. »Aber heute kommt nichts zur Versteigerung, was mich interessiert. Nur USA.«

»Wieso? Was stört dich an unserem schönen Land?«

»Ich sammle weltweit.«

»Aha? Und Amerika, befindet sich das auf einem anderen Planeten?«

»Nein, aber ...«

»Ich habe dich immer für einen Patrioten gehalten. Gerade du, Keller, der an die Helfer am Ground Zero Quiche austeilt. Und jetzt hältst du nicht einmal genug von deinem Land, um seine Briefmarken zu sammeln?«

»Ich könnte es dir natürlich erklären«, sagte er, »aber ich glaube nicht, dass das einer von uns will.«

»In diesem Punkt möchte ich dir tatsächlich nicht widersprechen. Hast du schon, äh, in Erfahrung gebracht, ob unser Freund seine Reise angetreten hat«?

»Ja, er ist hier, klar.«

»Hört sich irgendwie ein bisschen ominös an.«

»Wir waren gestern Nachmittag einen trinken«, sagte er und erzählte ihr kurz, was passiert war.

»Oh!«, war ihr einziger Kommentar.

»Ich weiß.«

»Wirst du trotzdem tun können, was du tun sollst?«

»Ich denke schon. In gewisser Hinsicht macht es die Sache sogar leichter für mich.«

»Weil er vor seinem neuen Freund nicht auf der Hut ist?«

»So in etwa.«

»In anderer Hinsicht«, sagte sie, »wird es aber schwerer.«

»Weißt du noch, wie du mich gefragt hast, ob ich ein Soziopath wäre?«

»Wie sollte ich das vergessen? Ich weiß auch noch gut, wie sehr dich das damals aufgewühlt hat.«

»Es gibt Zeiten«, sagte er, »in denen vieles einfacher wäre, wenn ich ein Soziopath wäre.«

»Du musst bloß meditieren.«

»Meditieren?«

»Dich an einen Ort der Stille und des Friedens versetzen und mit deinem inneren Soziopathen Kontakt aufnehmen.«

Darüber dachte er nach, während er die Exponate studierte. Sie waren interessanter als sonst. Die Durchschnittsqualität war hoch, aber daran lag es seiner Meinung nach nicht. Nach dem Gespräch mit Bingham sah er die Ausstellungsstücke plötzlich in einem anderen Licht.

Um zu vermeiden, dass die Preisrichter parteiisch urteilten, wurden die einzelnen Exponate anonym ausgestellt, aber Keller war sicher, dass die Kenner sehr wohl wussten, wer die einzelnen Aussteller waren. Sogar er konnte das bei einigen Stücken sagen. Er sah sie nicht zum ersten Mal und erkannte Binghams Beitrag sofort, weil dieser ihm bereits davon erzählt hatte. Drei Rahmen enthielten Marken der drei deutschen Inselkolonien im Pazifik – Marshallinseln, Marianen und Karolinen. Es gab postfrische und gebrauchte Exemplare aller Marken, darunter auch geringfügige Abweichungen, außerdem Kuverts – Sammler nannten sie Ganzstücke – sowie Vierer- und Sechserblöcke, und das reichhaltige Material war kunstvoll präsentiert und sachkundig beschriftet. Die Handschrift des Profis, der sich darum gekümmert hatte, war ebenso wenig zu übersehen wie die des Sammlers, Sheridan Bingham, der die Marken aufgespürt und sie zu einem entsprechenden Preis in seinen Besitz gebracht hatte.

Täte er so etwas gern selbst? Nach einigem Nachdenken gelangte Keller zu der Ansicht, dass das nichts für ihn wäre. Sein Hobby war eine reine Privatangelegenheit, und eine solche sollte es auch bleiben.

Was er allerdings tun konnte, war, sein Interesse an Martinique auch auf Ganzstücke und Mehrfachfrankaturen auszuweiten. Sie sähen gut aus, auch wenn niemand sie je zu sehen bekäme.

Und das sollte auch so bleiben. Er hatte keine künstlerische Ader und hatte mit Layout und Beschriftung nichts am Hut. Wie Bingham müsste er jemand damit beauftragen.

Nein, das war nichts für ihn. Er hatte mal einen Hund gehabt und hatte eine junge Frau damit beauftragt, den Hund auszuführen, wenn er nicht zu

Hause war. Und ehe er sich's versah, hatte er eine Freundin, die auch noch bei ihm wohnte. Und ehe er sich's ein zweites Mal versah, verschwand sie zusammen mit seinem Hund aus seinem Leben.

Eine Briefmarkensammlung musste man nicht ausführen. Man musste sie füttern – sie verschlang Geld, und sie war unersättlich –, aber zwischen zwei Mahlzeiten hielt sie es beliebig lang aus. Und wenn man verreisen musste, schloss man einfach die Wohnungstür ab, und die Alben standen im Regal, ohne sich zu beschweren.

Er machte einen weiteren Rundgang durch den Ausstellungssaal, bewunderte, was er dort sah, und wog die Verdienste der einzelnen Aussteller gegeneinander ab. Sehr schön, fand er, aber es ging ihm damit inzwischen so ähnlich wie mit Hunden und Freundinnen. Er sah sie gern an, aber er wollte weder das eine noch das andere besitzen.

FÜNFUNDVIERZIG

»Dachte ich mir's doch, dass ich dich hier finden würde.«

Eine Hand legte sich um die Kante des Tischs, an dem Keller saß, und die Deckenbeleuchtung des Börsensaals brach sich im blauen Stein des Highschoolrings.

Keller war in der Händlerbörse, wo er mehrere Schuhschachteln mit Ganzstücken durchgesehen hatte, ohne etwas zu finden, was sich zu kaufen lohnte. Es war aber insofern interessant, weil er sich nie für Ganzstücke interessiert hatte und sich jetzt zum ersten Mal einen Eindruck verschaffen konnte, wie er auf sie reagierte.

»Ich sehe mir gerade Ganzstücke an«, erzählte er Bingham.

»Aus Martinique?«

»Aus der ganzen Welt. Aus Martinique habe ich keine gefunden. Ich versuche mir gerade klarzuwerden, was ich von Ganzstücken halte.«

»Das ist wie mit der Büchse der Pandora«, sagte Bingham. »Keine zwei Ganzstücke sind identisch. Deshalb weiß man nie, wann man aufhören soll, welche zu kaufen. Oder was ein vernünftiger Preis ist. Deshalb kauft man am Ende alles, selbst wenn man gar nicht sicher ist, ob man es überhaupt haben will, und wenn man mal nicht zuschlägt, quält man sich anschließend jahrelang mit Vorwürfen, dass man sich so eine Gelegenheit hat entgehen lassen.«

»Dann sollte ich vielleicht lieber nicht damit anfangen.«

Bingham sah ihn an, dann schüttelte er den Kopf. »Also, wenn du mich fragst, wirst du nicht widerstehen können. Aber nur zu, versuch dich so lange dagegen zu sperren, wie du kannst. Aber bis dahin – was hältst du davon, erst mal mittagessen zu gehen?«

Es war ein langes, gemächliches Mittagessen in einem Restaurant, dessen Einrichtung von rotem Leder, dunklem Holz und blank geputztem Messing geprägt war. Die Klientel war vorwiegend männlich, und alle trugen Anzug und Krawatte oder zur Einstimmung aufs Wochenende hin und wieder einen dunkelblauen Blazer. Anwälte und Börsenmakler, vermutete Keller, die mit Martinis anfingen und mit Brandys aufhörten und zwischendurch mit gut abgehangenen Rindersteaks und frischem Seafood für die nötige Grundlage sorgten.

»Das geht heute auf mich«, erklärte Bingham, als sie ihre Drinks bestellten, und wischte Kellers Angebot, die Rechnung zu teilen, kurzerhand beiseite. »Wenn du möchtest, kannst du ja heute Abend das Essen zahlen. Aber das hier geht auf mich. Bist du das erste Mal hier, Jackie? Also, mit Ausnahme eines Lokals in Dallas, das ich kenne, kriegst du sonst nirgendwo ein besseres Steak.«

Keller war nicht sicher, ob er so früh am Tag schon ein Steak wollte, aber schon nach dem ersten Bissen waren seine Bedenken ausgeräumt. Während des Essens wurde nicht viel gesprochen – das Essen verlangte ihre ganze Aufmerksamkeit –, und wenn sie etwas sagten, drehte es sich um Briefmarken.

Der Kaffee war wie erwartet – dunkel, stark und perfekt aufgegossen –, und als Bingham einen edlen Armagnac dazu bestellte, schloss sich Keller ihm an. Weil er meistens Sodbrennen davon bekam, war er kein großer Freund von Brandy, aber er machte trotzdem mit.

Und wenn schon, dachte er.

Und ertappte sich bei der Frage, ob vielleicht jemand ein Fehler unterlaufen war. Angenommen, jemand in Detroit hatte das falsche Foto beigelegt. Angenommen, es war nicht Sheridan Bingham, sondern ein anderer Motor-City-Bewohner, der Len Horvaths Missfallen erregt hatte. Denn, jetzt mal im Ernst, wer konnte diesem rundum sympathischen Zeitgenossen nach dem Leben trachten?

Irgendjemand tat das aber.

»… froh, dass wir uns vorhin über den Weg gelaufen sind«, sagte Bingham gerade. »Allerdings muss ich dir was gestehen. Ich habe nach dir gesucht.«

»Ach?«

»Ich wollte nicht allein essen. Um ganz ehrlich zu sein, ich wollte nicht allein *sein*.«

»Du kennst doch bestimmt jede Menge Sammler.«

»Oberflächlich, ja. Unter den Ausstellern herrscht aber so viel Konkurrenz, dass man lieber Abstand wahrt. Und die anderen Deutschlandsammler, na ja, wir dürfen uns gar nicht zu nahe kommen, weil wir um dieselben Marken konkurrieren. Und um ehrlich zu sein, ist es auch nicht meine Art, anderen besonders nahe zu kommen. Ich bin eher von der unnahbaren Sorte.«

»Den Eindruck habe ich aber gar nicht, Sherry.«

»Wir hatten wohl spontan einen Draht zueinander, Jackie.« Er spitzte die Lippen und stieß einen tonlosen Pfiff aus. »Am Montagmorgen fliege ich nach Detroit zurück. Und darauf freue ich mich überhaupt nicht.«

»Heute ist erst Freitag.«

»Montag kommt früh genug. Morgen ist die Auktion, oder zumindest der Teil, der mich interessiert, und am Sonntag stehen auch noch mal Lose zur Versteigerung, bei denen ich mitbieten werde.«

»Das ist bei mir ähnlich.«

»Das nimmt jedenfalls einige Zeit in Anspruch, und ich habe etwas, worüber ich nachdenken kann. Und dann kommt die Bewertung der Ausstellungsstücke, und vielleicht gewinne ich was, vielleicht auch nicht. Aber egal was, am Montag fliege ich nach Hause.«

»Und das willst du eigentlich gar nicht?«

»Dort führe ich ein völlig anderes Leben.«

Bingham senkte den Blick. »Ohne Bodyguards gehe ich in Detroit nirgendwo hin, und selbst mit ihnen setze ich kaum einen Fuß vor die Tür. Ich habe einen Safe Room – weißt du, was das ist?«

»So eine Art Bunker mit Lebensmittelvorräten und Wasser?«

»Und einer Klimaanlage und einem Sofa«, sagte Bingham. »Damit sich ein reicher Mann dort verstecken kann, wenn jemand in sein Haus einbricht. Ich lebe mehr oder weniger in meinem Safe Room, Jackie. Meine Briefmarkensammlung habe ich schon vor Monaten dorthin gebracht.«

»Hast du Angst, dass dir jemand deine Marken stiehlt?«

»Sie sind nicht das Problem«, sagte Bingham. »Sie sind zwar mein größtes Hobby, aber ich bin keiner von diesen Trotteln, die sagen, die Briefmarken wären ihr ganzes Leben. Mein ganzes Leben ist mein *Leben*, und um das fürchte ich. Zu Hause in Detroit gibt es Leute, die meinen Tod wollen, Jackie, und früher oder später werden sie ihren Willen kriegen.«

»Gibt es denn nichts, was du dagegen tun könntest?«

»Ich habe einen Safe Room und mehrere Bodyguards. Was Besseres ist mir bisher nicht eingefallen. Wenn dich nämlich jemand unbedingt umbringen will, wie willst du ihn daran hindern? Er könnte das Haus auf der anderen Straßenseite kaufen, einen unterirdischen Gang in meinen Keller graben, Sprengstoff an meinem Safe Room anbringen und ihn, mit mir drin, in die Luft jagen.«

»Glaubst du wirklich ...«

»Was ich wirklich glaube«, sagte er, »ist, dass sie sich was Einfacheres und Wirksameres einfallen lassen und früher oder später auch umsetzen werden. Nein, es gibt nichts, was ich dagegen tun könnte, Jackie. Wäre schön, wenn es was gäbe.«

»Damit meine ich nichts zu deinem Schutz«, sagte Keller. »Eher etwas, um sie umzustimmen. Damit sie es abblasen.«

»Vollkommen ausgeschlossen.« Bingham griff nach seinem Cognacschwenker, stellte ihn, ohne daraus getrunken zu haben, wieder ab und nahm stattdessen einen Schluck Kaffee. »Ich habe etwas getan, was mir ein paar Leute nie verzeihen werden. Ich kann mir ihre Vergebung nicht erkaufen, und auch sonst gibt es keine Möglichkeit, sie zu bekommen. Sie sind nicht bereit, mich ungeschoren davonkommen zu lassen.«

»Du scheinst es mit erstaunlicher Fassung zu tragen.«

»Es ist, wie wenn man eine unheilbare Krankheit hat.« Jetzt nahm Bingham einen Schluck von seinem Armagnac. »Wenn man sich einmal damit abgefunden hat, lernt man, damit zu leben. Und im Moment ist es etwas in den Hintergrund getreten. Hier habe ich nichts zu befürchten.«

Am Abend aßen sie in einem fast leeren thailändischen Lokal, dessen Einrichtung von Drucken in Bambusrahmen und jeder Menge Lampions geprägt war. Das Essen war höllisch scharf, und sie aßen viel davon und spülten es mit mexikanischem Bier hinunter. Wie üblich redeten sie zuerst über Briefmarken, doch dann verlagerte sich die Unterhaltung auf ein anderes Thema.

»Ich frage mal lieber nicht, wie es dazu gekommen ist«, sagte Keller, »aber du kommst mir eigentlich nicht wie jemand vor, auf den jemand dermaßen sauer werden könnte.«

»Für dich bin ich ein Briefmarkensammler, Jackie. Das ist das Schöne an einem Hobby. Da kann man ein netter Typ sein. Mit meinem Leben in Detroit verhält es sich leider etwas anders.«

»Muss wohl so sein.«

»So ziemlich alles, was wir übereinander wissen, ist, was wir sammeln. Nach allem, was du über mich weißt, könnte ich ein durchgeknallter Axtmörder oder ein Kinderschänder sein. Bin ich zwar nicht, aber ich hätte weniger zu befürchten, wenn ich einer wäre. Der entscheidende Punkt ist, dass ich einer sein könnte. Und du könntest ein – hm, keine Ahnung – sein. Nichts mit Gewalt, dafür bist du zu sanft, aber du könntest ein Anlagebetrüger oder sonst irgendein Schwindler im großen Stil sein.«

»Findest du?«

»Nein, eigentlich nicht, aber ich glaube, du weißt, was ich meine. Wenn wir Briefmarken sammeln, hören wir auf, das andere zu sein, egal, was wir im richtigen Leben sind.«

Keller nickte und stellte eine Frage, die ihm schon den ganzen Nachmittag auf den Nägeln brannte. »Hast du deine Bodyguards dabei? Das ist wahrscheinlich etwas, was mir gar nicht auffallen würde, aber ...«

»Hier brauche ich keine, Jackie. Sie sind in Detroit geblieben und bewachen mein leeres Haus.«

»Eigentlich habe ich angenommen, du hättest sicherheitshalber zumindest einen oder zwei dabei.«

Bingham schüttelte den Kopf. »Ohne sie bin ich sicherer. Es weiß nämlich niemand, dass ich hier bin.«

»Ach so?«

»Ich habe einen Freund, der die Gulfstream seiner Firma benutzen kann. Damit bin ich hergeflogen, und am Montag fliege ich damit wieder nach Detroit zurück. Meine Bodyguards glauben, ich habe mich im Panikraum verkrochen.«

»Traust du ihnen denn nicht?«

»Bis zu einem gewissen Punkt schon, aber was sie nicht wissen, können sie auch nicht weitererzählen. Im Hotel bin ich unter einem falschen Namen gemeldet. Da kann also auch nichts nach außen dringen. Und selbst wenn ich mit meiner Ausstellung den ersten Preis mache und mein Foto auf die erste Seite des *Linn's* kommt ... also, ich kann mir nicht vorstellen, dass ihn die Typen in Detroit abonniert haben. Und wenn doch, nützt es ihnen auch nichts, weil ich wieder zu Hause bin, bevor sie die Meldung bringen.«

Auf Bodyguards musste er also nicht achten. Keller, der natürlich nach welchen Ausschau gehalten hatte, hatte niemand Verdächtigen bemerkt, aber es konnte nicht schaden zu fragen. Man konnte nie vorsichtig genug sein.

Er wusste nicht recht, was er von Sheridan Bingham halten sollte.

Er war ständig am Schwanken. Einerseits betrachtete er den Mann fast als einen Freund, für den er eine gewisse Zuneigung empfand. Zugleich war Bingham ein Auftrag, den es zu erledigen galt, und somit ein Problem, das er lösen musste, weshalb er notgedrungen auch etwas gegen ihn hatte. Manche Leute in seiner Branche steigerten sich in einen regelrechten Hass auf ihre Zielpersonen hinein, damit sie die Sache leichter durchziehen konnten. Keller hatte das nie für nötig gehalten, aber langsam konnte er verstehen, warum manche das brauchten.

Am Samstagmorgen saß er mit seinem Auktionskatalog, dem Paddel mit der Nummer und seinem Stift im Saal und wartete, dass seine Lose an die Reihe kamen. Obwohl er sich auf die Auktion zu konzentrieren versuchte, was ihm relativ gut gelang, ertappte er sich dabei, dass seine Gedanken hin und wieder abschweiften.

Du könntest ein Anlagebetrüger sein, hatte Bingham gesagt. *Oder sonst irgendein Schwindler.* Und er dachte an die Opfer von Betrügern, die oft weniger der finanzielle Verlust schmerzte als das missbrauchte Vertrauen. *Ich hielt ihn für einen Freund*, konnte man häufig von ihnen hören, *aber er hat mich betrogen.*

So, wie er Bingham betrügen würde.

»Und jetzt zu den Neubritannien-Ausgaben«, verkündete der Auktionator. »Los 402. Ich habe sechzig, bietet jemand fünfundsechzig? Fünfundsechzig, folgt mir jemand auf siebzig? Ich habe hinten im Saal siebzig, jemand für fünfundsiebzig? Siebzig zum Ersten, siebzig zum Zweiten, 402 geht an Bieter Nummer 214.«

Alle Neubritannien-Ausgaben wurden vom selben Bieter ersteigert, und Keller brauchte sich nicht umzudrehen, um zu wissen, wer es war. Neubritannien, wusste er, war eine Insel im Bismarck-Archipel, die unter den Deutschen, die sie 1700 entdeckt hatten, Neupommern hieß und zu Deutsch-Neuguinea gehörte. Als sie während des 1. Weltkriegs an die Briten fiel, nannten diese sie New Britain und übertrugen diesen Namen auch auf alle anderen besetzten Gebiete in dieser Region. Und weil sie schon dabei waren, überdruckten sie auch einige der deutschen Kolonialmarken.

Keller hatte einige New-Britain-Ausgaben, aber nicht viele. Er hätte ein oder zwei der Auktionslose ersteigern können, aber er wollte nicht gegen seinen neuen Freund bieten. Er konnte seine Ermordung planen, aber er war nicht bereit, bei einer Briefmarkenauktion gegen ihn zu steigern.

Aber eigentlich war es kein wirklicher Verrat. Eine andere Sache wäre es gewesen, wenn Bingham und er schon Freunde gewesen wären, bevor Horvath ihm den Auftrag erteilt hatte. In diesem Fall hätte er ihn abgelehnt und sogar eine Möglichkeit gesucht, seinen Freund zu warnen.

Aber so war es nicht gewesen. Zuerst hatte er den Auftrag erhalten, und wenn er den Auftrag, Bingham zu töten, nicht angenommen hätte, hätte er ihn gar nicht kennengelernt.

Trotzdem, irgendwie war es schon ein bisschen komisch ...

Für einen Soziopathen wäre so etwas wesentlich einfacher. Wirklich schade, dass es dafür keine Kurse gab, nach deren Abschluss man vielleicht sogar ein Zertifikat als geprüfte soziopathische Persönlichkeit bekam, Arbeitsplatzvermittlung inklusive.

»Los 721. Ich habe zwanzig Dollar, wer geht auf zweiundzwanzig? Zweiundzwanzig, jemand für vierundzwanzig? Ich habe zweiundzwanzig am Mittelgang, gehen Sie auf vierundzwanzig? Noch jemand für vierundzwanzig. Dann vierundzwanzig zum Ersten, vierundzwanzig zum Zweiten, das Los geht an Bieter Nummer 304.«

Keller nahm sein Paddel herunter, kreiste die Losnummer ein, notierte den Preis und wartete ab, was als Nächstes käme.

An diesem Abend gingen sie wieder in das Steakhouse. »Samstags ist dort nicht viel los«, sagte Bingham. »Die Geschäftsleute sind entweder zu Hause bei ihren Frauen oder im Bett mit ihren Freundinnen. Nicht, dass es hier jemals besonders laut ist, aber heute Abend haben wir das Lokal mehr oder weniger für uns allein. Bist du mit heute Nachmittag zufrieden? Ich hatte den Eindruck, dass du bei ein paar Losen einfach zuschlagen musstest.«

»Ich habe ein paar Schnäppchen ersteigert«, sagte Keller. »Die Lose, die mich wirklich interessieren, kommen erst morgen.«

»Ich habe heute ordentlich zugeschlagen, und das werde ich auch morgen noch mal tun. Manchmal frage ich mich allerdings, warum eigentlich.«

»Na ja, eine Briefmarkensammlung ist wie ein Hai«, sagte Keller.

»Wie ein Hai?«

»Ein Hai muss immer vorwärts schwimmen«, sagte Keller, »sonst stirbt er. Jedenfalls habe ich das mal gehört.«

»So hört es sich auch an. Wie etwas, das man mal gehört hat.«

»Aber egal, ob es nun auf Haie zutrifft oder nicht, bei einer Briefmarkensammlung ist es so. Wenn du ihr nichts hinzufügst, macht es keinen Spaß mehr, sie zu haben.«

»Das ist allerdings richtig.« Bingham nickte. »Ich war immer schon an Deutschland interessiert, aber ursprünglich habe ich Vatikan gesammelt. Frag mich nicht, warum. Ich bin nicht katholisch, aber Deutscher bin ich auch keiner. Es hat nicht lang gedauert, die Sammlung zu vervollständigen, einschließlich der Abweichungen, und da hatte ich sie, in einem Album, und ich habe sie mir nie angesehen. Verkauft habe ich sie aber auch nicht, obwohl ich das vermutlich tun sollte bei all dem Spaß, den ich daran habe. Wie ein Hai also, hm? So habe ich es zwar nie gesehen, aber da ist durchaus was dran. Ich kann mir richtig vorstellen, wie eine Sammlung angeschwommen kommt und alles verschlingt, was ihr in die Quere kommt.«

Etwas später fragte er: »Hast du Familie, Jackie? Nicht? Also, ich habe ein paar Cousins und Cousinen, aber niemand, mit dem ich in den letzten

Jahren Kontakt hatte. In meinem Testament habe ich alles der Wayne State University überlassen.«

»Hast du dort studiert?«

»Nein, aber sie haben mir vor ein paar Jahren einen Ehrendoktor verliehen. Du könntest mich also mit Dr. Bingham ansprechen, aber untersteh dich. Jedenfalls wird sich dieser Doktortitel für sie rentieren, und meinetwegen können sie das Geld gern haben. Würde mich nur interessieren, was sie mit meinen Marken machen.«

»Du könntest dir ausbedingen, dass sie die Sammlung behalten und ausstellen.«

»Wozu? Sollen sie sie ruhig versteigern, damit ein anderer Sammler Teile davon erwerben und sich daran freuen kann.«

»Naja«, sagte Keller, »aber bis dahin ist es ja noch eine Weile.«

Bingham sah ihn nur an.

SECHSUNDVIERZIG

»Ich habe an natürliche Ursachen gedacht«, erzählte er Dot am nächsten Tag.

»Klar. Die gehören doch zu deinen Spezialitäten, Keller. Du bist so ziemlich die natürlichste Todesursache, die ich kenne.«

»Cyanid ist immer gut«, sagte er, »und es dürfte nicht allzu schwer sein, mir welches zu beschaffen. Sieht aus wie ein Herzinfarkt.«

»Und ist auch genauso spaßig.«

»Aber wenn man gezielt danach sucht und eine Blutanalyse vornimmt, lässt es sich feststellen. Und sie werden eine machen, darauf kannst du Gift nehmen. Die Cops vor Ort wissen zwar aller Wahrscheinlichkeit nach nicht, wer er ist, aber sie werden es rausfinden, und wenn sie aus Detroit die ganze Story zu hören bekommen, werden sie alles nachprüfen und auch zwangsläufig Cyanidspuren finden – oder was ich mir sonst einfallen lassen könnte.«

»Und wenn sie so gründlich vorgehen, werden sie auch auf dich stoßen.«

»Egal, was ihm zustößt«, sagte Keller, »irgendwann werden sie auf mich stoßen. Ich habe zwar unser Essen gestern Abend bar bezahlt, aber ich hätte auch mit Kreditkarte zahlen können, denn es hätte nicht wirklich einen Unterschied gemacht.«

»Willst du nach Hause kommen, Keller.«

»Das habe ich mir schon überlegt.«

»Wir können das Geld zurückgeben. Dann bleibst du zwar auf den Kosten für deinen Flug sitzen, aber du wärst sowieso hingeflogen, oder nicht? Wir schreiben es also einfach ab. Soll sich jemand anders den Kopf zerbrechen, wie sich dieser Mistkerl am besten ins Jenseits befördern lässt.«

»Er ist übrigens richtig sympathisch.«

»Na, super. Genau das wollte ich hören.«

»Zumindest hier. In Detroit ist er vielleicht nicht so nett.«

»Willst du ihm etwa nach Detroit folgen und ihn dort erledigen? Zusammen mit seinen Bodyguards?«

»Lieber nicht.«

»Na, Gott sei Dank. Also, was meinst du, Keller? Soll ich anrufen? Dann brauchst du nur das Flugticket abzuschreiben?«

»Es ist nicht nur der Flug.«

»Das Hotel natürlich auch noch. Aber den Flug und das Hotel hättest du auch so bezahlen müssen. Wenn ich mich recht erinnere, hattest du den Flug und das Hotelzimmer bereits gebucht.«

»Nicht nur das Hotel.«

»Na ja, und ein paarmal essen warst du auch noch. Aber mir ist nicht recht klar … ach, jetzt verstehe ich, Keller. Die Briefmarken. Aber wolltest du nicht sowieso welche kaufen?«

»Innerhalb eines gewissen Rahmens.«

»Und diesen Rahmen hast du jetzt gesprengt? Weil du das Geld aus Detroit in Gedanken bereits in der Tasche hattest.«

»Ich habe nicht über die Stränge geschlagen«, versicherte er ihr. »Eigentlich habe ich nicht mehr ausgegeben, als ich mir vorgenommen habe. Ich hatte den vollen Betrag in Aussicht und dachte deshalb, ich könnte es mir leisten, etwas davon auszugeben. Aber wenn ich es zurückgeben muss …«

»Das ist mit ein Grund, warum es mir so gegen den Strich geht, Geld zurückzugeben. Sobald ich es mal in der Hand habe, ist es mein Geld. Und es zurückzugeben läuft auf dasselbe hinaus, wie es auszugeben. Bloß, was bekomme ich dafür?« Sie seufzte. »Andererseits, wenn ihm was zustößt, wird jemand mit einer Dienstmarke mit dir reden wollen. Und bisher bist du sehr gut damit gefahren, es immer so zu deichseln, dass du nie mit jemand mit einer Dienstmarke reden musstest.«

»An sich müsste es schon eine Möglichkeit geben.«

»Wie alt ist der Typ, Keller? Sechzig, fünfundsechzig?«

»Siebenundsechzig.«

»Noch besser. Vielleicht hast du Glück. Er ist nicht mehr der Jüngste, steht gewaltig unter Stress. Vielleicht greift dir die Natur unter die Arme. Wäre nicht das erste Mal.«

»Er wirkt aber ziemlich fit, Dot.«

»Sein ganzes Leben lang nie krank, und dann plötzlich zack! und die Pumpe gibt den Geist auf. Und ehe du dich's versiehst, hat er nur noch Zimmertemperatur. Wer sagt, dass so was nicht passieren kann?«

»Bloß müsste es in den nächsten vierundzwanzig Stunden passieren.«

»Macht es ein bisschen unwahrscheinlicher, hm? Angenommen, er gewinnt eins dieser blauen Bänder? Vielleicht hilft die Aufregung dabei nach.«

»Er hat schon jede Menge von den Dingern zu Hause an der Wand hängen. Ich kann mir nicht vorstellen, dass er deswegen noch groß aus dem Häuschen gerät.«

»Na ja, vielleicht verliert er auch und bringt sich vor lauter Enttäuschung um ... Keller? Bist du noch dran?«

»Ja, aber ich gehe jetzt besser wieder in den Auktionssaal zurück. Gleich kommen ein paar meiner Lose zur Versteigerung.«

Das letzte Los, für das er bot, war von St. Pierre et Michelon, zwei französischen Inseln vor der Küste Neufundlands. Ein entschlossener Telefonbieter setzte ihm schwer zu, und er bot mehr, als er vorgehabt hatte, aber das war okay. Er hatte das Geld, um für die Marken zu zahlen, und er würde es nicht zurückgeben müssen.

Er ging auf sein Zimmer, griff nach dem Hörer, überlegte es sich dann aber anders und ging nach unten, um das Haustelefon im Foyer zu benützen.

»Ich bin's, Jackie«, sagte er, und der Name hörte sich eigenartig für ihn an. Für Bingham hörte er sich jedoch offensichtlich ganz normal an, denn er sagte, er sei gerade aus der Dusche gekommen und habe er sich mit der Zeit vertan? Sie wollten sich doch erst in eineinhalb Stunden zum Essen treffen?

»Nein, es ist wegen was anderem«, sagte Keller. »Bist du allein? Kann ich kurz auf dein Zimmer kommen?«

»Ich bin immer allein. Aber ja, lass mir nur fünf Minuten, um mir was anzuziehen. Dann kannst du gern hochkommen.«

Bingham nannte ihm die Zimmernummer, und sieben oder acht Minuten später klopfte Keller an die Tür von Zimmer 617. Das war völlig in Ordnung, fand er. 1217 wäre besser gewesen, aber 617 täte es auch.

Und geräumig genug war es auch. Kellers Zimmer drei Stockwerke tiefer war ebenfalls völlig in Ordnung, wenn auch nicht besonders groß, aber Bingham hatte eine Suite. »Mehr Platz, als ich brauche«, sagte er zu Keller, »aber wenn man ein bisschen mehr ausgibt, wird man besser behandelt. Und wenn ich in einem Zimmer einen fahren lasse, kann ich ins andere gehen, bis sich der Geruch verzogen hat. Was zu trinken?«

Keller wollte eigentlich nichts, aber er sagte trotzdem ja. Denn dann würde Bingham was trinken – auch wenn sein Atem bereits nach einem guten Whiskey roch.

Bingham schenkte zwei Gläser ein, und sie stießen an, und Keller befeuchtete sich nur die Lippen, als Bingham einen kräftigen Schluck nahm. »Trifft sich übrigens gut, dass du hochgekommen bist«, sagte er. »Ich habe nämlich was für dich, und eigentlich wollte ich es dir zum Essen mitbringen, aber vielleicht hätte ich es vergessen. Deshalb gebe ich es dir jetzt, und du kannst es auf dein Zimmer bringen, bevor wir essen gehen.«

Die durchsichtige Plastikhülle enthielt ein Ganzstück, 1891 in Martiniques Hauptstadt Fort-de-France abgestempelt, in Paris auf der Rückseite noch einmal entwertet, die Marken mit verschiedenen Wertänderungsaufdrucken und alle vom ersten Satz der Inselkolonie.

»Ein echtes Prachtstück«, sagte Keller. »Was bin ich dir dafür schuldig?«

»Es ist ein Geschenk.«

»Jetzt hör aber mal«, sagte Keller. »Dafür will ich dir unbedingt was zahlen.«

»Nein. Du kannst es nicht kaufen, Jackie. Es ist nicht verkäuflich. Es ist ein Geschenk.«

»Aber ...«

»Auf lange Sicht wird es dich einiges kosten«, sagte Bingham und nahm einen Schluck von seinem Drink. »Die vielen Ganzstücke, die du kaufen wirst. Aber man muss den Hai füttern, oder nicht?«

»Das freut mich sehr. Ich hätte nur gern etwas, das ich dir dafür geben kann. Und vielleicht habe ich sogar was.«

»Ja?«

»Der Grund, warum ich hochgekommen bin. Du rechnest doch ernsthaft damit, umgebracht zu werden, oder sehe ich das falsch?«

»Früher oder später. Wenn jemand mit Geld und Macht es darauf angelegt hat, einen umzubringen, hat man auf Dauer keine Chance.«

»Sherry, ich glaube, ich weiß, wie du deinen Kopf aus der Schlinge ziehen kannst.«

»Das kann ich mir zwar nicht vorstellen, aber ich müsste schön blöd sein, mir deinen Vorschlag nicht anzuhören.«

»Du erinnerst dich doch sicher noch«, sagte Keller, »wie wir kürzlich darüber gesprochen haben, dass die Leute kaum etwas übereinander wissen. Und du hast gesagt, nach allem, was du weißt, könnte ich ein Anlagebetrüger oder sonst irgendein Schwindler sein.«

»Das sollte keine Beleidigung sein.«

»Das weiß ich, aber du hast damit gar nicht so weit danebengelegen. Ich bin zwar weder das eine noch das andere, nicht genau, aber ich habe mich nicht immer im Rahmen des Gesetzes bewegt.«

»Ich hatte bei dir gleich das Gefühl, dass du nichts anbrennen lässt, Jackie.«

»Ich hätte die Sammlung, die ich habe, nicht ohne den einen oder anderen Versicherungsbetrug.«

»Hast du deine eigenen Marken als gestohlen gemeldet? Ich hätte nicht gedacht ...«

»Was Briefmarken angeht, war ich immer absolut korrekt.«

»Genau wie ich. Das ist die Sache mit einem Hobby.«

»Ich rede von Lebensversicherungsbetrug. Im Lauf der Jahre habe ich ein paarmal meinen eigenen Tod vorgetäuscht. Deshalb kenne ich mich damit recht gut aus. Sherry, bei dir zu Hause gibt es jemand, der dich umbringen lassen will. Du kannst dich nicht freikaufen oder ihn einschüchtern, und er wird nicht eher Ruhe geben, als bis du tot bist. Aber wenn er glaubt, dass du bereits tot bist ...«

Bingham hatte jede Menge Fragen. Woher würde er eine Leiche bekommen? Was war mit der DNA? Mit dem Gebiss?

»Schenk dir noch ein Glas ein«, schlug Keller vor, »dann erkläre ich dir meinen Plan.«

»Es könnte tatsächlich funktionieren«, sagte Bingham. »Aber weißt du was? Es ist beängstigender, als tatsächlich zu sterben. An diese Vorstellung habe ich mich mittlerweile ganz gut gewöhnt, aber das …«

»Ich weiß, was du meinst.«

»Zugleich ist es auch wahnsinnig spannend. Es wäre ein völlig neues Leben. Ich würde praktisch wieder bei Null anfangen. Die Wayne State bekommt meine Briefmarken und meinen ganzen anderen Besitz. Ich habe auf geheimen Konten etwas Geld versteckt, an das ich problemlos rankomme. Ich muss also nicht von der Hand in den Mund leben. Aber wo soll ich leben, und wie verhindere ich, dass ich jemand über den Weg laufe, der mich erkennt?« Er fuhr sich mit der Hand durch die Haare. »Die könnte ich mir natürlich färben. Oder ganz kurz schneiden. Oder ganz abrasieren, aber dann fangen die Leute zu überlegen an, wie man mit Haaren aussieht.«

»Da gibt es einige Tricks«, sagte Keller in dem Glauben, dass es welche geben musste. »Und ich kann dir helfen, sie anzuwenden.«

»Und eine Leiche, die als meine durchgeht, kannst du auch auftreiben? Wie du das anstellst, will ich lieber erst gar nicht fragen, Jackie.«

»Niemand muss deshalb sterben«, versicherte er Bingham und machte ein paar vage Bemerkungen über kooperative Bestattungsinstitute. Selbst während er Bingham das alles auseinandersetzte, kam es ihm suspekt vor, und er war froh, dass Binghams Whiskeykonsum seine Glaubwürdigkeit erhöhte.

»Aber das Entscheidende ist«, fügte er hinzu. »Es muss unbedingt hier in San Francisco passieren. Wo dich niemand kennt und wo die Polizei vor allem daran interessiert ist, den Fall möglichst schnell zu den Akten zu legen und die Leiche nach Detroit zurückzuschicken – wo niemand eine Autopsie vornehmen wird, weil sie das in San Francisco schon gemacht haben.«

»Klar, warum auch?«

»Als Erstes bräuchte ich deinen Ring. Er ist unverwechselbar.«

253

»Mein Highschoolring. Da müsste ich erst mal sehen, ob ich ihn überhaupt abkriege. Ich versuche es einfach mal mit Seife.«

Er kam mit dem Ring in der Hand aus dem Bad zurück und reichte ihn Keller. »Da. Und was wäre das Zweite?«

»Dein Abschiedsbrief. Du schreibst ihn auf einem Blatt Papier mit dem Briefkopf des Cumberford.«

»Da ist welches in der Schreibtischschublade.«

»Könntest du ein Blatt holen? Es sollen möglichst keine anderen Fingerabdrücke drauf sein, nur deine eigenen.«

»Sehr schlau. Und was soll ich schreiben?«

Keller runzelte nachdenklich die Stirn. »Mal überlegen. ›Vielleicht mache ich es mir zu einfach, aber ich sehe keinen anderen Ausweg mehr.‹« Keller fügte noch ein paar Sätze hinzu, und Bingham sagte, er verstünde schon, worauf er hinauswollte, und ob es nicht besser wäre, wenn er es in seinen eigenen Worten formulierte? Keller sagte, das wäre das Beste.

Als Bingham fertig war, hatte er eine ganze Seite Hotelbriefpapier vollgeschrieben. »›Ich rate meinen Erben an der Wayne State University, meine Briefmarkensammlung zu verkaufen‹«, las er laut vor, »›und empfehle ihnen, sich hierfür an Halliday & Okun in San Francisco zu wenden.‹ Übrigens habe ich dieses Wochenende fast fünfzigtausend für Briefmarken ausgegeben. Das hätte ich vielleicht nicht gemacht, wenn ich geahnt hätte, dass ich die Marken nur ein paar Stunden besitzen würde.«

»Du könntest sie mitnehmen.«

»Findest du? Nein, es ist überzeugender, wenn ich sie hier lasse. Außerdem werde ich in meinem neuen Leben sicher nicht weiter Altdeutschland oder irgendein anderes Land sammeln. Meine Schrift ist ein bisschen zittrig.«

»Du willst dir ja auch gleich das Leben nehmen. Deshalb ist das nicht weiter verwunderlich.«

»Kann gut sein, dass es auch mit dem Scotch zu tun hat. Ich unterschreibe jetzt einfach. Die Unterschrift sieht doch ganz okay aus, oder?«

»Ja, wunderbar.«

»Und wie geht es jetzt weiter?«

SIEBENUNDVIERZIG

»Ganz schön raffiniert«, sagte Dot. »Erst lässt du ihn seinen Ring abnehmen und einen Abschiedsbrief schreiben, und dann leistest du ihm Hilfestellung dabei, aus dem Fenster zu springen. Ich weiß, dass Selbstmörder, die ins Wasser gehen, ihre Kleider gern ordentlich zusammengelegt am Strand zurücklassen, aber springen auch viele nackt?«

»Auch das kommt vor«, sagte Keller. »Was allerdings nie vorkommt, ist, dass jemand einen anderen auszieht, bevor er ihn aus dem Fenster wirft.«

»Bis jetzt.«

Keller zuckte nur mit den Achseln.

»Aber hast du nicht gesagt, dass er angezogen war, als du zu ihm rauf bist?«, fuhr Dot fort. »Dann musstest du ihn also ausziehen.«

»Als ich ihn angerufen habe, hat er gesagt, er käme gerade aus der Dusche. Ich hätte ihm sagen sollen, nur einen Bademantel anzuziehen.«

»Ich finde, er ist dir schon genügend entgegenkommen, Keller. Wie hast du ihn außer Gefecht gesetzt?«

»Nackenschlag.«

»Ein Klassiker.«

»Zuerst dachte ich, ich hätte ihn getötet. Ich hielt es für besser, lieber zu fest als zu leicht zuzuschlagen. Ich wollte nämlich nicht, dass er noch was mitbekommt.«

»Aber der Schlag hat ihn nicht getötet.«

»Nein, er war noch am Leben, als er aus dem Fenster geflogen ist.«

»Aber nicht mehr lang. Sechs Stockwerke?«

»Sechs Stockwerke.«

»Und keine Erker oder Vordächer, die seinen Fall gebremst haben.«

»Das hat das Gehsteigpflaster erledigt.«

»Und die Cops? Warst du noch so lange in der Stadt, dass sie bei dir aufgetaucht sind?«

»Ich bin von selbst zu ihnen gegangen«, sagte er.

»Im Ernst? Das dürfte aber das erste Mal gewesen sein.«

»Sobald ich von Binghams Tod erfahren habe – was nicht lang gedauert hat –, habe ich ihnen erzählt, dass ich übers Wochenende relativ viel mit ihm zusammen gewesen wäre und dass er vermutlich von seinem Arzt schlechte Nachrichten erhalten hätte, weil er mir zum Beispiel erzählt hat, dass es völlig widersinnig wäre, diese ganzen Briefmarken zu kaufen, wo er sich doch nicht mehr lange an ihnen freuen könnte. Und man könnte sogar sagen, dass er gewisse Selbstmordabsichten angedeutet hat: dass es besser sei, den Stier bei den Hörnern zu packen, als zu warten, bis sich das Schicksal von hinten an einen ranschleicht.«

»Wie ist das angekommen?«

»Na ja, der Detective, mit dem ich gesprochen habe, hat sich alles notiert, aber es schien nur zu bestätigen, was sie ohnehin schon angenommen haben. Für die Cops war der Fall längst klar, Dot.«

»Das Fenster war offen«, sagte sie, »und die Tür zu.«

»Und dazu ein sehr offener Abschiedsbrief in seiner Handschrift, unterschrieben, mit Datum versehen und mit seiner Uhr und seinem Highschoolring beschwert. Und seine Geldbörse voller Bargeld und die Briefmarken, die er am Wochenende gekauft hat, waren auch noch da.«

»Das müsste auch die letzten Zweifler überzeugt haben«, sagte sie. »Außer Len Horvath, der dich für so ziemlich das Größte seit Google hält. Er hat gesagt, er könnte es gar nicht erwarten, dass ihm wieder jemand auf die Eier geht, damit er dich noch mal anheuern kann.«

»Das hat er tatsächlich gesagt?«

»Nein, natürlich nicht. Aber er ist hochzufrieden, und zum Beweis dafür hat er uns das restliche Geld geschickt. Ich muss gestehen, er ist nicht der Einzige, der beeindruckt ist. Bingham dazu zu bringen, einen Abschiedsbrief zu schreiben – also, ich muss schon sagen …«

»Auf diese Idee hast du mich gebracht.«

»Ich?«

»Du hast gesagt, dass er Selbstmord begehen könnte. Aus lauter Enttäuschung, dass er das blaue Band nicht gewonnen hat.«

»Das habe ich gesagt? Daran kann ich mich nicht mehr erinnern, aber ich will es dir gern glauben. Hat er das blaue Band denn nicht gewonnen?«

»Doch, doch, er hat es gewonnen.«

»Aber er hat was anderes gefunden, worüber er enttäuscht sein konnte. Und das hat dich auf die Idee gebracht? Meine beiläufige Bemerkung?«

»Zusammen mit einer beiläufigen Bemerkung Binghams, der gesagt hat, ich könnte ein Anlagebetrüger oder sonst irgendein Schwindler sein. Daraufhin ist mir bewusst geworden, dass ich mir tatsächlich wie ein Schwindler vorkam. Immerhin habe ich so getan, als wäre ich sein Freund, während ich ihn in Wirklichkeit umbringen wollte, und dann habe ich mich gefragt, was ein Schwindler täte?« Er runzelte die Stirn. »Es war richtig spannend, alles so hinzudrehen, dass es am Ende perfekt hingehauen hat, aber ich wäre nicht gerne ständig ein Schwindler. Ich habe ihn wirklich gemocht.«

»Aber das hat dich nicht daran gehindert, es trotzdem zu tun.«

»Natürlich nicht. Und wenn doch, was dann? Es hätte lediglich bedeutet, dass Horvath die Kröte geschluckt und eine Möglichkeit gefunden hätte, ihn in Detroit aus dem Weg räumen zu lassen. Einen Tunnel unter Binghams Haus graben und alles in die Luft jagen, wie Bingham gesagt hat. Oder mit einer Privatarmee anrücken, um die Bodyguards auszuschalten. Bingham wusste, dass er keine Chance hatte. Er wollte nicht mehr nach Detroit zurück.«

»Und du hast dafür gesorgt, dass er das nicht musste.«

Keller zuckte mit den Achseln.

»Ich habe einen Packen Geldscheine für dich. Horvath war schnell und FedEx auch. Wenn du nicht schon welche gekauft hättest, würde ich sagen, kauf dir ein paar Briefmarken.« Sie deutete auf den Umschlag. »Du kannst also alles in deinen Rentenfonds einzahlen.«

Er blickte auf den stummgeschalteten Fernsehschirm, über den unter zwei in eine hitzige stumme Diskussion verstrickten Männern Aktienkurse krochen. »Wie stehen wir da?«, fragte er.

»An der Börse? Wir haben gute Tage, und wir haben schlechte, aber in letzter Zeit überwiegen die guten.«

»Was wirst du mit deinem Anteil machen?«

»Wahrscheinlich in weiteren Aktien anlegen und sehen, ob ich ihn ein bisschen vermehren kann.«

Keller schob ihr den Umschlag zu. »Mach das auch mit meinem. Sonst gebe ich das Geld nur aus.«

»Wenn du meinst. Ich dachte, wir sollten vielleicht unsere Werte etwas streuen und auch in ausländische Unternehmen investieren. Indien und Korea erleben gerade einen enormen Aufschwung.«

»Da verlasse ich mich ganz auf dich.«

Sie legte eine Hand auf den Umschlag und zog ihn zu sich heran. »Keller? Diese Marken, die er auf der Auktion ersteigert hat, die du zusammen mit dem Abschiedsbrief auf dem Tisch hast liegen lassen. Warst du nicht versucht?«

»Nein, überhaupt nicht.«

»Weil es dein Hobby ist?«

»Genau.«

»Langsam fange ich an, das Ganze zu verstehen«, sagte sie. »Er hat dir doch einen Umschlag geschenkt – nur dass du ihn anders genannt hast.«

»Ein Ganzstück.«

»Richtig. Aus Martinique, stimmt's? Wie viel hat er dafür gezahlt?«

»Es dürfte zwischen acht- und zehntausend Dollar wert sein. Aber ich weiß nicht, ob er auch so viel dafür gezahlt hat.«

»Und das behältst du?«

»Klar. Es war ein Geschenk.«

»Mhm.«

»Und etwas, was mich an ihn erinnert.«

»Aha. Aber versuchst du normalerweise nicht, sie so schnell wie möglich zu vergessen? Du hast doch so eine mentale Technik, mit der du zunächst die Farben immer stärker verblassen lässt. Und dann lässt du ihr Bild immer kleiner werden, bis es ganz verschwindet?«

»Normalerweise tue ich das.«

»Aha. Und sonst geht es dir gut, Keller?«

»Klar«, sagte er, »ich denke schon.«

Kellers Vermächtnis

Als Keller um die Ecke bog, sah er Dot auf der Veranda stehen. Auf beiden Seiten der altmodischen Hollywoodschaukel hing ein weißer Blumentopf von der Decke des Verandadachs. In jedem war eine Grünlilie, und Dot war gerade dabei, sie zu gießen. Als sie auf ihn aufmerksam wurde, drehte sie sich um und bekam große Augen, aber sie goss die Pflanzen noch zu Ende.

»Diese hier«, sagte sie, »wächst schneller als die andere. Siehst du? Sie hat mehr Ableger und wird früher den Boden erreichen. Deshalb frage ich mich, ob ich sie zurückschneiden soll, damit sie beide gleich weit nach unten hängen.«

»Warum?«

»Wegen der Symmetrie«, sagte sie. »Allerdings bin ich nicht sicher, ob das für die Pflanze gut ist. Bist du etwa zu Fuß vom Bahnhof gekommen?«

»Ist doch ein schöner Tag heute.«

»Das sollte wohl ein Ja sein. Aber wie bist du dann so schnell hergekommen? Es ist keine Stunde her, dass ich dir auf den Anrufbeantworter gesprochen habe, und bis du die Nachricht abgehört und in der Grand Central einen Zug gekriegt hast ...« Sie runzelte die Stirn. »Eigentlich unmöglich. Oder hast du den Anrufbeantworter telefonisch abgefragt?«

»Ich war frühstücken«, sagte er, »und habe Zeitung gelesen und das Kreuzworträtsel gemacht, und dann wollte ich dich anrufen, aber dann dachte ich, ich lasse es drauf ankommen und fahre einfach so raus. Ich wäre nie auf die Idee gekommen, den Anrufbeantworter abzuhören.«

»Du bist also einfach so hergekommen. Du möchtest eine Briefmarke kaufen, und deshalb willst du etwas Geld aus unserem Wertpapierdepot?«

Keller schüttelte den Kopf.

»Du hast irgendwie gespürt, dass ich dich zu erreichen versucht habe, und das hat dich unbewusst dazu veranlasst, dich in den nächsten Zug zu setzen und herzukommen? Auch nicht? Dann fällt mir leider keine Erklärung mehr ein, Keller. Komm rein und erzähl mir alles.«

Am Küchentisch zog er ein gefaltetes Blatt Papier aus der Tasche. Ohne es zu entfalten, begann er: »Ich habe ein bisschen nachgedacht. Da ist natürlich mein Anteil an unserem Wertpapierdepot, aber ansonsten steckt mein gesamtes Vermögen in meinen Briefmarken. Insgesamt zehn Alben und eine kleine Schachtel mit Kleinkram.«

»In deiner Wohnung.«

»Ja. Und jetzt ist mir folgender Gedanke gekommen. Wenn mir was zustoßen sollte, gehst du sofort in meine Wohnung. Den Schlüssel, den ich dir mal gegeben habe, hast du doch noch?«

»Er muss hier irgendwo sein, ja.«

»Wenn du nicht weißt, wo er ist …«

»Ich weiß sehr genau, wo er ist, Keller. Er hängt an einem Haken neben der Hintertür. Aber willst du mir vielleicht langsam erzählen, worum es eigentlich geht?«

»Du machst folgendes«, fuhr Keller fort. »Du fährst zu meiner Wohnung und schließt dir auf. Am besten nimmst du jemand mit, der dir hilft. Die Alben sind ziemlich sperrig und schwer zu tragen. Schaff sie aus der Wohnung und bring sie hierher.«

»Und dann soll ich wahrscheinlich meinen Helfer umbringen und im Garten verscharren, weil Tote nicht mehr reden können.«

»Nein, Dot, es ist mir ernst.«

»Das ist mir durchaus klar. Deshalb wüsste ich gern, warum.«

»Ich habe an diesen Typen gedacht. Sheridan Bingham.«

»Der aus dem Fenster gefallen ist.«

»Er hat Vorkehrungen getroffen. Er hat seine Briefmarkensammlung der Wayne State University vermacht, und sie sollen sie verkaufen. Aber was würde zum Beispiel aus meiner Sammlung? Sie würde einfach rumliegen, bis jemand meine Wohnung leerräumt, und dann könnte, weiß Gott was, damit passieren.«

»Und deshalb möchtest du, dass ich sie ausstelle oder etwas in der Art? Oder weiter Marken dazukaufe?«

»Dich interessieren Briefmarken doch gar nicht. Du kannst sie verkaufen und mit dem Geld machen, was du willst.«

»Aber ...«

»Es gibt sonst niemand, dem ich etwas hinterlassen könnte«, fuhr er fort. »Und es gibt auch nichts, was ich außer dem Wertpapierdepot hinterlasse. Und das würdest doch du bekommen, oder?«

»Offiziell«, sagte sie, »gehört es uns beiden, und der Anteil des Erstverstorbenen geht automatisch an den anderen Eigentümer. Deshalb ja, es würde an mich fallen. Aber warum führen wir dieses Gespräch, Keller?«

»Wegen meines Seelenfriedens.«

»Mein Seelenfrieden hätte nicht besser sein können, bevor du mit diesem Blödsinn angefangen hast«, sagte Dot, »aber jetzt könnte ich das nicht mehr behaupten. Insofern hast du damit das genaue Gegenteil bewirkt.«

»Lass mich einfach zu Ende reden.« Er entfaltete das Blatt Papier. »Drei Händler«, begann er darauf. »Du machst Folgendes, du rufst alle drei an und bietest ihnen an, die Sammlung anzusehen und dir ein Angebot zu machen. Ich habe eine Beschreibung des Materials aufgesetzt. Bestelle sie an verschiedenen Tagen ein, weil sie eine Weile brauchen werden, um alles zu sichten und dir einen Preis zu nennen.« Im Weiteren erklärte er ihr, wie sie mit den Händlern verfahren sollte und wie viel sie realistischerweise erwarten konnte. Bei wirklich teuren Exemplaren war die Gewinnspanne für den Händler relativ gering, aber bei Durchschnittsmarken bekam man nur einen Bruchteil des Kaufpreises zurück. Alles in allem, schätzte er, dass seine Sammlung etwa ein Viertel bis ein Drittel des Katalogwerts einbrächte, aber mit Sicherheit ließ sich das schwer sagen.

»Wenn man Briefmarken als Investition betrachtet«, sagte er, »ist man besser beraten, sein Geld in Aktien anzulegen – oder sogar auf ein Sparbuch einzuzahlen. Aber wenn man das Ganze als Hobby betrachtet, als Freizeitbeschäftigung, dann bekommt man zumindest ein bisschen was wieder rein, was man zum Beispiel von Fliegenfischen nicht behaupten kann.«

»Da kannst du essen, was du gefangen hast«, bemerkte Dot. »Außer du bist einer von den Typen, die jeden Fisch wieder zurückwerfen. Keller? Wieso kommst du damit ausgerechnet jetzt an? Und erzähl mir bitte nicht, es ist wegen Sheridan Bingham.«

»Mir könnte mal was passieren.«

»Hast du ein schlechtes Gefühl, Keller? Eine Vorahnung?«

»Eigentlich nicht.«

»Eigentlich nicht? Ist das ein Ja oder ein Nein?«

»Jedem kann mal was passieren, Dot. Ein Autounfall oder was weiß ich?«

»Dann fährt man eben vorsichtig.«

»Na ja, auch die Arbeit, die ich mache. Normalerweise halte ich sie nicht für gefährlich, obwohl sie es wahrscheinlich ist.«

»Gefährlich ist sie nur für andere Leute. Aber vermutlich würdest du in die Hochrisikogruppe eingestuft, wenn du eine Lebensversicherung abschließen würdest.«

»Ich könnte auch verhaftet werden. Bei meinem letzten Auftrag habe ich am Ende mit der Polizei gesprochen. Das habe ich zwar von mir aus getan, und sie hatten keinerlei Verdacht gegen mich, aber man lenkt trotzdem Aufmerksamkeit auf sich, wenn man zur Polizei geht und mit ihnen redet.«

»Ich glaube, ich weiß, was du meinst.«

»Wenn ich ums Leben komme«, sagte er, »gehst du auf der Stelle in meine Wohnung und schnappst dir die Alben. Das gilt auch für den Fall, dass ich einfach verschwinde und du nichts von mir hörst und mich nicht erreichen kannst. Nur solltest du die Sammlung in diesem Fall noch eine Weile behalten, falls ich doch wieder auftauche. Du kannst sie ja später immer noch verkaufen. Das Gleiche gilt natürlich auch, wenn ich verhaftet werde.«

»Wenn du verhaftet wirst«, sagte Dot, »können deine Marken allein umziehen. Ich werde sicher nicht in ihre Nähe kommen.«

»Warum nicht?«

»Weil ich, sobald mir etwas Derartiges zu Ohren kommen sollte, auf der Stelle meine Koffer packe und zusehe, dass ich einen Platz in der nächsten Maschine nach Brasilien bekomme. Ich möchte möglichst über alle Berge sein, bevor du mich verpfeifst.«

»Glaubst du ernsthaft, das würde ich tun?«

»Willkommen im einundzwanzigsten Jahrhundert, Keller. Selbst Mafiosi verpfeifen einander inzwischen. Sie würden dich wegen Mordes anklagen, und deshalb wirst du nur dann einen Deal aushandeln können, wenn du deinen Auftraggeber hinhängst. Wer das ist, wirst du wahrscheinlich nicht wissen. Aber du weißt, wer ich bin, und das könnte ausreichen, um dir die Spritze zu ersparen.«

Darüber dachte er kurz nach, bevor er den Kopf schüttelte. »Eher lasse ich mir die Spritze verpassen.«

»Als mich hinzuhängen? Ich bin gerührt, Keller, und du magst das vielleicht jetzt sagen, und vielleicht meinst du es sogar, aber ...«

»Ich würde mir lieber die Spritze geben lassen, als im Gefängnis zu versauern.«

»Wirklich?«

»Und wenn ich dich hinhängen würde«, sagte er, »dann erst nach Wochen oder Monaten. Du hättest noch jede Menge Zeit, um die Briefmarken zu verkaufen und das Depot aufzulösen. Sogar das Haus hier könntest du noch verkaufen.«

»Wäre interessant zu wissen, was es brächte. Es ist nicht mit einer Hypothek belastet, und der Immobilienmarkt ist zurzeit ziemlich überhitzt. Es bringt sicher mehr als irgendwelche Briefmarken, und es gibt noch einen Punkt, der für Häuser spricht. Man braucht sie nicht in ein Album einzukleben.« Sie sah ihn an und runzelte die Stirn. »Keller, verschweigst du mir was?«

»Nicht, dass ich wüsste.«

»Du hast doch nicht irgendwas Dummes vor?«

»Was Dummes?«

»Du weißt schon, was ich meine.«

»Selbstmord etwa? Nein, natürlich nicht.«

»Aber du denkst, dir könnte was zustoßen.«

»Früher oder später stößt jedem was zu.«

»Da hast du allerdings auch wieder recht.«

»Ich habe zwar eine Krankenversicherung«, sagte er, »aber nicht, weil ich damit rechne, krank zu werden. Ich werde nie krank. Aber die meisten Leute werden früher oder später krank, und deshalb brauche ich mir deswegen keine Sorgen zu machen. Und jetzt brauche ich mir auch keine Sorgen zu machen, was aus meinen Marken wird, weil du dich um sie kümmerst.«

»Was mir zu denken gibt«, sagte Dot, »sind die Umstände, unter denen du heute aufgetaucht bist. Ich habe dir auf Band gesprochen, aber du hast die Nachricht nicht abgehört, und trotzdem bist du hergekommen.«

»Weil ich über diese Sache mit dir reden wollte und ...«

»Worüber wir noch nicht gesprochen haben, ist, warum ich dir eine Nachricht hinterlassen habe.«

»Stimmt.«

»Ich habe eine Expresszustellung bekommen.«

»Ach?«

»Erinnerst du dich noch an Al?«

Es dauerte eine Weile, aber dann fiel es ihm wieder ein. »Er hat uns Geld geschickt.«

»Richtig.«

»Das ist aber schon eine Weile her.«

»Eselsjahre, was immer das heißt. Es hört sich jedenfalls noch länger an als Hundejahre.«

»Die Anzahlung für einen Auftrag«, sagte Keller. »Aber dann haben wir keinen Auftrag bekommen, und irgendwann habe ich das Ganze vergessen.«

»Ganz ähnlich ist es auch mir gegangen. Ich dachte, er hätte es sich anders überlegt oder er wäre gestorben und dass wir deshalb das Geld behalten könnten und uns keine weiteren Gedanken darüber machen müssten.«

»Sag bloß, er hat noch mal Geld geschickt.«

Dot schüttelte den Kopf. »Nein, kein Geld. Nur einen Namen und eine Adresse und ein Foto und ein paar Zeitungsausschnitte.«

»Und auf dem Foto ist jemand, um den wir uns kümmern sollen.«

»Es ist jedenfalls keine Postkarte vom Grand Canyon. Weißt du, was ich am liebsten täte? Ihm sein Geld zurückschicken.«

»Die Sache ist dir nicht geheuer.«

»Dir etwa nicht auch? Wir hören jahrelang nichts von ihm, und als er sich dann meldet, ist es am selben Tag, an dem du zu der Überzeugung gelangst, dass dich deine Briefmarken überleben werden? Versuch erst gar nicht, es mir zu erklären. Dir geht die Muffe, und dann meldet sich Nennt-mich-einfach-Al mit etwas, wegen dem einem zu Recht die Muffe geht. Und du weißt nur zu gut, wie ungern ich Geld zurückschicke.«

»Es geht dir gegen den Strich.«

»Aber in diesem Fall täte ich es, ohne lange zu überlegen. Aber es geht nicht. Ich weiß nämlich nicht, wer der Dreckskerl ist oder wo er wohnt. Hast du vielleicht eine Idee, was wir tun könnten?«

»Auf die Schnelle erst mal nicht.«

»Nichts können wir tun«, sagte sie. »So einfach ist das. Wenn er sein Geld zurückhaben will, soll er es uns sagen und die Adresse angeben, an die wir es schicken sollen.«

»Und deshalb warten wir einfach, bis wir wieder von ihm hören?«

»Genau.«

»Und er wartet darauf, dass ich den Auftrag erledige, was ich aber nicht tue.«

»Genau.«

Das ließ sich Keller kurz durch den Kopf gehen. »Da ist aber ziemlich viel Warten im Spiel. Und du sagst, er hat ein Foto geschickt.«

»Und ein paar Zeitungsausschnitte. Moment.«

Er las die Zeitungsausschnitte, studierte das Foto, prägte sich Name und Adresse ein. »Albuquerque«, sagte er schließlich.

»Dort warst du doch schon mal.«

»Vor langer Zeit. Ist das, wo Al wohnt?«

»Ich heiße Alice, mein Mann heißt Albert, wir leben in Albuquerque, und wir züchten Alpacas. Sieh mich nicht so an, Keller. Das ist ein Kinderreim, zu dem man seilhüpfen kann. Wenn du mal ein kleines Mädchen gewesen wärst, könntest du dich daran erinnern. Ich weiß nicht, wo er lebt. Das FedEx-Päckchen ist aus Denver gekommen.«

»Mhm.«

»Was aber nicht unbedingt heißt, dass er dort auch lebt. Warum ordne ich diesen Quatsch nicht einfach unter V ein?«

»Unter V?«

»Damit wir es *vergessen* können. Das willst du aber nicht, oder sehe ich das falsch?«

»Vielleicht gibt es einen Direktflug dorthin«, sagte er. »Aber weißt du, was ich tun werde. Ich werde mit American über Dallas hinfliegen.«

»Ich finde, du solltest gar nicht hinfliegen.«

»Ich will es hinter mich bringen, Dot. Ich möchte nicht rumsitzen und warten, dass was passiert.«

NEUNUNDVIERZIG

Es war nicht zu erwarten, dass ihn am Flughafen jemand abholte. Trotzdem sah er sich das Dutzend Männer genau an, die zwischen Sicherheitskontrolle und Gepäckausgabe mit handgeschriebenen Schildern herumstanden. Er las die Schilder in der Erwartung, vielleicht einen bekannten Namen darauf zu entdecken – NOSCAASI oder BOGART oder sogar KELLER. Er entdeckte keinen, sah aber einen Mann, der mit hängenden Schultern auf einen Mr. Brenner wartete, durchdringend an, weil ihn der Mann seinerseits durchdringend anstarrte. Keller wandte den Blick ab und ging weiter. Er spürte die Blicke des Manns in seinem Rücken, als er auf den Hertz-Schalter zusteuerte.

Er hatte in drei verschiedenen Motels an aufeinander folgenden Ausfahrten des I-40 ein Zimmer gebucht, und er fuhr der Reihe nach zu jedem, checkte in jedem unter einem anderen Namen ein und zahlte bar eine Woche im Voraus. Er duschte im ersten, hinterließ dort und im zweiten Motel das Bett so, als hätte er darin geschlafen, und setzte sich im dritten etwa eine Stunde vor den Fernseher und schaltete zwischen CNN und einem der Sportsender hin und her.

Er packte seine Sachen nicht aus und nahm seine Reisetasche mit, als er zum Auto zurückging. Er aß in einem Denny's, dann suchte und fand er eine Adresse in einer Seitenstraße der Indian School Road. Die Häuser waren alle aus Lehmziegeln, aber sonst war die Gegend sehr unterschiedlich. Es gab kleine Grundstücke mit gelbbraunen Würfeln darauf, die aussahen, als wären sie von ihrem Besitzer mit ein paar Freunden übers Wochenende hochgezogen worden. Andere Grundstücke waren dagegen ein paar Hektar groß und hatten schön gestaltete Gärten mit riesigen, von Architekten entworfenen Villen.

Das Haus, nach dem er suchte, stand zwischen einem kleinen Schuppen und einem pompösen Fertighaus und war eher eine Villa als eine armselige Hütte, aber deutlich weniger bombastisch als einige seiner Nachbarn. Wegen der für die Adobe-Architektur typischen Rundungen und Bögen machte es einen durchaus sympathischen Eindruck. Keller fand, es sah aus wie ein Haus, in dem man ein schönes und angenehmes Leben führen konnte.

Gleichzeitig fragte er sich, was Warren Heggman getan hatte, um sich so ein schönes und angenehmes Leben leisten zu können, und warum jemand diesem Leben ein Ende setzen wollte. Er blickte auf die Sitzfläche des Beifahrersitzes hinab, von wo ihm das Foto des Mannes entgegensah. Er hatte ein schmales, längliches Gesicht und eine hohe Stirn. Mitte, Ende vierzig, schätzte Keller, vielleicht auch schon Anfang fünfzig.

Keller fuhr einmal um den Block und hielt gegenüber von Heggmans Haus am Straßenrand. Das Garagentor war zu, weshalb sich nicht feststellen ließ, ob Heggman zu Hause war, aber da mehrere Lichter brannten, war er das vermutlich.

Es spielte keine Rolle. Er hatte das Haus gesehen, sagte er sich, und jetzt fuhr er am besten in eins seiner Motels zurück und legte sich schlafen. Am nächsten Morgen konnte er das Haus dann beobachten und sich mit Heggmans Tagesablauf vertraut machen. Bis in ein paar Tagen fiel ihm bestimmt etwas ein, wie er an den Mann herankommen konnte, und bis dahin hätte er sich auch eine geeignete Waffe beschafft, sodass er die Sache in absehbarer Zeit hinter sich bringen konnte.

Er fuhr los, doch dann, er wusste selbst nicht, weshalb, umrundete er den Block noch einmal und bog in Heggmans Einfahrt.

Drei Motelzimmer, dachte er. Drei verschiedene Namen. Was machte er lange herum und versuchte, keine Spuren zu hinterlassen. Warum?

Nimm doch nur Sheridan Bingham, Herrgott noch mal. Verkriecht sich in einem Haus voller Bodyguards in einem Bunker, und kann sich seines Lebens nur dann ein bisschen freuen, wenn er das alles hinter sich lässt und nach San Francisco fliegt. Und was hat ihn dort erwartet?

Er stieg aus, ging auf die Haustür zu und klingelte.

FÜNFZIG

»Ich dachte mir schon, dass du es bist«, sagte Dot. »Wie ist das Wetter in Albuquerque?«

»Ich bin in White Plains«, sagte Keller.

»Echt witzig«, sagte sie. »Das bin ich auch. Aber was soll das heißen, du bist in White Plains?«

»Am Bahnhof.«

»Dann bleib, wo du bist«, sagte sie. »Ich hole dich ab.«

»Ich nehme mir ein Taxi. Das ist einfacher.«

Das Taxi setzte ihn vor ihrem Haus ab, und sie wartete auf der Veranda auf ihn. »Du hast die Grünlilie gestutzt«, sagte er. »Sieht auch besser aus, finde ich, wenn beide gleich groß sind.«

»Ich habe das Kindel, das ich abgeschnitten habe, im Wintergarten in einen neuen Topf eingepflanzt«, sagte sie. »Wenn man mal mit Zimmerpflanzen anfängt, wird das schnell eine endlose Geschichte. Warum hast du eigentlich angerufen, wenn du sowieso ein Taxi nehmen wolltest?«

»Weil du überrascht warst, als ich kürzlich unangemeldet vorbeigekommen bin.«

»Du überraschst mich immer, Keller. Manche Überraschungen sind erfreulicher als andere. Es überrascht mich, dass du nicht nach Albuquerque geflogen bist, aber ich muss gestehen, dass es mir absolut nichts ausmacht.«

»Wirklich nicht?«

»Ich habe mir Sorgen um dich gemacht«, sagte sie. »Dieses ganze Gewese wegen deiner Briefmarkensammlung. Ich musste ständig daran denken, was alles schiefgehen könnte.«

»Ich auch.«

»Aber als du dich neulich von mir verabschiedet hast, hast du sehr entschlossen gewirkt. Was hat dich umgestimmt?«

»Nichts?«

»Häh?«

»Ich bin hingeflogen.«

»Du hast dir alles angesehen und dann beschlossen, es sein zu lassen?«

Er hob eine Hand. »Ich bin hingeflogen und habe es durchgezogen, und jetzt bin ich wieder zurück.«

»Du hast es durchgezogen?«

»Klar.«

»Aber ...«

»Zuerst dachte ich, es würde eine Woche oder sogar zwei dauern«, sagte er. »Doch dann habe ich den Stier einfach bei den Hörnern gepackt.«

»Glaubst du, das hat wirklich mal jemand gemacht? Einen Stier buchstäblich bei den Hörnern gepackt?«

»Ich denke schon. Es gibt wahrscheinlich nichts, was nicht schon jemand probiert hat.«

»Da könntest du sogar recht haben.«

»Ich bin zu seinem Haus rausgefahren, habe in seiner Einfahrt geparkt und habe bei ihm geklingelt.«

»Vorgestern hast du noch in meiner Küche gesessen«, sagte sie.

»Ich bin gestern Morgen hingeflogen, und es war um die Mittagszeit, als ich zu seinem Haus gefahren bin. Vorher habe ich noch in einem Denny's gegessen, aber ich habe nicht alles geschafft.«

»Deshalb hast du dir einen Doggybag geben lassen, um ihn mit Hegler zu teilen.«

»Heggman, und nein, es war ein Breakfast Anytime Special, und ich wollte keinen Doggybag voller Eier und Pfannkuchen. Ich habe bei ihm geklingelt, und mir ist der Gedanke gekommen, dass ich in einer Stunde tot sein könnte.«

»Aber du hast trotzdem geklingelt.«

»Und er ist an die Tür gekommen. Er hat nicht gerade begeistert gewirkt, als er mich gesehen hat.«

»Das muss dir ziemlich oft passieren, Keller.«

»Er dachte wohl, ich wäre einer der Anwälte seiner Frau. Er hat gleich was von einem Ehevertrag zu reden begonnen.«

»Wenn er einen hatte, und vor allem einen guten, wäre das schon mal ein Motiv.«

»Ich habe ihm eine verpasst.«

»Du hast ihm eine verpasst?«

»Ich hatte es nicht geplant«, sagte er. »Ich hatte rein gar nichts geplant. Dot, ich habe in drei verschiedenen Motels ein Zimmer gebucht und in jedem eingecheckt, damit ich mich frei bewegen konnte und niemandem auffallen würde. Und dann bin ich zu diesem Typen rausgefahren und habe bei ihm geklingelt und ihm, ohne auch nur die Haustür zu schließen, einen Magenschwinger verpasst.«

»Und?«

Er wandte den Blick ab. »Er ist vornüber gekippt, und ich habe ihm in den Unterleib getreten, und dann, na ja, dann habe ich ihn gepackt und ihm das Genick gebrochen.«

»Einfach so.«

»Er war tot, und Fingerabdrücke musste ich auch keine abwischen, weil ich nicht lang genug im Haus war, um irgendwas anzufassen. Nicht mal den Türknopf musste ich anfassen, weil die Tür noch nicht zu war, und deshalb bin ich einfach nach draußen gegangen, und in diesem Moment habe ich von oben eine Stimme gehört. ›Warren? Ist irgendwas?‹«

»Seine Frau? Aber hast du nicht gesagt, dass sie sich scheiden lassen wollte?«

»Es war aber eine Frauenstimme.«

»Vielleicht war sie der Grund, weshalb sich seine Frau scheiden lassen wollte.«

»Keine Ahnung. Jedenfalls bin ich einfach weitergegangen und in mein Auto gestiegen und zum Flughafen gefahren.«

»Und niemand hat dich gesehen?«

»Ich glaube nicht. Falls sich jemand die Autonummer notiert hat, tja, ich habe den Wagen unter einem anderen Namen gemietet. Ich habe den Wagen abgegeben und einen Flug nach LA genommen und von dort einen Nachtflug nach Hause.«

»Und hier bist du jetzt.«

»Hier bin ich«, pflichtete er ihr bei. »Ich bin erst noch in meine Wohnung gefahren, um zu duschen und mich zu rasieren und umzuziehen, und dann bin ich zur Grand Central Station gegangen und habe mich in den Zug gesetzt. Eigentlich wollte ich dich anrufen.«

»Hast du ja auch, oder hast du das schon wieder vergessen?«

»Nein, damit wollte ich sagen, dass ich dich aus meiner Wohnung anrufen und dir am Telefon alles erzählen wollte. Aber dann bin ich doch rausgekommen.«

»Und hier bist du. Was ist eigentlich los mit mir? Ich sage das immer wieder. Offensichtlich will das alles noch nicht so recht in meinen Kopf. Erinnerst du dich noch an diesen Baseballspieler?«

»Floyd Turnbull.«

»Du bist ihm eine ganze Spielzeit lang hinterhergereist.«

»So lange war es auch wieder nicht.«

»Von wegen. Du hast zwischendurch andere Leute erledigt, aber mit Turnbull hast du dir Zeit gelassen.«

»Na ja.«

»Und diesmal«, fuhr sie fort, »wo uns das Ganze beiden nicht ganz geheuer ist und Grund genug bestünde, auf Nummer sicher zu gehen, ziehst du es in Nullkommanichts durch. Ich hatte Angst, es könnte eine Falle sein.«

»Ich auch.«

»Dass jemand auf dich warten würde, um dich umzubringen, nachdem du ihn umgebracht hast.«

»Aus diesem Grund habe ich die drei Motelzimmer gebucht.«

»Aber jetzt komm erst mal rein«, sagte sie. »Und setz dich. Magst du auch ein Glas Eistee oder lieber eine Tasse Kaffee?«

»Ich hasse diese Nachtflüge«, sagte er. »Ich habe schon überlegt, mir in einem Hotel am Flughafen ein Zimmer zu nehmen und vor dem Heimflug erst mal zu schlafen. Aber dann ist mir klar geworden, dass ich sowieso nicht schlafen könnte und, wenn ich schon wach wäre, lieber bereits auf dem Heimflug wäre. Und dann habe ich im Flugzeug ein bisschen nachgedacht.«

»Und?«

»Ich bin zu dem Ergebnis gekommen, dass wir uns wegen des falschen Auftrags Gedanken gemacht haben. Wir hatten einen Kunden, der sich völlig im Hintergrund gehalten hat. Wir haben nicht gewusst, wo er wohnt, geschweige denn, wer er ist. Er hätte mich nicht umbringen müssen, um keinen Ärger zu bekommen, weil er nie etwas zu befürchten hatte.«

»Er hätte dich aus dem Weg räumen können, um dich nicht bezahlen zu müssen«, sagte sie. »Aber auch da musste er nicht mit Problemen rechnen. Wir haben nie über Geld gesprochen. Er hat einfach welches geschickt, und wenn er nun glaubt, er hätte bereits alles bezahlt, was könnte ich groß tun? Ich kann ihm ja schlecht eine Rechnung schicken.«

»Glaubst du, er wird noch was zahlen?«

»Mir fällt kein Grund ein, warum er das tun sollte«, sagte sie. »Was aber nicht heißt, dass er es nicht tut. Wenn er es tut, gut. Wenn nicht, auch gut.«

»Der Grund, warum ich mir Sorgen gemacht habe«, sagte Keller, »war eigentlich der letzte Auftrag. Er hat mich zum Nachdenken gebracht.«

»Bingham.«

Er nickte. »Ich musste ständig an meine Briefmarkensammlung denken.

Wahrscheinlich ist mir bewusst geworden, dass ich eines Tages sterben muss. Das bleibt keinem erspart, oder?«

»Heißt es zumindest.«

»Und das war mir auch durchaus bewusst, und ich dachte, ich hätte mich damit abgefunden, aber dann hat mich der Gedanke, meine Briefmarken zurücklassen zu müssen, nicht mehr losgelassen. Was wird aus ihnen? Ich habe weder Kinder noch Verwandte, derentwegen ich mir Gedanken machen muss, aber plötzlich erschien es mir furchtbar wichtig, für meine Briefmarkensammlung Vorkehrungen zu treffen. Und sobald ich alles geregelt habe und wir dieses Gespräch geführt haben …«

»Und was für ein Gespräch das war.«

»… hatte ich das Gefühl, dass alles geregelt wäre und mir nichts anderes mehr übrig bliebe, als meinem Schicksal ins Auge zu sehen.«

»Das war der Grund, weshalb du nicht aussteigen wolltest.«

»Wieso auch, wenn es mein Schicksal wäre? Statt nach Albuquerque zu fliegen, wäre ich zu Hause geblieben, und wenn ich dann eine Zeitung kaufen gegangen wäre, wäre jemandes Klimaanlage aus dem Fenster gefallen und auf meinem Kopf gelandet. Dieser arme Teufel Heggman, ich glaube, er hat nichts mehr mitbekommen. Er muss schon tot gewesen sein, bevor ihm gedämmert haben könnte, was Sache war.«

»Bist du sicher, dass er es war?«

»Die Adresse hat gestimmt«, sagte Keller, »und er hat ausgesehen wie auf dem Foto. Trotzdem habe auch ich mich das schon gefragt. Als ich auf meinen Flug gewartet habe, habe ich ständig gedacht, dass ich ihn nach seinem Namen hätte fragen sollen. Und dann habe ich natürlich auch erwartet, dass das Flugzeug abstürzt.«

»Welches? Die Maschine nach LA oder der Nachtflug?«

»Beide. Aber die Flüge sind vollkommen normal verlaufen. Und dann die Taxifahrt vom JFK nach Hause, der Fahrer war ein Irrer, er hat jeden geschnitten und ist viel zu schnell gefahren. Aber es ist nichts passiert.«

Dot nickte bedächtig und sah ihn lange an. »Du bist sicher ziemlich geschafft.«

»Schon, ja.«

»Ich bringe dich zum Bahnhof, und dann fährst du nach Hause und legst dich erst mal aufs Ohr. Und dann sollten wir uns vielleicht beide mal überlegen, ob wir den Laden dichtmachen.«

Keller schüttelte den Kopf.

»Nicht?«

»Nein«, sagte er. »Weil wir nicht genügend Geld haben. Und selbst wenn, wenn sich mein Anteil auf eine Million beliefe, würde es nicht reichen.«

»Wie kommst du denn darauf?«

»Ich fahre jetzt nach Hause«, sagte er, »und werde die nächste Woche so gut wie nicht aus dem Haus gehen. Ich werde viel schlafen und viel fernsehen. Und einen Monat lang oder länger werde ich ins Kino und ins Fitnessstudio gehen und mich mit meinen Briefmarken beschäftigen, und es wird genauso sein, wie wenn ich in Rente wäre, und ich werde es genießen. Und dann, nach einem oder zwei Monaten, werde ich das Gefühl bekommen, dass ich was tun sollte.«

»Ich glaube, langsam verstehe ich, was du meinst.«

»Und dann wird einer von uns den anderen anrufen, und es wird sich herausstellen, dass du einen Auftrag hättest, wenn ich ihn haben möchte. Und ich werde Folgendes machen ...«

Er presste die Handgelenke aneinander.

»Wann?«

»Da hast du's.«

»Und du wirst den Auftrag erledigen«, sagte sie, »und dabei die ganze Zeit denken, dass du für so was langsam zu alt wirst und dich lieber zur Ruhe setzen solltest.«

»Das trifft es ziemlich genau.«

Sie dachte kurz nach. »Na ja, gut, Keller. Ich glaube, ich halte es so lange aus, wie du es aushältst.«

Keller und die Kaninchen

Keller, der an einer roten Ampel wartete, machte das Autoradio an. Eine Frauenstimme, warm und ein bisschen theatralisch, kündigte an: »*Kaninchenodyssee*, eine Erzählung von Cameron Markwood. Gelesen von Gloria Sweet.«

Die Ampel schaltete auf Grün. Er fuhr über die Kreuzung und suchte einen anderen Sender. Aber es änderte sich nichts, als er am Wahlknopf drehte, und er merkte, dass es nicht das Radio war, sondern der CD-Player und dass er ein Hörbuch hörte. Offensichtlich über Kaninchen.

Das war die Sache mit Leihwagen. Man bekam jedes Mal eine andere Marke und ein anderes Modell, und bis man Dinge wie den Tempomat und die beste Sitzposition heraushatte, musste man den Wagen wieder abgeben. Offensichtlich hatte die letzte Person, die diesen benutzt hatte, zwar herausgefunden, wie der CD-Player funktionierte, aber sie hatte nicht daran gedacht, die CD auszuwerfen.

Deshalb musste sich Keller eine Geschichte über Kaninchen anhören. Er wollte sie eigentlich ausschalten, aber er musste sich aufs Fahren konzentrieren und dann auch noch links abbiegen, und als der Verkehr endlich nicht mehr so schlimm war, hatte er sich für die Geschichte zu interessieren begonnen.

Es war eine Fabel, in der die Kaninchen nicht nur Gespräche führten, sondern auch philosophische Gedanken äußerten, die Keller für jemand, der durch die Gegend hoppelte und Karotten fraß, ein bisschen arg abgehoben vorkamen. Es war eine Allegorie, und die Kaninchen sollten wohl für Menschen stehen. Aber zugleich waren sie Kaninchen, und er ging mehr und mehr in der Geschichte auf und hoffte, dass sie überleben würden. Als eines von ihnen in eine Falle geriet, machte er sich wirklich Sorgen und beruhigte sich erst wieder, als es den anderen Kaninchen gelang, den kleinen Kerl freizunagen.

Er sollte an der Rumsey Road rechts abbiegen und hätte die Abzweigung fast übersehen. Aber er merkte es gerade noch rechtzeitig, und währenddessen erklärte ein Kaninchen namens Williwaw die maue Salaternte unter Gesichtspunkten einer angebotsorientierten Wirtschaftstheorie. Das fand Keller hochinteressant, nur dass da auch zwei Jungs mit Gewehren waren, weshalb Williwaw lieber die Klappe halten und loshoppeln sollte, wenn er nicht im Kochtopf landen wollte ...

Da war das Haus, weiß mit dunkelgrünen Tür- und Fensterumrandungen, eine Holzrahmenkonstruktion aus der Vorkriegszeit mit einem Basketballkorb über dem Garagentor am Ende der langen Einfahrt. Keller fuhr einmal um den Block und parkte an einer Stelle, von der er das Haus einigermaßen unauffällig beobachten konnte. Er stellte den Motor ab, ließ den Zündschlüssel in einer Position, in der er weiter Radio hören konnte. Beziehungsweise die CD, auf der Williwaw gerade in einer üblen Klemme steckte.

Die Seitentür des weißen Hauses ging auf, und zwei Kinder rannten über die Einfahrt zur Garage, kurz darauf gefolgt von ihrer Mutter, die eine graue Trainingshose und ein University-of-Southern-Michigan-Sweatshirt trug. Das Garagentor ging hoch, und ein japanischer SUV fuhr rückwärts die Einfahrt hinunter und entfernte sich auf der Rumsey Road. Sie bringt sie in die Schule, dachte Keller. Und so, wie sie angezogen ist, wird sie die Kinder dort nur absetzen und sofort wieder nach Hause kommen.

Würde die CD einfach da weiterspielen, wo er sie anhielt? Oder würde das blöde Ding wieder von vorn beginnen? Schwer zu sagen, aber es war ein Risiko, das er eingehen musste. Er drehte den Zündschlüssel ganz nach links, zog ihn aus dem Schloss und ging die Einfahrt hinauf, aus der die Frau gerade gekommen war. Der Umstand, dass sie das Garagentor offengelassen hatte, deutete auf eine rasche Rückkehr hin und machte es Keller leichter, sich zu verstecken. Er stand neben einem Kinderrad im Dunkeln und dachte gelegentlich über die Frau und ansonsten über Williwaw und seine langohrigen Gefährten nach.

Sie kam in weniger als fünfzehn Minuten zurück, und sie sah Keller erst, als sie schon ausgestiegen war. Damit hatte sie nicht gerechnet, und offensichtlich hatte sie auch nicht geahnt, dass ihr Mann, der praktischerweise gerade irgendwo auf Geschäftsreise war, so erpicht darauf war, sie loszu-werden, dass er sich das eine ordentliche Stange Geld kosten ließ. Jedenfalls stand sie mit weit aufgerissenen Augen starr vor Angst da.

Keller betäubte sie mit einem Fingerstich in den Solarplexus, bevor er sie packte und ihr das Genick brach.

Als Keller wieder in seinen Leihwagen stieg und den Motor startete, wurde es kurz spannend. Doch die CD lief genau da weiter, wo er sie an-gehalten hatte, und er musste nicht erst mühsam nach der Stelle suchen. Er fürchtete, die Erinnerung an das Gesicht der Frau – und an den Moment, in dem er sie zu Boden gelassen und unter den SUV geschoben hatte – könnte ihn noch eine Weile beschäftigen, aber schon drei Straßen weiter war er völ-lig in der Geschichte aufgegangen, und das Bild der Frau begann bereits in seinem Gedächtnis zu verblassen.

Arme kleine Kaninchen. Hoffentlich stieß ihnen nichts Böses zu.

ès

Ruhet in Frieden

Am letzten Donnerstag im März, irgendwann zwischen halb elf und elf Uhr vormittags, sagte Francine Khoury zu ihrem Mann, sie müsse kurz weg, ein paar Sachen besorgen.

»Nimm meinen Wagen«, bot er ihr an. »Ich brauche ihn heute nicht.«

»Er ist mir zu groß«, sagte sie. »Letztes Mal kam ich mir damit vor, als würde ich in einem Schiff durch die Gegend fahren.«

»Wie du meinst.«

Die Autos, sein Buick Park Avenue und ihr Toyota Camry, teilten sich die Garage hinter dem Haus, einem Fachwerkbau im Pseudo-Tudorstil, der im Brooklyner Stadtteil Bay Ridge stand, in der Colonial Road zwischen Seventy-eighth und Seventy-ninth Street. Sie ließ den Camry an, stieß rückwärts aus der Garage, schloss mit einem Druck auf die Fernbedienung das Tor und fuhr rückwärts auf die Straße hinaus. An der ersten roten Ampel schob sie eine Kassette mit klassischer Musik in den Radiorecorder. Beethoven, eins der späten Streichquartette. Zu Hause hörte sie Jazz – Kenans Lieblingsmusik –, aber im Auto spielte sie am liebsten klassische Kammermusik.

Sie war eine attraktive Frau, knapp eins siebzig groß, etwas über fünfzig Kilo schwer, üppige Oberweite, schmale Taille und schlanke Beine. Dunkles Haar, voll und gelockt, nach hinten aus dem Gesicht gekämmt. Dunkle Augen, scharfe Nase und volle, sinnliche Lippen.

Auf Fotos hat sie den Mund immer geschlossen. Soviel ich weiß, hatte sie vorstehende obere Schneidezähne und einen starken Überbiss, und deshalb hatte sie es möglichst vermieden zu lächeln. Auf ihren Hochzeitsfotos strahlt sie zwar übers ganze Gesicht, aber ihre Zähne bleiben unsichtbar.

Von Natur aus ein dunkler Typ, wurde sie rasch braun. Sie hatte auch schon den Grundstock für eine intensive Sommerbräune gelegt; zusammen mit Kenan hatte sie die letzte Februarwoche am Strand von Negril in

Jamaika verbracht. Wenn Kenan nicht darauf bestanden hätte, dass sie regelmäßig Sonnenschutzmittel auftrug und nicht zu lange in der Sonne blieb, wäre sie noch wesentlich brauner geworden. »Es steht dir nicht, wenn du zu braun bist«, hatte er gesagt. »Von diesem ewigen In-der-Sonne-Braten wird aus einer Pflaume schnellstens eine vertrocknete Zwetschge.« Was soll an Pflaumen schon so toll sein, hatte sie wissen wollen. Sie sind reif und saftig, hatte er erwidert.

Nach ein paar hundert Metern, etwa als sie die Kreuzung von Seventy-eighth und Colonial Road erreichte, startete der Fahrer eines blauen Lieferwagens mit Seitenverkleidungen aus Holzimitat den Motor. Er ließ ihr ein paar hundert Meter Vorsprung, bevor er losfuhr und ihr folgte. Sie bog nach rechts in die Bay Ridge Avenue, dann nach links in die Fourth Avenue und fuhr dann in Richtung Norden. Als sie sich dem D'Agostino's an der Ecke der Sixty-third Street näherte, begann sie langsamer zu fahren und fand einen halben Block weiter eine Parklücke.

Der Lieferwagen fuhr an dem Camry vorbei, drehte eine Runde um den Block und parkte direkt vor dem Supermarkt neben einem Feuerhydranten.

Als Francine Khoury das Haus verließ, saß ich noch über meinem Frühstück.

Bei mir war es am Abend zuvor ziemlich spät geworden. Elaine und ich waren bei einem Inder in der East Sixth Street essen gewesen und hatten uns anschließend im Public Theatre in der Lafayette eine Aufführung von *Mutter Courage* angesehen. Allerdings hatten wir keine guten Plätze, und einige Schauspieler waren kaum zu verstehen. Deshalb wären wir in der Pause sicher gegangen, wenn in dem Stück nicht der Freund einer Wohnungsnachbarin von Elaine mitgespielt hätte, den wir nach der Aufführung in seiner Garderobe aufsuchen wollten, um ihm zu sagen, wie toll er gewesen war. Das Ganze endete damit, dass wir auf einen Drink in eine Bar gleich um die Ecke gingen, die aus mir unerfindlichen Gründen gerappelt voll war.

»Wirklich toll«, sagte ich zu Elaine, als wir endlich gingen. »Erst konnte ich ihn drei Stunden lang auf der Bühne nicht verstehen, und dann noch einmal eine Stunde lang in dieser Kneipe. Da fragt man sich wirklich, ob der Kerl überhaupt eine Stimme hat.«

»Drei Stunden hat das Stück doch gar nicht gedauert«, korrigierte mich Elaine. »Eher zweieinhalb.«

»Mir kam es jedenfalls wie drei Stunden vor.«

»Mir sogar wie fünf. Lass uns nach Hause fahren.«

Wir gingen zu ihr. Sie machte mir Kaffee und sich selbst eine Tasse Tee. Dann sahen wir eine halbe Stunde lang CNN und unterhielten uns während der Werbung. Anschließend legten wir uns schlafen, aber nach einer Stunde oder so stand ich wieder auf und zog mich im Dunkeln an. Ich wollte gerade aus dem Schlafzimmer schleichen, als sie mich fragte, wo ich hin wollte.

»Tut mir leid, wenn ich dich geweckt habe«, sagte ich.

»Macht doch nichts. Konntest du nicht schlafen?«

»Wie es scheint, nicht. Ich fühle mich total überdreht. Aber ich weiß nicht, warum.«

»Du kannst im Wohnzimmer lesen – oder meinetwegen auch fernsehen. Stört mich bestimmt nicht.«

»Nein«, sagte ich. »Dazu bin ich zu unruhig. Vielleicht tut mir ein Spaziergang durch die Stadt gut.«

Elaines Wohnung liegt in der Fifty-first zwischen First und Second Avenue. Mein Hotel, das Northwestern, in der Fifty-seventh zwischen Eighth und Ninth. Im Freien war es so kalt, dass ich einen Moment mit dem Gedanken spielte, mir ein Taxi zu nehmen, aber nachdem ich einen Block gegangen war, spürte ich die Kälte nicht mehr.

Während ich an einer roten Ampel wartete, erhaschte ich zwischen ein paar hohen Gebäuden hindurch einen Blick auf den Mond. Er war fast voll, was mich nicht überraschte. Die Nacht hatte dieses typische Vollmondfeeling – irgendetwas, was das Blut in Wallung brachte. Mir war danach, etwas zu unternehmen. Bloß wusste ich nicht, was.

Wenn Mick Ballou in der Stadt gewesen wäre, hätte ich vielleicht in seiner Kneipe vorbeigeschaut. Aber er war im Ausland, und in meinem momentanen aufgewühlten Zustand war eine Kneipe, ganz gleich welche, nicht der richtige Ort für mich. Ich ging nach Hause und nahm mir ein Buch, und irgendwann gegen vier machte ich das Licht aus und legte mich schlafen.

Am nächsten Morgen um zehn Uhr saß ich im Flame gleich um die Ecke. Ich aß ein leichtes Frühstück und las Zeitung, wobei mein Interesse vor allem den lokalen Verbrechensmeldungen und dem Sportteil galt. Global gesehen war gerade keine Krise angesagt, so dass ich der weltpolitischen Lage keine Beachtung schenkte. Die Kacke muss schon ganz schön am Dampfen sein, damit ich anfange, mich für die großen nationalen und internationalen Themen zu interessieren. Sonst waren sie mir einfach zu belanglos, um mich näher damit zu beschäftigen.

Dabei hätte ich weiß Gott genügend Zeit gehabt – nicht nur für den Nachrichtenteil, sondern auch noch für die Anzeigen und die Börsenberichte. Die Woche zuvor hatte ich drei Tage für Reliable gearbeitet; das ist eine große Detektivagentur im Flatiron Building. Seitdem hatten sie allerdings keine Aufträge mehr für mich gehabt, und der letzte Fall, den ich privat übernommen hatte, lag schon eine Ewigkeit zurück. Da ich noch genügend Geld hatte, musste ich nicht arbeiten, und ich hatte eigentlich noch nie Probleme gehabt, finanziell über die Runden zu kommen, aber ich wäre trotzdem froh gewesen, wenn ich etwas zu tun gehabt hätte. Die Rastlosigkeit, die mich in der vergangenen Nacht befallen hatte, war mit dem Untergang des Monds keineswegs verflogen. Sie war immer noch da, ein schwaches Fieber im Blut, ein Jucken unter der Haut, wo man sich nicht kratzen konnte.

Francine Khoury blieb eine halbe Stunde im D'Agostino's, um ihre Lebensmitteleinkäufe zu machen. An der Kasse bezahlte sie in bar. Ein junger Bursche lud ihre drei Tüten in einen Einkaufswagen und brachte sie nach draußen zu ihrem Wagen. Der blaue Lieferwagen stand noch immer neben dem Hydranten. Die Hecktür war offen. Die zwei Männer, die aus ihm gestiegen waren, standen auf dem Gehsteig; sie waren über eine Schreibunterlage gebeugt, die einer von ihnen hielt, und schienen einen Plan zu studieren. Als Francine mit dem Jungen an ihnen vorbeiging, schauten sie kurz in ihre Richtung. Bis sie die Heckklappe des Camry geöffnet hatte, saßen die zwei Männer wieder in ihrem Lieferwagen und hatten die Türen geschlossen.

Der Junge verstaute die Einkaufstüten im Kofferraum. Francine gab ihm zwei Dollar. Das war doppelt so viel, wie er von den meisten Kunden des Supermarkts bekam, ganz zu schweigen von dem erstaunlich hohen Prozentsatz derer, die ihm überhaupt kein Trinkgeld gaben. Kenan hatte ihr eingeschärft, am Trinkgeld nie zu sparen – nicht übertrieben viel, aber großzügig. »Wir können es uns leisten, großzügig zu sein«, hatte er gesagt.

Der Junge schob den Einkaufswagen in den Supermarkt zurück. Francine setzte sich ans Steuer, ließ den Motor an und fuhr auf der Fourth Avenue in Richtung Norden.

Der blaue Lieferwagen hängte sich mit ein paar hundert Metern Abstand hinter sie.

Ich weiß nicht genau, welche Strecke Francine fuhr, um vom D'Agostino's zu dem arabischen Lebensmittelgeschäft in der Atlantic Avenue zu kommen. Sie hätte bis zur Atlantic auf der Fourth Avenue bleiben können, aber sie hätte auch den Gowanus Expressway nach South Brooklyn hinein nehmen können. Es gibt keine Möglichkeit, das nachträglich festzustellen, aber es ist auch nicht weiter wichtig. Jedenfalls fuhr sie mit ihrem Camry zur Kreuzung von Atlantic Avenue und Clinton Street. An deren Südwestecke befindet sich das Aleppo, ein syrisches Restaurant, und daneben, in der Atlantic, liegt ein Lebensmittelgeschäft oder eigentlich mehr ein Schnellimbiss, der sich The Arabian Gourmet, der arabische Gourmet, nennt. (So nannte ihn Francine allerdings nie. Wie die meisten Leute, die dort einkauften, nannte sie den Laden Ayoub's, nach seinem früheren Besitzer, der das Geschäft vor zehn Jahren verkauft hatte und nach San Diego gezogen war.)

Francine stellte den Wagen an einer Parkuhr auf der Nordseite der Atlantic ab, fast direkt gegenüber vom Eingang des Arabian Gourmet. Sie ging zur Kreuzung, wartete, bis es grün wurde, und überquerte die Straße. Bis sie das Lebensmittelgeschäft betrat, hatte der blaue Lieferwagen in der Ladezone vor dem Aleppo, direkt neben dem Arabian Gourmet, angehalten.

Sie blieb nicht lange in dem Geschäft. Da sie nur ein paar Kleinigkeiten gekauft hatte, brauchte sie niemanden, der ihr die Sachen zum Wagen brachte. Sie verließ das Geschäft etwa zwanzig nach zwölf. Sie trug eine dunkelgraue Hose und eine halblange Kamelhaarjacke und darunter eine beige Zopfmusterstrickjacke über einem schokoladenbraunen Turtleneck. Sie hatte ihre Handtasche über die Schulter gehängt und hielt in der einen Hand eine Plastikeinkaufstüte, in der anderen die Wagenschlüssel.

Die Hecktür des Lieferwagens war offen, und die zwei Männer standen wieder auf dem Gehsteig. Als Francine aus dem Laden kam, näherten sie sich ihr von hinten und nahmen sie in die Zange. Gleichzeitig startete ein dritter Mann, der am Steuer des Lieferwagens saß, den Motor.

Einer der Männer sagte: »Mrs. Khoury?«, und als sie sich zu ihm umdrehte, klappte er kurz seine Brieftasche auf und zu, um sie einen kurzen Blick auf einen Dienstausweis oder auch nichts werfen zu lassen. Der zweite Mann sagte: »Wir müssen Sie bitten, mit uns zu kommen.«

»Wer sind Sie?«, wollte sie wissen. »Was soll das Ganze? Was wollen Sie?«

Sie packten sie, jeder an einem Arm, und bevor sie wusste, wie ihr geschah, hatten sie sie über den Gehsteig in den offenen Laderaum des Lieferwagens verfrachtet. Im selben Moment waren sie hinter ihr eingestiegen und hatten die Hecktür hinter sich zugezogen, während der Lieferwagen bereits vom Straßenrand losfuhr und sich in den Verkehr einordnete.

Obwohl es helllichter Tag war und obwohl sich die Entführung auf einer belebten Einkaufsstraße abspielte, bekam so gut wie niemand mit, was passiert war, und die wenigen Personen, die Zeugen des Vorfalls geworden waren, wussten nicht recht, was sie von der Sache halten sollten. Es muss alles sehr schnell gegangen sein.

Wenn Francine zurückgewichen wäre und einen Schrei ausgestoßen hätte, als die Männer auf sie zukamen ...

Aber das tat sie nicht. Bevor sie etwas tun konnte, war sie bereits im Laderaum des Wagens. Natürlich hätte sie auch jetzt noch schreien oder sich wehren können oder es zumindest versuchen. Aber dazu war es längst zu spät.

Ich weiß ganz genau, wo ich war, als sie entführt wurde. Ich ging zum Mittagstreffen der Fireside-Gruppe, das an Wochentagen von 12 Uhr 30 bis 13 Uhr 30 im YMCA in der West Sixty-third Street stattfindet. Da ich schon etwas früher da war, dürfte ich ziemlich sicher mit einer Tasse Kaffee auf meinem Platz gesessen haben, als die beiden Männer Francine in den Laderaum des blauen Lieferwagens verfrachteten.

An irgendwelche Einzelheiten des Treffens kann ich mich nicht mehr erinnern. Schon seit mehreren Jahren nehme ich mit erstaunlicher Regelmäßigkeit an Treffen der Anonymen Alkoholiker teil. Auch wenn ich nicht mehr so oft zu den Treffen gehe wie zu der Zeit, als ich gerade mit dem Trinken aufgehört hatte, bringe ich es im Schnitt immer noch auf circa fünf Treffen pro Woche. Das Treffen lief nach dem üblichen Schema ab. Ein Sprecher oder eine Sprecherin erzählte etwa fünfzehn bis zwanzig Minuten lang seine beziehungsweise ihre Lebensgeschichte, und der Rest der Stunde stand zur allgemeinen Diskussion zur Verfügung. Ich glaube nicht, dass ich bei der Diskussion etwas sagte. Wenn doch, müsste ich mich eigentlich daran erinnern können. Aber ich bin sicher, dass bei dem Treffen interessante Dinge gesagt wurden, und auch komische. Das ist immer der Fall, aber ich kann mich an nichts Spezielles mehr erinnern.

Nach dem Treffen ging ich irgendwo mittagessen, und anschließend rief ich Elaine an. Ich bekam aber nur ihren Anrufbeantworter dran. Das hieß, dass sie entweder nicht zu Hause war oder Besuch hatte. Elaine ist Callgirl, und Besuch zu haben ist ihr Job.

Kennengelernt habe ich Elaine schon vor einigen Jahren, als ich noch ein versoffener Cop mit einer funkelnagelneuen goldenen Dienstmarke in der Tasche und einer Frau und zwei Söhnen draußen auf Long Island war. Ein paar Jahre hatten wir ein Verhältnis miteinander, bei dem jeder von uns auf seine Kosten kam. Ich spielte ihren Beschützer, der sie vor jeglichem Unheil bewahren sollte, und unter anderem musste ich in dieser Funktion mal einen toten Freier aus ihrem Bett in einen dunklen Hinterhof im Bankenviertel schaffen. Und sie war meine Wunschgeliebte, schön, intelligent, witzig, beruflich erfolgreich und dabei so zuvorkommend und anspruchslos, wie nur eine Nutte sein kann. Was wollte ich also mehr?

Als ich mein Heim, meine Familie und meinen Job aufgab, lebten wir uns mehr und mehr auseinander und verloren uns schließlich ganz aus den Augen. Doch dann tauchte eines Tages ein Gespenst aus unserer gemeinsamen Vergangenheit auf, das uns beiden nach dem Leben trachtete, und der Zufall führte uns wieder zusammen. Und erstaunlicherweise sind wir zusammengeblieben.

Sie hatte ihre Wohnung, und ich hatte mein Hotelzimmer. Wir sahen uns zwei, drei oder vier Abende die Woche. In der Regel endeten diese Abende in ihrer Wohnung, wo ich in den meisten Fällen den Rest der Nacht verbrachte. Gelegentlich fuhren wir für eine Woche oder ein Wochenende aufs Land. An den Tagen, an denen wir uns nicht sahen, telefonierten wir fast immer miteinander, manchmal sogar mehrmals.

Obwohl wir keine Abmachung getroffen hatten, keine anderen Beziehungen einzugehen, lief das Ganze mehr oder weniger darauf hinaus. Ich traf mich mit niemand anderem und sie auch nicht – mit Ausnahme ihrer Kunden, versteht sich. Zu bestimmten Zeiten machte sie sich auf den Weg in irgendein Hotelzimmer oder bekam Besuch in ihrer Wohnung. In der Anfangsphase unserer Beziehung hatte mich das nie gestört – um ehrlich zu sein, hatte es vermutlich sogar einen Teil ihres Reizes ausgemacht –, deshalb sah ich nicht ein, warum es mich jetzt stören sollte.

Wenn es mir wirklich mal was ausmachte, konnte ich sie ja immer noch bitten, damit Schluss zu machen. Sie hatte im Lauf der Jahre gut verdient und den größten Teil davon auf die hohe Kante gelegt beziehungsweise in Immobilien angelegt. Sie hätte also ihren Job aufgeben können, ohne sich, was ihren Lebensstandard betraf, in irgendeiner Weise einschränken zu müssen.

Irgendetwas hielt mich davon ab, sie darum zu bitten.

Vermutlich sträubte ich mich dagegen, ihr oder auch mir selbst einzugestehen, dass es mir etwas ausmachte. Und mindestens genauso sehr sträubte ich mich dagegen, irgendetwas zu tun, was etwas am Status quo unserer Beziehung geändert hätte. Sie war nicht in die Brüche gegangen, und ich wollte sie nicht kitten. Aber das Leben ist nun mal ständigem Wandel unterworfen. Das liegt in der Natur der Sache. Und wenn sonst durch nichts, dann ändert es sich allein aufgrund der Tatsache, dass sich nichts ändert.

Wir vermieden es, ein Wort mit L in den Mund zu nehmen, obwohl es eindeutig Liebe war, was ich für sie und sie für mich empfand. Wir vermieden es auch, über die Möglichkeit einer Heirat – oder eines Zusammenlebens – zu sprechen, obwohl ich mir bewusst bin, dass ich mehrmals mit diesem Gedanken gespielt habe, und ganz sicher wusste, dass sie das ebenfalls tat. Aber bisher haben wir dieses Thema immer ausgeklammert.

Früher oder später würden wir natürlich nicht darum herumkommen, uns über diesen Punkt Gedanken zu machen und darüber zu sprechen und schließlich etwas zu unternehmen. In der Zwischenzeit gingen wir die Sache jedoch immer schön Tag für Tag an – genau so, wie ich auch den Rest meines Lebens anzugehen gelernt habe, seit ich aufgehört habe, solche Mengen Whiskey in mich hineinzuschütten, dass sie kaum mehr mit dem Brennen nachgekommen sind. Wie mal jemand ganz richtig bemerkt hat, sollte man am besten die ganze Chose immer schön Tag für Tag angehen. So bekommt man sie ja auch vom Leben vorgesetzt.

Am selben Donnerstagnachmittag klingelte um Viertel nach vier im Haus der Khourys in der Colonial Road das Telefon. Als Kenan Khoury den

Hörer abnahm, sagte eine Männerstimme: »Na, Khoury, sie ist nicht nach Hause gekommen, wie?«

»Wer ist da?«

»Das geht dich einen feuchten Dreck an. Wir haben deine Frau, du Arabersau. Willst du sie zurück oder nicht?«

»Wo ist sie? Lassen Sie mich mit ihr sprechen.«

»Fick dich ins Knie, Khoury«, sagte der Mann und hängte ein. Khoury stand noch eine Weile da, schrie »Hallo« in den Hörer und überlegte fieberhaft, was er tun sollte. Er rannte aus dem Haus und in die Garage. Sein Buick war da, aber nicht ihr Camry. Dann lief er die Einfahrt zur Straße hinunter, schaute in beide Richtungen, kehrte ins Haus zurück und griff nach dem Telefon. Er hörte das Tuten des Freizeichens und überlegte, wen er anrufen sollte.

»Herr im Himmel«, stieß er hervor. Dann legte er den Hörer auf die Gabel zurück und brüllte: »*Francey!*«

Immer wieder ihren Namen rufend, rannte er nach oben und stürmte ins Schlafzimmer. Natürlich war sie nicht da, aber er konnte nicht anders, er musste in jedem Zimmer nachsehen. Es war ein großes Haus, und er rannte, ständig ihren Namen rufend, von einem Raum zum anderen, gleichzeitig Beobachter und Betroffener seiner Panik. Wieder zurück im Wohnraum, stellte er fest, dass er den Hörer nicht aufgelegt hatte. Wirklich sehr schlau. Wenn sie ihn zu erreichen versuchten, kamen sie nicht durch. Er legte den Hörer auf die Gabel und versuchte das Telefon mit bloßer Willenskraft zum Läuten zu bringen, was es fast im selben Augenblick tat.

Diesmal war es eine andere Männerstimme, ruhiger und kultivierter. Der Anrufer sagte:»Mr. Khoury, ich habe Sie anzurufen versucht, aber es kam ständig das Belegtzeichen. Mit wem haben Sie telefoniert?«

»Mit niemandem. Ich habe versehentlich nicht aufgehängt.«

»Sie haben doch hoffentlich nicht die Polizei angerufen?«

»Ich habe niemanden angerufen. Es war ein Versehen. In der Aufregung habe ich nicht gemerkt, dass ich den Hörer nicht aufgelegt habe. Wo ist meine Frau? Lassen Sie mich mit meiner Frau sprechen.«

»Sie sollten den Hörer nicht neben die Gabel legen. Und Sie sollten niemanden anrufen.«

»Habe ich ja auch nicht.«

»Und schon gar nicht die Polizei.«

»Was wollen Sie?«

»Ihnen helfen, Ihre Frau zurückzubekommen. Das heißt, falls Sie sie zurückhaben wollen. Wollen Sie sie wieder zurück?«

»Mein Gott, was soll ...«

»Beantworten Sie meine Frage, Mr. Khoury.«

»Natürlich will ich sie zurückhaben.«

»Und ich will Ihnen helfen. Sorgen Sie bitte in Zukunft dafür, dass Ihr Anschluss frei bleibt, Mr. Khoury. Sie werden wieder von mir hören.«

»Hallo?«, sagte er. »Hallo?«

Aber die Verbindung war unterbrochen.

Zehn Minuten ging er im Zimmer auf und ab und wartete, dass das Telefon läutete. Dann ergriff eine eisige Ruhe von ihm Besitz, und er entspannte sich. Er hörte auf, hin und her zu gehen, und setzte sich in einen Sessel neben dem Telefon. Als es läutete, nahm er ab, sagte aber nichts.

»Khoury?« Es war wieder der erste Mann, der ordinäre.

»Was wollen Sie?«

»Was ich will? Was, glaubst du wohl, dass ich will?«

Er antwortete nicht.

»Geld«, sagte der Mann nach einer kurzen Pause. »Wir wollen Geld.«

»Wieviel?«

»Seit wann stellst du hier die Fragen, du stinkender Sandnigger? Kannst du mir das mal sagen?«

Er wartete.

»Eine Million. Wie findest du das, du Wichser?«

»Völlig ausgeschlossen. Hören Sie, mit Ihnen kann ich nicht reden. Sagen Sie Ihrem Freund, er soll mich anrufen. Vielleicht kann ich mit ihm reden.«

»He, du Sack, was bildest du dir ...«

Diesmal war es Khoury, der aufhängte.

Er hatte den Eindruck, dass alles eine Frage der Kontrolle war. Wenn man eine Situation wie diese unter Kontrolle zu bringen versuchte, machte man sich nur verrückt. Weil das völlig unmöglich war. Weil die anderen alle Trümpfe in der Hand hatten.

Wenn man aber aufhörte, die Lage unter Kontrolle bekommen zu wollen, konnten sie einen wenigstens nicht mehr wie einen Tanzbären aus einem bulgarischen Wanderzirkus nach ihrer Pfeife tanzen lassen.

Er ging in die Küche und machte sich in einem langstieligen Messingtöpfchen eine Tasse süßen, starken Kaffee. Während er ihn abkühlen ließ, nahm er eine Flasche Wodka aus dem Kühlschrank, schenkte sich einen kräftigen Schluck ein, trank das Glas in einem Zug leer und spürte, wie die eisige Ruhe vollends von ihm Besitz ergriff. Er ging mit dem Kaffee in den Wohnraum und trank ihn gerade aus, als das Telefon wieder klingelte.

Es war der zweite Mann, der zivile. »Sie haben meinen Freund ziemlich verärgert, Mr. Khoury«, sagte er. »Und es ist nicht gut mit ihm verhandeln, wenn er verärgert ist.«

»Ich fände es besser, wenn nur noch Sie anrufen würden.«

»Ich verstehe nicht recht ...«

»Nur so lässt sich vermeiden, dass es zu einer Katastrophe kommt. Er hat eine Million Dollar verlangt. Das ist vollkommen ausgeschlossen.«

»Finden Sie nicht, dass sie so viel wert ist?«

»Selbstverständlich ist kein Preis zu hoch für sie, aber ...«

»Wieviel wiegt Ihre Frau, Mr. Khoury? Fünfzig, fünfundfünfzig Kilo, irgendwas um den Dreh?«

»Ich weiß nicht ...«

»Einigen wir uns der Einfachheit halber auf fünfzig Kilo.«

Wirklich reizend.

»Fünfzig Kilo zu zwanzigtausend das Kilo – helfen Sie mir kurz beim Rechnen, Mr. Khoury? Macht genau eine Million, wenn ich mich nicht täusche.«

»Worauf wollen Sie hinaus?«

»Ich will damit sagen, dass Sie eine Million Dollar für Ihre Frau zahlen würden, wenn sie eine Ware wäre, Mr. Khoury. Soviel würden Sie zahlen, wenn sie ein weißes Pulver wäre. Ist sie da in Fleisch und Blut nicht mindestens genauso viel wert?«

»Was ich nicht habe, kann ich Ihnen nicht geben.«

»Sie haben viel.«

»Aber ich habe keine Million.«

»Wieviel haben Sie?«

Sich darauf eine Antwort zurechtzulegen, hatte er ausreichend Zeit gehabt. »Vierhundert.«

»Vierhunderttausend?«

»Ja.«

»Das ist nicht mal die Hälfte.«

»Es sind vierhunderttausend«, sagte er. »Es ist weniger als manches und mehr als anderes. Es ist alles, was ich habe.«

»Sie könnten sich den Rest besorgen.«

»Ich wüsste nicht, wie. Natürlich könnte ich ein paar Leuten Zusicherungen machen und von anderen alte Gefallen einfordern und auf diese Weise noch ein bisschen was zusammenbekommen, aber auf keinen Fall so viel. Außerdem würde es mindestens ein paar Tage dauern, wenn nicht sogar eine Woche.«

»Wie kommen Sie darauf, wir haben es eilig?«

»*Ich* habe es eilig. Ich will meine Frau zurück und meine Ruhe vor Ihnen haben. Und was diese zwei Punkte betrifft, habe ich es verdammt eilig.«

»Fünfhunderttausend.«

Aha. Es gab also doch ein paar Dinge, die er unter Kontrolle hatte. »Nein«, sagte er. »Ich will nicht mit Ihnen handeln – schließlich geht es hier um das Leben meiner Frau. Ich habe einfach nicht mehr. Vierhunderttausend ist alles, was ich Ihnen geben kann.«

Eine Pause, dann ein Seufzen. »Na gut. Wie konnte ich auch so dumm sein zu glauben, ich könnte jemanden Ihres Schlags bei einem Geschäft über den Tisch ziehen. Mit solchen Dingen haben Leute wie Sie einfach mehr Erfahrung. Sie sind genauso schlimm wie die Juden.«

Da er nicht wusste, was er darauf antworten sollte, ließ er es einfach auf sich beruhen.

»Also vierhunderttausend«, sagte der Mann. »Bis wann können Sie das Geld besorgen?«

In einer Viertelstunde, dachte er. »In ein paar Stunden«, sagte er.

»Dann kann die Übergabe also heute Abend stattfinden.«

»Ja.«

»Halten Sie das Geld bereit. Und rufen Sie niemanden an.«

»Wen sollte ich anrufen?«

*   *   *

Eine halbe Stunde später saß er am Küchentisch und hatte vierhunderttausend Dollar vor sich liegen. Er hatte einen Safe im Keller, einen über eine Tonne schweren alten Mosler, der hinter der Holzvertäfelung in die Wand eingelassen war. Es waren lauter Hunderter, fünfzig pro Bündel, achtzig Bündel zu fünftausend Dollar. Nachdem er sie abgezählt hatte, warf er sie, drei oder vier Bündel auf einmal, in einen Plastikkorb, den Francine für die Wäsche benutzte.

An sich hätte sie nicht selbst zu waschen gebraucht. Immer wieder hatte er ihr klarzumachen versucht, dass sie sich für die Hausarbeit ohne weiteres ein Mädchen leisten konnten. Aber davon wollte sie nichts hören, in diesem Punkt war sie sehr altmodisch, es machte ihr Spaß, zu kochen und sauberzumachen und sich um den Haushalt zu kümmern.

Er nahm den Hörer ab, hielt ihn mit gestrecktem Arm von sich und legte ihn wieder auf die Gabel zurück. Rufen Sie niemanden an, hatte der Mann gesagt. Wen sollte ich anrufen? hatte er geantwortet.

Wem hatte er das zu verdanken? Wer hatte seine Frau entführt? Wer war zu so etwas imstande?

Möglicherweise eine ganze Menge Leute. Möglicherweise sogar jeder, solange er sich nur eine reelle Chance ausrechnen konnte, ungeschoren davonzukommen.

Er griff wieder nach dem Telefon. Es war abhörsicher, nicht angezapft. Genauso, wie es auch im ganzen Haus keine Wanze gab. Er hatte zwei Spezialgeräte, beide angeblich auf dem neuesten Stand der Technik, was bei ihrem Preis auch nicht zu viel verlangt war. Eines davon war ein Abhördetektor, der an das Telefonkabel angeschlossen war. Kam es in der Leitung zu der geringsten Schwankung der Stromspannung, des Widerstands oder der Kapazität, zeigte es das Gerät an. Das andere Gerät war ein sogenanntes Track-Lock, das den gesamten Funkfrequenzbereich automatisch auf versteckte Mikrophone absuchte. Fünf- bis sechstausend Dollar, irgendetwas um den Dreh herum, hatte er für die zwei Geräte gezahlt, und das waren sie ihm auch wert, wenn sie dafür sorgten, dass seine Privatgespräche auch privat blieben. Fast bedauerte er es, dass in den letzten paar Stunden die Polizei nicht mitgehört hatte – dann hätten sie feststellen können, von wo die Entführer angerufen hatten, sie hätten sie in ihrem Versteck überraschen und Francine zu ihm zurückbringen können …

Nein, die Polizei konnte er jetzt am allerwenigsten brauchen. Sie hätte alles nur noch schlimmer gemacht. Er hatte das Geld. Er würde es zahlen, und entweder bekam er sie zurück oder nicht. Manche Dinge hat man unter Kontrolle, andere nicht – er hatte ein gewisses Maß an Kontrolle, indem er das Geld zahlte. Er konnte mitbestimmen, wie die Übergabe abgewickelt wurde, aber über das, was danach passierte, hatte er keine Kontrolle.

Rufen Sie niemanden an.

Wen sollte ich anrufen?

Er griff noch einmal nach dem Telefon und wählte eine Nummer, die er nicht nachzusehen brauchte. Beim dritten Läuten meldete sich sein Bruder.

Kenan Khoury sagte: »Petey, ich brauche dich hier draußen. Nimm dir ein Taxi, selbstverständlich auf meine Kosten, aber sieh zu, dass du so schnell wie möglich herkommst, hast du gehört?« Eine Pause. Dann: »Babe, du weißt, dass ich alles für dich tue, aber ... «

»Dann sieh schon zu, dass du ein Taxi kriegst!«

»... aber geschäftlich möchte ich mich mit dir auf nichts einlassen. Das kann ich einfach nicht.«

»Es geht um nichts Geschäftliches.«

»Worum dann?«

»Um Francine.«

»Um Himmels willen, was ist passiert? Nein, erzähl mir das lieber, wenn ich da bin. Du bist doch zu Hause, oder?«

»Ja, ich bin zu Hause.«

»Ich sehe zu, dass ich ein Taxi kriege. Bis gleich.«

Während Peter Khoury einen Taxifahrer zu finden versuchte, der bereit war, ihn zu seinem Bruder nach Brooklyn zu fahren, sah ich mir auf ESPN eine Diskussionsrunde an, in der sich ein paar Sportjournalisten darüber ausließen, ob die Spielergehälter eingefroren werden sollten. Es brach mir nicht gerade das Herz, als das Telefon klingelte. Es war Mick Ballou, der aus Castlebar in Mayo County anrief. Die Verbindung war glasklar; genauso gut hätte er aus dem Hinterzimmer im Grogan's anrufen können. »Einfach toll hier«, sagte er. »Wenn du schon die Iren in New York für total verrückt hältst, dann solltest du erst mal die Typen hier sehen. In jedem zweiten Haus ist eine Kneipe, und vor der Sperrstunde geht hier niemand nach Hause.«

»Aber sie machen doch schon ziemlich früh dicht, oder nicht?«

»Viel zu früh, das auf jeden Fall. Aber in einem Hotel müssen sie einem Gast immer was zu trinken geben, wenn er das will. So was nenne ich echt zivilisiert.«

»Absolut.«

»Allerdings qualmen sie hier alle wie die Schlote. Ständig steckt sich jemand eine Zigarette an und reicht die Schachtel rum. Die Franzosen sind in dieser Hinsicht sogar noch schlimmer. Als ich in Frankreich war, um die Familie meines Vaters zu besuchen, waren die richtig sauer, dass ich nicht rauche. Anscheinend sind die Amerikaner das einzige Volk auf der ganzen Welt, das genügend Hirn hat, mit diesem Quatsch aufzuhören.«

»Auch hier wirst du noch genügend Raucher finden, Mick.«

»Können einem fast leidtun, diese armen Teufel. Was die allein durchmachen müssen, wenn sie sich einen Film ansehen wollen oder in einem Flugzeug sitzen, und die ganzen Rauchverbote in der Öffentlichkeit.« Er erzählte mir eine lange Geschichte über einen Mann und eine Frau, die er ein paar Abende zuvor kennengelernt hatte. Sie war ziemlich komisch, und wir mussten beide lachen, und dann wollte er wissen, wie es mir ging, und ich sagte, ganz gut. »Geht's dir nun wirklich ganz gut, oder was?«, wollte er wissen.

»Bin bloß ein bisschen wepsig. Hab vielleicht die letzten paar Tage zu viel Zeit gehabt. Außerdem ist gerade Vollmond.«

»Tatsächlich? Hier auch.«

»Was für ein Zufall.«

»In Irland ist immer Vollmond. Nur gut, dass es hier ständig regnet. Da hat man ihn wenigstens nicht ständig vor der Nase. Matt, was hältst du davon? Setz dich einfach ins nächste Flugzeug und komm rüber.«

»Was?«

»Du warst sicher noch nie in Irland.«

»Ich bin noch nie aus Amerika rausgekommen – halt, das ist nicht ganz richtig. Ein paarmal war ich in Kanada und einmal in Mexico, aber ...«

»Du warst noch nie in Europa?«

»Nein.«

»Na, dann setz dich schnellstens in ein Flugzeug und komm hier rüber. Nimm meinetwegen auch sie mit« – damit war Elaine gemeint – »oder komm allein; ganz, wie du willst. Ich habe mit Rosenstein gesprochen, er meint, ich sollte besser noch eine Weile warten, bis ich wieder in die Staaten zurückkomme. Er behauptet zwar, er kriegt das Ganze schon wieder hin, aber sie haben da diese neue Sondereinheit, und er möchte nicht, dass ich meinen Fuß auf amerikanischen Boden setze, bevor wir uns nicht gegen alle Eventualitäten abgesichert haben. Könnte also durchaus sein, dass ich noch einen Monat oder sogar länger in diesem Scheißkaff festsitze. Was ist daran so komisch?«

»Eben war es noch das Paradies auf Erden, und jetzt ist es plötzlich das letzte Scheißkaff.«

»Jeder Ort ist ein Scheißkaff, wenn du deine Freunde nicht um dich hast. Also komm schon rüber, ja?«

Peter Khoury traf im Haus seines Bruders ein, nachdem dieser gerade noch einmal mit dem umgänglicheren der beiden Kidnapper gesprochen hatte. Diesmal war der Mann jedoch nicht mehr annähernd so umgänglich, vor allem gegen Ende des Telefonats, als Khoury einen Beweis verlangte, dass seine Frau noch am Leben war. Das Gespräch verlief etwa so:

KHOURY: Ich möchte mit meiner Frau sprechen.

KIDNAPPER: Das geht nicht. Sie befindet sich an einem sicheren Ort. Ich rufe von einer Zelle an.

KHOURY: Wie können Sie dann wissen, dass es ihr gut geht?

KIDNAPPER: Weil uns viel daran liegt, dass ihr nichts zustößt. Sie wissen doch, wieviel sie für uns wert ist.

KHOURY: Herrgott, ich weiß doch nicht mal, ob Sie sie wirklich haben?

KIDNAPPER: Sind Sie mit ihren Brüsten vertraut?

KHOURY: Wie bitte?

KIDNAPPER: Würden Sie eine von ihnen erkennen? Das wäre die einfachste Lösung. Ich schneide eine ihrer Titten ab und lege sie Ihnen vor die Tür – damit Sie endlich wieder ruhig schlafen können.

KHOURY: Bitte, sagen Sie so was nicht. So etwas dürfen Sie nicht einmal sagen.

KIDNAPPER: Dann lassen Sie mich mit Ihren Beweisen in Frieden, ja?

Wir müssen einander vertrauen, Mr. Khoury. Glauben Sie mir, in diesem Geschäft ist Vertrauen alles.

Das war's dann auch schon gewesen, erzählte Kenan seinem Bruder. Er hatte keine andere Wahl, als ihnen zu vertrauen. Aber wie sollte er das? Er wusste ja nicht einmal, wer sie waren.

»Ich habe mir den Kopf zerbrochen, wen ich anrufen könnte«, fuhr er fort. »Leute aus der Branche, weißt du. Jemand, der mir helfen, der mir Rückendeckung geben könnte. Aber ich kann bei niemandem ausschließen, dass er nicht selbst dahinter steckt. Es gibt niemanden, der dafür nicht in Frage kommt. Irgendjemand muss das eingefädelt haben.«

»Woher wussten sie ...«

»Keine Ahnung. Ich tappe völlig im Dunkeln. Alles, was ich weiß, ist: Sie ist einkaufen gegangen und nicht mehr zurückgekommen. Sie geht aus dem Haus, nimmt den Wagen, und fünf Stunden später klingelt das Telefon.«

»Fünf Stunden?«

»So genau weiß ich das auch nicht. Ungefähr jedenfalls. Petey, ich habe keine Ahnung, was ich tun soll. Mit so einer Scheiße habe ich keinerlei Erfahrung.«

»Aber du wickelst doch ständig irgendwelche Deals ab, Babe.«

»Ein Drogendeal ist ganz was anderes. Du ziehst das so durch, dass alle Beteiligten abgesichert sind und niemand was zu befürchten hat. Aber diese Geschichte ...«

»Bei Drogengeschäften gibt es ständig Tote.«

»Natürlich, aber in der Regel nie ohne Grund. Nummer eins: Man macht keine Geschäfte mit Leuten, die man nicht kennt. Das geht fast immer in die Hose. Es sieht nach einem Bombengeschäft aus und entpuppt sich als Riesenbeschiss. Nummer zwei – oder vielleicht ist es auch Nummer eineinhalb: Man macht keine Geschäfte mit Leuten, die man zu kennen glaubt, aber in Wirklichkeit gar nicht kennt. Und Nummer drei oder welche Nummer auch immer: Jemand kommt in Schwierigkeiten, weil er sich vor dem Zahlen drücken will. So jemand versucht einen Deal ohne das nötige Geld durchzuziehen, weil er glaubt, er könnte das Kind schon irgendwie schaukeln. Ein paarmal kommt er damit vielleicht sogar durch, aber irgendwann wächst ihm die Sache über den Kopf, und schon fällt er auf die

Schnauze. Und du weißt ja, woran das in neun von zehn Fällen liegt: Die Leute finden Geschmack an ihrer Ware, und schon fangen sie an, unvorsichtig zu werden.«

»Oder du machst alles richtig, und dann treten dir sechs Jamaikaner die Tür ein und knallen dich über den Haufen.«

»Das kann dir auch passieren«, nickte Kenan. »Es müssen aber nicht unbedingt Jamaikaner sein. Was habe ich da erst kürzlich gelesen? Laoten in San Francisco. Jede Woche taucht eine neue Minderheit auf, die einem an den Kragen will.« Er schüttelte den Kopf. »Die Sache ist die: Bei einem ordentlich abgewickelten Deal kannst du jederzeit aussteigen, wenn dir irgendwas faul vorkommt. Du musst das Geschäft nicht machen. Wenn du das Geld hast, kannst du es für was anderes ausgeben. Wenn du die Ware hast, kannst du sie jemand anderem verkaufen. Du machst nur so lange mit, wie die Sache nach deinen Vorstellungen läuft, und du kannst dich absichern, dir Rückzugsmöglichkeiten offenhalten, und überhaupt hast du die andere Seite ja schon kennengelernt und weißt, ob du ihnen vertrauen kannst oder nicht.«

»Während wir hier ...«

»Während wir hier absolut nichts in der Hand haben. Wir stecken bis zu den Nasenlöchern in der Scheiße. Ich habe ihnen vorgeschlagen, wir bringen das Geld, und ihr bringt meine Frau mit. Aber sie haben gesagt, nein, nicht mit uns. Was soll ich darauf sagen? Bitte, behaltet meine Frau? Verkauft sie einem anderen, wenn euch meine Art, Geschäfte zu machen, nicht passt? Das geht in diesem Fall leider nicht.«

»Nein.«

»Außer es ginge doch. Er hat gesagt, eine Million. Ich, vierhunderttausend. Ich habe gesagt, du kannst mich mal, mehr habe ich nicht, und er hat es geschluckt. Angenommen, ich hätte gesagt ...«

Das Telefon klingelte. Kenan sprach ein paar Minuten und machte sich auf einem Block Notizen. »Ich komme nicht allein«, sagte er irgendwann. »Mein Bruder ist bei mir; er wird mich begleiten. Keine Diskussionen.« Er hörte noch eine Weile zu und wollte gerade etwas sagen, als ein leises Klicken aus dem Hörer kam.

»Es geht los«, sagte er. »Sie wollen das Geld in zwei großen Mülltüten. Darin sehe ich weiter kein Problem. Warum allerdings zwei, frage ich mich?

Vielleicht wissen sie nicht, wieviel Platz vierhunderttausend in Hundertern einnehmen.«

»Vielleicht dürfen sie nichts Schweres heben.«

»Auch möglich. Wir sollen zur Kreuzung von Ocean Avenue und Farragut Road kommen.«

»Ist das nicht in Flatbush?«

»Ich glaube.«

»Aber sicher, die Farragut Road. Das ist nicht weit vom Brooklyn College. Was soll dort sein?«

»Eine Telefonzelle.« Nachdem sie das Geld in zwei Mülltüten verstaut hatten, gab Kenan seinem Bruder eine 9-mm Automatik. »Steck das ein«, forderte er ihn auf. »Unbewaffnet rücken wir auf keinen Fall an.«

»Lieber sollten wir die Finger ganz von der Sache lassen. Was soll mir da schon eine Kanone nützen?«

»Keine Ahnung. Steck sie trotzdem ein.«

Auf dem Weg nach draußen packte Peter seinen Bruder am Arm. »Du hast vergessen, die Alarmanlage einzuschalten.«

»Wieso? Die haben Francey, und wir haben das Geld. Was gibt's da noch zu stehlen?«

»Nachdem du die Alarmanlage schon mal hast, kannst du sie ruhig einschalten. Sinnloser als die blöden Kanonen kann das auch nicht sein.«

»Da hast du auch wieder recht.« Er verschwand ins Haus. Als er wieder nach draußen kam, sagte er: »Da habe ich mich nun gegen alles abgesichert. Du kannst nicht in mein Haus einbrechen, nicht mein Telefon anzapfen und keine Wanzen anbringen – du kannst mir nur die Frau klauen und mich mit zwei Mülltüten voller Hunderter durch die Stadt scheuchen.«

»Wie fahren wir am besten, Babe? Ich würde vorschlagen, wir nehmen den Bay Ridge Parkway und dann den Kings Highway zur Ocean.«

»Meinetwegen. Es gibt ein Dutzend Möglichkeiten, da rauszufahren, und diese ist genauso gut wie jede andere. Willst du fahren, Petey?«

»Möchtest du das?«

»Klar, warum nicht? In meinem momentanen Zustand ramme ich noch ein Polizeiauto – oder überfahre eine Nonne.«

Sie sollten um halb neun an der Telefonzelle in der Farragut Road sein. Sie waren drei Minuten zu früh da, zumindest nach Peter Khourys Uhr. Er blieb im Wagen sitzen, während sein Bruder in die Telefonzelle ging und wartete, dass es läutete. Irgendwann während der Fahrt hatte sich Peter Khoury die Automatik in den Gürtel gesteckt. Er hatte sie beim Fahren ständig gegen seinen Rücken drücken gespürt. Jetzt nahm er sie heraus und hielt sie in seinem Schoß.

Das Telefon klingelte, und Kenan Khoury nahm ab. Auf Peters Uhr war es Punkt halb neun. Zogen die das stur nach Uhrzeit durch, oder überwachten sie jeden ihrer Schritte? Letzteres hätte bedeutet, dass sie jemanden in Sichtweite postiert hatten, der sie heimlich beobachtete.

Kenan kam im Laufschritt zum Wagen zurück, stützte sich mit den Händen auf dem Dach ab und sagte: »Veterans Avenue.«

»Nie gehört.«

»Das ist irgendwo zwischen Flatlands und Mill Basin. Er hat mir erklärt, wie ich hinkomme. Wir nehmen die Farragut bis zur Flatbush, dann die Flatbush bis zur Avenue N, und die führt direkt zur Veterans Avenue.«

»Und wie geht's dann weiter?«

»Wieder eine Telefonzelle. An der Ecke Veterans und East Sixty-sixth Street.«

»Warum schicken die uns wie blöd durch die Gegend, hast du eine Ahnung?«

»Um uns ein bisschen durcheinander zu bringen. Und um sicherzugehen, dass wir keine Verstärkung mitbringen. Ich weiß auch nicht, Petey. Vielleicht wollen sie uns auch nur den letzten Nerv ziehen.«

»Das ist ihnen bereits geglückt.« Kenan Khoury ging um den Wagen herum und stieg auf der Beifahrerseite ein. Sein Bruder sagte: »Also, die Farragut bis zur Flatbush, die Flatbush zur N, und an der N vermutlich nach links.«

»Ja.«

»Wieviel Zeit haben wir?«

»Das haben sie nicht gesagt. Von einem Zeitpunkt war nicht die Rede. Sie haben nur gesagt, wir sollen uns beeilen.«

»Für einen Kaffee reicht es also nicht mehr?«

»Nein«, sagte Kenan Khoury. »Ich glaube nicht.«

*   *   *

An der Ecke von Veterans und Sixty-sixth war es wieder das gleiche. Peter wartete im Wagen. Kenan ging in die Zelle, und es klingelte fast sofort.

Der Kidnapper sagte: »Sehr gut. Das ging ja richtig fix.«

»Und was nun?«

»Wo ist das Geld?«

»Auf dem Rücksitz. In zwei Mülltüten, wie Sie gesagt haben.«

»Gut. Sie und Ihr Bruder gehen jetzt die Sixty-sixth Street zur Avenue M rauf.«

»Wir sollen zu Fuß gehen?«

»Ja.«

»Mit dem Geld?«

»Nein, das lassen Sie, wo es ist.«

»Auf dem Rücksitz des Wagens?«

»Ja. Und Sie schließen den Wagen nicht ab.«

»Wir lassen das Geld in einem nicht abgeschlossenen Wagen und gehen eine Straße …«

»Zwei, um genau zu sein.«

»Und was dann?«

»Sie warten fünf Minuten an der Kreuzung Avenue M. Dann gehen Sie zu Ihrem Wagen zurück und fahren nach Hause.«

»Und was ist mit meiner Frau?«

»Ihrer Frau geht es gut.«

»Woher soll ich …«

»Sie wird im Wagen auf Sie warten.«

»Das will ich auch hoffen.«

»Was soll das bitte?«

»Nichts. Da ist nur eins, was mir Sorgen macht. Ich lasse das Geld nur sehr ungern in einem offenen Wagen zurück. Was ist zum Beispiel, wenn es jemand klaut, bevor Sie es abholen?«

»Machen Sie sich deshalb mal keine Sorgen«, sagte der Mann. »Das ist eine sichere Gegend.«

Sie schlossen den Wagen nicht ab, ließen das Geld auf dem Rücksitz und gingen einen kurzen und einen langen Block bis zur Avenue M. Dort warteten sie fünf Minuten. Dann gingen sie zu ihrem Buick zurück.

Wenn mich nicht alles täuscht, habe ich die beiden bisher noch gar nicht beschrieben. Man konnte ihnen ansehen, dass sie Brüder waren, Kenan und Peter. Kenan war mit seinen eins fünfundsiebzig zwei Zentimeter größer als sein Bruder. Beide waren gebaut wie Mittelgewichtler mit großer Reichweite, bloß Peter hatte um die Hüften schon ein bisschen Speck angesetzt. Sie hatten einen olivfarbenen Teint und glattes schwarzes Haar, links gescheitelt und ordentlich nach hinten gekämmt. Mit seinen dreiunddreißig Jahren zeigten sich bei Kenan erste Anzeichen einer erhöhten Stirn. Sein Bruder, obwohl zwei Jahre älter, hatte noch alle Haare.

Sie waren gutaussehende Männer, mit langen, geraden Nasen und tiefliegenden dunklen Augen unter vorspringenden Brauen. Peter hatte einen ordentlich gestutzten Schnurrbart. Kenan war glatt rasiert.

Hätte man es mit beiden zusammen aufnehmen müssen, hätte man zuerst Kenan unschädlich gemacht. Oder das zumindest versucht. Irgendetwas an ihm vermittelte einem den Eindruck, dass er der gefährlichere von beiden war, dass er schneller und entschlossener reagieren würde.

So sahen sie also aus, als sie rasch, aber nicht zu rasch zu der Kreuzung zurückgingen, an der Kenans Wagen stand. Er war immer noch da und immer noch offen. Nur die Säcke mit dem Geld waren nicht mehr auf dem Rücksitz. Von Francine Khoury keine Spur.

»Was soll die Scheiße?«, fluchte Kenan.

»Im Kofferraum vielleicht?«

Er machte das Handschuhfach auf und löste die Kofferraumverriegelung. Dann ging er nach hinten und öffnete den Kofferraum. Bis auf den Ersatzreifen und den Wagenheber war er leer. Er hatte den Kofferraum gerade wieder zugemacht, als in der Zelle zehn Meter weiter das Telefon klingelte.

Er rannte darauf zu und riss den Hörer von der Gabel.

»Fahren Sie nach Hause«, sagte der Mann. »Vermutlich ist sie schon vor Ihnen da.«

Wie gewohnt nahm ich an einem Abendtreffen in St. Paul the Apostle gleich um die Ecke von meinem Hotel teil, ging aber schon in der Pause. Zurück in meinem Zimmer rief ich Elaine an und erzählte ihr von Micks Anruf.

»Mach das doch« sagte sie. »Ich finde das eine prima Idee.«

»Hättest du Lust mitzukommen?«

»Ach, ich weiß nicht, Matt. Das hieße, ich würde mehrere Kurse versäumen.«

Donnerstagabends nahm sie im Hunter an einem Kurs teil, von dem sie übrigens gerade nach Hause gekommen war, als ich anrief. ›Indische Kunst und Architektur unter den Mogulherrschern‹.

»Wir würden doch sowieso nur eine Woche oder zehn Tage bleiben«, sagte ich. »Du würdest höchstens einen Abend versäumen.«

»Ein Abend wäre nicht weiter tragisch.«

»Na also, warum ...«

»Das kann eigentlich nur heißen, dass ich nicht wirklich Lust habe mitzukommen. Ich wäre sowieso nur das fünfte Rad am Wagen. Ich kann dich doch jetzt schon sehen, wie du mit Mick durch die Gegend ziehst und den Iren beibringst, wie man ordentlich einen drauf macht.«

»Was du manchmal siehst.«

»Was ich damit meine, ist doch nur: Im Grunde genommen liefe das Ganze auf eine Art verlängerten Herrenabend hinaus; und was hätte dabei eine Frau zu suchen? Nein, ich habe wirklich keine besondere Lust, und außerdem weiß ich, dass du im Moment wieder eine deiner unruhigen Phasen hast. Deshalb würde dir eine kleine Luftveränderung sicher guttun. Du warst tatsächlich noch nie in Europa?«

»Nein, nie.«

»Wie lange ist Mick schon drüben? Einen Monat?«

»In etwa.«

»Ich finde, du solltest fliegen.«

»Mal sehen«, sagte ich. »Ich werde es mir überlegen.«

Sie war nicht da.

Nirgendwo im Haus. Zwanghaft ging Kenan Khoury von einem Zimmer zum anderen, obwohl er wusste, dass es sinnlos war; sie hätte unmöglich ins Haus kommen können, ohne entweder einen Alarm auszulösen oder die Anlage vorher abzuschalten. Als er alle Zimmer durch hatte, ging er in die Küche zurück, wo sein Bruder Kaffee machte.

Er sagte: »Also, wenn du mich fragst, Petey, die Sache stinkt zum Himmel.«

»Ich weiß, Babe.«

»Machst du gerade Kaffee? Ich glaube nicht, dass ich im Moment welchen mag. Macht es dir was aus, wenn ich was trinke?«

»Es würde mir höchstens was ausmachen, wenn ich was trinken würde. Was du tust, ist deine Sache.«

»Ich dachte nur ... ach was, vergiss es. Eigentlich will ich gar nichts zu trinken.«

»Da ist der Punkt, in dem wir uns unterscheiden, Babe.«

»Kann schon sein.« Er wirbelte herum. »Warum machen die das mit mir, Petey? Erst sagen sie, sie ist im Wagen, aber sie ist nicht da. Dann sagen sie, sie ist hier, und sie ist wieder nicht da. Was soll diese Scheiße?«

»Vielleicht stecken sie irgendwo im Stau.«

»Was sollen wir jetzt machen? Hier rumsitzen und warten? Ich weiß nicht mal, worauf wir warten sollen. Sie haben das Geld, und was haben wir? Einen Dreck haben wir. Ich weiß nicht, wer diese Kerle sind oder wo sie sind, ich weiß überhaupt nichts und ... was sollen wir jetzt tun, Petey?«

»Keine Ahnung.«

»Ich glaube, sie ist tot«, sagte er.

Sein Bruder sagte nichts.

»Klar, das liegt doch auf der Hand. Schließlich könnte sie diese Wichser identifizieren. Da ist es doch wesentlich einfacher, sie umzubringen, als sie zurückzugeben. Umbringen, irgendwo verscharren und damit hat sich's. Fall erledigt. Das hätte ich jedenfalls getan, wenn ich sie wäre.«

»Nein, hättest du nicht.«

»Ich habe gesagt: wenn ich sie wäre. Aber das bin ich natürlich nicht. Erstens würde ich keine Frau kidnappen, eine unschuldige nette Frau, die keinem Menschen je etwas zuleide getan hat, die nicht mal einen bösen Gedanken hatte ...«

»Jetzt beruhige dich erst mal wieder, Babe.«

Eine Weile fielen sie in bedrücktes Schweigen, und dann fing das Gespräch wieder von vorne an. Was hätten sie auch anderes tun sollen? Nach einer halben Stunde läutete das Telefon. Kenan Khoury stürzte an den Apparat.

»Mr. Khoury.«

»Wo ist sie?«

»Es tut mir aufrichtig leid, aber wir haben es uns anders überlegt.«

»Wo *ist* sie?«

»Gleich bei Ihnen um die Ecke, in der, äh, Seventy-ninth Street; ich glaube, auf der Südseite der Straße, drei oder vier Häuser von der Ecke …«

»Was?«

»Dort steht ein Wagen neben einem Feuerhydranten im Parkverbot. Ein grauer Ford Tempo. In dem ist Ihre Frau.«

»Sie ist in dem Wagen?«

»Im Kofferraum.«

»Sie haben sie in den Kofferraum gesperrt?«

»Keine Sorge, sie bekommt genügend Luft. Aber es ist ziemlich kühl heute Abend, deshalb kann ich mir vorstellen, dass Sie sie möglichst schnell rausholen wollen.«

»Gibt es einen Schlüssel? Wie komme ich …«

»Das Schloss ist kaputt. Sie werden keinen Schlüssel brauchen.«

Während er mit Peter die Straße hinunterrannte, stieß er keuchend hervor: »Was hat er damit gemeint: Das Schloss ist kaputt? Wenn der Kofferraum nicht abgeschlossen ist, warum kommt sie dann nicht allein raus? Was soll das Ganze?«

»Keine Ahnung, Babe.«

»Vielleicht ist sie gefesselt. Und geknebelt. Damit sie sich nicht bewegen und um Hilfe rufen kann.«

»Vielleicht.«

»Mein Gott, Petey …«

Der Wagen stand an der angegebenen Stelle, ein verbeulter Tempo, schon einige Jahre alt, mit Sprüngen in der Windschutzscheibe und eingedellter Beifahrertür. Das Kofferraumschloss fehlte ganz. Kenan Khoury riss den Deckel auf. Kein Mensch zu sehen. Nur mehrere Pakete. Verschieden groß, mit schwarzer Plastikfolie umwickelt und mit Klebeband befestigt. »Nein«, stieß er hervor.

Er stand da und sagte nur immer wieder: »Nein, nein, nein.« Schließlich nahm sein Bruder eines der Pakete aus dem Kofferraum, zog sein Taschenmesser heraus und schnitt das Klebeband durch. Er entfernte die schwarze Plastikumhüllung – sie war aus einem ähnlichen Material wie die

Mülltüten, in denen sie das Geld übergeben hatten – und zog einen menschlichen Fuß heraus, der ein Stück über dem Knöchel abgeschnitten war. Auf drei Zehennägeln waren Kreise aus rotem Nagellack zu sehen. Die anderen zwei Zehen fehlten.

Kenan warf den Kopf in den Nacken und heulte los wie ein Hund.

శ్రీ

An meine deutschen Leser: Ich hoffe, dass Sie Gefallen an diesem Keller-Roman gefunden haben. Wenn Sie über zukünftige Veröffentlichungen meiner Bücher auf Deutsch informiert werden möchten, schicken Sie einfach eine E-Mail mit dem Betreff «German mailing list" an lawbloc@gmail.com. (Ich versende auch einen Newsletter auf Englisch und würde Sie mit Freude auch auf diese Liste setzen; falls gewünscht, fügen Sie einfach «English also" hinzu.)

Über den Autor

Lawrence Block schreibt seit einem halben Jahrhundert preisgekrönte Kriminalromane und Spannungsliteratur. Sein neuestes Buch ist *In Sunlight or in Shadow*, eine Anthologie mit 17 neuen Kurzgeschichten, die jeweils von einem Gemälde von Edward Hopper inspiriert wurden; zu den vertretenen Autoren gehören Stephen King, Joyce Carol Oates, Lee Child, Megan Abbott, Michael Connelly, Jeffery Deaver und Joe Lansdale.

Blocks zuletzt erschienener Roman ist *The Girl with the Deep Blue Eyes*, von seinem Hollywood-Agenten als »James M. Cain auf Viagra« gerühmt. Zu seinen neueren Romanen zählen außerdem *The Burglar Who Counted the Spoons*, in dem Bernie Rhodenbarr im Mittelpunkt steht, *Hit Me* mit dem Briefmarkensammler und Auftragsmörder Keller sowie *A Drop of the Hard Stuff* mit Matthew Scudder. 2014 wurde Scudder von Liam Neeson in der Verfilmung von *Ruhet in Frieden – A Walk Among the Tombstones* brillant auf der Leinwand verkörpert. Auch andere Romane Blocks wurden verfilmt, allerdings mit geringerem Erfolg.

Block erhielt auch für seine Bücher für Autoren große Anerkennung, darunter Klassiker wie *Telling Lies for Fun & Profit* und *Write for Your Life*. Zuletzt hat er mit *The Crime of Our Lives* eine Sammlung von Aufsätzen über das Genre des Kriminalromans und dessen Vertreter veröffentlicht.

Neben seinen Prosawerken hat Block auch Drehbücher für die Fernsehserie *Tilt* und den Film *My Blueberry Nights* von Wong Kar-wai geschrieben. Block soll ein zurückhaltender und bescheidener Mann sein, auch wenn man das aufgrund dieser autobiographischen Skizze keinesfalls erwarten würde.

Email: lawbloc@gmail.com
Twitter: @LawrenceBlock
Facebook: lawrence.block
Homepage: lawrenceblock.com

Über den Übersetzer:

Sepp Leeb hat Amerikanistik und Germanistik studiert und lebt als Übersetzer in München. Neben Lawrence Block hat er auch Thomas Harris und Michael Connelly ins Deutsche übersetzt.

Die Keller-Romane:

Kellers Metier (*Hit Man*)
Kellers Konkurrent (*Hit List*)
Kellers Hitparade (*Hit Parade*)

Die Matthew-Scudder-Romane:

#1 *Die Sünden der Väter* (*The Sins of the Fathers*)
#2 *Drei am Haken* (*Time to Murder and Create*)
#3 *Mitten im Tod* (*In the Midst of Death*)
#4 *Tief bei den ersten Toten* (*A Stab in the Dark*)
#5 *Acht Millionen Wege zu sterben* (*Eight Million Ways to Die*)
#6 *Nach der Sperrstunde* (*When the Sacred Ginmill Closes*)
#7 *Am Rand des Abgrunds* (*Out on the Cutting Edge*)
#8 *Ein Ticket für den Friedhof* (*A Ticket to the Boneyard*)
#9 *Tanz im Schlachthof* (*A Dance at the Slaughterhouse*)
#10 *Ruhet in Frieden* (*A Walk Among the Tombstones*)
#11 *In Teufels Küche* (*The Devil Knows You're Dead*)
#12 *Der Club der Toten* (*A Long Line of Dead Men*)
#13 *Im Namen des Volkes* (*Even the Wicked*)
#14 *Alle sterben* (*Everybody Dies*)
#15 *Der zweite Tod* (*Hope to Die*)
#16 *Die Blumen, sie sterben alle* (*All the Flowers are Dying*)
#17 *Ein Schluck vom harten Stoff* (*A Drop of the Hard Stuff*)
#18 *Die Nacht und die Musik* (*The Night and the Music* – the complete short stories)
#19 *Das letzte Licht des Tages* (*A Time to Scatter Stones*)

Auf Deutsch erschienene Matthew-Scudder-Kurzgeschichten:

Weitere Bücher von Lawrence Block:

www.ingramcontent.com/pod-product-compliance
Lightning Source LLC
Chambersburg PA
CBHW051518260626
47170CB00003B/682